Leisha Kelly

Julias Zuflucht

Roman

Über die Autorin

Leisha Kelly wuchs auf dem Land im amerikanischen Bundesstaat Illinois auf. Mit ihrem Mann hat sie zwei Kinder. „Julias Zuflucht" ist ihr erstes Buch, mit dem sie in Amerika bereits viele Leser begeistert hat.

Leisha Kelly

Julias Zuflucht

Roman

Gerth Medien

Die amerikanische Originalausgabe erschien im Verlag
Fleming H. Revell a division of Baker Book House Company,
P.O. Box 6287, Grand Rapids, MI, 49516-6287, USA,
unter dem Titel „Julia's Hope".

Aus dem Amerikanischen übersetzt von Antje Balters.

Best.-Nr. 815 924
ISBN 3-89437-924-3
1. Auflage 2005
Umschlaggestaltung: Hanni Plato
Umschlagfotos: Getty Images/David W. Hamilton/David Toase
Satz: Typostudio Rücker, Linden
Druck und Verarbeitung: Ebner & Spiegel, Ulm
Printed in Germany

Prolog

28. April 1931

Als Samuel und Julia Wortham zusammen mit ihren Kindern *Harrisburg, Pennsylvania* verließen, besaßen sie noch genau acht Dollar und drei voll gestopfte Taschen, in denen sich ihre gesamte persönliche Habe befand.

Nach dem großen Börsenkrach des Jahres 1929 passte jetzt alles, was ihnen noch geblieben war, in diese drei Taschen, der Rest war weg. Eine gute Stelle war dahin, das Haus war zwangsversteigert worden und alle Ersparnisse waren im Nu aufgebraucht gewesen. Ihre einzige Hoffnung lag Meilen entfernt in einer Stadt namens *Mount Vernon* in *Illinois*, wo Samuels Cousin Dewey Wortham in einer Fabrik, die Räder herstellte, immer noch ganz ordentlich verdiente. In einem seiner Briefe hatte gestanden: *Komm doch hierher. Ich besorge dir einen Job. Du kannst dann auch bei mir wohnen, bis du wieder alleine klarkommst.*

Und so machten sich die Worthams per Autostopp auf den Weg und wurden schon wenige Straßen von ihrem ehemaligen Zuhause entfernt an einer Tankstelle zum ersten Mal mitgenommen. Sie saßen auf der Ladefläche eines Kleintransporters mit dem Rücken zur Fahrtrichtung. Julia betete, Robert und die kleine Sarah waren gespannt auf das bevorstehende Abenteuer und Sam sah all seine Träume in der Staubwolke, die dem Wagen folgte, verschwinden.

1

Julia

Wir mussten gar nicht lange warten, bis das erste Auto anhielt, und mein Herz klopfte erwartungsvoll. *Vielleicht klappt es ja und wir können wirklich noch mal ganz von vorn anfangen und vielleicht geht ja alles sogar noch besser als bei unserem ersten Versuch.* Die Kinder und ich sangen unterwegs, während die Landschaft Kilometer um Kilometer an uns vorbeizog auf dem Weg nach *Uniontown, Pennsylvania*, wo wir schließlich vor einem Billigwarenladen ausstiegen.

„Und womit fahren wir jetzt, Mama?“, fragte mich unsere fünfjährige Sarah. „Vielleicht mit einem richtig schicken Auto?“

Ich beobachtete Sam, wie er die Straße hinunterblickte. Er sah verhärmter aus denn je. Über die eine Schulter hatte er unsere schwerste Tasche geworfen und ging jetzt rückwärts, mit ausgestrecktem Daumen, damit er vom entgegenkommenden Verkehr gesehen wurde. Mein Enthusiasmus verflog. *Bitte Herr, hilf uns! Das hier könnte eine ziemlich beschwerliche Reise werden.*

Es herrschte kaum Verkehr auf der Straße, was für unsere Zwecke ziemlich ungünstig war. Nur wenige Leute waren mit dem Auto unterwegs. Manche fuhren mit einer Geste des Bedauerns an uns vorbei, andere ohne uns überhaupt zu beachten. Schon für die ersten zwölf Kilometer nach *McClellandtown* schienen wir ewig zu brauchen und einen großen Teil der Strecke mussten wir zudem noch zu Fuß gehen. Das genügte bereits, um unserem zehnjährigen Robert den Spaß an dem ganzen Vorhaben gründlich zu verderben. Die Nacht verbrachten wir auf dem Fußboden einer kirchlichen Suppenküche für Arme und ich dankte Gott für den Diakon, der uns hereingelassen hatte. Wir waren alle vier erschöpft. Ich hatte mir schon Sorgen gemacht, wo wir übernachten sollten, aber der Herr meinte es gut mit uns und sorgte auf diese Weise dafür, dass wir eine Bleibe für die Nacht hatten.

Ich lag noch eine ganze Weile wach, lauschte in die Stille hinein und versuchte an Sams und Deweys Plan zu glauben. Sie fanden die Vorstellung, so nah beisammen zu arbeiten und zu leben, unglaublich aufregend, aber mir fiel es sehr schwer, mich auf Deweys Versprechungen zu verlassen. Vielleicht wäre es mir leichter gefallen ihre Begeisterung zu verstehen oder gar zu teilen, wenn ich wie sie eine enge Beziehung zu Geschwistern, Cousins oder Cousinen gehabt hätte.

Sarah schmiegte sich im Schlaf eng an mich, sodass sich ihre weichen braunen Locken über meinen Arm kringelten. Sie war ein sehr zartes Kind, hellhäutig, mit leichtem Knochenbau. Viele Leute sagten, sie sähe mir ähnlich, besonders wegen der strahlend grünen Augen. Ich fragte mich, was sie wohl von diesem seltsamen Umzug quer durchs ganze Land ins Unbekannte hielt. Sie sprach nur wenig und ich machte mir Sorgen, dass sie vielleicht Angst haben könnte.

Ich wusste aus eigener Erfahrung, was es bedeutet, schon als kleines Kind große Angst haben zu müssen. Meine Mutter war drei Tage nach meinem fünften Geburtstag gestorben. Vater war nur selten zu Hause und nachdem Mutter gestorben war, stellte ich mir voller Angst all die vielen langen Stunden vor, die ich von nun an ganz allein in dem leeren Haus würde verbringen müssen. Diese Angst hatte sich allerdings als unbegründet erwiesen, denn schon bald waren meine Tage ausgefüllt gewesen mit großartigen Abenteuern, die ich gemeinsam mit meiner Großmutter Pearl erlebte. Und so hatte ich auf jeden Fall die Hoffnung, dass diese ganze Geschichte auch für Sarah etwas Aufregendes haben würde.

Ich schmiegte mich an sie und nahm meinen ganzen Willen zusammen, um ein bisschen zu schlafen. Es war völlig unklar, was der nächste Tag bringen würde. Robert lag zusammengerollt auf der anderen Seite neben seiner Schwester. Das war seine typische Schlafstellung, die er schon hatte, seit er ein ganz kleines Baby war. Und neben Robert schlief dann Sam. Er lag auf dem Rücken und schnarchte zum Glück ausnahmsweise einmal nicht.

Ich hatte geglaubt, ich wäre als Einzige noch wach, aber da drehte Sam sich langsam zu mir um und lag mit weit geöffneten Augen schweigend im Dunkeln da. Ich weiß nicht weshalb, aber ich konnte einfach nicht mit ihm reden. Ich schloss deshalb die Augen und er schwieg weiter. Das Letzte von diesem Abend, woran ich mich erinnern kann, ist das regelmäßige Geräusch seines Atems.

Am nächsten Morgen aßen wir Äpfel und alte belegte Brote, die ich noch in meiner Tasche gefunden hatte. Der Tag war heiter, klar und schön und das Gezwitscher der Vögel machte mir neue Hoffnung. Wenn Gott ihnen zu fressen gab, würde er ganz bestimmt auch uns irgendwie versorgen.

Es dauerte ziemlich lange, bis an diesem Morgen zum ersten Mal ein Auto anhielt, um uns mitzunehmen, und Robert maulte bereits, weil wir so viel laufen mussten.

„Wie sonst würdest du wohl all das sehen, was du auf diese Weise mitbekommst?", fragte ich ihn. „Manche Leute kommen ihr ganzes Leben lang keine dreißig Kilometer von dem Ort weg, an dem sie geboren wurden."

„Ich werde noch viele Orte zu sehen bekommen", entgegnete er. „Aber ich werde ganz bestimmt nicht zu Fuß dort hinkommen. Als Erstes werde ich mir ein Fahrrad besorgen, später ein Auto und irgendwann den größten Lastwagen, den du je gesehen hast."

„Ich möchte ein echtes Flugzeug", fügte Sarah noch hinzu. „Ich möchte fliegen wie ein Vogel."

„Wie wär's mit einem T-Modell?", fragte Sam und ich drehte mich zu ihm um. Ein alter Mann mit einem gewaltigen Schnauzbart bremste direkt hinter uns ab. Er war freundlich und erwies sich als angenehmer Gesprächspartner, aber er nahm uns nur bis *Martin* mit, wo, wie er uns erzählte, seine Schwester lebte. Überall an den Straßen wuchsen dort prächtige Kastanienbäume und an dem Platz mitten in der Stadt blühte ein Meer von Tulpen. Es war eigentlich eine ganz nette Stadt, aber wir mussten wieder fast eine ganze Stunde lang zu Fuß gehen, bis wir erneut mitgenommen wurden. Diesmal wurden wir östlich von *Fairmont* in *West Virginia* wieder abgesetzt, wo die Berge so schön aussahen und der Berglorbeer so süß duftete, dass ich es eigentlich gar nicht so eilig hatte, weiterzuziehen.

Und das war auch gut so, weil wir nämlich schließlich eine Weile dort blieben. Wir gingen zu Fuß in die Stadt hinein und kauften uns etwas von dem Eintopf, der im Schaufenster eines kleinen Lokals angepriesen wurde. Er war gut und billig. Dann gingen wir weiter und als es anfing zu regnen, rannten wir zu einer überdachten Musiktribüne in einem Park. Wir konnten nicht riskieren, dass unser gesamtes Hab und Gut durchnässt wurde.

Wir saßen lange dort und warteten darauf, dass der Regen aufhörte. Ich ließ Robert Hauptwörter aufzählen, während Sarah mit ihrer Puppe tanzte. Sam wurde langsam unruhig und als der Himmel schließlich wieder aufklarte, war er sofort auf den Beinen und startklar. Während wir liefen, kam sogar die Sonne hin und wieder heraus, aber sie stand schon tief und sank immer weiter, bis wir irgendwann westlich der Stadt am Straßenrand standen und den purpurfarbenen Sonnenuntergang bestaunten. Wo sollten wir nur die Nacht verbringen?

Ich machte mir Sorgen, aber ich setzte mich hin und pries Gott für die leuchtenden Farben, die er an den Himmel gemalt hatte und dafür, dass er meinen Kindern immer wieder so schöne Dinge zeigte. Und dies war erst die zweite einer beliebigen Anzahl von Nächten, die noch vor uns lagen – jede von ihnen ungewiss.

Irgendwann fand uns ein erschöpfter Polizist am Straßenrand und fragte, wieso wir im Dunkeln die Straße entlanggingen, dazu noch mit zwei Kindern, die eigentlich längst ins Bett gehörten.

Sam erklärte so gut er konnte unsere Lage, aber der Mann schüttelte nur den Kopf und sah uns an, als wären wir die Mitleid erregendsten Gestalten, die er an diesem Tag zu Gesicht bekommen hatte. Trotzdem bot er uns an, die Nacht im örtlichen Gefängnis von *Fairmont* zu verbringen, das hätte der Sheriff Fremden auf der Durchreise schon öfter angeboten. Sarah und Robert waren von der Idee allem Anschein nach ebenso wenig angetan wie ich, aber ich sagte, es wäre doch sicher ein richtiges Abenteuer, einmal am eigenen Leibe zu erleben, wie man sich im Gefängnis fühlte.

Der Aufenthalt in der Zelle war mir unheimlich, obwohl alle Türen weit offen standen. Es war kalt und dunkel dort und es herrschte ein Geruch, wie ich ihn noch nie zuvor irgendwo wahrgenommen hatte. Aber die Polizisten waren so freundlich, die Pritschen für uns nebeneinander zu schieben, und ich war froh, als ich mich endlich hinlegen konnte. Sarah wollte erst schlafen, als sie den Kopf an meine Schulter legen durfte und

Robert lag auf dem Rücken neben mir und redete stundenlang ununterbrochen, als ob die Stille irgendeine Art von Gespenst anlocken könnte, dem er auf gar keinen Fall begegnen wollte.

Nur Samuel schien weit weg zu sein, obwohl ich ihn problemlos hätte berühren können, wenn ich gewollt hätte. Er sprach kaum. Ich bin sicher, er muss gedacht haben, ich wäre immer noch böse auf ihn, denn wir hätten zumindest noch mein Erbe zum Leben gehabt, wenn er es nicht ohne mein Wissen in Aktien der Firma investiert gehabt hätte, für die er gearbeitet hatte. Aber es war eben passiert und daran konnte keiner von uns mehr etwas ändern.

Die Nacht war lang, aber wir wurden entschädigt durch ein recht ordentliches Frühstück im Gefängnis von *Fairmont*, und ich war ganz sicher, dass der Herr auch für uns sorgen würde, indem wir die Staaten *West Virginia* und *Kentucky* schnell durchqueren würden. Als es jedoch wieder Abend wurde, hatten wir noch nicht einmal *Charleston* erreicht. Inzwischen waren auch all meine alten Vorbehalte gegen diesen „Umzug" wieder da. Wir hatten kaum noch Geld und was sollte werden, wenn uns etwas zustieß?

Ich versuchte, solche Gedanken gar nicht erst weiter an mich heranzulassen, während wir vor einer Kirche in *Big Chimney* standen und hofften, dass uns jemand für die Nacht aufnehmen würde. Ich spielte mit den Kindern ein Spiel, nur um sie bei Laune zu halten, und schließlich hatte ein Nachbar Mitleid mit uns. Er bot uns ein Abendessen an und ließ uns auf seiner Veranda übernachten.

Es hätte eine wunderschöne, lauschige Nacht sein können, wäre da nicht die Sorge gewesen. Die Luft war warm und die Ahornbäume im Garten wiegten sich in einer leichten Brise. Es standen so viele Sterne am Himmel, dass wir lange Zeit einfach nur dalagen und hinaufschauten. Die Kinder zeigten immer wieder nach oben, während ich so gut es ging versuchte, mich daran zu erinnern, wie die Sterne und Sternbilder hießen.

Am nächsten Tag wurden wir von einem Auto nach *Morehead* in *Kentucky* mitgenommen und ich war irgendwann sogar froh über diese Gelegenheit, mehr von Gottes wunderschöner Welt zu sehen zu bekommen. Alles war grün, außer an den Stellen am Straßenrand, wo das Grün durch Gänseblümchen und blaue

Glockenblumen bunt gesprenkelt war. Ich pflückte für jedes der Kinder ein gelbes Stiefmütterchen und gab dann auch Sam eines in der Hoffnung, dass er vielleicht lächeln würde. Er steckte sich die Blüte zwar ins Knopfloch, sagte aber nichts.

Bevor uns die netten Leute, die uns nach *Morehead* mitgenommen hatten, absetzten, vergewisserten sie sich noch, ob wir für Robert und Sarah etwas zum Mittagessen hatten. Wir saßen etwa eine Stunde lang in der Stadt und zogen argwöhnische Blicke auf uns oder wurden geflissentlich übersehen, bevor wir weiterzogen. In *Kentucky* sang ich jedes Lied, das ich kannte – sogar mehrmals, wie mir schien. Für den Rest des Tages nahm uns niemand weiter als 20 Kilometer an einem Stück mit. Ich hatte noch nie zuvor so viel über David und Goliath erzählt, über Daniel in der Löwengrube oder den unvergleichlichen Doktor Doolittle. Sarah fand das alles unglaublich schön, von den Geschichten über die Landschaft bis hin zum Reiten auf den Schultern ihres Vaters.

Ich war schon fast so weit zu glauben, dass ich mir auf unserer Reise um sie keine Sorgen zu machen brauchte, aber als Sam sie dann absetzte, kam sie direkt zu mir gelaufen und nahm meine Hand. Ihre strahlenden Augen blickten plötzlich unsicher drein.

„Mama, sind wir heute Abend, wenn ich ins Bett muss, wieder zu Hause?"

Normalerweise wusste ich, was ich sagen sollte. Aber diesmal? Zur Schlafenszeit zu Hause? Ach Herr, wenn wir doch nur ein Zuhause hätten!

„Wir werden viel Spaß hier draußen beim Campieren haben und es dauert gar nicht mehr lange, dann sind wir schon in *Illinois*."

„Bleiben wir dann für immer da?"

Ich bückte mich, sodass ich mit ihr auf Augenhöhe war und drückte sie an mich. „Der Herr wird sich um ein Zuhause für uns kümmern. Das wollen wir einfach glauben."

Sie kaute ein wenig auf ihrer Unterlippe, eine ihrer typischen Angewohnheiten, und schaute dann zu ihrem Vater hinüber, der gerade unsere Landkarte aus einer der Taschen hervorkramte.

„Ich will unser altes Haus wiederhaben", sagte sie und erwähnte es zum ersten Mal seit Tagen.

Und ich konnte nicht anders als zu seufzen. „Manchmal

möchte ich das auch, aber wir bekommen bestimmt etwas, das uns genauso gut gefällt, vielleicht sogar noch besser. Denn Gott hat gesagt, dass denen, die ihn lieben, alle Dinge zum Besten dienen. Und wir lieben ihn doch, oder?"

Sie nickte, sagte aber nichts weiter. Sie zog nur ihre Stoffpuppe aus der gestreiften Tasche und setzte sie sich genauso auf die Schultern, wie Sam zuvor sie getragen hatte. „Wir gehn nach *Illinois*, Bessie", sang sie, „wir gehn nach Illinois."

Aber Samuel und Robert waren bereits in die Landkarte vertieft, mit Blick auf unser Ziel. Zwei Tage, an denen wir kaum vorangekommen waren, hatten sie reizbar, angespannt und müde gemacht. Zweimal gaben wir Geld für ein billiges Zimmer aus, damit wir nicht unter freiem Himmel übernachten mussten, und ich kaufte das billigste Essen, das ich auftreiben konnte. Trotz allem versuchte ich heiter zu blieben, aber Robert weigerte sich, weiterhin den Daumen hochzuhalten und fing darüber hinaus an, immer drei Schritte hinter uns zu gehen.

Am schwierigsten war unsere Lage jedoch für Samuel auszuhalten, denn er wusste ja, dass wir eigentlich Geld gehabt hätten und dass es zudem noch mein Geld gewesen war. Bei unserer Heirat hatte er mir ein Haus mit geschwungenen Leuchtern und einem Rosengarten versprochen. Mir war das inzwischen längst nicht mehr wichtig, aber ihm schon. Ich sah ihm an, wie sehr ihm das alles zusetzte, während wir es Kilometer um Kilometer hinter uns ließen. Unser schönes Haus in *Harrisburg* und der Garten, in dem wir viele Rosen gepflanzt hatten, das alles war weg. Und wer wusste schon, was wir stattdessen bekommen würden?

Ich hatte Sarah ein ebenso schönes, wenn nicht noch schöneres Haus versprochen, und ich versuchte sogar auch selbst daran zu glauben. Aber die Angst lauerte immer noch in meinem Nacken. Manchmal, wenn man denkt, dass es jetzt nur noch besser werden kann, wird es trotzdem noch schlimmer.

Als wir am 2. Mai *Evansville*, *Indiana*, erreichten, hatte Sam verfilzte Barthaare und war so hohlwangig, wie ich ihn noch nie erlebt hatte. Er trieb uns zur Eile auf unserem Weg in die grau in grau wirkende Stadt, weil er unbedingt Dewey anrufen wollte, um ihm mitzuteilen, dass wir schon ganz in der Nähe waren und er sogleich nach unserer Ankunft dort anfangen wolle zu arbeiten. Ich knotete meinen rosafarbenen Schal etwas fester, weil

Wind aufkam, und sang Robert und Sarah das Lied „Blue Skies“ vor, während Sam im Büro des *Evansville Daily* stand und mit seinem Cousin telefonierte.

Auch Robert war endlich wieder gespannt und aufgeregt. Wie wohl Deweys Haus sein würde? Ob es Nachbarn gab? Ob wohl die Schule in der Nähe sein würde? Ob wir wohl auch eines Tages wieder ein Telefon haben würden? Und ein Radio, um Jack Sharky aus dem Boxring in New York City zu hören?

Sarah hatte ihre ganz eigenen Fragen. Ob sie rosa Bettwäsche für ihr neues Bett in *Illinois* haben könne? Ob wir wohl ein Theater finden würden, in dem wir uns noch einmal Micky Maus anschauen könnten?

Ich war genauso wie sie auf alles gespannt und rechnete damit, dass Deweys Neuigkeiten ebenso großartig sein würden wie immer, ja, dass er vielleicht sogar in sein Auto steigen und uns entgegenfahren würde, um uns das letzte Stück persönlich zu chauffieren.

Aber als Samuel aus dem Redaktionsbüro trat und aussah, als ob er von einer Windbö gegen eine Steinmauer gedrückt worden sei, da zogen sich die Wolken wieder über mir zusammen und ich wandte mich ab. Ich konnte es ihm vom Gesicht ablesen. Dewey würde nicht kommen. Dewey konnte all die Hoffnungen, die wir auf ihn gesetzt hatten, nicht erfüllen. Wir waren ganz auf uns allein gestellt.

2

Samuel

In *Evansville* stellten wir uns an der Schlange bei einer Armenspeisung an und ich hatte das Gefühl, ein miserabler Vater zu sein. Die einzigen Kinder, die ich weit und breit entdecken konnte, waren meine eigenen. Ich hatte meine Frau und die Kinder durch drei Bundesstaaten dorthin gebracht, und zwar auf ein Versprechen auf Arbeit hin, das nie erfüllt werden würde. Ich hätte es wissen müssen. Mir hätte klar sein müssen, dass wenn

Dewey uns nicht das Geld für die Reise dorthin hatte vorstrecken können, seine Pläne und Vorstellungen vielleicht keine allzu große Sicherheit boten.

Die Räderfabrik war inzwischen auch von der allgemeinen Wirtschaftskrise erfasst worden und stand kurz vor der Schließung, aber es kam keine Entschuldigung von Dewey. Er machte sich solche Sorgen um seinen eigenen Lebensunterhalt, dass er zu meinem nichts zu sagen hatte. Und das tat weh. Seit der dritten Klasse, als ich ihm geholfen hatte, sich während einer der lautstarken Streitereien seiner meist betrunkenen Eltern davonzustehlen, waren wir wie Brüder gewesen. Wir waren damals für zwei Tage zusammen abgehauen und ich hatte danach zu Hause eine Abreibung bekommen, die ich nie vergessen werde. Aber danach hatten wir immer unter einer Decke gesteckt und ich hatte mich immer darauf verlassen können, dass er auf mich genauso aufpasste wie auf sich selbst. Bis jetzt jedenfalls.

Wenn wir in *Pennsylvania* noch irgendetwas gehabt hätten, wohin wir hätten zurückkehren können, wäre ich jetzt umgekehrt, aber es gab dort absolut nichts mehr, und deshalb war es auch völlig egal, wo wir Halt machten oder uns niederließen.

Julia sagte gar nichts und ich betrachtete das als reine Barmherzigkeit. Eigentlich hätte sie inzwischen weinen müssen, aber in den vergangenen schweren anderthalb Jahren hatte sie das kein einziges Mal getan. Zunächst war alles, was ich investiert hatte, weg gewesen, als Nächstes der beste Job, den ich jemals gehabt hatte in Cooper's Fabrik, und schließlich auch unser Haus.

Sie hatte mich nicht beschimpft dafür, dass ich sie so verraten und im Stich gelassen hatte, aber ich wusste genau, wie sehr ich sie dadurch verletzt hatte. Ich wusste, dass sie bitter enttäuscht war, aber sie gab nicht einmal zu, dass sie müde war. Sie nahm einfach die kleine Sarah auf den Arm und sah die Straße entlang.

„Erinnert ihr euch noch an Großmutter Pearl?“, fragte sie die Kinder. Robert nickte zur Bestätigung, aber Sarah schüttelte den Kopf. Sie war erst zwei gewesen, als Pearl gestorben war, also noch viel zu klein, um sich zu erinnern.

„Ich habe lange bei Großmutter Pearl gelebt“, erzählte Julia den Kindern weiter. „Nachdem mein Papa gestorben war und ich dachte, dass mein Leben jetzt vorbei sei. Aber sie hat mir dann gesagt, dass es immer einen Weg gibt. Es gibt immer gute Dinge, die nur darauf warten, entdeckt zu werden."

„Suchen wir auch nach den guten Dingen?", fragte Sarah.

„Ja, jeden Tag", antwortete Julia ihr.

Ich war überrascht, dass sie so ruhig bleiben konnte, aber dann sah ich ihr einen ganz kurzen Moment lang in die Augen, bevor sie sich abwandte. Ich hatte noch nie einen solchen Wust von Gefühlen bei ihr gesehen. Es war, als ob all die Verletztheit und Unsicherheit schließlich doch in ihr hochkamen und dann überschwappten. Sie konnte die Tränen nicht zurückhalten, sodass sie dort an ihren Wimpern hingen wie Tautropfen im Gras.

„Am besten erinnere ich mich an Großmutters Garten", sagte Robert. „Sie war lustig und hat jeden Morgen ganz früh Unkraut gezupft und manches davon hat sie sogar gegessen."

„Sie war eine kluge Frau", erzählte Julia ihnen. „Sie wusste, wie man das, was Gott uns schenkt, verwenden kann."

„Heute gibt er uns Suppe", sagte Sarah, während wir in der Schlange der Suppenausgabe immer weiter vorrückten. „Hoffentlich is' Gemüse drin."

Ich musste mich abwenden, weil ich nicht wollte, dass meine Familie sah, wie es mich innerlich zerriss, sie der stämmigen Frau hinter der Essensausgabe vorstellen zu müssen.

„Heute gebe ich Ihnen ausnahmsweise etwas", sagte sie mit finsterer Miene, „aber dann müssen Sie weiterziehen. Diese Einrichtung ist eigentlich nur für die Bewohner dieser Stadt, die unverschuldet in Not geraten sind. Wir versorgen keine Vagabunden, die sich hier nur herumtreiben."

Gemüsesuppe war alles, was sie hatten, sehr zur Freude von Sarah. Jeder bekam ein Schälchen Suppe und zwei Stückchen Zwieback. Wir aßen die kärgliche Mahlzeit schweigend, bis Sarah plötzlich fragte: „Was sind eigentlich Vagabunden?"

Die liebe Julia versuchte immer, die Kinder vor unseren Problemen abzuschirmen und antwortete deshalb schnell, bevor ich Gelegenheit hatte, etwas zu entgegnen: „Das sind Leute, die viel unterwegs sind, mein Schatz."

„Aber warum wollen sie die denn nicht versorgen? Das könnte doch lustig sein. Sie könnten dann über schöne Orte erzählen. Vielleicht über Afrika oder so."

Robert legte den Löffel zur Seite und zog in Richtung seiner

Schwester eine Grimasse. „Weißt du eigentlich gar nichts?“, fragte er ärgerlich. „Sie hat *uns* Vagabunden genannt und das bedeutet, dass wir arm sind!“

Sarah schaute ihre Mutter mit großen Augen fragend an. Ich hätte kein Wort herausgebracht, selbst wenn ich gewollt hätte. Ich bekam in dem Augenblick die Möhren und Kartoffeln kaum herunter, denn sie fühlten sich in meinem Mund plötzlich wie Schuhsohlen an. Aber Julia sah einfach zu Robert hinüber und sagte ihm, er solle seine Suppe aufessen.

„Nicht alle Vagabunden sind arm“, sagte sie. „Jedenfalls nicht innerlich.“

Ein grauhaariger alter Mann erzählte uns von einer Kirche ein paar Straßen weiter, die für obdachlose Menschen Übernachtungsmöglichkeiten anbot. Ich bedankte mich bei ihm und mir war völlig klar, dass uns gar nichts anderes übrig blieb, als jede nur erdenkliche Hilfe in Anspruch zu nehmen. Als wir unsere Suppe aufgegessen hatten, gingen wir deshalb schnurstracks zu der besagten Kirche. Die ganze Zeit musste ich daran denken, dass Julia seit meinem Telefongespräch mit Dewey weder ein Wort mit mir gesprochen noch mich angeschaut hatte.

Eigentlich war ja auch klar, dass sie wütend war, und ich wusste, dass sie irgendwann in nächster Zeit explodieren und mir sagen würde, wie es wirklich in ihr aussah, aber das würde sie auf gar keinen Fall vor den Kindern tun. Sie würde ganz bestimmt warten, bis die beiden schliefen, und dann würde sie mir schonungslos sagen, was für ein übler Versager ich in ihren Augen war. Nach dieser ganzen Zeit hatte ich das Gefühl, es würde wahrscheinlich sogar eine Erleichterung für mich sein, sie endlich all das aussprechen zu hören, wovon ich glaubte, dass sie es ohnehin über mich dachte: Wenn ich meinen Job hätte behalten oder einen anderen hätte finden können, wenn ich das Geld von Großmutter Pearl in dem Schuhkarton hätte lassen können, statt davon Firmenanteile zu kaufen, dann wäre uns wenigstens unser Haus geblieben.

Die Leute in der Kirche waren angenehmer als die Frau in der Suppenküche, aber sie hatten offenbar überhaupt keine Zeit für uns. Sie wiesen uns ein Zimmer zu, das etwas abseits lag von dem Schlafsaal, in dem der Rest der Leute untergebracht war – meist Männer –, und überließen uns dann uns selbst. Die Kinder waren schon bald eingeschlafen und kurz danach auch Julia. Und immer noch hatte sie kein einziges Wort mit mir geredet.

Mir gelang es nicht einmal, mich hinzulegen, geschweige denn innerlich zur Ruhe zu kommen. Was stand meiner Familie noch alles bevor? Was sollte ich ihnen am nächsten Tag zu essen geben? Nicht einmal die Armenspeisung in *Evansville* stand uns ein weiteres Mal zur Verfügung. Wir hatten gar nichts mehr und das wussten auch meine Frau und die Kinder. Ich hatte ihnen *Illinois* versprochen mit üppigen Wiesen und Feldern. Ich hatte ihnen Cousin Dewey versprochen, eine herzliche Begrüßung bei ihm und einen schönen Besuch und danach auch eine Zukunft in seiner Nähe.

Dewey hatte nicht gesagt, wir sollten doch lieber wieder umkehren. Wir waren willkommen als Besuch, wo wir nun schon so weit gereist waren, aber ich konnte kein Licht am Ende des Tunnels und ganz bestimmt auch keinen Funken Hoffnung für mich erkennen. Die Wahrscheinlichkeit, irgendwo Arbeit zu finden, war gleich null.

Ich versuchte zu beten, weil ich wusste, dass Julia und auch die Großmutter, an die sie sich so gern erinnerte, das ebenfalls für das Beste gehalten hätten, aber ich fand dabei weder Trost, geschweige denn irgendwelche Pfeile, die mir die richtige Richtung zeigten. Als die Sonne aufging, fühlte ich mich innerlich völlig zerschlagen und beschloss, dass wir weiterziehen würden, und wenn es nur war, um überhaupt irgendetwas zu tun.

Julia akzeptierte meinen Entschluss sofort. Sie kaufte Plätzchen vom Vortag beim Neffen eines Lokalbesitzers, der mit einem Bauchladen unterwegs war und versuchte, das zu verkaufen, was sein Onkel nicht mehr loswurde. Julia lobte ihn für seine gute Geschäftsidee. Er lächelte sie breit an und gab ihr zwei Extrakekse, weil sie so nett zu ihm war.

Als wir dann von einem Auto mitgenommen wurden, plauderte sie mit dem Fahrer, als ob bei uns alles in bester Ordnung wäre und sie von keinem Problem auf dieser Welt wüsste. Getragen von dem ruhigen Verhalten und Äußeren ihrer Mutter, suchte Sarah die Felder nach Blumen ab, und Robert saß einfach still da, ohne sich auch nur ein einziges Mal über diesen weiteren Tag auf der Landstraße zu beklagen.

Julia kann eine so intakte Fassade zeigen, dachte ich immer wieder bei mir. Das könnte ich niemals. Aber sie sorgte auf diese Weise dafür, dass die Kinder unsere Lage für gar nichts Außergewöhnliches hielten, zumindest aber nicht für ein längerfristiges oder gar dauerhaftes Problem. Sie glaubten, es wäre einfach nur noch ein Tag, an dem wir eben alle zusammen taten, was getan werden musste.

Meine Familie würde das alles unbeschadet überstehen. Sie hatten die Güte der Engel Gottes auf ihrer Seite und der Mumm von Großmutter Pearl war auf Julia übergegangen und hatte sich in ihr weiterentwickelt. Es würde schon irgendeinen Weg geben. Ich konnte erkennen, wie sie neu anfingen und es schafften, für den Lebensunterhalt und ein Dach über dem Kopf zu sorgen. Aber mich selbst konnte ich nur untergehen sehen. Ich sah, wie ich mit jedem Kilometer, den wir zurücklegten, tiefer in den Abgründen meines eigenen Versagens versank.

3

Julia

Es war mitten am Nachmittag, als wir neben einem Feld irgendwo bei *Dearing, Illinois* abgesetzt wurden. Sam wollte nicht noch weiter nach Süden, weil wir uns dann wieder von *Mount Vernon* entfernt hätten. Also stiegen wir bei der Abzweigung aus. Danach kam kein einziges Auto mehr. Ich trug mein kleines Mädchen auf dem Arm und als wir etwa zwei Stunden so gelaufen waren, türmten sich am Himmel dunkle Wolken auf und der Wind blies mir Sarahs dunkle Locken ins Gesicht.

Noch nie zuvor war ich so wütend gewesen. Wir waren irgendwo am Ende der Welt und es zog ein Gewitter auf, so schlimm, wie ich es das ganze Jahr noch nicht erlebt hatte. Es würde übel werden, das erkannte ich mit Schrecken, obwohl ich es der Kinder wegen nicht laut aussprach. Wir mussten irgendwo

Unterschlupf finden, bevor der Sturm mit voller Wucht über uns hereinbrach.

Sam entdeckte die alte Scheune als Erster und ich rannte sofort los, wobei ich versuchte, mit Sarah auf dem einen Arm und der Reisetasche in der anderen Hand das Gleichgewicht zu halten. Robert trabte neben mir her und fragte sich bestimmt, was wohl jetzt aus uns werden würde. Es hatte schon zuvor schlimme Tage gegeben und zwar ziemlich viele, aber dieser hier übertraf alle anderen noch bei weitem.

Ich hörte, wie die alte Scheune im Wind ächzte. Allzu viel Schutz würde sie uns nicht bieten können.

„Los, beeilt euch!“, schrie Sam, aber ich schaute nicht in seine Richtung. Diese ganze Reise war seine Idee gewesen, es war seine Idee gewesen, die Kinder zu nehmen und per Anhalter quer durchs halbe Land zu fahren, nur auf das Wort von Dewey hin. Es war mir egal, wie gute Kumpel Sam und Dewey einmal gewesen waren, und es war mir sogar egal, wie schlecht Sam sich fühlte. Das Einzige, woran ich denken konnte, war, dass seine Pläne wieder einmal im Sande verliefen und damit gescheitert waren. Wir hatten absolut nichts in der Hand, was uns dazu hätte veranlassen können, *Pennsylvania* zu verlassen. Wir saßen fest in einem fremden Bundesstaat, hatten nicht einmal mehr einen Dollar für uns alle zusammen und wussten nicht, wo wir unterkommen sollten.

Wegen der Stoppeln vom Vorjahr war es unglaublich anstrengend, das riesige unbestellte Feld zu überqueren. Und es wurde immer dunkler. Ein plötzlicher Donnerschlag hinter mir bewirkte, dass Sarah ihr Gesicht in den Falten meines Mantels verbarg. Sie klammerte sich so heftig an mir fest, dass mein Umschlagtuch nach hinten rutschte und mein offenes Haar im Wind flatterte.

„Wir schaffen es noch rechtzeitig, mein Schatz“, sagte ich zu ihr. „Wir sind im Trockenen, bevor das Gewitter losgeht.“

Robert rannte schon voraus, so schnell ihn seine schlaksigen, zehnjährigen Beine trugen. Er erreichte die alte windschiefe Scheune noch vor seinem Vater und drückte und zerrte an der alten Tür, bis Sam ihn hochhob und er den Riegel zurückschieben und das Tor aufziehen konnte. Ich ging an den beiden alten Bäumen vorbei, die wie zwei Wachposten neben der Scheune standen, und kauerte mich drinnen zusammen, als es auch schon wie aus Kübeln zu schütten anfing.

Sam hatte seine beiden Taschen auf das Stroh in der Mitte der Scheune geworfen. Was für ein Gestank dort herrschte! Wie hundert Jahre Schmutz, Mist, Vieh, feuchtes Heu und Mäusedreck. Robert rümpfte die Nase und sah mich an.

Aber Sarah machte nur einen kurzen Moment die Augen auf. „Ich habe Angst, Daddy", weinte sie. Die arme Kleine hatte bei Gewittern schon immer Angst gehabt.

„Es wird alles wieder gut, mein kleiner Kürbis." Sam tat alles, um ihr das Gefühl von Sicherheit zu geben, indem er sie mir aus den Armen nahm und ganz fest an sich drückte. Aber ich konnte sehen, wie sein Blick skeptisch über unseren Unterschlupf schweifte. Der Wind rüttelte und schüttelte bei jedem Donnerschlag daran und im Dach waren Löcher, durch die es inzwischen hereinregnete. Die Westseite des alten Gebäudes schien noch relativ stabil, aber der gesamte Rest entsprach allem Anschein nach ganz und gar nicht mehr seinem eigentlichen Zweck, nämlich Schutz vor Wind, Regen und Unwetter zu bieten.

Ich wusste, dass ich für den Unterschlupf eigentlich hätte dankbar sein sollen, auch wenn er noch so dürftig war. Unter anderen Umständen hätte mich eine solche alte Scheune wahrscheinlich sogar bezaubert, aber ich war immer noch viel zu wütend, um in all diesem Chaos etwas Gutes erkennen zu können.

Und Sams Zärtlichkeit Sarah gegenüber war für mich plötzlich nur noch schwer zu ertragen. Es fiel mir schwer, wütend zu sein, als ich ihn dabei beobachtete, wie er ihr die Tränen wegküsste. Ich wusste, dass Sam uns liebte, daran hatte ich nie ernsthaft gezweifelt. Er hatte ganz bestimmt nicht gewollt, dass es so kam. Er hatte nicht wissen können, dass der Aktienmarkt zusammenbrechen würde oder dass die Cooper-Fabrik Konkurs gehen würde. Er hatte geglaubt, mir einen Gefallen zu tun, als er mein Erbe in seine dem Untergang geweihte Firma gesteckt hatte. Wenn er doch nur die Finger davon gelassen hätte! Der Schuhkarton hatte Großmutter genügt und auch für uns wäre er besser gewesen.

Robert stellte seinen Jutesack voller Habseligkeiten neben mir ab und ging zum anderen Ende der Scheune, während sich Sarah immer noch an die Schulter ihres Vaters schmiegte. Robert war zwar mutiger als seine Schwester, was Dinge wie Donner und Blitz betraf, aber ich machte mir trotzdem Gedanken um ihn, weil ich wusste, dass er sich genau wie ich Sorgen machte; ihm war nämlich völlig klar, wie schlimm es wirklich um uns stand.

„Schau doch mal, Mama“, rief Robert vom Scheunentor auf der Rückseite der Scheune her, das im Wind hin und her geschlagen hatte, bis er es endlich hatte festhalten können. Ich rannte zu ihm hin und er zeigte nach Nordwesten über einen wackligen Hühnerverschlag hinweg auf ein altes zweigeschossiges Farmhaus. Die Hintertür stand weit offen und wir konnten zwei zerbrochene Fenster sehen.

„Wenn hier jemand wohnen würde, dann stände die Tür nicht sperrangelweit auf, Mama“, sagte er. „Im Garten wächst nichts als Unkraut.“

Natürlich hatte er Recht. Aber es war gar nicht in erster Linie der Zustand der Farm, der mir sagte, dass sie verlassen war. Es gab keinen Hund, sonst hätte er uns inzwischen gehört und angeschlagen. Seit meinem ersten Aufenthalt bei Großmutter und Großvater konnte ich mir eine Farm ohne Hund gar nicht mehr vorstellen.

Es gab keinerlei Anzeichen, dass sich außer uns noch irgendjemand auf dem Anwesen befand. Es gab keine Kühe, keine Hühner, keinen Traktor und auch keinen Wagen. Vielleicht waren die Leute, die hier gelebt und gearbeitet hatten, schon vor langer Zeit weggezogen und ihr treuer Hund mit ihnen.

Und vielleicht hatte der Herr uns ja absichtlich zu diesem verlassenen Farmhaus geführt. Da stand es nun direkt vor meiner Nase und bot mir und meinen Kindern bestimmt besseren Schutz als die baufällige, windschiefe Scheune. Ich schaute nach oben und sah, wie der Regen durch das löchrige Dach der Scheune tropfte. Es kam mir eher unwahrscheinlich vor, dass die bisher noch trocken gebliebenen Ecken auf dem mit Stroh bedeckten Boden noch lange trocken bleiben würden.

„Sam“, sagte ich. „Das hier ist kein geeigneter Ort zum Übernachten.“

Er drehte sich nicht einmal zu mir um, sondern entgegnete: „Es muss eben genügen, so wie es ist, Julia.“

Ich schüttelte den Kopf und schaute wieder nach draußen und hinüber zu dem Haus. Ich konnte sehen, dass es früher einmal sehr hübsch gewesen sein musste. Die dunklen Fenster und die Veranda mit den hölzernen Stützpfeilern wirkten anheimelnd und ich hatte den irrationalen Gedanken, dass Gott es erst an diesem Abend hierher gestellt hatte, weil er wusste, wie dringend wir es brauchten.

„Können wir hineingehen?", bettelte Robert. „Bitte!"

Sam trug Sarah zu uns herüber, warf einen Blick auf das Haus und schüttelte dann den Kopf. „Wir können doch nicht einfach das Haus von irgendjemandem besetzen", sagte er. „Das ist einfach nicht richtig. Wir können auch hier abwarten, bis der Sturm und das Gewitter sich beruhigt haben, und dann weiterziehen."

„Für Sarah ist es heute Nacht zu kalt da draußen", überlegte Robert. „Hier wohnt doch sowieso keiner und vielleicht gibt es dort drinnen ja sogar irgendwo einen Kamin."

Bei diesem Gedanken horchte Sarah auf. Der Kamin war in unserem Haus in *Harrisburg* immer ihr Lieblingsplatz gewesen.

„Bitte, bitte, Papa", stimmte sie ein. „Lass uns doch reingehen und es uns anschauen."

„Aber dieses Haus gehört jemandem", protestierte mein Mann und schaute auf das Stroh zu seinen Füßen. Das alles gefiel ihm nicht, das spürte ich genau. Aber ich wusste auch, dass er die endgültige Entscheidung mir überlassen würde.

„Ich glaube nicht, dass jemand etwas dagegen hätte, wenn wir eine einzige Nacht dort drüben verbringen würden, Sam", sagte ich. „Das Gewitter und der Sturm können noch eine ganze Weile so weitergehen und wir brauchen einen trockenen Platz für die Nacht. Außerdem bin ich mir gar nicht so sicher, ob die alte Scheune auch nur einer kräftigen Windbö standhalten würde."

Er sagte nichts, sondern setzte Sarah einfach ab und sammelte alle Taschen zusammen.

„Können wir zum Haus hinüberrennen?", fragte Robert mit einer Gespanntheit und Aufregung, die ich an ihm so sehr mochte.

„Da bleibt uns wohl kaum etwas anderes übrig", antwortete ich. „Aber warte erst noch einen Augenblick und schau, ob der Regen vielleicht ein bisschen nachlässt."

Fünf Minuten später regnete es immer noch unvermindert heftig, aber als dann eine Windbö ein Stück aus dem Dach riss und es durch die Luft wirbelte, rannten wir trotz des strömenden Regens über den großen Hof zum Haus hinüber. Mit Sarah, die auf meinem Arm hin und her schaukelte, stürmte ich direkt hinter Robert zur Hintertür hinein, unmittelbar gefolgt von Sam, und ließ all unsere Sachen auf einen Haufen mitten auf den Küchenfußboden fallen.

Es war schon dunkel in dem Haus, aber fast überall trocken. In der Küche roch es modrig und überall in den Ecken waren gewaltige Spinnengewebe zu sehen. Ein wackeliger Tisch, drei Stühle und ein verstaubter Holzherd zum Kochen nahmen den größten Teil des Raumes ein. Ich kramte in meiner Tasche herum auf der Suche nach ein paar Kerzen und einem Streichholz, während Sam versuchte irgendwie die Tür zu schließen. Eine der Türangeln war gebrochen und die Tür blieb einfach nicht zu, aber er stellte schließlich einen Stuhl dagegen, sodass sie nicht mehr aufschlagen konnte und Wind und Regen erst einmal notdürftig abgewehrt waren.

Ich zündete eine Kerze an und reichte sie Sam. Nachdem er die zweite angezündet hatte, gingen wir alle zusammen ins nächste Zimmer.

„Schau mal, ein Kamin!", rief Sarah begeistert. „Können wir ein Feuer anzünden und Popcorn machen?"

Genau wie in Harrisburg, dachte ich. *Genau das ist es nämlich, was meine Kinder eigentlich wollen. Sie wollen ihr altes Leben zurück.*

„Wir haben aber gar kein Feuerholz, mein Schatz", sagte ich zu ihr. „Und auch kein Popcorn. Aber wir kommen sicher auch ohne zurecht."

Ich stellte meine Kerze auf den Kaminsims, damit das Zimmer ein bisschen beleuchtet war. Als einziges Möbelstück befand sich darin ein zerbrochener Stuhl in einer Ecke. Ich war froh, als ich feststellte, dass wenigstens alle Fenster noch heil waren.

Sam ging zurück in die Küche, um unsere Taschen zu holen und zog unsere beiden dünnen Decken heraus.

„Können wir uns in dem Haus umsehen?", fragte Robert.

„Jetzt lasst uns erst einmal essen", entgegnete ich und versuchte über unser spannendes Abenteuer so begeistert zu scheinen, wie er es anscheinend war. Aber wir hatten nur noch zwei

Äpfel und vier alte Zwiebäcke, die ich in meiner Tasche fand. Für das Frühstück am nächsten Tag würde also Gott selbst sorgen müssen.

Ich schnitt die Äpfel in Hälften und gab jedem der Kinder einen Zwieback. Auch Sam bot ich einen an, aber der schüttelte nur den Kopf, also gab ich ihm stattdessen unsere alte Feldflasche. *Eigentlich sollten wir vor dem Essen beten*, dachte ich, aber dann sprach ich nur einen kurzen Segen. Innerlich betete ich still: *Herr, hilf uns, dass wir wieder selbst für unseren Lebensunterhalt sorgen und Geld verdienen können. Gib Sam neue Hoffnung. Hilf, dass wir uns wieder so nah sind wie früher.*

Ich hatte den Eindruck, dass ich auch dafür beten sollte, meinen Zorn auf Sam zu überwinden und ihm vergeben zu können, aber ich tat es trotzdem nicht. Wahrscheinlich, weil es einfacher war zu glauben, dass ich ihm bereits vergeben hatte und ich all die Gefühle, die in mir hochkamen, unabhängig davon und außerdem völlig zu Recht hatte.

Ich überließ den Kindern unsere gesamten noch vorhandenen Lebensmittel, denn ich hätte ohnehin keinen Bissen heruntergebracht. Obwohl es erst Anfang Mai war, hoffte ich, draußen in der freien Natur etwas Essbares zu finden. Großmutter Pearl war häufig mit mir losgezogen und hatte mir in der unmittelbaren Umgebung der Farm gezeigt, wonach ich Ausschau halten musste, wenn ich nach etwas Essbarem suchte. Das war gewesen, bevor Großvater Charlie gestorben war und wir in die Stadt ziehen mussten. Ich konnte mich bis heute daran erinnern, wie peinlich es Papa immer gewesen war, dass Mamas Eltern dieses merkwürdige Verhalten echter Leute vom Lande an den Tag legten. Ich dagegen hatte sie heiß und innig geliebt und war Gott inzwischen so dankbar für alles, was ich von ihnen gelernt hatte.

Sam saß mit dem Rücken zur Wand und beobachtete, wie seine Kinder alles bis zum letzten Krümel verputzten. Einmal blickte er einen kurzen Moment auf und sah mich an, wandte sich dann aber sofort wieder ab.

Eigentlich sollte ich ihn jetzt umarmen, dachte ich. *Ich sollte ihm sagen, dass alles gut wird, dass es nicht seine Schuld ist.* Aber ich rührte mich nicht und brachte auch kein Wort heraus.

Sarah lehnte sich an mich. „Sing, Mama ... bitte“, flüsterte sie.

Sam schaute sie mit dem Hauch eines Lächelns an und so

fasste ich mir ein Herz. Ich sang, so gut ich konnte und machte auch die Handbewegungen dazu, die ich mir auf unserer langen Fahrt durch *Kentucky* ausgedacht hatte. Dann ging ich über zu meiner eigenen verrückten Version von „Bye, bye Blackbird".

Sam beobachtete mich die ganze Zeit, während ich sang. Was er wohl dachte, wenn ich so war? Ich hatte seit Tagen kaum mit ihm geredet, aber um Sarahs willen tat ich auch weiterhin so, als wäre das alles eine Art lustiger Picknickausflug.

Aber was er auch immer denken mochte, meine Gutelaune-Vorstellung für Sarah kam wirklich von Herzen. So viele Sorgen ich mir auch machte und so wütend ich auch auf Sam sein mochte, ich würde für meine Kinder die ganze Sache so heiter wie möglich gestalten, um sie lachen zu sehen, egal, wie schlimm alles noch werden mochte. Und mit der Hilfe unseres guten Herrn würde ich auch irgendwie einen Weg finden, ihre kleinen Bäuche zu füllen, ob Sam wieder Arbeit fand oder nicht.

„Können wir uns jetzt mal umschauen?", fragte Robert mich voller Eifer, während draußen vor dem Fenster krachend die Blitze einschlugen.

Sarah sprang auf meinen Schoß und schlang mir ihre Arme um den Hals. „Es ist zu dunkel, Mama", flüsterte sie. „Und zu laut."

„Zünde noch ein paar Kerzen an", sagte ich zu Robert. „Es kann bestimmt nicht schaden, wenn wir uns hier ein bisschen umschauen, aber nur hier unten im Erdgeschoss, hörst du? Probiere bitte nicht die alte Treppe aus."

Sam warf mir einen tadelnden Blick zu, half Robert und mir aber schließlich doch dabei, weitere Kerzen anzuzünden und ging dann mit uns durch die übrigen Räume im Untergeschoss, während ich mit Sarah kuschelte und ihr noch ein Lied vorsang.

„Werden wir jetzt für immer hier wohnen?", fragte sie mich plötzlich. Ihr zaghaftes Flüstern erschreckte mich genauso sehr, wie es eine laut gestellte Frage getan hätte.

Ich hätte Nein antworten sollen, aber in Gedanken war ich ganz bei dem Haus, den hohen Decken, den dunklen Türen und Holzdielen, die mit jedem Blitz wieder hell beleuchtet wurden.

Es gab zwei kleine Regale mit leeren Petroleumlampen und einen breiten Sims mit einem großen Spiegel über dem Kamin.

Hellgrüne Vorhänge hingen schlaff an den Fenstern herunter und sahen trotz ihres Alters immer noch vorzeigbar aus.

Es war ein solide gebautes Haus, obwohl es ihm offensichtlich an Pflege mangelte. Und ich war froh, von der Straße und den fremden Menschen fort zu sein, froh, dass wir nicht noch mitten in der Nacht unterwegs waren und erst am nächsten Morgen zu Dewey weiterziehen würden. Sam hatte uns *Illinois* versprochen, Arbeit in einer Räderfabrik und einen Platz, an dem wir bleiben konnten, aber das war jetzt alles nichtig. Die Fabrik würde schließen, genau wie Coopers zu Hause in *Pennsylvania*, und Sam hatte mir sogar erzählt, dass Dewey überlegte, weiter nach Süden zu gehen und dort Arbeit in einer der Minen zu suchen.

Ich stellte fest, dass ich den Wunsch hatte, das Gewitter möge noch tagelang so weitergehen, damit wir hier festsaßen und nicht mit der Entscheidung konfrontiert waren, was wir als Nächstes tun sollten. Außerdem konnten wir diese Pause wirklich gut gebrauchen. Wenn wir nur etwas zu essen gehabt hätten, wäre alles andere unwichtig gewesen.

Sam und Robert waren nicht lange fort. Sie kamen mit drei völlig verstaubten Decken zurück, die sie im Schrank des einen Schlafzimmers gefunden hatten, zu dem auch eines der zerbrochenen Fenster gehörte. Sam entschuldigte sich für die Decken, sagte aber, dass sie besser wären als der nackte Boden und wärmer als blanke Holzdielen.

Auch eine Speisekammer hatten die beiden gefunden und die Treppe, die ins Obergeschoss führte. Mehr Zimmer gab es im Erdgeschoss nicht, natürlich außer der Küche und dem Wohnzimmer, in dem wir uns aufhielten. Robert hätte sich auch gern noch im Obergeschoss umgeschaut, aber das erlaubten wir ihm nicht.

Ich schüttelte nacheinander die alten Decken aus und fragte mich, wieso jemand sie wohl zurückgelassen haben mochte, besonders die hübsche Patchworkdecke mit den abwechselnd hellen und dunklen diagonalen Reihen. Irgendjemand hatte irgendwann diese jetzt zerlumpte Decke zusammengenäht, vielleicht für ein Kind oder für eine alte Mutter oder einen alten Vater. Irgendjemand hatte irgendwann einmal dieses Haus geliebt. Wo mochten die Leute wohl sein, die hier gewohnt hatten? Der Gedanke daran setzte mir sehr zu. Menschen verlassen doch nicht einfach so eine solche Farm, sie lassen doch nicht so einfach ohne Grund ein solches Zuhause zurück, es sei denn, sie haben keine andere Wahl.

Ich dachte an unser Haus in *Harrisburg* und fragte mich, ob darin auch vor uns wohl schon einmal Menschen gewohnt hatten, die es hatten aufgeben müssen, eine weitere Familie, die entmutigt und gedemütigt gewesen war, die hatte mit ansehen müssen, wie ihr gesamtes Hab und Gut versteigert wurde. Wenn es allerdings mit diesem Haus auch so gewesen war, wo war dann der neue Eigentümer? Wieso hätte eine Bank ein solches Haus leer stehen lassen sollen, bis es vom Keller bis zum Speicher nur noch von Spinnen bevölkert wurde?

Ich breitete zwei Decken auf dem Boden aus, eine für jedes Kind. Sie würden es mit einer unserer Decken als Zudecke warm genug haben. Sam und ich würden in dieser Nacht eben zusammen mit einer Decke vorlieb nehmen müssen, entschied ich. Wir würden auch ohne eine Unterlage auf dem Boden zurechtkommen. Und ich war froh, dass die Kinder sich nicht wieder eine Decke teilen mussten, wie wir es auch schon erlebt hatten. Hier würden sie wärmer schlafen. Wir waren den Besitzern dieses Hauses wirklich zu Dank verpflichtet – oder besser gesagt den ehemaligen Besitzern. Denjenigen jedenfalls, die diese Decken in den Schränken und die Schranktüren weit offen gelassen hatten. Vielleicht würden wir ja irgendwann Gelegenheit haben, das alles wieder gutzumachen.

Draußen tobte das Gewitter unvermindert heftig weiter, während ich mit Robert und Sarah betete und sie ins Bett brachte. Sie mochten es, wenn ich sang, also sang ich ihnen ein paar Choräle vor. Und wieder beobachtete Sam mich dabei, ohne etwas zu sagen. Dann saßen wir beide einfach schweigend da, bis wir sicher waren, dass die Kinder schliefen.

„Was sollen wir tun, Julia?", fragte Sam schließlich.

Ich stand auf und griff nach einer Kerze. „Ich werde mich noch einmal in der Küche umschauen."

Ich wollte nicht, dass er mir dorthin folgte, aber er tat es trotzdem, und das war mir auch von vornherein klar gewesen.

Genauso wie ich wusste, dass es ihn quälte zu wissen, was ich dachte – dass es vielleicht am nächsten Tag immer noch stürmen und regnen und ich mich darüber auch noch freuen würde, außer über den Umstand, dass dadurch die Suche nach etwas Essbarem erschwert werden würde. Wir mussten jetzt nehmen, was immer wir bekommen konnten. Wir mussten alles tun, was in unserer Macht stand, damit unsere Kinder nicht leiden mussten.

„Was machst du da?“, fragte er mich und klang dabei weit weg und abgrundtief erschöpft.

„Ich bete darum, dass ich etwas Brauchbares finde.“

Ich ging direkt zu den Küchenschränken, als ich beinah über etwas Kleines Dunkles gestolpert wäre, das keiner von uns zuvor bemerkt hatte. Es war ein toter Vogel. Wie gut, dass Sarah ihn nicht entdeckt hatte. Sie hätte sich wegen des armen Tierchens sicher die Augen ausgeweint. Sam hob es vom Boden auf und warf es für mich zur Tür hinaus. Ich machte einen großen Schritt über die Stelle hinweg, wo es gelegen hatte, zog eine Schranktür auf und leuchtete mit der Kerze hinein.

Sam stand inzwischen hinter mir. „Schatz, wir können doch nicht ...“

„Mir gefällt es genauso wenig wie dir“, fuhr ich ihn an. „Du weißt genau, dass ich nicht gern stehle, aber wir müssen etwas unternehmen. Wenn Sarah und Robert aufwachen, dann haben sie bestimmt Hunger. Gott vergebe mir, aber wenn ich hier irgendetwas Verwertbares finde, dann werde ich es auch benutzen.“

Mit einem Gebet auf den Lippen begann ich Töpfe und Dosen herauszuholen und leuchtete mit der Kerze jedes Etikett an: Petersilie, Dill, Basilikum. Es stammte alles aus dem eigenen Garten, aber es stand kein Datum auf den Behältern. Natürlich verdarb so etwas nicht, aber es gab auch keine Mahlzeit her. Ich holte noch mehr Behälter heraus und hatte plötzlich das Gefühl, dass Gott diese Dinge extra für mich dort hingestellt hatte. Ein bisschen Zucker, eine halbe Tüte Salz, ein ganz klein wenig Backpulver, eine Schachtel Soda und drei Streichhölzer.

Der letzte Behälter war zu etwa einem Drittel gefüllt und klapperte, als ich ihn schüttelte. Es befand sich kein Etikett darauf, aber schon im nächsten Augenblick wusste ich, was es war. Mais für Popcorn. Tränen schossen mir in die Augen.

„Genau was Sarah sich gewünscht hat“, flüsterte ich. „Schau doch, Sam. Gott hat ein Herz für die Wünsche eines Kindes.“

„Meinst du, dass man daraus noch Popcorn machen kann?“

„Schwer zu sagen. Aber solange es trocken ist, ist es bestimmt in Ordnung. Ich hoffe, dass es noch gut ist, aber selbst wenn sich daraus kein Popcorn mehr machen lässt, könnten wir es zerstoßen – so wie es früher die Indianer gemacht haben.“

Sam konnte mich nicht ansehen. „Es tut mir so Leid, Julia, dass wir so etwas nötig haben.“

Plötzlich hätte ich am liebsten alles fallen gelassen, um ihn zu umarmen, und ich weiß nicht, weshalb ich es nicht konnte. Ich glaube, in meinem Inneren war eine Barriere entstanden, die einfach zu stark war, aber ich nahm seine Hand und er schaute mich an.

„Gott wird für uns sorgen“, sagte ich zu ihm.

„Ich werde etwas zu essen finden. Du kennst mich doch. Und die Jahreszeit ist gut geeignet, um draußen etwas zu finden.“

Ich stellte die Dose mit dem Mais zu den anderen Behältern auf die Arbeitsfläche und begann die übrigen Schränke zu durchsuchen. Ich fand ein paar Teller, einen alten Tiegel und einen angeschlagenen Topf ohne Deckel.

„Es wird schon alles gut werden“, sagte ich, und diese Aufmunterung galt ebenso mir selbst wie Sam.

„Wir können nicht allzu weit von einer Stadt entfernt sein. Vielleicht gibt es ja dort einen Lebensmittelladen. Wenn das Wetter sich bis morgen früh beruhigt hat, finden wir ihn vielleicht.“

„Aber wir könnten doch so gut wie nichts kaufen“, sagte Sam. „Jedenfalls nichts, was uns lange weiterhelfen würde. Wir haben nämlich nur noch ungefähr 60 Cent, Julia.“

Ich hörte die Niedergeschlagenheit in seiner Stimme und die wollte ich im Augenblick auf gar keinen Fall an mich heranlassen. Es stand wirklich nicht gut um uns, aber die Lage war nicht aussichtslos. Also brauchte ich auch nicht niedergeschlagen zu sein.

„Vielleicht gibt es ja dort einen Job für einen von uns beiden“, sagte ich.

„Wieso sagst du so etwas eigentlich immer noch?“, fragte er

finster. „Wir sind schon durch so viele Städte gekommen und nirgends werden zur Zeit Leute eingestellt, schon gar keine Fremden. Wenn ich gewusst hätte, dass es so schlecht um die Räderfabrik steht, wären wir mit Sicherheit niemals aus Harrisburg weggegangen!"

Ich schüttelte den Kopf. „Und was hätten wir dann dort gemacht, Sammy? In einer Schlange angestanden für ein Stückchen Brot? Und in einer weiteren, um einen Platz zum Übernachten zu ergattern? Dort war es für uns auch nicht besser."

Er sah mich verdutzt an. „Es tut dir also nicht Leid, dass wir weggegangen sind?"

Natürlich tat es mir Leid. Und außerdem war ich wütend, aber ich hatte nicht vor, es dabei bewenden zu lassen. Alles geschieht doch aus einem bestimmten Grund. Wir waren aus einem ganz bestimmten Grund hier und ich wusste, dass es jetzt unsere Aufgabe war, das Beste daraus zu machen.

„Wir mussten doch etwas tun, Sam", antwortete ich deshalb ganz langsam. „Genauso wie wir jetzt auch etwas tun müssen."

Er sah mich an und nickte. „Ich werfe dir ja auch gar nicht vor, dass du wütend bist", sagte er so leise, dass ich ihn kaum noch verstehen konnte. Und dann umarmte er mich.

Ich wusste, dass er mich liebte. Das hatte er immer getan. Und auch ich liebte ihn immer noch. Ich hatte mich nur so im Stich gelassen gefühlt, so ungeschützt. Vielleicht war das auch egoistisch von mir, denn schließlich hatte sich Sam ja wirklich bemüht, ein guter Ehemann zu sein. Das tat er immer. Ich legte meinen Kopf an seine Brust.

„Es tut mir Leid", sagte ich. „Ich hätte dir nicht die Schuld geben sollen. Schließlich konnte niemand die Probleme vorhersehen. Wir sind jetzt schon so weit gekommen. Gott wird für uns sorgen."

„Es tut mir Leid", flüsterte jetzt auch er.

„Schsch. Lass uns jetzt lieber noch ein bisschen schlafen."

Ich musste niesen, als wir beide versuchten, uns mit der alten Decke zuzudecken. Unsere Kinder schliefen neben uns und lächelten im Schlaf. *Das bisschen Staub ist doch ganz egal,* dachte ich. *Das hier ist besser als per Anhalter unterwegs zu sein, besser als Deweys Haus, besser als alles auf der Welt.*

Sam war schon bald eingeschlafen, wälzte sich aber im Schlaf unruhig hin und her wie fast immer in letzter Zeit. Aber als ich in dem stillen alten Haus so zur hohen Decke hinaufschaute, war nicht mehr an Müdigkeit, geschweige denn an Schlaf zu denken. Der Kamin musste diesem Raum einmal einen behaglichen Schein verliehen haben und wahrscheinlich war es schön warm gewesen! An kühlen Abenden gab es nichts Besseres, als es sich mit den Kindern vorm Kamin gemütlich zu machen. Den Gipfel der Behaglichkeit bedeutete es dann, auf dem Feuer in einem Topf Popcorn zuzubereiten.

Mit einem Seufzer zündete ich die Kerze auf dem Kaminsims wieder an und schaute mich noch einmal um. Es war natürlich dunkel, aber ich konnte erkennen, dass dies hier einmal ein wunderschönes Haus gewesen sein musste, mit großen Erkerfenstern auf einer Seite und gestreiften Tapeten. Ich nahm die Kerze vom Kaminsims und begann mich genauer umzuschauen.

Die Treppe sah stabil aus und war sehr schön, zumindest in dem gedämpften Licht. Die Speisekammer war leer bis auf reichlich Regale und noch ein paar leere Behälter. Im Schlafzimmer befanden sich eine Kommode und ein großes Bettgestell aus Metall. Wie es wohl im Obergeschoss aussah?

Ich hielt einen Augenblick inne und mir war sehr bewusst, wie töricht ich war.

„Ach Jesus, sieh mich doch an. Ich habe auch Sehnsucht nach einem Zuhause. Dies hier ist das erste, das mir seit einer ganzen Weile unterkommt, und es gefällt mir. Bitte vergib mir."

Ich machte kehrt, um wieder auf unser Deckenlager zurückzukehren, aber irgendwie konnte ich nicht. Niemand benutzte dieses Haus. *Vielleicht, wenn wir den Eigentümer ausfindig machen konnten …*

Dieser Gedanke ging beinahe mit mir durch. Was für ein Traum! Ein Farmhaus als Zuhause. *Vergib mir, Herr. Dieser Ort gehört bestimmt jemandem und solche Fantasien stehen mir nicht zu.* Aber ich stand einen Augenblick lang da und schüttelte den Kopf, außer Stande, diese Gedanken wieder loszulassen. Vielleicht bestand ja doch eine Chance. Irgendjemand in der Gegend wusste doch bestimmt, wem das Haus gehörte. Und vielleicht war der Eigentümer ja auch eine mitfühlende Seele, die das schöne Anwesen nicht den Elementen überlassen wollte. Ich ging noch einmal zurück zum Eingangsbereich und setzte mich auf die unterste Treppenstufe.

„Herr", flüsterte ich, „nur du allein konntest dir so etwas ausdenken."

Am nächsten Morgen wachte ich summend auf und war überrascht, wie gut ich mich fühlte. Sarah neben mir drehte sich um und schlug die Augen auf.

„Ich hab dich lieb", flüsterte ich ihr ins Ohr und sie kuschelte sich an mich. Der Regen hatte aufgehört und ich konnte Vogelgezwitscher hören. Es würde ein schöner Tag werden, sehr zu meiner Enttäuschung. Ich konnte den Gedanken kaum ertragen, dieses Kind wieder mit auf die Straße zu nehmen und per Autostopp weiterzureisen. Und für Robert war es ebenso schlimm. Es musste einfach eine andere Lösung geben.

Wir waren beim Aufstehen mucksmäuschenstill und ich half Sarah, ihre Lieblingsschürze und die Baumwollstrümpfe anzuziehen. Sie bestand darauf, sich die Strümpfe selbst anzuziehen, auch wenn es eine ziemlich langwierige Angelegenheit wurde. Ich hatte inzwischen schon mein Haar zurückgekämmt und im Nacken zu einem Knoten geschlungen. Jetzt war ich gerade dabei, leise summend Sarahs Haar zu bürsten, als Sam aufwachte.

Genau in dem Augenblick hörte ich wieder das Prasseln eines Regenschauers und ich konnte ein Lächeln nicht unterdrücken. Gottlob! Sam würde die Kinder bestimmt nicht in den Regen hinausscheuchen. Wir konnten noch ein bisschen länger bleiben.

„Ich nehme mein Tuch und mache einen Spaziergang", sagte ich zu ihm und wusste, dass er verstehen würde, dass ich etwas Essbares für die Kinder zum Frühstück suchen musste, egal, ob es regnete oder nicht.

Robert drehte sich auf seinem Lager um und fragte, ob er mitkommen dürfe.

„Es reicht doch, wenn einer von uns nass wird, mein Schatz", sagte ich. „Bleib du lieber hier und lies deiner Schwester etwas vor."

Ich flocht Sarahs Zopf noch zu Ende und holte das Kinderbuch für Robert aus meiner Tasche. Sam sagte kein Wort, während ich mein Umschlagtuch nahm, meine Stiefel anzog und in den Regen hinausging.

4

Samuel

Ich beobachtete Julia eine Weile durch das Fenster. Ihr blauer Rock bauschte sich in dem böigen Wind, während sie in dem verwilderten Garten umherging und einen Moment neben dem baufälligen Schuppen niederkniete. Ich konnte mir nicht vorstellen, was sie dort wohl gefunden haben könnte, aber irgendetwas Essbares schien dort zu wachsen. Genau wie ihre Großmutter, die zu sagen pflegte, dass ein reicher Mann ein Narr ist, wenn er nicht weiß, wie es ist, arm zu sein. Sie hatte Julia inneren Frieden mitgegeben und die Fähigkeit, sich selbst zu versorgen.

Das war mehr, als ich von mir behaupten konnte. Im Augenblick konnte ich meiner Familie gar nichts bieten. Wäre ich wie mein Kollege Bill Harvey von einer Brücke gesprungen, hätte es kaum schlimmer um uns stehen können.

Hinter mir saß Robert und las. Sarah gab keinen Mucks von sich und keines der Kinder stellte eine Frage. Sie wussten, dass es Frühstück geben würde. Natürlich würde es Frühstück geben. Ihre Mutter würde sich schon darum kümmern.

Ich sah ihr noch ein Weilchen zu und dachte an das geblümte Umschlagtuch, das sie aus ihrer Tasche herausgeholt hatte.

Es war dasselbe Tuch, das sie vor Jahren getragen hatte, als wir uns kennen lernten. Julia war sparsam, aber es war wirklich schade, dass sie nicht hundert solcher hübschen Sachen gekauft hatte, als wir es noch gekonnt hätten. Stattdessen hatte sie immer nur Sachen für die Kinder erstanden und sich nie darum gekümmert, auch selbst etwas zu bekommen.

Ihr Vater hatte ihr viele schöne Sachen gekauft, als sie noch ein kleines Mädchen gewesen war. Geld war wichtig gewesen für ihn, aber ihr gefielen einfache, vernünftige Dinge, die preiswert waren, viel besser. So armselig wie jetzt war sie jedoch noch nie dran gewesen, jedenfalls nicht, seit ich sie kannte, und ich fragte mich deshalb, warum sie offenbar noch nie in Erwägung gezogen hatte, mich zu verlassen.

Ich versuchte diesen Gedanken zu verdrängen und hörte stattdessen zu, wie Robert Sarah vorlas. Robert war alt genug, um mitzubekommen, in welch misslicher Lage wir uns befanden. Er wusste, dass seine Mutter draußen im Regen herumlief und dort versuchte etwas Essbares zum Frühstück zu finden. Ich bemerkte seine Seitenblicke in meine Richtung, als wollte er mich fragen, was, wenn überhaupt etwas, ich denn tun könne. Ich hatte das Gefühl, er wäre lieber in den Regen hinausgegangen und völlig nass geworden, als hier drinnen bei mir zu bleiben.

Mit einem Seufzer wandte ich mich vom Fenster ab und ging in die Küche zurück. Am vergangenen Abend hatte ich es gar nicht bemerkt, aber auf dem Dielenboden befand sich ein Griff. Es gab also einen Keller. Wenn Julia sich die Freiheit nahm, Behälter aus dem Schrank zu nehmen, vielleicht sollte ich es dann auch wagen, einen Blick in den Keller zu werfen.

Durch das Quietschen der alten Tür neugierig geworden, kamen die Kinder beide angelaufen, um mir zuzuschauen.

„Ihr bleibt hier oben“, sagte ich ihnen. „Vielleicht ist die Treppe morsch.“

Sarah blieb gehorsam oben stehen und wäre freiwillig niemals in das dunkle Loch hinabgestiegen, aber Robert lief sofort los, um eine Kerze zu holen, reichte sie mir zusammen mit den Streichhölzern und folgte mir dann nach unten. Ich brachte es nicht fertig, ihn wieder hochzuschicken. Ich nehme an, er wollte nur sichergehen, dass sein Vater dort unten nichts Wichtiges übersah.

In dem Keller befanden sich mindestens zwei Räume, aber ich blieb schon im ersten stehen und wusste bereits jetzt genau, was Julia gesagt hätte, wenn sie den Stoß trockenen Holzes unter dem Fenster erblickt hätte. *Der Herr hat uns geführt*. Der Herr sorgte für ein Feuer, auf dem wir aus dem alten, geborgten Mais Popcorn machen konnten. Sie würde lächeln und Sarah würde ganz bestimmt auch lächeln, aber mir war ganz schlecht bei dem Gedanken, und ich wusste, dass ich davon ganz sicher nichts würde essen können.

„Papa!"

Roberts Schrei kam so plötzlich, dass ich in den zweiten Kellerraum rannte und Angst hatte, dort eine Schlange oder sonst etwas Furchterregendes vorzufinden.

„Schau doch mal, Papa!" Robert zerrte an einem großen Stück Metall. Es dauerte einen Moment, bis ich erkannte, dass es ein Fahrrad war.

„Können wir es mit nach oben nehmen?", fragte er. „Darf ich es mal ausprobieren?"

„Nein! Robby, wir können doch nicht alles, was wir hier finden, einfach benutzen. Diese Sachen gehören jemandem."

Ich wusste, dass ihm die Widersprüchlichkeit meiner Worte nicht entging, als ich ihn in den ersten Kellerraum zurückholte, damit er mir beim Hinauftragen des Brennholzes half.

„Wir brauchen das hier", sagte ich, „um damit zu kochen."

„Ich hasse es, so zu leben", sagte er. „Wann haben wir endlich wieder ein richtiges Zuhause?"

Ich stieg die alte Treppe hinauf mit so viel Holz, wie ich tragen konnte und musste an Bill Harvey denken. Er brauchte sich nicht mehr die Fragen seines Sohnes anzuhören und ohne Antwort dazustehen. Er musste nicht mit ansehen, wie für den Sohn eine Welt zusammenbrach.

Sarah stand ganz oben an der Treppe und wartete.

„Nachher machen wir ein Feuer an, mein Schatz", versprach ich ihr.

Sie lächelte, genau wie ich es erwartet hatte. „Mir gefällt es hier, Papa", sagte sie mir in ihrer leisen Singsangstimme. „Können wir nicht hier bleiben?"

5

Julia

Was für ein wunderbarer Ort das hier war! Und was für ein Ort es erst hätte sein können! Jemand hatte vor langer Zeit Lauch gepflanzt und der war immer noch da, dieses zuverlässige, robuste Gemüse, das meine liebe Großmutter so sehr geliebt hatte. Wahrscheinlich würde es diesen Lauch hier immer geben, egal zu welcher Jahreszeit. Und Erdbeerpflanzen gab es. Hunderte davon wuchsen in einem großen Beet an der Ostseite des Hauses, direkt hinter dem Schuppen und wetteiferten mit dem Unkraut. Es hingen zwar noch keine reifen Früchte an den Pflanzen, aber ich pflückte Blätter, denn ich wusste, dass man daraus mit dem bisschen Zucker, den wir gefunden hatten, einen ganz passablen Tee machen konnte.

Aber in erster Linie sammelte ich Löwenzahn und Sauerampfer und sprang dabei kreuz und quer durch den Garten, um immer wieder saftige junge Triebe davon abzupflücken. Robert würde von Grünzeug zum Frühstück zwar nicht begeistert sein, aber es war immerhin etwas, das ich ihnen vorsetzen konnte.

Ich lief eine ganze Weile so im Garten herum und der Regen machte mir gar nichts aus. Das Kräutersammeln draußen in der frischen Luft hatte mir zu einem klaren Kopf verholfen und jetzt bewunderte ich die gerade Baumreihe, die jemand entlang der Zufahrt zum Haus gepflanzt hatte, die nördlich vom Haus verlief und bis ganz hinüber zu der alten Scheune führte. Was für ein wohl durchdachter Windschutz! Kein Wunder, dass wir das Haus vom Feld aus nicht hatten sehen können.

Besonders gut gefiel mir der Walnussbaum hinter dem Haus und der Apfelbaum auf der anderen Seite der Zufahrt, gar nicht weit weg von der alten, baufälligen Scheune. Was für eine Freude man wohl im Herbst an den Nüssen haben würde!

Ich konnte mir vorstellen, wie eine Frau mit einem Korb umherging und Fallobst aufsammelte, während ein stämmiger Junge auf den Baum kletterte, um zu pflücken und ein anderer Walnüsse sammelte. Die Leute hier mussten wirklich gut und reichlich zu essen gehabt haben!

Ich hätte mich für solche Träumereien selbst auslachen müssen. Aber je mehr ich von der Farm zu sehen bekam, desto besser gefiel sie mir. Direkt hinter dem Haus stand mitten in einem Kranz leuchtend gelb blühender Narzissen ein Brunnen mit einer Pumpe. Ich drückte den Pumpenschwengel herunter und es kam genug Wasser, dass ich meine Kräuter damit abspülen konnte. Farn streckte seine noch eingerollten Spitzen an einer schattigen Stelle am Fuße der Hintertreppe gerade eben aus dem Boden. Das konnte vielleicht später unser Mittagessen werden. Ich warf einen Blick hinüber zu dem Wäldchen am Ende des großen Gartens und betete, dass es dort ein paar Pilze geben möge. Aber erst einmal warteten jetzt meine Kinder auf mich. Ich wusste, dass ich lieber zurückgehen sollte, damit sie sich sicher und geborgen fühlten.

„Wir haben Holz, Mama!", rief Robert, als ich eintrat.

„Papa hat es im Keller gefunden."

Danke, Herr! Ich war eigentlich davon ausgegangen, noch einmal hinaus in den Regen zu müssen, um irgendetwas Brennbares zu suchen, auch wenn es feucht oder nass war, um Wasser für den Tee heiß zu machen.

„Danke, Sam!" Ich gab ihm einen Klaps auf die Schulter, aber er schien es nicht einmal zu bemerken. „Wenn du das Feuer anmachst, kümmere ich mich um das Essen."

Sarah kam zu mir gehüpft, sodass ihr Zopf auf und ab wippte. „Komm, Mama, lass uns das Haus putzen. Können wir heute Nacht nicht das Bett benutzen?"

Zuerst konnte ich nicht antworten. Sie hatte die Fantasien vom Vorabend nicht vergessen und jetzt spiegelten ihre Gedanken meine eigenen wider. Es schien so selbstverständlich und normal, dass wir einfach hier blieben. Einfach richtig. Wie sollte ich ihr denn begreiflich machen, dass wir nicht bleiben konnten und deshalb weiterziehen mussten? Und wie sollte ich mich selbst mit diesem Gedanken anfreunden? Ich hatte schon beim Aufwachen daran gedacht. Mache dieses Haus sauber. Putze alles und mache ein Zuhause daraus.

Aber ich wusste genau, dass Sam das niemals verstehen, geschweige denn billigen würde. Und er hatte damit auch noch

Recht. Man konnte doch nicht einfach in ein Haus hineinspazieren und es mit Beschlag belegen. Mit Sicherheit gab es irgendwo einen Eigentümer. *Aber Herr, wie wundervoll wäre es doch, wenn er angefahren käme und uns das Haus anbieten würde, einfach so, kostenlos!*

Sam verwendete die trockenen Holzspäne und ein Stück Zeitungspapier, das wir ebenfalls gefunden hatten, um damit ein Feuer anzuzünden. Ich tat die Kräuter und ein wenig von dem Lauch in den Topf mit Wasser und kochte noch mehr Wasser für den Erdbeertee. Ich wusste zuerst nicht recht, wie wir ohne einen Topf mit Deckel das Popcorn zubereiten sollten, aber dann kam ich darauf, den Stieltopf zu nehmen, goss das Teewasser in eine Schüssel, gab dann den Mais hinein und stellte den anderen Topf mit dem Grünzeug darin einfach als Deckel obendrauf.

„Das ist ja wirklich ein komisches Frühstück, Mama", sagte Robert zu mir, „aber wahrscheinlich auch ganz lustig."

Als man den Mais in dem Topf hören konnte, hüpfte Sarah vor Freude. Es war so einfach, dieses kleine Mädchen glücklich zu machen. Noch eine Prise Salz über das Popcorn und sie würde sich vorkommen wie auf einem Festbankett.

Und dann schien plötzlich die Sonne durch die staubigen Erkerfenster und badete uns in Licht.

„Es hat aufgehört zu regnen", rief Robert.

Ich blickte auf zu Sam und empfand Bestürzung. Er erwiderte meinen Blick, sagte aber nichts. Ich wusste, dass er jetzt bereit war, wieder aufzubrechen, jetzt, wo das Wetter wieder gut war. „Wir sollten auf der Straße nach *Dearing* bleiben", würde er sagen. „Und dann versuchen, ein Auto zu bekommen, das nach *Mount Vernon* fährt, auch wenn Dewey uns dort nichts mehr zu bieten hat. Wir können nicht einfach hier bleiben und Hausfriedensbruch begehen."

Wie sollte ich Sam nur beibringen, dass ich nicht weiterziehen wollte? Ich wollte mich keinen Meter mehr von diesem Haus fortbewegen, es sei denn, um jemanden zu finden, der mir sagen konnte, wer hier einmal gewohnt hatte. Es musste einfach einen Weg geben. Gott machte keine Fehler. Er hatte uns die ganze

Zeit geführt. Und ganz bestimmt war er es, der mir das Gefühl gab, hier zu Hause zu sein.

Gott konnte einen Weg bereiten. Er konnte uns direkt zu jemandem führen, der wusste, wer hier gewohnt hatte und was passiert war. Aber der Gedanke, dem Eigentümer ohne einen Penny in der Tasche gegenüberzustehen und ihm zu sagen, dass wir die Farm gern hätten, war auch etwas beängstigend – fast überwältigend. Sam würde mich für verrückt erklären. Aber wir hatten nichts zu verlieren, und deshalb konnten wir es jedenfalls versuchen.

6

Samuel

Robert war beim Apfelbaum und Sarah saß mit ihrer Puppe Bess auf der baufälligen Veranda. Julia kniete an der Brunnenpumpe und spülte die Töpfe und das Geschirr, das wir zum Frühstück benutzt hatten. Sie sahen alle so zufrieden aus, dass der Gedanke, sie weiterzuscheuchen, für mich schrecklich war. Aber die Sonne stieg immer höher und ich wusste, wie schwer es war, von einem Auto mitgenommen zu werden, besonders hier, weit ab vom nächsten Ort. Ich war nicht unbedingt erpicht darauf, noch eine Nacht an einem fremden Ort zu verbringen.

„Ich gehe und schaue noch dort hinten im Wäldchen nach, ob es dort Pilze gibt", sagte Julia plötzlich zu mir. „Es ist eine gute Zeit für Pilze, besonders nach dem Regen."

Ich schüttelte den Kopf und schaute die unkrautüberwucherte Auffahrt zur Straße entlang. „Findest du nicht, dass wir aufbrechen sollten, solange der Tag noch jung ist?"

Julia stellte den Stieltopf ab und stand aus ihrer gebückten Haltung an der Pumpe auf. „Warum eigentlich, Sammy?"

Ich schaute sie überrascht an, weil ich nicht erwartet hatte, dass sie die Vergeblichkeit unserer Bemühungen, die ich selbst auch empfand, laut beim Namen nannte. Ich wusste nicht, wie ich mit ihrer Äußerung umgehen sollte.

„Ich möchte bei Einbruch der Dunkelheit bei Dewey sein", sagte ich.

„Und was nützt es uns jetzt noch, bei Dewey zu sein?"

Ich streckte meine Hand in ihre Richtung aus, war aber nicht weiter überrascht, als sie sie nicht nahm. „Es tut mir Leid", sagte ich zu ihr. „Aber wir haben nichts anderes. Jedenfalls noch nicht."

Plötzlich funkelten ihre Augen so aufgeregt, dass es mich wirklich erschreckte. „Wir haben das Hier, Sam!", rief sie aus. „Wir haben das Jetzt! Und wir können daraus etwas machen! Schau dir die Kinder an! Zuerst sind wir zu Evi von der Bank gezogen, dann in eine Obdachlosenunterkunft der Stadt, dann haben wir sie durchs ganze Land geschleppt und sie schlafen gelegt, wo immer sich ein Plätzchen gefunden hat! Findest du nicht auch, dass sie von all dem eine kleine Pause verdient haben?"

Diese Last, die mir auf die Brust drückte, verschob sich in Richtung Magen. „Natürlich könnten sie gut eine Pause gebrauchen. Aber wir sind jetzt schon so nah bei Dewey. Der Besuch dort wird ihnen bestimmt gefallen. Hier können wir jedenfalls nicht bleiben."

Schließlich nahm sie meine Hand doch noch und drückte sie, aber was sie dabei sagte, war mir kein Trost: „Warum nicht?", fragte sie nämlich nach. „Dort können wir doch genauso wenig bleiben. Lass uns wenigstens noch ein, zwei Tage abwarten. Ich bin noch nicht so weit zu gehen und die Kinder auch nicht."

„Du weißt genau, dass wir nicht bleiben können. Wir verstoßen gegen das Gesetz ..."

„Sam, schau dir die beiden doch nur mal an."

Sie hatte das so rasch und sicher gesagt, dass ich mich zu den Kindern umdrehte. Robert saß inzwischen oben in einem Baum und Sarah schlenderte im Garten umher und pflückte Veilchen.

„Sam, sie wollen nirgendwo hingehen", sagte Julia hartnäckig. „Sie wären auf genau so einer Farm glücklich. Vielleicht könnten wir ja den Eigentümer ausfindig machen ..."

„Das ist doch völlig verrückt. Was redest du denn da für dummes Zeug! Wir haben nichts! Was willst du denn dem Eigentümer erzählen? Dass er uns seine Farm überlassen soll, weil sie unseren Kindern so gut gefällt? So funktioniert diese Welt nicht, Julia! Er würde uns entweder auslachen oder gleich die Polizei rufen."

„Aber das Haus steht doch schon eine ganze Weile leer ..."

„Das ist völlig egal! Du kannst es nicht einfach besetzen! Es ist nicht richtig, es ist nicht einmal richtig, wenn wir auch nur einen Tag länger hier bleiben."

„Es kann doch nicht schaden, wenn wir uns erkundigen", beharrte sie. „Ich weiß, dass wir kein Geld haben, aber wir könnten doch anbieten, das Haus und das Grundstück wieder in Ordnung zu bringen und alles herzurichten. Wenn sich niemand darum kümmert, wird es noch schneller verfallen."

„Julia ..."

„Nein, jetzt lass mich erst mal ausreden ..."

„Aber du redest ohne Sinn und Verstand. Wir können unmöglich hier bleiben!"

Sie blickte zu mir auf und schien in diesem Augenblick nicht mehr dieselbe Frau zu sein, die mir so viele Kilometer durch das ganze Land gefolgt war.

„Und für mich ist es unmöglich zu gehen, ohne dem hier nicht wenigstens eine Chance zu geben."

Ihre Worte waren für mich wie ein Schlag ins Gesicht. Sie würde mir nicht mehr folgen. Ich hatte an ihr versagt und jetzt reichte es ihr. Sie würde auf keinen Fall gehen? Bedeutete das, dass ich gehen oder bleiben konnte und es ihr ganz egal war? Dass es ihr lieber war, wenn ich weiterzog, als noch einen Tag länger mit mir dorthin zu gehen, wohin ich wollte? Schon allein die Vorstellung, was sie auf all diese Fragen antworten könnte, war mir unerträglich.

„Was spricht denn dagegen, sich einfach einmal umzuhören, Sam?", fragte sie und griff nach meiner anderen Hand. „Was kann es denn schon schaden, sich nach dem Eigentümer zu erkundigen? Vielleicht wäre es ihm ganz lieb, wenn jemand hier nach dem Rechten sehen und sich um alles kümmern würde."

„Juli, mein Schatz, es ist doch für uns unmöglich herauszufinden, wem das Anwesen hier gehört. Und selbst wenn wir die Eigentümer ausfindig machen könnten, würden sie uns doch nicht einfach so ihren Besitz überlassen. Wir haben nichts, um ihnen auch nur ein Pachtangebot zu machen, wir haben überhaupt nichts. Es ist zwar ein schöner Gedanke, aber auch ein völlig sinnloser. Je länger wir hier bleiben, desto schwerer wird es für die Kinder, wieder Abschied zu nehmen."

Sie schaute mich jetzt wieder direkt an und der Blick ihrer hübschen grünen Augen war unergründlich und aufgewühlt. „Sie brauchen Ruhe. Und du weißt genau, dass Dewey selbst genug Probleme hat, seit auch er arbeitslos ist. Wir haben sonst keinen Ort, wohin wir gehen könnten. Kein anständiger Mensch würde es uns zum Vorwurf machen, wenn wir für ein paar Tage hier blieben."

„Und dann?" Ich konnte einfach nicht fassen, dass sie das Thema nicht endlich fallen ließ. „Was nützt es denn, hier auf der Farm zu sitzen und den Kindern Hoffnungen zu machen?"

Sie seufzte. „Hoffnung ist alles, was wir noch haben, Sam. Ich werde nicht gehen, bevor ich nicht die Chance bekomme, es wenigstens zu versuchen."

Ich hatte sie noch nie so halsstarrig erlebt und das machte mich wütend. Aber noch mehr machte es mir Angst. Es war, als ob sie mir schon meilenweit vorausgeeilt war und ich noch keinen einzigen Schritt getan hatte.

„Was denn versuchen?", entgegnete ich. „Vielleicht sich hier von der Polizei herauswerfen zu lassen? Mitzuerleben, wie weh es Rob und Sarah tut, wenn wir gezwungen werden zu gehen? Du kannst dir doch nicht einfach alles nehmen, was dir irgendwo über den Weg läuft. Gott weiß, dass es so nicht funktioniert!"

Sie schüttelte den Kopf. „Wir würden doch keinen Schaden anrichten. Ich werde putzen und alles gepflegter hinterlassen, als wir es vorgefunden haben. Alles, was wir brauchen, ist die Chance, mit dem Eigentümer zu sprechen. Das Haus steht leer. Niemand benutzt es. Vielleicht könnten wir uns doch auf Bedingungen einigen, mit denen alle leben könnten."

Sie ging von mir weg.

„Julia."

Sie drehte sich um, aber nur für einen Moment, und dabei war ihr Blick hart wie Stein. „Ich gehe jetzt Pilze suchen, Sam. Du und die Kinder, ihr könnt gern mitkommen, wenn ihr wollt. Am besten nehmen wir noch eine Schüssel mehr mit, falls Gott uns unterwegs noch etwas anderes schenken will. Ich möchte heute nämlich nicht noch woanders hingehen. Wir brauchen Ruhe. Die Stadt können wir morgen suchen, falls es nicht regnet."

Einen Augenblick stand ich einfach nur da und sah sie an. Hatte ihr die Armut den Verstand geraubt oder war mein Versagen schuld daran? Sie hatte beschlossen zu tun, was sie wollte, so viel war klar. Sie vertraute mir nicht mehr. Sie brauchte mich wahrscheinlich auch gar nicht mehr.

„Robert John!", rief sie laut. „Sarah Jean!" Sie wandte sich von mir ab, um zuzuschauen, wie unsere Tochter mit den Blumen in der Hand gemächlich auf sie zugeschlendert kam.

Robert stieg mühelos von seinem Hochsitz im Apfelbaum herunter und kam herbeigerannt. „Mama!", schrie er. „In dem Baum sind ganz viele, ganz kleine Äpfel. Sie werden doch noch größer, oder?"

„Ja", antwortete Julia ihm ruhig. „Aber das dauert noch ein paar Monate."

„Ich wünschte, wir könnten so lange hier bleiben", sagte er sehnsüchtig, „dann könnte ich beim Pflücken helfen. Ich könnte einen Eimer mit hinaufnehmen und ihn dann immer, wenn er voll ist, an einem Seil herunterlassen."

Er schien gar nicht zu merken, dass ich daneben stand. In diesem Augenblick bemerkte das keiner von ihnen.

„Eines Tages werden wir auch einen eigenen Apfelbaum haben", sagte Julia zu ihnen. „Ganz viel Platz und einen riesigen Garten."

„Und auch Blumen?", fragte Sarah und hielt ihren etwas struppigen Strauß hoch.

„Ganz bestimmt. Und deine da sind besonders schön", antwortete Julia.

„Aber jetzt mach ich erst einmal einen Spaziergang zu dem Wäldchen dort drüben und schaue nach, ob ich ein paar von diesen kleinen Pilzen finde, die Großmutter einmal für uns gebraten hat. Kannst du dich daran noch erinnern, Robert?"

„Ich glaube schon", sagte er etwas zögernd. „Bist du denn sicher, dass es dort welche gibt?"

„Nein, ganz sicher bin ich nicht, aber wir können doch wenigstens nachschauen. Ich brauche eure Hilfe. Je mehr Augen suchen, desto besser, okay?“ Sie reichte Robert den Topf und ich stand einfach schweigend da und schaute ihnen nach, wie sie loszogen.

Aber die kleine Sarah drehte sich plötzlich mit leuchtenden Augen zu mir um. Sie hielt mir ihren zerzausten Veilchenstrauß hin und sagte lächelnd: „Die sind für dich, Papa. Kommst du nicht mit uns mit?“

7

Julia

Es war sehr schwierig für mich, zu dem Wäldchen hinüberzugehen, denn ich wusste, wie sehr Sam sich über mich aufgeregt hatte. Er verstand das alles genauso wenig, wie ich vermutet hatte. Er dachte so, wie Menschen gewöhnlich denken, wenn ihnen verschiedene Möglichkeiten offen stehen. Aber uns war nichts mehr geblieben außer unserer Hoffnung und Hoffnung funktioniert ganz anders als all die anderen Dinge auf der Welt. Selbst mein Vater hätte das bestätigt, aber sogar er hätte jetzt mit mir geschimpft, und das wahrscheinlich noch sehr viel heftiger als Sam es tat. Für Papa war es immer wichtig gewesen, dass alles seine Ordnung hatte und er hätte sich ein solches Benehmen niemals von mir gefallen lassen.

Ich ging Pilze suchend weiter, den Blick auf den Boden geheftet, aber ich musste immer wieder daran denken, welche Möglichkeiten wir an diesem Ort hätten, was wir hier alles tun könnten, auch ohne Geld. Ich kannte mich gut mit Heilkräutern aus, sodass ich sie sammeln und verkaufen könnte, vorausgesetzt natürlich, dass es in der Stadt jemanden gab, der sie mir abkaufte. Wir konnten als Dankeschön, dass wir hier unterkrochen, das Haus putzen und in Ordnung bringen und versuchen das zerbrochene Fenster zu reparieren. Es gab sehr viel Feuerholz hier draußen. Wir konnten das, was wir aus dem Keller geholt und benutzt hatten, ersetzen, auch wenn wir nicht noch eine weitere Nacht blieben.

Ich holte tief Luft und schaute hinauf zu den Baumwipfeln, die sich im Osten vor mir erstreckten. Hickory- und Zuckerahornbäume standen zwischen Eichen und Pappeln. Nach dem Regen roch alles herrlich frisch und ich konnte mir Haselnusspfannkuchen mit Ahornsirup vorstellen. Großmutter pflegte zu sagen, dass, wenn jemand fruchtbares Land hatte, er selbst für alles sorgen konnte, was er brauchte.

„Wenn man ein paar Hühner hat", sagte sie immer, „dann können du und der Herrgott den gesamten Rest anbauen."

Als Kind hatte ich davon geträumt, diese Behauptung irgendwann einmal zu überprüfen, indem ich mich irgendwo niederließ und versuchte von dem zu leben, was ich fand oder selbst produzierte. Papa hatte mich dafür natürlich ausgelacht und gesagt, ich solle lieber einen tüchtigen Stadtjungen heiraten, einen der wisse, wie man selbst dafür sorgen kann, dass die Firma, für die man arbeitet, einem das bezahlt, was man wert ist. Das hatte ich ja dann auch getan. Zumindest glaubte ich, dass ich es getan hatte. Und eine Zeit lang war auch alles gut gegangen. Unser Haus hätte Papa gefallen, auch die Umgebung und Sams beruflicher Ehrgeiz, aber es hatte eben nicht sein sollen. Und jetzt wurde dieser alte Traum in mir wieder lebendig und zwar so heftig, dass mir davon ganz schwindelig wurde.

Rotkehlchen und ein Zaunkönig sangen um uns her und über uns und die Tausendschönchen zu unseren Füßen schienen zu ihren Liedern zu tanzen.

Ich hatte immer noch nichts Essbares gefunden, was ich in die Schüssel hätte legen können, aber die Kinder kümmerte das im Augenblick überhaupt nicht; sie waren damit viel zu beschäftigt, die Gegend zu erkunden. Ich sagte ihnen, sie sollten einfach nur in Sichtweite bleiben, und wenn sie Pilze sähen, sollten sie mir Bescheid geben, damit ich nachschauen könne, ob es die richtigen seien, bevor sie sie anfassten, denn manche Arten seien giftig.

Sam war nur ungefähr drei Meter von mir entfernt, aber wir redeten nicht. Diesmal hatte ich wirklich erreicht, dass sich eine dunkle Wolke zwischen uns zog, und das genau in dem Augenblick, als ich gedacht hatte, ich sei bereit, wieder ein wenig näher an ihn heranzurücken. Wir gingen schweigend nebeneinander her und suchten den Boden ab.

Robert entdeckte den Bach so plötzlich, dass er fast hineingefallen wäre. Mit Kieseln auf dem Grund und Moospolstern am Ufer war es ein wunderschöner Anblick. Es war ein Bach, genau wie ihn ein solches Anwesen brauchte. Das Einzige, was jetzt noch fehlte, waren die Blaubeeren, die ich mir als Kind immer vorgestellt hatte, dick und dunkellila und zum Pflücken bereit. Stattdessen war der Abhang auf der anderen Seite des Flusses überwuchert mit Disteln und Brennnesseln, nur hier und da durchbrochen von Waldmeister und einigen Flecken mit Winterkresse. Ich ging in die Hocke und begann zu pflücken.

„Hast du einen Pilz gefunden, Mama?“, fragte Sarah und kam zu mir gerannt.

„Nein, bis jetzt noch keinen einzigen. Aber das hier ist Kresse, mein Schatz. Das ist etwas ganz Gutes.“

„Müssen wir denn auch zum Mittag wieder Blätter essen?“ Ihre strahlenden Augen signalisierten ein ganz leichtes Missfallen bezüglich unseres Speisezettels.

Aber da rief plötzlich Robert und ich sah, wie er auf einen umgestürzten Baum zeigte. „Ist das hier die richtige Sorte, Mama?“, schrie er. „Ist das ein guter?“

Mit einer Hand die Kräuter in meiner Schüssel festhaltend, rannte ich mit Sarah an meiner Seite zu ihm hin und bestätigte, dass er wirklich die erste Morchel zwischen den morschen Ästen einer umgestürzten alten Eiche gefunden hatte. Er war sehr stolz.

„Sucht hier in der Nähe weiter“, sagte ich zu den Kindern. „Wenn man irgendwo einen gefunden hat, dann gibt es dort in der Nähe meistens noch mehr.“

Ich suchte unter den vermoderten Blättern und im Moos noch weiter, aber leider ohne Erfolg. Robert umkreiste mich eine Zeit lang und dann gingen wir alle suchend weiter flussabwärts, Robert immer voran. Schon bald beschwerte er sich lautstark, dass er die Stellen, wo er gerne gesucht hätte, nicht erreichen konnte, weil alles mit dornigem Brombeergestrüpp überwuchert war.

Ich blickte dorthin, wo er stand, und sah den Streifen dornigen Grüns und Weiß, das sich dort erstreckte, wo das gurgelnde Wasser eine scharfe Biegung machte. Ich musste tief Luft holen, als ich all die vielen Büsche sah, die südlich und östlich von uns im Wald verstreut wuchsen. Ich konnte es kaum glauben. Ich nahm Sarah bei der Hand und ging näher heran, um mich zu vergewissern. Verheißungsvolle zarte, weiße Blüten waren an jedem Zweig der Büsche zu erkennen. Manche der Blütenblätter waren bereits abgefallen und den winzigen Beeren gewichen, die noch grasgrün und steinhart waren. Blaubeeren.

Sarah drückte meine Hand, als ob sie spürte, was dieser Anblick für mich bedeutete, der Anblick von mehr Blaubeersträuchern als ich zählen konnte. In ein paar Monaten würden sie reif sein. Ein Schatz. Eine Versuchung. Ich hätte am liebsten meine Schüssel hingeworfen und wäre einfach nur gerannt. Das alles war zu schön, um wahr zu sein, und es war wirklich dumm von mir zu glauben, dass wir bleiben konnten. Das Land gehörte jemand anderem! Wir begingen Diebstahl! Ich drehte mich in Richtung des Farmhauses um, weil ich nicht wollte, dass Sarah die Tränen in meinen Augen sah.

„Was ist los, Juli?" Sam war jetzt hinter mir, seine graublauen Augen schauten besorgt drein.

Ich rief mich selbst zur Raison. Ich durfte einfach nicht so aufgewühlt sein, nicht, wenn alle auf mich schauten und auf das Gute warteten, von dem ich immer redete. Und ich wusste, dass ich es ihnen zeigen musste. Ich musste dafür sorgen, dass sie mit eigenen Augen sahen, dass wir es schaffen konnten, egal, ob hier oder woanders, und dass alles um uns her ein Geschenk Gottes war, wo auch immer wir waren.

Sam sah mich einfach nur an und wartete auf meine Antwort, aber noch brachte ich nichts heraus. Sarah brach das Schweigen, als sie aufgeregt quietschte und mich am Ärmel zupfte.

„Schau doch mal, Mama! Genau neben deinem Fuß. Beinah wärest du draufgetreten!"

Es war ein weiterer wunderschöner Pilz und dieser war noch viel größer als der erste. Ich beugte mich herunter, um ihn abzupflücken, als Sam nach meiner Hand griff.

„Wir könnten doch auch schon heute in die Stadt gehen", sagte er. „Vielleicht gibt es dort ja eine Pension, falls du einfach nur ein bisschen Ruhe brauchst. Ich könnte mich doch nach einer Arbeit umschauen..."

„Mama", unterbrach Sarah. „Schmecken diese Pilze so gut wie Popcorn?"

Ich blickte auf zu Sam und versuchte dann so gut es ging Sarah anzulächeln. „Ich finde schon, meine Süße. Sie gehören zu meinen Leibspeisen."

Während ich antwortete, sah ich noch einen weiteren braunen Pilz. Er war so groß wie Sarahs Hand und stand keine zehn Meter entfernt.

„Vielleicht ist ja auch jemand bereit, uns für ein paar Nächte aufzunehmen, ohne Geld zu verlangen. Es wäre doch auf jeden Fall einen Versuch wert. So bräuchten wir wenigstens keine Gesetze zu übertreten."

Ich wandte mich von ihm ab und pflückte unseren zweiten Pilz, und dann noch zwei mehr, die in unmittelbarer Nähe standen. Auf dem Boden der Schüssel sah unsere Pilzausbeute aber trotz allem noch sehr dürftig aus, auch wenn noch eine Hand voll Kresse dazukam. Sam war kein Jäger und Sammler. Er hatte noch nie in seinem Leben gejagt. *Und das ist jetzt wirklich schade*, dachte ich. Ein Kaninchen wäre für die Kinder ein nettes Abendessen gewesen, denn sie waren bestimmt auch schon vor dem Mittag hungrig gewesen, wenn man bedachte, was es zum Frühstück gegeben hatte.

„Julia."

Ich schaute zu ihm hin und bemerkte im selben Augenblick, dass meine Schürze flatterte. Der Wind frischte wieder auf.

„Hast du mir zugehört?"

„Sieh mal, der Himmel", sagte ich zu ihm. „Es regnet bestimmt gleich wieder."

Wolken schoben sich über den Himmel wie eine riesige Decke, die über das Blau gezogen wurde. *Bitte lass es noch nicht regnen, Herr,* betete ich. *Bitte erst, wenn ich eine anständige Mahlzeit in der Schüssel habe! Dann kann es von mir aus Dauerregen geben.*

Wir suchten weiter nach Pilzen, bis wir die ersten Regentropfen auf unserem Rücken spürten. Wir hatten uns gerade auf den Rückweg zum Haus gemacht, als ich ein paar wilde Rosenbüsche entdeckte, genau solche, wie sie auch mein Großvater auf seiner Farm gehabt hatte. Ich ließ mir von den Kindern dabei helfen, die alten Hagebutten und ein paar Knospen abzupflücken, wobei wir so vorsichtig wie möglich waren, um uns nicht an den Rosenstacheln zu verletzen.

„Das macht Spaß“, sagte Sarah zu mir und offenbar machte ihr der Regen überhaupt nichts aus.

„Ich wünschte, wir würden auf einer Farm leben“, fügte Robert noch hinzu. „Dann könnten wir immer draußen sein.“

Ich schaute in meine Schüssel und seufzte. Es machte ihnen wirklich nichts aus, dass wir nur noch zwei Pilze mehr gefunden hatten, insgesamt sieben also. Sie vertrauten mir völlig. Ich warf einen Blick in Sams Richtung, aber der schaute gerade wieder zum Himmel.

„Da drüben im Westen wird es ziemlich dunkel“, sagte er. „Es gibt bestimmt bald wieder Sturm und Regen. Ich nehme an, für heute Nacht kriegst du noch einmal deinen Willen. Wir können dann morgen in die Stadt gehen.“

Wir gingen direkt zu der Scheune und durchsuchten einen Stapel Bretter nach etwas Brauchbarem, um damit das zerbrochene Fenster im Haus zu flicken. In allen Brettern steckten Nägel, die teilweise verbogen waren, aber wir bogen sie wieder gerade, um damit die Bretter direkt am Fensterrahmen festnageln zu können. Eines der kaputten Fenster befand sich in einem der Schlafzimmer im Obergeschoss, also warfen wir zum ersten Mal auch einen Blick in die oberen Räume.

Es gab dort zwei Zimmer. In dem einen stand nichts außer einem alten Bettgestell, und das andere war voll gestellt mit Kisten und Kästen. Ich scheuchte die Kinder aus diesem Zimmer hinaus und machte die Tür zu. „Wir dürfen nicht in all den Sachen herumwühlen, es sei denn, es ist wirklich notwendig“, sagte ich zu ihnen.

Ich eilte hinaus in den Regen und pflückte noch mehr Löwenzahn, etwas Sauerampfer und Winterzwiebeln. Ich wollte alles zu der Kresse geben und daraus einen Salat zubereiten. Es wäre schön gewesen, die Pilze in Maismehl zu panieren und zu braten, so wie ich es gelernt hatte, aber wir hatten weder Maismehl noch Fett zum Braten, also blieb mir nichts anderes übrig, als etwas Neues auszuprobieren. Ich sammelte im Garten ein paar Stöcke und ließ die Kinder dann die halbierten Pilze aufspießen und über dem Feuer rösten. Dann kochte ich die

Rosenknospen und Hagebutten in Wasser und süßte das Gebräu mit Zucker in der Hoffnung, es würde etwas einigermaßen Genießbares dabei herauskommen.

Bei dieser doch etwas seltsamen Mahlzeit redete niemand viel, und noch bevor wir ganz fertig waren, fing es bedrohlich an zu donnern.

Sarah verkroch sich hinter mir wie ein kleiner Schatten, während ich noch einen Blick in den Keller warf, wo Sam das Holz gefunden hatte. Ich freute mich, als ich dort einen Haufen Lumpen und einen alten Besen entdeckte. Sarah fand dort außerdem noch eine Kröte, von der sie behauptete, sie sei das Tollste, was sie je gesehen hätte.

„Die fressen Käfer", sagte ich zu ihr. „Deswegen mögen sie Keller und Gärten. Dort gibt es nämlich meistens viele Käfer."

„Schmecken Käfer gut?", fragte sie mit weit geöffneten Augen.

„Manche sind vielleicht ganz in Ordnung", sagte ich zu ihr, obwohl ich mich einen kurzen Augenblick lang fragte, wie Kröten wohl etwas schmecken. Aber ich wusste auch, dass Sarah diese Frage absolut nicht interessieren würde.

„Was willst du denn mit den alten Lumpen machen?", fragte sie, während ich die Sachen zusammensammelte, um sie nach oben zu bringen.

„Wir werden mal richtig sauber machen", verkündete ich. „Als Dankeschön dafür, dass wir hier einfach übernachtet haben."

„Kann ich dir dabei helfen?", fragte sie. „Ich bin froh, dass wir nicht da draußen in dem Gewitter sind, Mama."

Sam hatte angefangen Spinnenweben wegzufegen, weil er wusste, dass ich es nicht leiden konnte, wenn Spinnen über meinem Kopf baumelten. Ich fegte den Staub von den Fußböden in eine Ecke, nahm ihn auf so gut ich konnte und warf ihn dann zur Hintertür hinaus.

In meiner Reisetasche hatte ich etwas Papier, von dem ich eine Seite mit Rechenaufgaben für Robert beschrieben hatte, damit er nicht alles, was er bereits gelernt hatte, wieder vergaß, bis er wieder zur Schule gehen konnte. Es saß murmelnd und rechnend da, während Sarah mir dabei half, den Küchentisch und die Arbeitsflächen mit Hilfe eines alten Lappens und Brunnenwassers abzuwischen.

„Wieso muss sie eigentlich nicht rechnen?“, fragte Robert und zeigte dabei auf Sarah.

„Weil sie erst fünf ist“, antwortete ich ihm, „und weil sie bis jetzt noch gar nicht zur Schule gegangen ist.“

„Aber das hier ist doch gar keine Schule“, hakte er nach. „Wieso kann ich nicht warten, bis ich wieder in eine richtige Schule gehe?“

„Wenn du so gut wie möglich am Ball bleibst, brauchst du nicht all das Versäumte nachzuholen und kannst mit den anderen Schritt halten.“

Robert sah zum Fenster hinaus und ich überließ ihn einen Augenblick lang seinen Tagträumen. Schließlich wandte er sich wieder seinen Aufgaben zu, blickte aber dann abrupt noch einmal auf. „Meinst du denn, dass es hier irgendwo in der Nähe eine Schule gibt? Dann würde es mir gar nichts ausmachen, viel zu rechnen, Mama, wenn da andere Jungen wären, mit denen ich spielen könnte.“

Ich war froh, dass Sam in den Keller gegangen war, um mehr Holz zu holen. Meine Kinder waren genauso mit Hoffnung infiziert wie ich. „Wenn wir wieder einen Ort gefunden haben, wo wir bleiben können“, sagte ich zu Robert, „dann findest du auch wieder viele Freunde. Und dann kümmern wir uns auch als Erstes um eine Schule für dich.“

Am Abend zuvor hatte ich den Herd in der Küche gar nicht mehr genauer begutachten können, aber jetzt stellte ich fest, dass er ein richtiges Prachtstück war. Und nachdem er dann noch von Staub befreit war, hatte ich vielleicht den schönsten Holzherd vor mir, den ich jemals gesehen hatte. Er hatte eine Oberfläche aus cremefarbenem Emaille und ein eingebautes Warmhaltefach. Er war auch noch gar nicht so alt. Auf jeden Fall hatte jemand bestimmt viel Geld dafür bezahlt.

Ich öffnete die Doppeltür zu dem großen Ofen und wünschte, ich hätte ein bisschen Mehl gehabt. Und genau das wäre es auch gewesen, was ich gekauft hätte, wenn wir in die Stadt gegangen wären und dort einen Laden gefunden hätten. Mehl und Bohnen und vielleicht auch noch Kartoffeln. Aber mit sechzig Cent würden wir nicht gerade weit kommen.

Ich war gerade dabei, die Asche aus dem Herd herauszukratzen und etwas, das aussah wie ein Mäusenest, als Sam auch schon mit einem Stoß Holz aus dem Keller kam. Er hielt einen Moment inne, als er mich bei dem Herd sah.

„Du hast doch nicht etwa vor, hier heute Abend ein Feuer anzumachen, oder?"

Ich schüttelte den Kopf, denn ich wusste, dass es jetzt noch nicht recht gewesen wäre. Es wäre gewesen, als ginge ich noch einen Schritt weiter, als dächte ich, dass ich bereits hierher gehörte, und so weit war noch nicht einmal ich.

„Ich mache nur sauber, Sam", entgegnete ich deshalb. „Einfach nur als kleines Dankeschön."

Ich rannte wieder hinaus in den Regen, um Farnspitzen fürs Abendessen zu pflücken, die wir später dann geröstet mit Salz und dem Rest Popcorn aßen.

„Essen andere Leute auch so was?"

„Dieses Jahr ist für viele Menschen sehr schlimm", antwortete ich. „Wenn die Leute nicht im Lebensmittelladen einkaufen können, dann essen sie eben das, was sie gerade finden."

„Die sehen aus wie große Locken", sagte Sarah über die Farnspitzen, „nur, dass sie grün sind."

„Aufgerollt wie Lakritzschnecken", fügte Robert hinzu, „nur, dass sie nicht aus Lakritz sind. Wirklich schade, dass wir jetzt kein Lakritz haben."

„Oder Brot", fügte Sarah ernst hinzu.

Sam blickte vom einen zum anderen und war plötzlich aschfahl im Gesicht. „Es reicht!", sagte er streng. „Ihr haltet jetzt beide den Mund." Dann stand er auf und ging in das dunkle Schlafzimmer mit dem zugenagelten Fenster.

„Warum ist er die ganze Zeit so sauer?", fragte Robert mich. „Als er noch Arbeit hatte, war er viel netter."

Ich war völlig verblüfft über das, was mein Sohn da sagte. Damals war alles netter gewesen, das war ganz bestimmt wahr, aber ich konnte nicht zulassen, dass er Sam daran die Schuld gab.

„Eine Arbeit wird dein Vater immer haben, mein Schatz. Gott

hat ihn zu deinem Vater gemacht und das Wichtigste, was er je tun wird, ist dich so zu lieben, wie er es tut. Wenn er dir sauer oder wütend vorkommt, dann liegt das daran, dass er nichts lieber täte, als uns das beste Zuhause zu geben, das wir uns nur vorstellen können, und noch alle Lakritze und alles Brot, das wir dazu gerne hätten. Es gibt aber zur Zeit sehr viele Männer, die ohne eigenes Verschulden ihren Arbeitsplatz verloren haben. Er denkt an euch und möchte, dass ihr glücklich seid."

Ich schaute in die Richtung, in die Sam gegangen war und hoffte, er würde wieder herauskommen und anbieten, den Kindern eine Geschichte zu erzählen, so wie er es früher immer getan hatte, als Robert noch klein war. Das hätte bestimmt geholfen. Und hätte er nur das getan, dann wäre es wenigstens zwischen ihm und den Kindern wieder wie früher gewesen.

Aber irgendetwas an Sam hatte sich verändert. Ich wusste es genauso wie Robert es wusste. Ich fragte mich, ob Samuel überhaupt noch Geschichten hatte, die er erzählen konnte oder auch wollte. Sein innerer Schmerz hatte alle Geschichten verschluckt und außerdem seinen schwungvollen Gang und das Lächeln, das ich so sehr an ihm liebte.

Ich hatte meine Kinder mit Wildkräutern und ein paar fröhlichen Liedern zufrieden gestellt, aber gegen Sams innere Leere konnte ich nichts ausrichten.

8

Samuel

Ich saß auf dem Boden und hörte einfach nur dem Donner zu. Es war zu dunkel, als dass ich in dem muffigen Zimmer etwas hätte sehen können, aber das war mir egal. Ich hätte es abgeschlossen, wenn ich gekonnt hätte – versiegelt wie ein Grab – und wäre am liebsten für immer darin geblieben.

Was wohl der nächste Tag für uns bringen würde? Wenn es wieder regnete, saßen wir hier fest. Und was würde Julia dann noch in dem Garten zusammensammeln können?

Wenn es nicht regnete, könnten wir uns wieder auf den Weg machen, aber selbst wenn ich meinen Kinder von unserem letzten Geld Brot kaufte, war der Gedanke, dass es nicht lange reichen würde, vernichtend. Eine Weile würden wir sicher noch zurechtkommen, eben das essen, was Juli fand, und schlafen, wo es sich gerade ergab. Aber auch wenn wir es den Sommer über auf diese Weise schafften, würden wir spätestens im Winter erfrieren oder verhungern. Letztlich konnte nur Geld uns weiterhelfen und somit Arbeit.

Ich hörte Julis Schritte und hätte ihr fast gesagt, sie solle mich in Ruhe lassen. Ich war wütend, aber nicht auf sie, sondern auf mich selbst, weil ich nicht so war wie sie und in der Lage, mir selbst einen Ausweg einfallen zu lassen.

„Sammy?" Ihre Stimme war zögerlich, so als ob sie nicht ganz sicher war, wie ich auf ihre Anwesenheit reagieren würde.

„Ich möchte jetzt nicht reden."

Trotz meiner abweisenden Worte kam sie näher. „Das ist in Ordnung", flüsterte sie. „Ich habe sowieso nicht viel zu sagen."

Einen Augenblick lang stand sie einfach nur still da und dann spürte ich ihre Hand auf meinem Rücken, sanft und warm. „Robby liest Sarah wieder etwas vor", sagte sie. „Danach gehen sie schlafen."

„Vielleicht solltest du lieber bei ihnen sein."

„Die kommen schon zurecht." Sie beugte sich herunter und küsste meinen Hals.

„Du fehlst mir", flüsterte sie. „Ich vermisse dich. Ich vermisse uns."

Ich hätte sie beinah weggestoßen. „Ich habe dir nichts zu geben, Julia", sagte ich zu ihr. „Du bist ohne mich viel besser dran."

Aber sie küsste wieder meinen Nacken, als hätte sie gar nicht gehört, was ich gesagt hatte.

„Ich werde mich morgen nach Arbeit umschauen", versprach ich. „Ich werde mich sogar nach dieser Farm erkundigen, wenn du möchtest, aber ich sage dir auch, dass ich mir davon absolut nichts verspreche. Wenn der Eigentümer das alles hier jemandem überlassen wollte, dann weißt du genauso gut wie ich, dass er sich dann jemanden aus der Gegend hier aussuchen würde.

Vielleicht hätten wir zu Hause in Pennsylvania doch bessere Chancen."

Aber sie schmiegte sich nur noch enger an mich, ignorierte, was ich sagte, und drängte mich zu Boden.

„Juli ..."

„Sch." Sie küsste mich zum ersten Mal seit Monaten auf den Mund.

„Die Kinder sind noch wach", erinnerte ich sie.

„Die kommen schon zurecht."

„Der Fußboden ist schmutzig."

„Nicht mehr so schmutzig wie gestern."

Ich saß einen Moment lang einfach da, fragte mich, warum sie mich nicht hasste und wie sie ihre Gefühle so beiseite schieben und so tun konnte, als ob alles in bester Ordnung wäre.

„Zusammen können wir das hier schaffen", sagte sie. „Und das ist auch die einzige Chance, es zu schaffen. Ich brauche dich jetzt mehr als je zuvor."

Fast hätte ich protestiert, aber sie küsste mich erneut, und jetzt konnte ich mich nicht mehr zurückhalten. Ich schlang meine Arme um sie und zog sie ganz nah an mich heran. Ich umarmte sie fest und sagte ihr, dass ich sie liebte, bis die Sterne vom Himmel fielen. Juli, das Licht meiner Tage, das Geschenk, das Gott mir gemacht hatte, um mit mir meine Nacht zu teilen. Ohne sie wäre ich verloren gewesen, am Ende. Ich wäre wie Billy Harvey gewesen, blind, allein und mehr tot als lebendig.

Am nächsten Morgen wachten wir schon sehr früh auf und waren beide putzmunter, wir packten unsere Sachen wieder zusammen und verstauten alles in den Taschen. Die Sonne schien und Julia faltete sorgfältig die Decken, um sie dann wieder dort zu verstauen, wo wir sie gefunden hatten. Ich konnte an fast nichts anderes denken als daran, wie sie sich am Abend zuvor bei mir dafür entschuldigt hatte, dass sie so distanziert und wütend gewesen war.

Sie sang, während sie uns wieder einen Erdbeerblättertee machte, obwohl wir diesmal nicht einmal mehr etwas hatten, um es dazu zu essen.

„Wir machen uns jetzt auf den Weg in die Stadt", sagte sie zu den Kindern. „Wir können etwas essen, wenn wir dort sind."

„Ich will aber nicht gehen!", erklärte Sarah und verschränkte ihre kurzen Ärmchen entschlossen vor der Brust. „Wieso können wir denn nicht hier bleiben?"

Juli schien zu zögern. „Wir müssen jetzt erst einmal einen Lebensmittelladen finden."

„Papa und Robby können doch gehen und einen suchen und du und ich, wir bleiben hier und gehen wieder Pilze suchen."

Juli kniete sich hin und legte ihren Arm um Sarah. „Wenn man ein Haus behalten möchte, dann muss man erst verhandeln und auch Verträge schließen", erklärte sie sanft. „Wir können jetzt nicht länger hier bleiben, bevor wir nicht mit jemandem gesprochen haben, ob wir das auch dürfen. Und wir wissen ja noch gar nicht, wie die Antwort sein wird. Vielleicht ziehen wir auch weiter und besuchen eine Zeit lang Cousin Dewey. Das würde dir doch auch bestimmt gefallen, oder?"

„Nein", sagte sie. „Ich will lieber hier bleiben."

„Also, wir gehen jedenfalls erst mal alle weiter in die Stadt und wir werden dich ganz bestimmt nicht allein hier zurücklassen." Juli zog ein Schleifenband aus ihrer Tasche und band Sarah damit die Haare zurück.

Ich stopfte Julis Bibel und ein Geschichtenbuch zuoberst in die größte Tasche. Robert stand direkt neben mir und hörte genau zu, allerdings ohne ein Wort zu sagen.

„Kommen wir denn irgendwann wieder hierher?", fragte Sarah ganz leise.

„Das weiß ich nicht, mein Schatz", antwortete Juli ihr. „Das weiß nur Gott allein."

„Ich wünschte, wir hätten ein Auto. Dann könnten wir fahren, wohin wir wollen."

„Na ja, vielleicht werden wir ja ganz schnell von einem Auto mitgenommen." Sie stand auf und nahm Sarah bei der Hand.

„Gibt es in *Dearing* ein Café?"

Juli musste über den plötzlichen Themenwechsel lächeln. „Ich habe keine Ahnung. Aber selbst wenn es eins gäbe, würden wir nicht hineingehen. Wenn es da allerdings eine Leihbücherei gibt, dann wäre das ganz wunderbar. Wir könnten uns die Zeit nehmen, dort etwas Neues zu lesen, wenn es nicht zu lang ist."

In einer Bücherei Pause zu machen, wäre mir niemals auch nur in den Sinn gekommen. Aber was auch immer wir zu bewältigen hatten und wie wenig wir auch haben mochten, sie fand immer eine Möglichkeit, etwas einzustreuen, was den Kinder zeigte, dass sie geborgen, geliebt und beachtet waren.

Wir machten uns schon sehr früh auf den Weg. Ich warf noch einen Blick zurück auf das Farmhaus, denn ich glaubte nicht, dass ich es noch einmal zu Gesicht bekommen würde. Aber ich dankte Gott für das Haus, weil es die Kluft zwischen Julia und mir wieder geschlossen hatte. Ich machte mir immer noch Sorgen, weil die Frage, was ich unseren Kindern an diesem Tag zu essen geben sollte, immer noch ungeklärt war. Doch heute sah alles schon nicht mehr so düster aus wie am Vorabend. Ich hob Sarah hoch und setzte sie mir auf die Schultern. Es schien, als würden überall die Vögel zwitschern, und schon bald entdeckte ich ein Pferdefuhrwerk, das in unsere Richtung unterwegs war.

9

Julia

Es war ein echtes Geschenk, dass wir so schnell mitgenommen wurden, auch wenn wir nur sehr langsam vorankamen. Ein bärtiger Mann und sein halbwüchsiger Sohn fuhren freundlich grüßend mit einem Pferdefuhrwerk an uns vorbei.

„Hallo“, sagte der Mann. „Na, heute schon so früh unterwegs, um ’nen Besuch zu machen?“ Er musterte uns von Kopf bis Fuß, lächelte dabei aber freundlich.

„Wir sind unterwegs nach *Dearing*“, antwortete Sam ihm.

„Wir müssen herausfinden, wem die Farm da drüben hinter dem Hügel gehört“, fügte er noch hinzu, wohl in der Annahme, dass der Mann ein Nachbar sein könnte, der etwas über die Farm wusste.

Der Mann schaute Sam noch einmal etwas genauer an, danach mich und schüttelte dann den Kopf. „Bin gar nich scharf drauf, dass se verkauft wird", sagte er. „Woher kommt ihr eigentlich, Leute?"

„*Pennsylvania*", antwortete Robert.

„Und ... irgendwo Verwandtschaft hier in der Gegend?", fragte der Mann weiter, jetzt mit eher verschlossenem Blick.

„In *Mount Vernon*", entgegnete Sam. „Wir wären Ihnen sehr dankbar, wenn Sie uns ein Stückchen auf Ihrem Wagen mitnehmen könnten."

„Na ja, meinetwegen steig'n Se man auf", sagte der Mann. „Wir sin auch auf'm Weg nach *Dearing*, aber da find'n Se Mrs Graham bestimmt nich. Das Letzte, was ich gehört hab' is, se is rüber nach *Belle Rive*, aber frag'n Se mal lieber Hazel Sharpe. Die weiß das bestimmt."

Innerlich machte ich vor Freude einen Satz. Jetzt hatten wir auf jeden Fall schon einmal einen Namen, eine Hoffnung, jemanden, mit dem wir über das Haus reden konnten!

„Keine Ahnung, wie ihr von dem alten Farmhaus gehört habt", sagte der Mann jetzt. „Ich würd' es Emma ja selbst abkaufen, wenn ich das Geld hätt', aber ich muss ja selbst bald verkaufen. Wir wohnen 'n Stück weiter die Straße runter. Die Graham-Felder grenzen direkt an meine. Wirklich gutes Land, das."

Sam sah mich an und ich wusste genau, was er dachte. Es war nämlich wie er vermutet hatte. Einheimische würden uns gegenüber bestimmt bevorzugt, wenn in der Gegend Land verkauft wurde, und außerdem hatten wir noch nicht einmal Geld.

„Ich bin George Hammond", informierte uns der Mann und dann mit einer Geste zu seinem Sohn: „Und das hier is Sam."

Sarah lachte. „Mein Papa heißt auch so!"

George lachte leise in sich hinein. „Un mein Papa hieß auch so. Un wer bis du?"

„Sarah."

„Wortham", fügte Sam hinzu und schüttelte George Hammond die Hand.

Der Wagen roch nach Schwein und Heu. Wir kletterten hinauf, setzten uns neben drei große Holzkisten und George trieb die Pferde schon wieder an, bevor wir richtig saßen.

„Wilametta hat mich zum Einkaufen geschickt", sagte er. „Das is meine Frau. Aber wenn ich das richtig seh, krieg ich bestimmt nich mal die Hälfte davon. Passt auf mit der Kiste in der Mitte, ihr Kleinen da hinten. Da sind Wilamettas Eier drin. Wir tauschen se gegen andere Sachen, die wir brauchen – hoffe ich."

„Und was ist in den anderen beiden?", fragte Robert.

„Also Robert ...!", rief ich ungehalten und war richtig erschrocken, wie er sich so locker in die Angelegenheiten anderer Leute mischte. Eigentlich wusste er genau, dass sich das nicht gehörte.

„Ach, das is schon in Ordnung", versicherte mir Mr Hammond. „Ich hab bestimmt nix zu verbergen. Die eine is voller Federn für Bonnie Gray. Die will Kissen draus machen für die Hochzeit von ihrer Tochter Juney. Aber die andere ..."

Der junge Sam Hammond grinste. „Guck doch mal rein."

George Hammond drehte sich mit einem verschmitzten Lächeln zu Sam um. „Ja, mach ruhig, wenn du möchtest, mein Junge. Guck ruhig mal rein. Vielleicht haste so was noch nie geseh'n, wenn de aus der Stadt bis."

Robert streckte eine Hand nach der Kiste aus und sah mich noch einmal an, als wolle er sich erst vergewissern. „Ach, nun mach schon", rief Mr Hammond. „Is schon in Ordnung, es beißt nich."

Der junge Hammond grinste wieder und Robert hob die eine Ecke einer alten Decke hoch, die über der Kiste ausgebreitet war. Er machte einen Satz zurück auf Samuels Schoß und beide Hammonds prusteten gleichzeitig los vor Lachen.

„Keine Sorge, mein Junge, das ist toter als ein Türnagel!", lachte er noch ein bisschen lauter als zuvor und ich beugte mich ein bisschen nach vorne, um ebenfalls einen Blick in die Kiste zu werfen.

Kein Wunder, dass es auf dem Wagen nach Schwein roch. In der Kiste befand sich ein Schweinekopf und zwar der größte, der mir je untergekommen war.

„Wir ham die Witwe Hicks vorletzten Sonntag in der Kirche zum letzten Mal geseh'n", sagte George gerade. „Die hat gesagt, se hätt 'nen Riesenjieper auf Schweinskopfsülze, genauso wie se ihre Mama immer in Tennesssee gemacht hat. Als also unser alter Charlie plötzlich gelahmt hat, da hab' ich mir gedacht, dass man ihn gut gebrauchen kann. Sie gibt mir ein Lamm dafür. Das könn' meine Kinder dann für mich aufzieh'n."

„Sie haben noch mehr Kinder?“, fragte Robert mit noch immer leicht grünlichem Gesicht.

„Ja, wie die Orgelpfeifen, mein Junge“, sagte George und lachte schon wieder schallend.

„Im Ganzen neun und eins schon wieder unterwegs.“

Robert beugte sich zu Sarah und stupste sie an. „In der Kiste da ist ein Schwein“, flüsterte er. „Willst du mal sehen?“

„Robert John“, schimpfte ich. „Setz dich einfach hin und sei still.“

„Ich will gar kein Schwein sehen“, antwortete Sarah ihrem Bruder. „Schweine sind hässlich.“

„Aber schmecken mächtig gut, kleines Fräulein“, sagte George Hammond.

Wir stellten fest, dass *Dearing* etwa zehn Kilometer von dem Farmhaus entfernt lag. Es war eine ziemlich weite Fahrt, während der Mr Hammond fast ununterbrochen redete und zwar über seine Familie, die wirtschaftliche Lage sowie über viele Menschen, von denen wir noch nie gehört hatten. An der Hauptstraße ließ er uns vom Wagen herunter, direkt vor dem Gemischtwarenladen, mit den Worten, er wolle jetzt erst mal den alten Charlie loswerden, bevor er sich um seine anderen Besorgungen kümmerte. Wir bedankten uns fürs Mitnehmen und er zeigte auf ein ordentliches kleines Haus ein paar Straßenecken weiter, dessen großer Garten die einzige Bank *Dearings* von den übrigen Geschäftshäusern trennte.

„Da drin wohnt Hazel Sharpe“, sagte er. „Die kann euch was über Emma Graham sagen. Ich hoffe mal, se is nich krank.“

Wir bedankten uns nochmals, aber er schüttelte nur den Kopf. „War mir ’nen Vergnügen. Grüßen se Emma von mir, wenn Se se seh’n. Schade, dass wir se nich mehr in der Nähe ham. Kommt mir irgendwie nich richtig vor, wenn da jemand anders hinkommt – nix für ungut – ich hoffe, Se versteh’n uns.“

Er fuhr weiter und wir standen einen Augenblick einfach nur da und schauten die Straße entlang. Im Vergleich zu *Harrisburg* oder *Evansville* war *Dearing* kaum als Stadt zu bezeichnen. Man konnte jedenfalls mühelos die Eisenbahnschienen am anderen

Ende der Stadt sehen und den kleinen Bahnhof mit dem spitzen Dach.

Es gab in der Stadt nicht viele Geschäfte. Da waren ein Friseur, ein Kramladen, in dessen Schaufenster gerade einmal Platz für ein Kleid war, und ein Lebensmittelladen. Gegenüber von der Bank gab es außerdem noch einen Laden mit Saat- und Futtermitteln, über dessen Dach der Kirchturm emporragte. Es sah also ganz danach aus, dass die Kirche das größte Gebäude der Stadt war.

Der Lebensmittelladen sah ganz nett aus, obwohl er aus irgendeinem unerfindlichen Grund leuchtend blau angestrichen war. Aber es war auch der kleinste Lebensmitteladen, den ich je gesehen hatte. Kaum größer als das Schlafzimmer in unserem Haus in *Harrisburg*. Neben dem Laden stand ein viel größeres Gebäude mit einem Schild in Form eines Stuhles davor. Auf dem Schild stand: O'Toole's, Petroleumlampen zu verkaufen – spottbillig.

Robert und Sarah standen schon auf der ersten Stufe der Treppe, die zum Lebensmittelladen führte.

„Na, jetzt seid ihr bestimmt schon ganz schön hungrig, was?“, fragte ich.

„Ich könnte alles aufessen, was da drin ist“, antwortete Sarah.

„Alles außer Schweinefleisch“, fügte Robert noch hinzu.

Wir kauften ein Brot, eine Tüte Mehl und eine Tüte getrocknete Bohnen. Der Kaufmann warf einen Blick auf unsere Reisetaschen und gab jedem der Kinder einen Bonbon.

„Vielen Dank“, sagte Sarah und hatte den Bonbon schon im Mund. „Und jetzt suchen wir die Leihbücherei.“

Das kam sehr überraschend für mich, denn ich hatte schon ganz vergessen, dass ich ihnen einen Besuch dort versprochen hatte. Ich war einfach nur aufgeregt und wollte unbedingt Hazel Sharpe in ihrem kleinen Haus ein Stück weiter die Straße hinunter kennen lernen.

„Ich weiß gar nicht, ob die Bücherei heute geöffnet ist“, entgegnete der Kaufmann. „Auf jeden Fall nicht vor Schulschluss, so ist es jedenfalls meistens. Gehen Sie einfach zwei Straßen weiter in Richtung Westen – es ist ganz einfach zu finden. Direkt neben dem Sargschreiner."

Ich bedankte mich bei dem Kaufmann und dirigierte die Kinder aus dem Laden. Wir setzten uns unter einen Baum und verzehrten dort den größten Teil des Brotes. Für mich war es auch so ohne Aufstrich oder Belag eine Köstlichkeit. Und genau in dem Augenblick, als wir wieder aufstanden, trat eine schrecklich verkrümmte kleine Frau aus dem ordentlichen kleinen Haus.

„Sprich sie ruhig an", sagte Samuel zu mir, „wenn es das ist, was du willst."

Einen Augenblick lang stand ich da, ohne mich zu rühren und fragte mich, wieso ich mich eigentlich nicht bewegte. *Geh nur,* hatte er doch gesagt. Er wollte, dass ich allein mit ihr sprach.

Ich schaute kurz in Richtung der alten Frau, die jetzt stehen geblieben war, um ihr Gartentor zu schließen, aber dann eilte sie genau in die entgegengesetzte Richtung davon und zwar schneller, als ich es jemals für möglich gehalten hätte.

Sam nickte mir aufmunternd zu, unternahm aber nichts. *Na gut*, dachte ich. *Es war meine Idee, also werde ich mich auch darum kümmern.* Er behielt die Kinder und unser Gepäck bei sich unter dem Baum und ich rannte so schnell die Straße entlang, dass ich dabei beinah einen Schuh verloren hätte. Wenn ich nicht mit eigenen Augen gesehen hätte, wie flink die Frau sich fortbewegte, wäre ich davon ausgegangen, dass sie nur langsam schlurfend gehen konnte. Sie sah so aus, als könnte sie schon der leiseste Windhauch umpusten. Aber sie lief, als wäre sie wild entschlossen, ein Wettrennen zu gewinnen.

„Mrs Sharpe!", rief ich.

Zunächst schien sie mich nicht zu hören, aber dann drehte sie sich um und starrte mich an, wie das zuvor noch nie jemand getan hatte.

„Ich bin ganz sicher, dass ich Sie nicht kenne", sagte sie. „Und genauso sicher, dass Sie mich auch nicht kennen."

„Nun ja, das stimmt wirklich, Mrs Sharpe", sagte ich. „Aber Mr George Hammond hat gesagt, ich solle ..."

„Dann hätte George es Ihnen auch richtig sagen können. Ich bin keine Missis! Und ich bin auch nie eine gewesen!"

„Oh, dann entschuldigen Sie bitte, Miss – äh ..."

„Miss Hazel ist mir recht. Und ich bin auf dem Weg zur Kirche. Können Sie sich das vorstellen? Die Frau von unserem neuen Pastor kann nicht mal Klavier spielen! Na, wenigstens ist sie bereit, es zu lernen. Ich hoffe, sie hat ein Gespür dafür, wenn Sie wissen, was ich meine."

Ich räusperte mich und wusste nicht, wie ich diese ziemlich barsch wirkende alte Dame um etwas bitten sollte. „Ja, also, na ja", stammelte ich. „Das hoffe ich auch."

„Wer sind Sie überhaupt?", fragte sie fordernd. „Und wieso hat George Sie zu mir geschickt?"

„Ich ... äh ... also ... ich wüsste gern, wo ich Mrs Emma Graham finde."

Miss Hazel sah mich sehr lange an und einen kurzen Augenblick lang fragte ich mich, ob Emma Graham vielleicht auch unverheiratet war. Ich war mir allerdings ganz sicher, dass George Hammond Mrs gesagt hatte.

„Ich werde hingehen und Emma treffen, wenn ich Gelegenheit dazu habe", sagte Miss Hazel jetzt mit erheblich sanfterer Stimme. „Aber was wollen Sie eigentlich von ihr?"

Ich schluckte. „Ich möchte sie etwas wegen der Farm fragen."

Zum ersten Mal sah Miss Hazel an mir vorbei und entdeckte meine Familie unter dem Baum beim Lebensmittelladen.

„Ach, wegen ihrer Farm also ... ich verstehe. Damit werden Sie ihr das Herz brechen, ja, das werden Sie. Sie liebt dieses alte Haus nämlich wirklich."

Ich war sehr erschrocken, denn ich wollte wirklich niemandem Kummer machen. „Glauben Sie denn, wir sollten sie lieber nicht fragen? Wenn sie lieber möchte, dass ..."

„Oh nein, das ist es nicht. Sie können ruhig hingehen. Das ist bestimmt das Beste. Sie kann sowieso nie wieder nach Hause zurück." Miss Hazel warf noch einmal einen langen Blick auf Samuel und die Kinder. Dann schaute sie meine Hände an. „Sie arbeiten schwer, nicht wahr?"

„Ja, das tun wir."

„Und ich hoffe, dass Sie auch in die Kirche gehen."

„Ja natürlich, sobald wir uns irgendwo niedergelassen haben."

„Aber ich sage Ihnen gleich – vielleicht verkauft sie nicht", sagte Miss Hazel jetzt. „Aber Sie können wirklich ruhig fragen. Dazu müssen Sie nach *Belle Rive* in die Pension gehen. Sie gehört den McPierys. Haben Sie das verstanden? Da wohnt sie nämlich jetzt."

Sie holte tief Luft, rückte ihren Hut ein wenig zurecht und sagte, sie dürfe zur ersten Klavierstunde der Frau des Pastors nicht zu spät kommen. Dann eilte sie weiter die Straße entlang.

Vom Kaufmann erfuhren wir, dass *Belle Rive* noch ungefähr sechs Kilometer weiter nordwestlich lag. Noch näher bei *Mount Vernon* also. Ich wusste, dass wir, wenn unser Vorhaben nicht klappte, direkt weiterziehen mussten in eine völlig ungewisse Zukunft. Und mein Magen fühlte sich an, als würden Schmetterlinge darin Purzelbäume schlagen.

„Wahrscheinlich ist sie eine alte Dame", sagte Sam, als wir direkt hinter *Dearing* wieder am Straßenrand standen. „Wahrscheinlich ist sie Witwe und kann die Farm allein nicht bewirtschaften."

Genauso wie Großmutter, als Großvater starb, dachte ich. Wir waren damals in die Stadt gezogen und es war ganz in Ordnung gewesen, denn wenigstens hatten wir immer noch einander gehabt. Ich hoffte, dass Emma Graham auch jemanden hatte.

„Sam, glaubst du, dass wir das Richtige tun?", fragte ich.

„Das liegt ganz bei dir, mein Schatz", antwortete er. „Wir können auch jetzt noch zu Dewey fahren und dort ein paar Tage bleiben, um zu entscheiden, wie es dann mit uns weitergehen soll und was wir als Nächstes tun wollen."

Schweigend gingen wir nebeneinander her und ich hatte den Gedanken an die Farm schon fast aufgegeben. Wie konnte ich eine völlig Fremde um einen so gewaltigen Gefallen bitten? Besonders, da ich nun auch wusste, wie sehr sie an der Farm hing. Ich konnte wirklich gut nachvollziehen, wie sehr sie diesen Ort liebte; ich an ihrer Stelle hätte mich auch nicht davon trennen wollen. Und natürlich musste sie das auch nicht, denn wir konnten die Farm sowieso nicht kaufen. Vielleicht konnten wir Haus und Grund für eine Zeit lang pachten, bis sie bereit war, eine endgültige Entscheidung zu treffen. Und in der Zwischenzeit hätten wir dann vielleicht auch schon etwas anderes gefunden, möglicherweise sogar etwas in dieser Gegend.

Wir wurden von einem alten Ehepaar mitgenommen, das noch langsamer fuhr als das Fuhrwerk der Drummonds und das auf dem ganzen Weg bis *Belle Rive* kaum ein Wort mit uns redete. Aber als wir dann neben einer altertümlich anmutenden Kirche am Stadtrand anhielten, drehte sich die Frau zu mir um und gab mir eine Münze.

„Kaufen Sie den Kindern davon etwas, ja?", sagte sie und dann fuhren ihr Mann und sie auf der Straße nach *Mount Vernon* weiter. Ich war mir ganz sicher, dass Sam lieber mit ihnen gefahren wäre.

„Sind alle Städte in *Illinois* so klein?", fragte Robert, als das Pferdefuhrwerk außer Sichtweite war.

„*Chicago* ist größer als *Harrisburg*", erzählte Sam ihm. „Aber ich habe gehört, dass es auch hier in der Gegend übel aussieht mit Arbeit."

„Ja, es muss hier wohl ziemlich schlimm sein", sagte Robert, „wenn die Leute schon Schweineköpfe essen."

Die kleine Sarah legte ihren Kopf in meine Hand, ihre Augen auf meine Tränen gerichtet. „Hab keine Angst, Mama", flüsterte sie. „Ich wette, in dieser Stadt gibt es etwas wirklich Gutes zu finden."

Ich nickte, konnte aber nichts sagen. Ich wollte ihnen von dem Geld, das ich bekommen hatte, Pfirsiche kaufen, einfach weil sie die so gern aßen. Ich stand da und fragte mich, wo es in dieser Stadt wohl einen Laden gab, als mein Blick auf ein Schild mit der Aufschrift „Zimmer frei" fiel.

Auch Sam hatte es gesehen. „Das ist es wahrscheinlich", sagte er. „Ich kann mir nicht vorstellen, dass eine Stadt von dieser Größe mehr als eine Pension hat."

Wieder kam mir kurz der Gedanke, die ganze Sache auf sich beruhen zu lassen. Aber Sarah erwartete von mir, dass ich all meinen Mut zusammennahm und das Gute fand, damit ich ihr davon erzählen konnte. Ich sah Sam intensiv an.

„Kommst du mit?"

Er schüttelte nur den Kopf. Ich konnte die Liebe in seinen Augen sehen, gemischt mit Traurigkeit. Mit einem Nicken reichte ich ihm meine Tasche. *Vielleicht ist es auch besser*, dachte ich, *wenn eine Frau über so etwas mit einer Frau spricht. Jedenfalls wenn Sam es so will, machen wir es so.*

10

Emma

Ich saß am Fenster in meinem Zimmer in Ritas Pension. Auf dem Schoß hatte ich die Patchworkdecke, an der ich gerade arbeitete. Ich versuchte damit jeden Tag ein bisschen weiterzukommen, aber manchmal war es auch mühsam, denn ich musste mir den Stoff so weit entfernt wie möglich vor die Augen halten, damit die Zierstiche ordentlich und gleichmäßig wurden. Ich war also gerade bei der Arbeit, als ich es draußen an der Eingangstür klopfen hörte, aber ich kümmerte mich nicht weiter darum, denn ich bekam nur sehr selten Besuch.

Kurz darauf hatte ich wieder eine Ziernaht fertig. Ich schnitt den Faden ab und zog dann Ritas alte Gardine etwas zurück, um besser hinausschauen zu können. Meine gesamte Aussicht bestand im Grunde aus einer riesigen alten Weide, die keine dreißig Meter von meinem Fenster entfernt stand. Genau so eine hatten wir auch auf unserer Farm gehabt, bis sie bei dem großen Sturm 1918 umgestürzt war.

Gott hat diese Weide bestimmt absichtlich dorthin gestellt, damit ich hinaussehen und mich an all die Picknicks erinnern kann, die Willard und ich damals im Schatten unserer Weide erlebt hatten. Ich erinnere mich daran, dass ich sie schrecklich vermisste, nachdem sie umgestürzt war.

Ich hätte bestimmt wieder genau so eine gepflanzt, aber Willard dachte damals praktischer und pflanzte einen Apfelbaum an dieselbe Stelle.

Ich saß einen Augenblick einfach nur da und dachte darüber nach, ob der Apfelbaum wohl schon geblüht hatte und wie er wohl dieses Jahr tragen würde ohne den eigentlich wichtigen und notwendigen Schnitt im Herbst.

Ich dachte daran, wie sich gerade in dieser Jahreszeit die Narzissen immer so hübsch vom Weiß des Hauses abhoben. Aber die Veilchen erstickten wahrscheinlich schon beinah unter dem ungemähten Gras am Rande des Gartens. Und die Veilchen waren wirklich eine Kostbarkeit, weil sie direkt von der Farm meiner Großmutter stammten, dann an Mama und schließlich an mich weitervererbt worden waren. Der Gedanke, dass das außer mir wahrscheinlich niemanden interessierte, machte mich traurig.

Ich zog die Gardine wieder zurecht und machte mich erneut an meine Handarbeit. *Ich muss diese Decke einfach zu Ende bringen, dann habe ich wenigstens etwas zu tun,* dachte ich. Ich schnitt mir einen neuen Faden ab, aber mit dem Kopf war ich noch immer bei all dem Grün draußen. Im Frühling war es am schlimmsten, an zu Hause und an Willard zu denken und daran, wie schrecklich ich beides vermisste, wenn ich solche Gedanken an beide zuließ. Schon wenn ich nur aus dem Fenster sah, konnte es losgehen. Man sollte doch eigentlich denken, dass ich es irgendwann lernen würde.

Aber es machte auch ein bisschen Spaß mir vorzustellen, wie Willard unter der Weide stand und darauf wartete, dass wir wieder zusammen waren. Ich fragte mich oft, ob er mich wohl genauso sehr vermisste wie ich ihn. Aber vielleicht war er inzwischen ja auch bereit, mir zu verraten, wieso ich jetzt schon so lange zum Stillsitzen verurteilt war.

Er sagte immer, dass Zuhause der Platz zum Leben und Sterben sei. Und da saß ich nun und lebte schon gut drei Jahre in *Belle Rive*. Es war mir ganz einfach nichts anderes übrig geblieben. Aber was er wohl dazu gesagt hätte? Willard hätte niemals die Farm verlassen, auch dann nicht, wenn er krank geworden wäre. Selbst wenn es wirklich schlimm um ihn gestanden hätte, wäre er bestimmt nicht von dort fortgegangen. Aber ich saß nun hier.

Ich beugte mich gerade ein wenig ins Licht am Fenster, um einen neuen Faden einzufädeln, als Rita so plötzlich an die Tür klopfte, dass ich vor Schreck zusammenfuhr.

„Emma?“

„Komm doch einfach rein, Rita. Du weißt doch, dass du nicht anzuklopfen brauchst.“ Wieder versuchte ich den Faden einzufädeln, aber wieder gelang es mir nicht.

Die Tür wurde nur einen Spaltbreit geöffnet. „Hier ist Besuch für dich, Emma“, sagte Rita. „Sie ist aus *Pennsylvania*.“

Also das war nun wirklich eine Überraschung. Ich setzte mich so aufrecht es ging hin und fragte mich, wer um alles in der Welt da wohl gekommen sein mochte.

„Ich kann mich nicht erinnern, dass ich jemanden von so weit weg kenne“, sagte ich zu ihr. „Aber schick sie mal trotzdem rein. Kann ja sicher nicht schaden, mal kurz hallo zu sagen.“

Jetzt ging die Tür ganz auf und Rita brachte eine hübsche junge Frau mit gestrafften Schultern herein, die ganz langsam näher kam. Obwohl ich sie noch nie gesehen hatte, benahm sie sich, als hätte sie Angst vor mir. Sie war völlig nervös und rang die Hände, als ob sie schon irgendwas falsch gemacht hätte.

„Melde dich einfach, wenn du Tee möchtest oder sonst irgendetwas brauchst“, sagte Rita. Dann machte sie die Tür hinter sich zu und ließ uns allein.

Die Frau war jung und nett anzusehen in ihrem blauen, vorne durchgeknöpften Kleid, dem geblümten Schultertuch und ihren wirklich erstaunlich grünen Augen. Sie sah sich mein Zimmer und mich genau an. Ich muss schon ein Anblick gewesen sein in dem alten Schaukelstuhl, die Haare ungekämmt und durcheinander und nicht aufgesteckt, die Handarbeit in den Schoß geknüllt und mit nur einem Schuh, der unter dem Saum meines Kleides hervorschaute.

Weshalb um alles in der Welt sie wohl gekommen ist?, dachte ich. *Vielleicht von Albert oben in Chicago? Der kennt viele Leute. Ob ihm etwas passiert ist?* Bei dem Gedanken war meine Kehle plötzlich wie zugeschnürt und ich musste husten, damit der Kloß verschwand.

„Kann ich Ihnen irgendwas anbieten, Miss?“

„Äh – nein danke.“

Sie klang schrecklich nervös und war es sicher auch – viel mehr noch als ich, und sie tat mir Leid. Ich deutete auf den Sessel in der Ecke, die einzige weitere Sitzgelegenheit in dem Zimmer, außer meinem Bett.

„Setzen Sie sich doch ein bisschen zu mir“, sagte ich zu ihr. „Kommen Sie, rücken Sie den Sessel ein wenig näher, wenn es Ihnen nichts ausmacht. Und sagen Sie mir doch, wie Sie heißen, und wenn Sie mögen auch, was Sie zu mir führt.“

Sie sagte, ihr Name sei Julia Wortham. Sie hatte eine angenehme Stimme, aber sie tat sich schrecklich schwer damit, den ollen Sessel näher zu rücken. Ich versuchte immer noch, den Faden durchs Nadelöhr zu bekommen, während sie sich mit dem Sessel abmühte, denn ich hoffte, dass ich weiternähen konnte, während sie erzählte. Ich habe immer gerne etwas zu tun und in den Händen, das hält trübe Gedanken fern.

Aber der olle Faden wollte einfach nicht so wie ich. Ich befeuchtete ihn mit Spucke und drehte ihn, bis er ganz spitz war und dachte immer wieder, dass es jetzt geklappt hätte, aber immer, wenn ich dann zog, war er nicht im Öhr.

„Kann ich Ihnen helfen?", fragte die junge Frau.

„Anscheinend kann ich das Öhr nicht mehr treffen, das ist alles. Das ist eines der schlimmeren Dinge am Altwerden." Ich reichte ihr meine Nadel und den Faden. Würde wohl nicht schaden, sie helfen zu lassen. Ich dachte, dass sie sich dadurch vielleicht etwas entspannte und besser fühlte.

„Ja, gern", antwortete ich also. „Und jetzt entspannen Sie sich. Vor mir brauchen Sie wirklich keine Angst nicht zu haben. Kennen Sie Albert?"

„Äh, nein, Madam. Ich hoffe, Sie sind mir nicht böse, wenn ich mich nach Ihrer Farm erkundige."

Ich beobachtete, wie sie meinen Faden schon beim ersten Versuch mühelos durchs Nadelöhr schob, aber für einen Augenblick hatte es mir die Sprache verschlagen. Was sonst sollte wohl auch jemand von einer alten Frau wie mir wollen.

Ich nahm die Nadel wieder entgegen, machte einen Knoten ins Fadenende und schluckte noch einmal, weil mir schon wieder die Kehle eng geworden war. Mir lag nicht besonders viel daran, über dieses Thema zu reden. Ich war noch nicht einmal so weit auch nur den Gedanken zuzulassen, dass jemand sich für die Farm interessieren und sie vielleicht sogar haben wollen könnte. Sie war doch mein Zuhause und es hing einfach zu viel von meinem Leben daran. Ich hatte auch nicht im Entferntesten den Wunsch, sie loszuwerden.

Ich konnte sie mir im Sommer vorstellen, wie dort alles in der goldenen Sonne erblühte. Und ich sah mich selbst dort, wie ich einen kleinen Veilchenkranz flocht, um ihn auf Willards Grabstein zu legen. Ich musste tief Luft holen und mich ganz auf meine Näharbeit konzentrieren. Nein, ich war wirklich nicht bereit, über die Farm zu reden. Jedenfalls noch nicht.

„Sie können auch nähen, Mrs Wortham, nicht wahr?"

„Ja, ein bisschen. Aber ich habe noch nie eine Patchworkdecke gemacht. Die da ist wirklich wunderschön."

„Na ja, Sie haben die einzelnen Stiche noch nicht aus der Nähe betrachtet ... es sieht ganz so aus, als ob ich die Einzelteile nicht mehr so zusammenbringe wie früher einmal! Es wäre sicher peinlich für mich, wenn man diese hier neben eine von Trudy Welty hängen würde." Ich versuchte den Stoff ein wenig glatt zu streichen. „Und die Rückseite dürfen Sie sich schon gar nicht ansehen! Wahrscheinlich finden Sie da keine zwei Stiche, die gleich lang sind."

Und dann tat ich genau das Gegenteil von dem, was ich gesagt hatte, ich drehte den Rand meiner Decke um und sie fuhr mit ihren Fingern über die Ziernähte.

„Oh Mrs Graham", sagte sie, „ich finde die Decke wirklich wunderschön. Ich wünschte, ich könnte irgendetwas so gut."

Ich breitete die Decke noch ein bisschen weiter aus. „Das ist ein Doppelringmuster."

Sie sah sich das Muster immer noch an und fuhr mit der Hand über die ineinander geschlungenen Kreise. Sie war wirklich eine nette junge Frau, die großes Interesse zeigte für das, was ich tat, obwohl ihr eindeutig etwas ganz anderes durch den Kopf ging. Ich wusste, dass ich ihr die Gelegenheit geben sollte, noch einmal darauf zurückzukommen, aber es war nicht mein oberstes Anliegen, ihr eine Enttäuschung zu ersparen. Ich konnte diese Farm so wenig verkaufen, wie ich meine Großmutter hätte verkaufen können oder meine rechte Hand.

Ich holte tief Luft: „Na ja, es ist wohl wirklich eine ganz ordentliche Decke, nehme ich an, aber es wäre mir peinlich, wenn ein paar von meinen Freundinnen sie sehen würden", sagte ich. „Sie würden bestimmt eine Menge wieder auftrennen und noch mal besser machen."

Mrs Wortham lächelte. „Ich an Ihrer Stelle wäre stolz darauf. Es ist eine der hübschesten Handarbeiten, die ich jemals gesehen habe."

Ich schaute ihr einen kurzen Moment in die Augen, aber sie hielt meinem Blick nicht stand und schlug die Augen nieder. „Mrs Graham, noch mal zu Ihrer Farm ..."

Ich schluckte. „Rita hat gesagt, dass Sie ganz aus *Pennsylvania* gekommen sind. Sie sind frisch verheiratet, oder? Suchen hier in der Gegend was zu kaufen, nicht wahr?"

Mrs Wortham ließ die Decke sinken und blickte auf, so als ob ihr etwas sehr wehtat. Dann sprudelte es wie ein Wasserfall aus ihr heraus. „Mrs Graham, wir haben kein Geld, um zu kaufen! Mein Mann hat seine Arbeit verloren. Wir sind auf das Versprechen eines Verwandten aus Illinois hierher gekommen, aber die Fabrik, in der er Arbeit hatte, wird jetzt auch geschlossen. Wir sind mit unseren beiden Kindern unterwegs und als wir dann vorgestern an einer Straße standen und darauf warteten, von einem Auto mitgenommen zu werden, zog plötzlich ein Gewitter auf. Wir wussten nicht, wo wir hin sollten. Wenn Ihr Haus nicht gewesen wäre, ich weiß nicht, was wir hätten tun sollen! Bitte vergeben Sie uns, dass wir einfach dageblieben sind, aber zur Zeit haben wir wirklich gar nichts, und ich hatte gehofft, na ja, ich hatte einfach gehofft ..."

Der Redefluss brach ebenso plötzlich ab, wie er eingesetzt hatte.

„Und Sie sind auf meiner Farm geblieben?" Mein Herz klopfte heftig. „Wie lange denn?"

„Für zwei Nächte." Mrs Wortham blickte wieder nach unten auf ihren Schoß und strich mit ihren dünnen Fingern über den Saum der Patchworkdecke. „Es tut mir wirklich Leid, aber wir haben dafür auch die kaputten Fenster zugenagelt und die Tür repariert, damit sie wieder richtig schließt. Und ich ... ich habe während es regnete ein bisschen für Sie aufgeräumt und geputzt."

Ich fing wieder an zu nähen, konnte mich aber kaum darauf konzentrieren. Wie sollte ich mich bei dieser Sache denn fühlen? Wahrscheinlich war alles so gewesen, wie sie gesagt hatte. Es hatte wirklich ein Unwetter gegeben. Aber ich konnte mich nicht lange bei dem Gedanken aufhalten, dass sie einfach in mein Haus eingedrungen waren, weil mich viel mehr interessierte, in welchem Zustand es war. Es hatte mir schon so lange niemand mehr etwas davon erzählt.

„Das Haus ist doch nicht allzu sehr heruntergekommen, oder?"

„Nein, das nicht, jedenfalls nichts, was nicht wieder in Ordnung zu bringen wäre."

„Und was ist mit der Scheune? Und mit dem Hühnerstall?"

Sie sah mich an, inzwischen ziemlich erstaunt. „Na ja, es muss wohl alles wieder hergerichtet und instand gesetzt werden, aber alles ist noch brauchbar."

„Das war beides schon nicht gut, als ich das letzte Mal da war", sagte ich ihr. „Es war für uns auch schon eine Zeit lang ziemlich schwer, den Hof in Schuss zu halten, als Willard noch lebte."

„Das tut mir Leid."

Ich antwortete darauf nur mit einem Nicken. „Wie alt sind denn Ihre Kinder?"

„Zehn und fünf."

„Ich habe einen Jungen gehabt. Er ist im Krieg ums Leben gekommen, ist jetzt schon eine ganze Weile her. Das da drüben auf dem Bild ist er." Ich zeigte hinüber zu dem hübschen Bild, das auf dem Sekretär stand.

Sie schaute es sich an, dann aber gleich wieder auf meine Patchworkdecke. „Ich soll Sie von George Hammond grüßen."

„Ich hab mich schon gefragt, wie Sie rausgekriegt haben, wo ich zu finden bin."

Ich sah auf meine zitternden Hände und überlegte, wie es wohl sein mochte, wenn man kein Zuhause hatte, wie es diese Frau von sich behauptete. Ich hatte immer die Farm gehabt, seit ich Willard mit Einwilligung meiner Mutter mit vierzehn Jahren geheiratet hatte. Ich fühlte mich schlecht bei dem Gedanken, dass die Frau verzweifelt war und ich sie nur hinhielt.

„Sie sagen, dass Ihr Mann arbeitslos ist?"

„Ja", antwortete Mrs Wortham ganz leise. „Aber er ist ein guter Arbeiter, wenn er die Gelegenheit bekommt. Wir könnten alles für Sie instand setzen, reparieren, was Sie gern wieder hergerichtet hätten ...."

„Sie sind also gekommen, um von mir die Erlaubnis zu bekommen, dort zu bleiben?" Ich lehnte mich in meinem Schaukelstuhl zurück und sah sie mir genau an.

„Ja, äh ... ja, das war der Grund. Wenn es Ihnen recht ist ... wenigstens bis ..."

„Bis ich verkaufe, meinen Sie. Oder bis ich sterbe und die Farm über Ihren Kopf hinweg verkauft wird."

„Nein, das meine ich nicht", protestierte Mrs Wortham und

wirkte jetzt richtig getroffen. „Nur so lange, wie es für Sie in Ordnung ist und Sie ein gutes Gefühl dabei haben, meine ich, und natürlich nur, wenn es Ihnen überhaupt recht ist. Ich dachte, dass Sie vielleicht auch irgendwann selbst wieder dorthin zurück möchten."

Ich wusste nicht so genau, ob ich darüber lachen oder weinen sollte. Also schüttelte ich die Patchworkdecke auf und griff nach ihrer Hand. „Ich will Ihnen etwas sagen, mein Kind! Ich kann nicht wieder nach Hause zurück, so sehr ich es mir auch wünsche! Ich habe immer wieder Herzanfälle und muss dann das Bett hüten und mein eines olles Bein kann mich kaum noch tragen, besonders bei Treppen, selbst wenn ich mit meinen beiden Stöcken gehe. Ohne das andere bin ich einfach nicht mehr so schnell und sicher."

Sie sah mich völlig entgeistert an und wusste offensichtlich nicht, wovon ich eigentlich sprach.

Und ohne lange zu überlegen, nahm ich die Patchworkdecke von meinem Schoß und zeigte ihr die kirschfarbene Wolldecke darunter. Ich bemerkte, dass sie meinen linken Schuh sah und dann merkte, dass der rechte fehlte.

„Das ist es, was mich hauptsächlich abhält, auf der Farm zu leben", sagte ich zu ihr. „Wenn das nicht wäre, hätte ich es vielleicht noch eine Weile länger allein da draußen in meinem Haus gewagt." Es war immer ein Mitleid erregender Anblick, wenn mein eines olles Bein so unter dem Kleid hervorschaute. Seit fünf Jahren hatte sich niemand so richtig daran gewöhnen können, am allerwenigsten ich selbst.

„Ich hatte Fieber drin", erklärte ich. „War so schlimm entzündet, dass sie glaubten, ich würde dran sterben. Mussten es abnehmen, direkt unterm Knie. Danach ging's dann nicht mehr so gut mit der Farm, obwohl ich es noch eine Zeit lang versucht habe."

Mrs Wortham sagte gar nichts, sondern sah mich einfach nur an.

„Oh ja, ich weiß", sagte ich. „Da kann man gar nichts sagen oder machen. Aber jetzt wissen Sie, warum ich die Farm nicht selbst halten konnte. Und inzwischen kann ich fast gar nichts mehr."

„Es tut mir so Leid, Mrs Graham."

„Na ja, ist ja nicht Ihre Schuld, Kindchen. Unser guter Herr entscheidet diese Dinge. Irgendwann wird er mir das sicher alles erklären."

„Sie sind eine sehr tapfere Frau."

„Ach, das ist doch nur das ganz normale Leben. Und was das angeht, da haben wir doch alle unser Päckchen zu tragen. Wenn mit meinem gesunden Bein alles gut gegangen wäre, dann wäre ja noch alles in Ordnung gewesen, aber 1927 bin ich gefallen und seitdem sind meine Hüften nicht mehr richtig in Ordnung." Ich griff nach der Patchworkdecke und legte sie mir wieder auf den Schoß. „Seien Sie bloß froh, dass Sie noch jung sind. Seien Sie froh, dass Ihre Kinder noch klein sind. Die verkraften schwere Zeiten manchmal besser als wir Alten."

Julia lächelte ein bisschen. „Es ist nicht leicht für sie, aber sie beklagen sich nicht viel."

„Dann sind es gute Kinder. Sie müssen sie gut erzogen haben." Ich sah sie lange an und sie wandte den Blick ab, ohne noch etwas zu sagen.

Ich sah wieder auf die alte Weide hinaus und dachte an Willards Grab auf der Anhöhe nördlich vom Bach. Seit ich hierher gekommen war, hatte ich noch einmal dorthin wollen, auch wenn Rita eine meiner liebsten Freundinnen war. Die Leute hatten mir immer wieder gesagt, ich solle verkaufen, aber ich brachte es einfach nicht übers Herz. Ich konnte nicht einmal daran denken, weil ich mir so sehr wünschte, wieder nach Hause zurückzukönnen. Aber das würde nicht geschehen. Und der gute Herr wusste sehr gut, dass es Zeit war, das einzusehen, egal, was Willard darüber gedacht hätte.

Als ich mir die stille junge Mutter ansah, wie sie so vor mir saß, wusste ich, dass ich ihr etwas sagen musste. Sie und ihre Familie brauchten dringender ein Zuhause als ich. Und ich hatte kein Recht unter Gottes blauem Himmel, selbstsüchtig zu sein. Aber in meinem Magen bildete sich ein Knoten, so hart, dass ich kaum noch Luft bekam. Es war nicht einfach loszulassen.

Mrs Wortham sah mich ganz komisch an. „Ist Ihnen nicht gut, Mrs Graham?"

„Haben Sie Familie, die Ihnen helfen könnte?", fragte ich.

„Ich habe keine Geschwister. Meine Eltern und Großeltern sind schon tot. Sam hat seine Mutter und einen Bruder in New

York, aber dort können wir nicht hin, und sie können uns auch nicht helfen."

„Und warum nicht?"

Sie neigte wieder den Kopf. „Edgar ist im Gefängnis, Mrs Graham. Und Samuels Mutter hat einen Mann geheiratet, der uns nicht dort haben will."

„Wieso nicht? Was stimmt denn mit Ihnen nicht?"

„Soweit ich das beurteilen kann, gar nichts", antwortete sie ohne zu zögern. „Aber das ist schon so, seit wir verheiratet sind. Ich glaube, weil Sam sich verändert hat. Er ist ... er ist jetzt Christ wie ich."

„Na, daran kann ich nichts Schädliches erkennen! Aber sie würden Ihnen nicht helfen?"

„Ich glaube nicht, dass sie es könnten, selbst wenn sie wollten. Ihnen geht es kaum besser als uns. Wir sind eigentlich unterwegs zu Sams Cousin, aber der hat jetzt auch seine Arbeit verloren."

Ich nahm meine Nadel wieder zur Hand, legte sie aber gleich wieder hin. Wenn ich starb, wollte ich immer noch die Farm besitzen, wollte einfach diese Hoffnung haben, irgendwann doch wieder nach Hause zu können. Ich spürte, wie Tränen in mir aufstiegen, aber ich würde ihnen nicht freien Lauf lassen, nicht vor Julia Wortham.

Du brauchst diese Farm nicht mehr, sagte ich zu mir selbst. *Dir geht es doch gut hier und sie haben gar nichts. Was hat eine Christin da wohl zu tun?*

Es dauerte genau einen tiefen Atemzug, da hatte ich mich entschieden. „Ich sage Ihnen was", setzte ich an. „Eine Familie muss ein Zuhause haben. Sie bleiben da draußen auf der Farm und richten alles wieder her, wie Sie gesagt haben. Ich werde hin und wieder Freunde vorbeischicken, die nachschauen, wie Sie vorankommen. Ich gebe Ihnen ungefähr ein Jahr, und wenn Sie gut zurechtkommen und alles in Ordnung ist, dann können Sie die Farm behalten."

Mrs Worthams Mund ging ganz langsam auf und klappte wieder zu. Aber dann flossen Tränen, so als ob jemand alle Schleusen geöffnet hätte.

„Mrs Graham ... Oh, Mrs Graham, sind Sie wirklich sicher?"

„Jetzt versuchen Sie bloß nicht, mich doch noch wieder umzustimmen!", sagte ich streng zu ihr. Ich musste jetzt streng sein, sonst hätte ich noch selbst angefangen zu heulen, und das wollte ich auf gar keinen Fall.

„Mrs Graham, ich weiß gar nicht, was ich sagen soll! Ich hatte eigentlich erwartet, dass wir es vielleicht pachten könnten und Ihnen die Pacht irgendwann bezahlen, wenn wir können ..."

„Ich hätte aber im Herbst gern ein paar Äpfel von dem Apfelbaum."

Sie sah mich an und dann machte sie einen Satz nach vorn und umarmte mich ganz fest. „Ja. Oh ja! Aber ist da nicht sonst noch etwas, das wir für Sie tun könnten?"

Ich konnte mich jetzt kaum noch beherrschen, obwohl ich es versuchte.

„Sie können nicht alles Land haben", sagte ich und hatte große Mühe, überhaupt noch etwas herauszubringen. „Ich brauche ungefähr zwei Quadratmeter davon für mich selbst. Sie müssen mich nämlich neben meinem Mann begraben." Und dann liefen auch bei mir die Tränen und Mrs Wortham drückte mich noch fester und sagte, ich müsse gar nicht so freundlich sein.

Ich musste sie regelrecht von mir wegdrängen, musste meine Strenge zurückgewinnen.

„Ich habe es mir noch mal überlegt! Sie können das Haus haben! Ich werde mich immer wieder erkundigen, wie es läuft und nachschauen! Und Sie lassen George Hammond das Feld beackern, wenn Sie selbst dazu nicht in der Lage sind. Behandeln Sie ihn anständig, hören Sie? Er braucht alles, was er bekommen kann, um seine große Familie durchzubringen."

„Ja, das geht in Ordnung", sagte Mrs Wortham und sah mich an, als befände sie sich in einem Schockzustand.

„Wo ist denn eigentlich Ihr Mann? Sie müssen ihn herbringen und ich muss ihn und Ihre Kinder erst kennen lernen, bevor ich Ihnen meine Farm überlasse."

Mrs Wortham nickte, wobei ihr immer noch Tränen die Wangen hinunterliefen.

„Sie sind draußen, Mrs Graham. Wir wären nämlich gleich weitergezogen, wenn Sie Nein gesagt hätten."

„Na, dann holen Sie sie aber jetzt mal rein, Mädchen!", schalt ich sie und versuchte so gut es ging, nicht mehr zu weinen. „Holen Sie die Kleinen mal gleich herein!"

11

Julia

Diese Reaktion von Sam hätte ich niemals erwartet. Er setzte sich einfach an den Straßenrand und weinte.

„Ich kann nicht“, sagte er. „Wir können doch nicht zulassen, dass sie ...“

„Sammy, komm wenigstens mit und lern sie kennen, sonst wird sie bestimmt mächtig wütend auf mich, wenn ich nicht wieder hereinkomme.“

„Aber ich habe doch keine Ahnung von Landwirtschaft! Ich habe dir nicht einmal die Chance eines Schmetterlings im Schneesturm ausgerechnet ...“

Die Kinder wussten gar nicht mehr recht, was sie von ihrem Vater halten sollten, der in Tränen aufgelöst am Straßenrand im Staub saß. Und sie wussten ebenso wenig, was sie von ihrer Mutter halten sollten, die so wie ich herumrannte und nach ihnen brüllte.

„Wer ist sie denn, Mama?“, fragte Robert.

„Eine ganz wunderbare alte Dame“, sagte ich. „Nun komm schon, Sam.“

Sam kam langsam auf die Beine und wischte sich das Gesicht mit dem Taschentuch aus seiner Gesäßtasche ab.

„Wir können nicht zulassen, dass sie das für uns tut“, sagte er wieder. „Ich nehme doch an, sie hat Familie, oder?“

„Das fragst du sie am besten gleich selbst“, entgegnete ich darauf.

„Ich muss arbeiten und euch versorgen“, protestierte er. „Nicht einfach weitergereicht ...“

„Sam“, sagte ich und hielt ihn am Arm fest, „arbeiten wirst du ganz bestimmt müssen. Sie hat gesagt, sie würde kontrollieren, ob wir den Hof wirklich instand setzen. Und damit meint sie ziemlich viel Instandsetzung, da kannst du sicher sein.“

„Aber ...“

„Wir können es schaffen! Wirklich, das können wir.“

Er schaute auf Sarah hinunter, die bis jetzt noch keinen Mucks von sich gegeben hatte. „Ich kann das hier einfach nicht glauben“, murmelte er. „Allmächtiger Gott, in *Harrisburg* wäre das nie passiert.“

„Wenn es nicht Gottes Plan wäre, wäre es nirgendwo passiert“, sagte ich und im selben Moment wurde die Haustür der Pension von innen geöffnet.

Rita McPiery, die Inhaberin, schaute heraus und hielt offenbar nach uns Ausschau.

„Mrs Wortham“, rief sie. „Emma hat mich gebeten, Sie zu fragen, ob Ihre Kinder vielleicht ein Glas Buttermilch und einen Ingwerkeks möchten. Sie wartet auf Sie!“

„Ooooh ja! Können wir?“, sagte Sarah und schaute ihren Vater und nicht mich an.

Er nickte kaum merklich und wischte sich noch einmal sein Gesicht ab. „Es ist wohl doch besser, sie wenigstens kennen zu lernen, nehme ich an, wo sie uns gern kennen lernen möchte.“

Ich nahm seine Hand und fühlte mich, als ob ich direkt in den Himmel schwebte. *Gott, bitte segne Emma Graham! Ach Herr, segne diese Frau!*

„Ich wusste, dass wir hier leben sollen“, sagte Robert in einem Ton, den ich noch nie von ihm gehört hatte. „Es hat sich nämlich gleich wie Zuhause angefühlt.“

12

Samuel

Als wir an diesem Tag durch *Dearing* zurückgingen, kam uns alles ganz unwirklich vor. Wir kehrten mit Emma Grahams Segen auf die Farm zurück. Ich hatte versucht ihr Nein zu sagen, aber davon hatte sie nichts wissen wollen. Ich hatte versucht ihr klar zu machen, dass George Hammond das Land gern hätte, aber sie hatte gesagt, dass er es ja nutzen könne und dass das reichen müsse – er würde die ganze Farm nicht so in Schuss halten, wie sie hoffte, dass ich es tun würde. Sie wollte, dass die Farm wieder richtig schmuck würde, hatte sie gesagt, so wie Willard sie gehabt hatte, als sie beide noch jung gewesen waren.

Mrs McPiery schickte uns zur Farm zurück, ausgestattet mit einer Tüte von ihren Plätzchen und Zuckermaissaat. Als wir gehen wollten, nahm sie uns beiseite und sagte, wir sollten in einer Woche mit Blumen für Mrs Graham wiederkommen, dann würde sie uns auch Sämereien für Salat, Möhren und Kürbis geben.

Julia war aufgeregt wie selten zuvor und ging schon ganz und gar in der Planung auf.

„Oh, Sammy", sagte sie. „Wir müssen uns Werkzeug besorgen."

Ich schüttelte nur den Kopf und dachte, dass es, so lange es eben dauern würde, gut war, einen Ort zu haben, den man als Zuhause bezeichnen konnte. Aber es war unmöglich, das, was Mrs Graham von uns erwartete, ohne Geld zu bewerkstelligen. Das Haus frisch streichen? Die alte Scheune reparieren? Einen Garten anlegen und dafür sorgen, dass bis zur Straße hin Blumen wuchsen? Wir hatten uns einfach heillos übernommen.

Mrs Graham hatte mich nur ausgelacht und gesagt, ich würde das schon schaffen. Ich solle einfach Gott vertrauen und dann würden sich schon Mittel und Wege finden. Und dann hatte sie etwas gesagt, das mich am allermeisten verblüffte. Alles auf der Farm, sogar was sich in den Zimmern im Obergeschoss des Hauses befände, stehe uns zur freien Verfügung, wie wir es gerade bräuchten, solange wir zu ihren Lebzeiten nichts davon verkauften.

Julia hatte uns in *Dearing* eine Dose Pfirsiche gekauft und als wir jetzt zur Tür herein waren, zündete sie als Allererstes ein Feuer an. Ich hatte noch nie einen Napfkuchen gegessen wie den, den sie an diesem Tag zubereitete, aus nichts als Mehl, Backpulver und Pfirsichen. Gebacken in dem alten Eisentopf, mit dem Pfirsichsaft übergossen. Dieser Kuchen war ein einziges Fest.

Und dann fingen wir an, uns unser neues Zuhause etwas genauer anzusehen. Julia holte etwas von ihrem Papier hervor und begann zuerst, alles aufzuschreiben, was wir hatten und dann alles, was wir noch brauchen würden. Am Himmel zogen inzwischen schon wieder dunkle Wolken auf, also durchsuchten wir zuerst die Scheune und den Schuppen.

In der Scheune fanden wir einen Rechen und eine Forke, der ein Zinken fehlte. Es gab einen alten Wagen, dem ein Rad fehlte, und ein paar Melkeimer. Julia war begeistert, als wir den Schuppen öffneten.

„Das ist ja wie Weihnachten!“, rief sie. „Zwei Hacken, eine Schaufel, ein Spaten und eine zweischneidige Axt.“ Außerdem fanden wir eine Rolle Hühnerdraht, eine Werkzeugkiste, noch mehr einzelne Werkzeuge, die an den Wänden hingen, sowie noch ein paar weitere Metallteile, von denen Juli sagte, es seien Keile zum Spalten von Brennholz. Ich schüttelte nur den Kopf und fühlte mich völlig fehl am Platze. Als sie sagte, wir bräuchten zusätzlich zu den Keilen noch ein Brecheisen, hatte ich keine Ahnung, was sie eigentlich meinte.

Ich war Kohle gewohnt. Öl. Sogar Elektrizität, aber das alles gab es hier nicht. Und Juli sagte, das sei gar kein Problem; es gäbe sicher viele Nachbarn, die das alles noch nie gehabt hätten und auch nie haben würden. Aber mich überwältigte die Vorstellung, dass ich den ganzen Winter würde Holz hacken müssen, aber nicht den Hauch einer Ahnung hatte, wie das überhaupt ging. Und woher sollten wir unsere Nahrungsmittel bekommen? Wir würden bestimmt nicht genug Mais und Rüben aus Mrs McPierys Sämereien anbauen können, um ein ganzes Jahr lang davon leben zu können.

„Mach dir keine Sorgen“, sagte Julia immer wieder. „Der Herr wird uns schon zeigen, wie.“

Emma hatte uns gesagt, wo die Farmgrenze verlief und wir gingen viel darauf herum und besuchten sogar Willard Grahams Grab. Julia pflückte einen Strauß Tausendschönchen, um ihn aufs Grab zu legen, und wir beteten zusammen und dankten dem Herrn für alles, was er getan hatte.

Es gab noch einen Teich auf dem Grundstück, den wir bisher gar nicht gesehen hatten, direkt unterhalb des Hügels, wo der Grabstein stand. Dort gab es zwei Bretter, die auf zwei Pfosten im Wasser auflagen und den wackeligsten Steg ergaben, den ich je gesehen hatte, aber man würde bestimmt von dort aus gut angeln können, wenn man nicht zu viel herumzappelte.

Das Wäldchen, in dem wir Pilze gesucht hatten, gehörte ebenfalls Emma, obwohl sie gesagt hatte, dass ein Stück weit hinter dem Teich George Hammonds Land begann. Sie hatte ihnen immer die halbe Blaubeerernte überlassen und was es sonst noch in dem Wäldchen zu ernten gab.

Vielleicht hatten die Hammonds ja auch schon Pilze gesucht, meinte Robert, und wir hätten vielleicht deshalb kaum noch welche gefunden. Ich begann mich zu fragen, ob sie nicht etwas dagegen haben könnten, dass uns so viel Gutes widerfuhr. Vielleicht waren sie ja ebenfalls bedürftig. Es gab keinen Zweifel, dass ich George Hammond besuchen musste.

Ich war jedenfalls froh, als es anfing zu regnen, denn ich war jetzt sehr erschöpft. Aber Julia hüpfte immer noch herum und redete darüber, dass sie den Garten für die Aussaat vorbereiten wolle. Ich hatte gar nicht richtig aufgepasst, als wir zum ersten Mal auf der Farm gewesen waren. Aber jetzt entdeckte ich überall Dinge, die getan werden mussten.

Mit einer Schüssel Wasser gingen wir ins Haus zurück und in einem Teil des Wassers weichte Julia gleich unsere getrockneten Bohnen ein. Dann gingen wir nach oben und holten eine der Kisten herunter. Nur eine Kiste, weil es schon fast dunkel war und wir am nächsten Tag alle Zeit der Welt haben würden, um weiter auszupacken. Robert nahm beim Herunterkommen immer zwei Stufen auf einmal und Sarah hüpfte sie einzeln hinunter, wobei sie ein Lied sang, das sie während des Singens dichtete. Die beiden waren so glücklich und ich musste zugeben, dass es jetzt richtig schien zu bleiben. Das änderte jedoch nichts an der Tatsache, dass ich unglaubliche Angst hatte. *Was, wenn ich all diese Arbeit nicht schaffe? Was, wenn ich wieder versage?* Juli und die Kinder und sogar Mrs Graham waren eine unglaublich schwere Last auf meinen Schultern und ich wollte sie auf keinen Fall enttäuschen.

Ich stellte die Kiste auf dem Wohnzimmerfußboden ab und beide Kinder bekamen das Stück Schnur zu fassen, mit dem sie verschnürt war.

„Moment mal“, sagte Julia zu ihnen. „Es ist die Aufgabe eures Vaters, sie zu öffnen.“

„Wieso denn?", fragte Sarah und ich fragte mich dasselbe.
„Weil er nicht so aufgeregt ist wie ihr."
Robert blickte überrascht auf.
„Das hier sind Mrs Grahams Sachen", fuhr sie dann fort. „Und sie bedeuten ihr sehr viel. Wir müssen jeden Gegenstand mit Respekt behandeln."
Und das gilt für die gesamte Farm, dachte ich. *Gott, bitte hilf mir, dass ich dieser Aufgabe gerecht werde.*

13

Julia

Es war schon spät und die Kinder schliefen längst auf ihrem Deckenlager auf dem Fußboden. Sam war noch auf, weil er, genau wie ich, einfach nicht einschlafen konnte. Um uns herum lag ausgebreitet der Inhalt der einen Kiste, nur ein ganz kleiner Teil von Emma Grahams Leben.

Da war eine Garnitur Spitzendeckchen und mindestens ein Dutzend bestickter Tischdecken. Leinenservietten und ein kleines Heft mit Kinderzeichnungen, höchstwahrscheinlich von Emmas Sohn.

„Oh Sammy", flüsterte ich. „Vielleicht hattest du doch Recht. Vielleicht können wir das einfach nicht machen. Dieses Haus hier ist ihr ganzes Leben gewesen."

Ich nahm eine Kerze und griff nach seiner Hand. Ich wollte mehr sehen. Bevor die Kinder wieder wach wurden, musste ich ganz sicher wissen, ob ich wirklich mit einem so gewaltigen und persönlichen Geschenk umgehen konnte. Ich hatte nicht zu Ende gedacht, was sie uns da eigentlich geschenkt hatte. Sie hatte natürlich gewusst, dass es mehr war als ein Haus; nämlich auch jede Erinnerung, die daran hing.

Wir gingen langsam die Treppe hinauf, jeder von uns mit einer Kerze in der Hand, und wir hatten beide das Gefühl, als würden wir etwas Heiliges betreten. In der ersten Kiste, die ich öffnete, lag ganz oben ein Hochzeitsfoto und darunter eine säuberlich zusammengelegte Patchworkdecke. Sam öffnete eine Kiste, in der Gartenhandschuhe und ein paar Pflanzkellen in einem Strohhut verstaut lagen.

Ich sah ihn an und wusste, dass es mir nicht gelingen würde, meine Tränen zurückzuhalten. „Sie hat das alles hier behalten, weil sie gehofft hat, doch noch einmal wieder in ihrem Zuhause leben zu können. Das ist eigentlich alles, was sie wirklich möchte. Und sie hat diesen Wunsch und dies hier für uns aufgegeben."

Sam machte seine Kiste wieder zu, bevor er sie ganz ausgeräumt hatte. „Das ist nicht richtig, Juli", sagte er zu mir. „Ich habe ein Gefühl, als würden wir stehlen, und jetzt sogar noch mehr als vorgestern, als sie noch nichts von uns wusste."

„Ja, ich weiß, was du meinst. Aber was sollen wir denn jetzt tun?"

Wir gingen wieder die Treppe hinunter und setzten uns auf den ersten Absatz, auf den durch ein Fenster das Mondlicht schien.

„Wenn wir doch etwas hätten, das wir ihr geben könnten", sagte er, „dann würde es mir damit viel besser gehen. Aber es gibt nichts, das auch nur annähernd so wertvoll und gut wäre wie das, was sie uns geschenkt hat."

Schweigend saßen wir eine ganze Weile da und ich stellte mir vor, wie Emma unten am Kamin saß und an einer Decke nähte oder auf dem Hügel am Grab ihres Mannes war. „Doch, es gibt etwas", wagte ich mich vor, traute mich dann jedoch kaum, es laut auszusprechen. „Das Einzige, was sie sich wirklich wünscht."

„Du meinst ..."

„Wir könnten sie doch wieder herholen, Sammy! Sie könnte das untere Schlafzimmer bekommen, dann bräuchte sie keine Treppen zu steigen. Wir könnten uns um sie kümmern und sie wäre immer gleich da und könnte uns sagen, wie sie alles haben will! Ich wette, dass sie sich mit allem bestens auskennt und weiß, wie es gemacht wird! Und außerdem kennt sie die Leute hier in der Gegend, für den Fall, dass wir von denen mal was leihen müssten."

Sam stand auf, ging drei Stufen hinunter und blieb dann wieder stehen. Er drehte sich um und sah mich an, sagte aber immer noch kein Wort.

„Es wäre doch gar kein Problem!", drängte ich. „Wir haben viel zu tun und ich würde mich viel besser fühlen, wenn sie hier wäre und an allem Anteil hätte! Sammy, ich möchte mir nicht dauernd vorstellen müssen, wie sie dort heimwehkrank in ihrem Zimmer sitzt. Das ist einfach zu traurig."

Er fuhr mit dem Finger über den Rand des Treppengeländers und schüttelte den Kopf. Dann ging er auch die restlichen Stufen hinunter bis zur Haustür und schüttelte wieder den Kopf.

„Es ist doch gar nichts so Merkwürdiges!", erklärte ich. „Ich habe das Gefühl, als würde ich sie schon sehr lange kennen. Und außerdem ist sie Christin."

Endlich schaute er wieder zu mir hinauf und selbst in dem dämmrigen Licht sah ich sein Blinzeln. „Morgen können wir noch nicht zu ihr gehen", verkündete er. „Wir haben viel zu tun, wie du ja schon ganz richtig bemerkt hast. Und es sollte hier wenigstens einigermaßen wohnlich aussehen, bevor wir sie fragen."

Ich flog die restlichen Stufen hinunter in Sams Arme und liebte ihn in diesem Augenblick so sehr, dass ich es kaum aushalten konnte.

„Danke, Sam", sagte ich mitten in der Umarmung. „Danke, danke, danke!"

Am nächsten Tag schrubbte und wienerte ich alle Fußböden blitzblank, während Sam auf der Einfahrt Unkraut jätete und bei dem Sessel im Wohnzimmer ein fehlendes Bein wieder festleimte. Wir brachten die Matratze aus dem unteren Schlafzimmer zum Lüften in die Sonne und öffneten alle Fenster, die sich öffnen ließen, um den muffigen Geruch zu vertreiben. Sam nahm eines der Fenster von oben und wechselte es gegen das im unteren Schlafzimmer aus, damit Emma bei Sonnenlicht nähen konnte. Ich pflückte Kräuter für den Bohneneintopf und Sam versuchte einen umgefallenen Baum zu zerhacken, als George Hammond auf seinem Fuhrwerk vorbeigefahren kam.

„Na Leute, ihr kommt ja mächtig schnell voran", sagte er mit einem so finsteren Gesicht, dass mir ganz unbehaglich wurde. „Hab ja noch nie von so 'nem schnellen Verkauf gehört."

Sam setzte die Axt ab und ging, um den Gast zu begrüßen. „Es hat keinen Verkauf gegeben", sagte er. „Wir richten die Farm nur wieder her für Mrs Graham, damit sie wieder nach Hause kommen kann."

George Hammond war darüber offenbar sehr erstaunt.

„Ich dachte, es geht ihr nich gut. Se woll'n also hier bleiben und sich um alles kümmern?"

„Ja, das würden wir gern, wenn sie es auch möchte."

„Wenn? Se mein'n also, Se sind sich noch gar nicht mit ihr einig?"

„Sie hat uns erlaubt, hier zu bleiben. Aber wir würden uns besser dabei fühlen, wenn sie nach Hause kommen könnte."

„Na ja", sagte George Hammond, „das is sicher 'ne Überlegung wert. Woll'n Se denn auch das Feld beackern?"

„Sie möchte, dass Sie das tun", sagte Sam ihm. „Wir schaffen das im Moment noch nicht."

George sah sich nun auf der Farm etwas genauer um und wandte dann seine gesamte Aufmerksamkeit wieder Sam zu. „Sie sollt'n sich 'n Pferd besorgen Mister, für die Arbeit und zum Transportieren allemal. Auf jeden Fall, wenn Se kein' Laster haben."

„Nein, das habe ich beides nicht."

George kratzte sich am Kopf und sah mich an. „Auch keine Kuh?"

„Nein."

„Hühner?"

„Noch nicht."

„Schweine bestimmt auch nich. Die hätt ich nämlich schon gerochen. Dann könn' Se also jagen?"

„Hab's noch nie probiert."

„Und wie woll'n Se dann Ihre Klein'n satt kriegen? So was is mir ja noch nie untergekommen! Se müssen doch Viehzeug auf der Farm haben, sonst verhungern Se ja. Hat Ihnen das denn keiner gesagt? Ham Se denn vielleicht vor, Ziegen zu halten? Oder Schafe? Wir ham Schweine zu verkaufen."

„Dafür haben wir im Augenblick noch kein Geld", sagte Sam. „Aber ich wäre dankbar, wenn Sie mir hin und wieder einen Rat geben könnten."

Jetzt bemerkte George erst, dass ich Pflanzen sammelte und

stieß daraufhin einen sehr langen Pfiff aus. „Ihr seid völlig pleite, Leute. Stimmt's?"

„So gut wie", gab Sam zu. „Außer Emma Grahams Großzügigkeit haben wir nichts. Ich würde ihr, wie gesagt, gern alles zurückzahlen, aber Sie sehen ja selbst, was wir noch nicht bedacht haben. Wir können die alte Dame nicht herholen, wenn wir nichts für sie zum Essen haben."

„Sie sagen, Se woll'n 'nen Rat?", fragte George und spuckte plötzlich ins Gras aus.

„Ja."

„Fang'n Se an, es herumzuerzählen. Lassen Se uns wissen, wann Emma kommt, dann erledigt sich das Problem ganz von selbst."

„Mrs McPiery erwartet uns nächste Woche", sagte Sam. „Dann möchte ich sie herholen, wenn ich nur wüsste, wie ich sie hierher bekomme."

George grinste. „Se könn'n gern meinen Wagen haben, wenn Se wissen, wie man 'n Gespann lenkt."

„Nein, das weiß ich nicht."

„Sie sind ja wohl wirklich 'n Stadtkind, was?" Er schüttelte den Kopf. „Das is schade. Ich schicke Ihnen einen von meinen Jungs vorbei. Ich würd' Ihnen ja versprechen, selbst zu fahr'n, aber Wilametta möchte, dass ich jetzt immer in der Nähe bin, wegen dem Baby. Sie meint, dass es früher kommt, so wie Harry."

George wandte sich um und sah wieder zu mir. „Das is' bestimmt schwer für 'ne Frau mit 'nem Mann, der von nix Ahnung hat."

Ich blieb stehen und sah ihn an. „Sam hat sehr wohl Ahnung."

George Hammond warf einen schrägen Blick zu dem Baumstumpf hin, an dem noch immer die Axt lehnte. Es war kaum eine Kerbe daran zu sehen.

„Ja, das seh ich", sagte er und grinste wieder breit.

„Ich schicke Ihnen William herüber, der kann das für Se klein machen und vielleicht Ihrem Jungen zeigen, wie man angelt. Se brauch'n wirklich alle Hilfe, die Se kriegen könn."

Er tippte sich an den Hut und ich hatte große Lust, mit einem Stein nach ihm zu werfen. Er hatte nicht das Recht, Sam dermaßen zu beleidigen.

Aber Sam stand einfach nur da und sagte kein Wort, bis George weg war.

„Er hat ja Recht“, sagte er. „Ich wüsste nicht, was ich mit einem Pferd anstellen sollte, wenn ich eins hätte.“

„Ach, hör doch gar nicht hin“, sagte ich. „Das wirst du schon alles noch lernen.“

Aber Sam ließ die Axt, wo sie war und reparierte stattdessen die defekte Verandatreppe. Er war handwerklich immer sehr geschickt gewesen. Ich hatte ihn schon an allem herumwerkeln sehen, was man ihm vorgesetzt hatte. Er konnte Autos reparieren oder ein Radio zusammenbauen. Er konnte elektrische Leitungen legen, alles Dinge, von denen ich ganz sicher war, dass davon George Hammond keine Ahnung hatte.

Sam konnte so viel, dass ich richtig frustriert gewesen war, als er in *Harrisburg* keine Arbeit finden konnte. Wo er auch hinging, gab es Schlangen Arbeitsloser, in denen immer schon 20 bis 30 Leute vor ihm standen. Und wo auch immer wir sonst noch gewesen waren, war es nicht anders gewesen. Vielleicht war es ja auch falsch, dass ich ihn hier auf der Farm behalten wollte, wo ihm alles so fremd war, als käme er von einem anderen Planeten. Aber er würde schon seine Nische finden, ganz bestimmt. Und er würde sich ganz sicher sogar bei George Hammond Respekt verschaffen.

Ungefähr eine Stunde später kam ein Junge in Roberts Alter vom Wäldchen her aufs Haus zu. Er sprach nicht viel, stellte sich nur kurz vor und sagte, er sei gekommen, um den Baumstumpf klein zu hacken. Sam ließ ihn zunächst eine Weile arbeiten und schaute genau zu, dann brachte er die Arbeit selbst zu Ende und schickte den Jungen an den Teich, um zusammen mit Robert ein wenig zu angeln.

„Ich muss dafür sorgen, dass das Blatt von der Axt scharf bleibt“, sagte mir Sam später, „und auf den richtigen Schwung achten.“ Er ging in das Wäldchen und schleppte mehrere heruntergefallene dicke Äste heran. Wir brauchten mehr Holz zum Kochen, auch wenn es warm wurde, ganz zu schweigen vom Vorrat für den nächsten Winter.

Robert und Sarah stürzten sich auf den Topf mit Bohnen, ohne sich zu beschweren, dass kein Speck darin war. Ich jammerte zwar ein wenig, dass ich weder Eier noch Milch zum Backen hatte, aber ich machte trotzdem Brötchen. Sie waren weder locker noch sahen sie schön aus, aber sie waren immer noch besser als gar nichts. Beide Kinder zerkrümelten sie und aßen sie zu den Bohnen.

Ich fühlte mich reich, als ich sie so essen sah, einfach weil ich wusste, dass sie sich heute so satt essen konnten, wie sie wollten. Für uns war es der Beginn eines neuen Lebens und sie waren deshalb genauso aufgeregt wie ich.

„Können wir noch mehr Kisten aufmachen, wenn wir fertig sind?", fragte Robert. Er saß auf dem Sessel, den wir aus dem Obergeschoss heruntergetragen hatten, und ließ sich den letzten von Rita McPierys Keksen auf der Zunge zergehen.

„Zuerst räumen wir auf", sagte ich zu ihm. „Du kannst deinem Vater draußen helfen, während Sarah und ich uns hier im Haus um alles kümmern. Danach können wir dann mehr Kisten auspacken."

„Das wird bestimmt richtig gut hier", sagte er und die Arbeit schien ihm gar nichts auszumachen. „Jetzt haben wir nicht nur ein Haus, sondern es gibt sogar Nachbarskinder! Willy Hammond hat gesagt, er kommt morgen wieder zum Angeln. Ich werde mir so eine Angel machen, wie er hat. Wenn ich einen Fisch fange, dann kochst du ihn doch, nicht Mama?"

„Auf jeden Fall. Aber ihr könnt nicht die ganze Zeit nur angeln", warnte ich ihn. „Wir haben hier noch sehr viel anderes zu tun. Und wir müssen mit den Nachbarn reden und herausfinden, wo hier der Schulunterricht abgehalten wird. Du wirst ja hoffentlich nicht ganz nach *Dearing* müssen."

Robert blickte überrascht auf. „Aber wohin sollten wir denn sonst gehen?"

„Ach, mein Schatz, ich hoffe, dass es hier irgendwo in der Nähe eine Dorfschule gibt. Sie wäre zwar wahrscheinlich ziemlich klein, aber das kann auch richtig nett sein."

„Vielleicht gehen die Hammonds auch gar nicht zur Schule. Für die Sommerferien ist es doch noch viel zu früh. Und ist heute nicht Mittwoch? Willy hat jedenfalls nichts von Schule gesagt."

„Vielleicht ist heute aus irgendeinem Grund der Unterricht ausgefallen", sagte ich.

„Ist ja auch egal, was die Nachbarn tun", sagte Sam. „Wenn wir uns hier eine Weile eingelebt haben, dann wird es Zeit, dass Robert wieder zur Schule geht. Wenn es keine in der Nähe gibt, können wir ihn mit Hilfe von Büchern zu Hause selbst unterrichten."

„Vielleicht können wir es morgen herausfinden", sagte ich zu ihnen. „Und wenn wir das nächste Mal in der Stadt sind, gehen wir auch in die Leihbücherei. Aber jetzt lasst uns erst unsere Arbeit fertig machen."

Ich hatte am Vormittag alle alten Gardinen abgenommen, sie waschen und die Fenster putzen wollen. Aber bis jetzt hatten wir noch nicht mehr geschafft, als die Fenster mit klarem Brunnenwasser zu putzen. *Ach, wie gut es hier erst riechen würde, wenn ich ein Stück Seife hätte,* dachte ich.

Sarah und ich nahmen jede einen alten Lappen und wischten alle Spinnweben von den Wänden und aus den Fensterecken. Dann wuschen wir den Schrank in Mrs Grahams Zimmer aus und wischten Staub in und auf der Kommode. Währenddessen arbeiteten Sam und Robert die ganze Zeit draußen im Garten mit den beiden Hacken, die wir im Schuppen gefunden hatten. Sie kamen herein, als das Tageslicht nicht mehr zum Arbeiten ausreichte und dann gingen wir alle mit ein paar Kerzen ausgerüstet hinauf ins Obergeschoss.

„Wir können die Hammonds vielleicht bitten, uns Federn für eine Matratze zu sammeln", sagte ich zu Sam, nachdem ich einen Blick auf das alte Bettgestell in dem Zimmer geworfen hatte.

„Und was sollen wir ihnen dafür geben?", fragte er.

„Vielleicht könnte ich ihr anbieten, hin und wieder die Kinder für ein paar Stunden zu hüten. Sie ist bestimmt schrecklich müde, wo doch bald das Baby kommt. Und wenn es erst einmal da ist, braucht sie ganz bestimmt Hilfe."

Sam schüttelte den Kopf. „Wir wissen doch, dass zumindest ein paar der Kinder schon groß genug sind, um mitzuhelfen. Und wahrscheinlich haben sie außerdem noch Verwandtschaft in der Nähe.“ Er schob ein paar Kisten zur Seite, um in die hinterste Ecke des Abstellraumes zu gelangen, wo noch zwei weitere Stühle an einem mit Kleidungsstücken gefüllten Waschzuber lehnten. Er hob den Zuber hoch und trug ihn zu mir hinaus.

Wir würden Mrs Grahams Kleidung in ihren Schrank einräumen, weil ich den Zuber für die Wäsche brauchte. Wir beschlossen, alles auszupacken und es dort unterzubringen, wo es hingehörte, damit Ordnung herrschte, wenn Mrs Graham kam und es wieder sah. Also fingen wir an die Kisten zu öffnen und zu sortieren und dann in den Räumen zu verteilen, in die es unserer Meinung nach gehören könnte. Wir brauchten gar nicht lange, bis sich auf dem Fußboden ein großer Haufen Küchengeräte, Geschirr und Besteck angesammelt hatte.

„Ich muss zuerst die Schränke und Schubladen auswaschen, Sammy, damit wir all diese Dinge wegräumen können.“ Ich nahm einen Servierlöffel von Emmas Silberbesteck in die Hand. „Sie hat ein paar sehr schöne Stücke. Wirklich seltsam, dass sie nicht mehr davon mitgenommen hat.“

Aber der Hauptgewinn an diesem Abend war eine Kiste mit vier zarten Petroleumlampen und den dazugehörigen Glaszylindern, die alle sorgfältig in Zeitungspapier verpackt waren. In zwei der Lampen war sogar noch etwas Petroleum. Ich trug sie vorsichtig nach unten, wobei mir der Petroleumgeruch in die Nase stieg. Sam kam mit dem Waschzuber hinterher, Robert folgte mit einer Kiste und am Schluss kam noch Sarah mit ihrer Stoffpuppe und einem Stapel Handtücher.

Obwohl es schon spät war, aßen wir noch einmal Bohnen. Dann wusch ich das Geschirr ab und Sam und die Kinder streckten sich auf unserem Deckenlager aus. Als ich mit dem Abwasch fertig war, hörte ich Sam im Wohnzimmer von irgendjemandem namens Goompus erzählen, der in einem fernen Land lebte.

Es war das erste Mal seit langer Zeit, dass er wieder eine Geschichte erzählte. *Danke, danke, Gott.*

14

Samuel

Ich hatte einen Traum, in dem wir noch in *Harrisburg* waren und in einer endlos langen Schlange warteten. Neben mir stand Bill Harvey, immer noch völlig durchnässt von seinem Sprung in den Fluss.

„Was glaubst du eigentlich, wen du damit täuschen kannst?“, fragte er mich. „Da hast du dich ja wohl doch ein bisschen übernommen, oder?“

Sarah zerrte an meinem Mantel und gab sich alle Mühe, meine Aufmerksamkeit zu gewinnen. „Papa, Papa! Hör doch mal zu!“

Ich drehte mich um und schlug die Augen auf. Sarah lag zusammengerollt neben mir zwischen zwei Decken und schlief tief und fest. Durch die Fenster war gerade die erste Morgendämmerung zu erkennen. Welch Ironie, dass Bill Harvey, der sein Leben weggeworfen hatte, sich darüber lustig machte, wie ich mich abmühte, meine Familie irgendwie durchzubringen.

„Ich höre ja zu“, flüsterte ich in Sarahs Richtung. „Danke, dass du mich geweckt hast. Dir höre ich allemal lieber zu als dem alten Harvey.“

Vorsichtig stand ich auf und gab mir große Mühe, Julia nicht zu wecken. Die Morgendämmerung war so still. Ein einzelner zwitschernder kleiner Vogel machte das einzige Geräusch, das zu hören war. Ich ging nach draußen und blieb eine ganze Weile auf der Veranda stehen, um einfach nur Emmas Anwesen zu betrachten.

Ich konnte dafür nicht so empfinden wie Julia und ich war auch nicht annähernd so aufgeregt und gespannt in Bezug auf die ganze Sache wie die Kinder. Irgendetwas an der Tatsache, dass ich hier war, gab mir das Gefühl, ganz klein und unbedeutend zu sein. Ich hatte so hart gearbeitet und es in *Pennsylvania* wirklich versucht. Aber all meine Mühe war absolut nichts wert gewesen.

„Ich möchte doch nur den Lebensunterhalt für uns verdienen, Herr! Ich möchte für meine Familie sorgen! Was ist denn daran auszusetzen?“

Ich ging die Verandatreppe hinunter, schämte mich und war sehr froh, dass meine Mutter keine Ahnung hatte, wo wir waren. Was sie wohl sagen würde, wenn sie wüsste, dass ich zum Fürsorgefall einer alten Dame geworden war? Ich versuchte nun schon lange zu beweisen, dass ich etwas wert war. Was sie wohl jetzt von mir denken würde?

Der Vogel fing wieder an zu singen. Zwitscherte in dem Apfelbaum vor sich hin, den Robert so sehr liebte. Ich seufzte und erinnerte mich daran, wie viel Dankbarkeit ich empfunden hatte und eigentlich immer noch hätte empfinden sollen. *Gott segne Emma Graham. Wenn sie nicht wäre, säßen wir jetzt schon in Mount Vernon und zwar mit rein gar nichts.*

Es würde uns hier eine Zeit lang gut gehen, solange wir irgendwoher Essen bekamen. Und vielleicht war das ja letztlich auch das Einzige, was wirklich zählte. Selbst wenn wir die Farm wieder verlassen mussten, würde das Leben weitergehen. Dann eben irgendwo anders. Und vielleicht ging es im Leben ja um gar nicht mehr als nur ums schlichte Überleben. Tu das, was vor deinen Händen ist, bis der Herr dich an einen anderen Ort stellt.

Als die ersten Sonnenstrahlen am Horizont hervorbrachen und mich beschienen, überquerte ich den holprigen Hof zur Scheune hin. Ich sollte das alte baufällige Ding reparieren, das gehörte zu den Bedingungen, an die unser Aufenthalt hier geknüpft war. Ich sollte die Scheune und nicht nur das Haus instand setzen. Als ich von unten nach oben in die alten Dachsparren schaute, kam mir diese Aufgabe schier überwältigend vor. Kein Wunder, dass Julia Angst gehabt hatte, auch nur eine Nacht in dem alten Kasten zu verbringen. Das Dach brach bereits ein. Die Wände waren in einem erbärmlichen Zustand und ich hatte keine Ahnung, wo ich anfangen sollte. Ich fragte mich sogar, ob es nicht vielleicht einfacher wäre, das ganze Ding abzureißen und neu zu bauen, aber wie ich das hätte anstellen sollen, war mir ebenso schleierhaft. Ich hatte wohl wirklich den Mund zu voll genommen, genau wie Bill Harvey es in meinem Traum gesagt hatte.

Hinter der Scheune erstreckte sich ein Zaun in Richtung Osten. Ein Teil davon war in einigermaßen gutem Zustand, aber der Rest war umgekippt und war von hohem Unkraut ganz und gar überwuchert. Vielleicht hatte Emma Graham früher Kühe gehabt.

Als ich mich umdrehte, sah ich gerade noch aus dem Augenwinkel, wie eine Maus über das alte Heu huschte, und ich musste beinah lachen. *Wir haben sehr wohl Tiere hier, Mr Hammond. Mäuse und Schlangen und wer weiß was noch alles. Kein Wunder, dass Julia der Meinung war, wir sollten uns einen Hund anschaffen.*

Als ich in die gerade aufgegangene Sonne schaute, konnte ich mir meine Mutter vorstellen, wie sie mich dafür auslachte, dass ich so dastand und nicht so recht wusste, was ich mit mir anfangen sollte. „Sam", würde sie sagen, „warum kannst du nicht einfach zugeben, dass du ein Idiot bist?"

Über mir knarrte ein Brett in der sanften Brise und hinter mir hörte ich, wie sich etwas bewegte, irgendein kleines Tier, aber ich drehte mich nicht um, um nachzuschauen. Wahrscheinlich noch mehr Mäuse, die der Meinung waren, dass ihnen dieser Ort hier zustand.

„Herr, mache ich gerade einen Fehler?" Ich blickte hinauf auf den staubigen Heuboden und etwas altes Heu fiel von oben auf mich herunter. Ich wusste nicht mehr so genau, was ich eigentlich wollte und was ich jetzt tun sollte. Noch gestern schien es eine gute Idee gewesen zu sein, die alte Dame wieder nach Hause zu holen, aber jetzt war ich nicht mehr so sicher, ob ich mit all dem wirklich fertig werden würde.

Nur, um mich gedanklich mit irgendwas zu beschäftigen, schaute ich auf den alten Wagen, der am westlichen Ende der Scheune stand. Er war eher klein und früher wahrscheinlich viel benutzt worden, aber das spielte jetzt auch keine Rolle mehr. Der Boden war nämlich herausgefallen und zwei der vier Räder waren nicht mehr zu reparieren. Es war nur noch ein kläglicher Rest, der zu nichts mehr taugte. Aber der Gedanke, dass Emma Graham genauso empfinden würde, machte mich plötzlich traurig. *Gott segne sie. Wenigstens gibt sie mir eine Chance und das ist mehr, als ich verdient habe.*

Dieser Gedanke bewirkte eine gewisse Entschlossenheit in mir. Selbst wenn sie nicht hier leben konnte, sollte sie wenigstens zu Besuch kommen, um sich alles anzusehen und zu dem Teich zu gehen, wo ihr Mann unter den Bäumen begraben lag. Aber bis dorthin war es ein weiter Weg, besonders, weil sie nicht laufen konnte. Wie sollten wir sie zum Grab hinbekommen? Es waren einfach zu viele Dinge zu bedenken, zu viele Probleme, die ich unmöglich lösen konnte. Es war besser, gar nicht erst darüber nachzudenken und mir stattdessen etwas zu arbeiten zu suchen.

Ich ging zum Schuppen, holte mir die Axt und zerkleinerte die Äste, die ich am Tag zuvor aus dem Wald geholt hatte. Wenigstens hatten wir so etwas Brennholz, denn der Vorrat aus dem Keller war inzwischen beinah aufgebraucht. Ich hackte so lange, bis mir die Schulter wehtat, und ging dann wieder ins Haus mit einer Ladung Holz auf dem Arm, falls Julia schon Nachschub brauchte. Sie war gerade dabei, irgendwelche Muffins zu backen, und drehte sich mit ihrem hübschesten Lächeln zu mir um.

„Oh danke, Sam. Leg es doch einfach da neben den Herd."

Sie hatte ihr braunes Haar wieder im Nacken zu einem Knoten geschlungen und trug eine von Mrs Grahams Schürzen. Ich musste lächeln; für mich sah sie so gut aus, so zu Hause.

„Du hast das Feuer schon selbst angemacht?", fragte ich sie und beneidete sie um ihre Fähigkeit, sich ziemlich schnell und mühelos auf alle möglichen neuen Situationen einzustellen. Sie war von ihren Großeltern für ein solches Leben erzogen worden. Ich dagegen war mit der Grundhaltung aufgewachsen, dass, wenn ich meinen Wert nicht unter Beweis stellte, indem ich viel Geld verdiente, ich auch nichts wert war.

„Ich habe gleich nachdem du weg warst, Feuer im Herd gemacht", sagte sie. „Jetzt ist es gerade richtig für die Muffins."

Ich stand einen Augenblick lang da und schaute hinüber zu der Kiste in der Ecke. Alles Sachen, die wir von oben heruntergebracht hatten. Und da oben war noch viel mehr, was herunter musste. Ich senkte den Kopf.

„Das alles hier, diese ganze Farm, Juli, ich weiß nicht, ob ich das schaffe."

„Ich weiß. Aber es wird schon alles werden."

Ich schüttelte den Kopf und fühlte mich innerlich völlig durcheinander. „Wie repariert man eine Scheune, Juli? Das ganze Ding kann jeden Augenblick über mir zusammenbrechen, genau wie du gesagt hast."

„Uns wird schon was einfallen. Vielleicht ist das ja auch erst mal gar nicht so wichtig."

Ich setzte mich auf einen Stuhl und stützte mich mit den Ellenbogen auf der Tischplatte ab. „Ich verstehe nichts von all dem, was hier getan werden muss. Ich kann nichts davon. Außer vielleicht Holz hacken und das auch noch nicht einmal besonders gut."

Wieder lächelte sie. „Liebling, ich glaube, du machst das alles ganz wunderbar. Du hast alles getan, was du kannst. Du hast kein einziges verdrießliches Wort darüber geäußert, in was ich uns da hineinmanövriert habe. Ich weiß, dass du eigentlich gern Dewey wieder gesehen hättest. Und du bist für mich ein echter Schatz, wirklich."

Ich wusste nicht, was ich dazu sagen sollte. Ich hatte ihr Lob nicht verdient. Sie war es, die uns mit Nahrung versorgte. Sie war es, die wusste, was zu tun war und es dann auch durchführen konnte.

„Ach, übrigens, Sammy, einer der Wäschedrähte ist abgerissen und hängt herunter. Könntest du versuchen, ihn wieder zu spannen, dann kann ich die Wäsche draußen zum Trocknen aufhängen. Ich will gleich nach dem Frühstück unsere Sachen und die Gardinen waschen."

Ohne ein weiteres Wort ging ich hinaus mit dem Gedanken, dass es vielleicht von jetzt an immer so sein würde. Ich würde vielleicht immer so lange der Hilflose sein, bis Julia mir sagte, wo es langging und was ich zu tun hatte.

Der Wäschedraht hing lose vom einen Pfahl herunter und lag geringelt wie eine Schlange im hohen, nassen Gras. Ich hob ihn auf und zog daran, so fest ich konnte, aber er war nicht so lang, dass er bis zum nächsten Pfahl reichte. Egal. Wenn Juli den Draht gespannt haben wollte, dann würde ich ihn irgendwie spannen. Ich ging also wieder zur Scheune zurück, um ein Stück von dem Draht zu holen, der dort in einer Ecke herumlag und danach in den Schuppen, um nachzuschauen, ob in der Werkzeugkiste auch eine Zange war. Es dauerte dann nicht lange, den einen Draht mit dem anderen zu verdrehen, ihn anschließend so stark ich konnte über die Entfernung zu spannen und am Pfahl zu befestigen. Schon bald würde daran Wäsche im Wind flattern, genau wie bei ganz normalen Leuten.

Julia kam nach draußen und sagte, sie habe gestern vor dem Haus Minze entdeckt. Mit einer Hand voll Blätter ging sie kurz darauf schon wieder ins Haus zurück und wir hatten an diesem Morgen einen seltsamen Tee zu den Muffins. Dann holte ich sehr viel Wasser und sie erhitzte so viel sie konnte, füllte den Zuber und wusch zuerst die Kleider der Kinder. Ich fragte mich, wie sauber sie wohl ohne Seife und Waschbrett werden konnten, aber Juli benutzte einen alten Kartoffelstampfer, eine Wurzelbürste und ihre Hände. Auch meine Kleider wusch sie und ihre und zum Schluss dann Emmas alte Gardinen.

Ich war draußen und nagelte am Hühnerstall ein fehlendes Brett fest, als sie herauskam, um die Wäsche aufzuhängen.

„Ist der Hühnerstall einigermaßen in Ordnung?“, rief sie zu mir herüber.

„Es geht“, antwortete ich. „Auf jeden Fall kann ich das hier reparieren.“

„Das ist gut, wir brauchen nämlich Hühner.“

Ja, Julia, dachte ich. *Du glaubst auch an Hühner, nicht wahr? Wahrscheinlich wird jeden Augenblick jemand kommen und uns genauso einfach ein Huhn geben, wie wir diese Farm bekommen haben. Das glaubst du doch, oder? Dass es einfach so passiert. Warum kann ich nicht sein wie du?*

Sie hängte die Wäsche auf, während ich den Zaun vom Hühnergehege reparierte, der sich von der Wand des Hühnerstalls gelöst hatte. Als Juli wieder ins Haus ging, machte ich mich, ausgerüstet mit einer Hacke, wieder an den Garten. Je besser ich den Boden lockerte, so dachte ich, desto früher konnte Julia Rita McPierys Sämereien in die Erde bringen und wir hätten schon etwas Anständiges vorzuweisen.

Als ich mit einem Arm voll Reisig zum Feueranzünden wieder ins Haus ging, hatte Juli bereits alle Küchenschränke von oben bis unten ausgeschrubbt. Ich stapelte mein Reisig in der Ecke hinter dem Herd auf und bat dann Robert, mir zu helfen, die übrigen Küchenkisten, die wir am Vorabend aussortiert hatten, aus dem Obergeschoss nach unten zu tragen.

Juli und Sarah brauchten eine ganze Weile, um alles in Schränken und Schubladen zu verstauen, aber schon bald sah der Raum wie eine richtige Küche aus. Doch so wie mein Reisig einfach auf dem Boden lag, sah es sehr unordentlich aus. Ich ging also noch einmal zurück zur Scheune, diesmal ausgerüstet mit einem Fuchsschwanz, und hielt Ausschau nach ein paar brauchbaren Brettern und ein paar Nägeln, die vielleicht noch irgendwo so weit herausragten, dass ich sie herausziehen und noch einmal benutzen konnte. Gemeinsam mit Robert zimmerte ich daraus eine ganz passable Holzkiste zusammen.

„Du kannst solche Sachen aber ziemlich gut, Papa", sagte Robert.

„Ach, das ist doch nichts Besonderes."

„Mama gefällt es bestimmt."

Ich schüttelte den Kopf. „Da ist gar nichts für das Holz, nicht einmal beim Kamin im Wohnzimmer. Die Grahams sind doch bestimmt nicht jedes Mal in den Keller gestiegen, wenn sie einen Holzscheit brauchten. Sie hätten ja den ganzen Winter dauernd die alte, steile Treppe hinauf- und hinabsteigen müssen."

„Dann machst du fürs Wohnzimmer auch noch eine Kiste? Oder vielleicht ein kleines Regal, so eins wie wir es in *Harrisburg* hatten?"

„Ein Regal würde bestimmt besser aussehen."

Einen Augenblick lang schwieg Robert. „Das hier ist ganz anders als in der Stadt, nicht, Papa? Hier brauchst du nicht zur Arbeit zu gehen."

„Ich glaube, auf einer Farm gibt es immer genug zu tun", sagte ich zu ihm. „Aber ich werde trotzdem mal in der Stadt nachfragen. Wenn ich dort Arbeit finde und ein bisschen Geld verdienen kann, dann haben wir etwas Hoffnung."

„Mama sagt, dass wir hier gar nicht so viel Geld brauchen. Wenn wir den Garten angelegt haben und ein paar Tiere da sind, dann geht es auch so und wir kommen gut zurecht, meint sie."

Das war wieder mal typisch Julia. *Keine Sorge, Kinder. Uns geht es gut, auch wenn wir völlig abgebrannt sind.*

Ich schüttelte wieder den Kopf. „Man braucht für alles Geld. Es gibt jede Menge Sachen, die man nur für Geld bekommt."

„Zum Beispiel eine Kuh?"

Ich lächelte. „Ja. Möchte deine Mutter eine Kuh?"

„Ja, und Sarah fände es auch toll. Würde die Milch genau so schmecken wie die, die wir zu Hause geliefert bekommen haben?"

„Ja, nur nicht so kalt, weil wir hier keine Eisbox haben."

„Vielleicht könnten wir ja eine bekommen."

„Dafür braucht man ganz bestimmt Geld."

Noch bevor wir die Holzkiste ins Haus geschafft hatten, kam Willy Hammond durch den Garten aufs Haus zu und suchte nach Robert, um wieder mit ihm angeln zu gehen. Ich gab Robert meinen Segen und die beiden zogen los. Es würde ihm gut tun, einen Freund zu haben, und uns würde wahrscheinlich etwas Fisch zum Abendessen helfen.

Meine Kiste passte genau hinter den Herd und ich stapelte gleich all das Holz hinein, das ich schon zerkleinert hatte. Sarah kam mir in den Garten nach, genoss das Gefühl der frisch gelockerten Erde unter ihren bloßen Füßen und stellte mir eine Million Fragen.

„Bleiben wir jetzt für immer hier, Papa?"

„Ich weiß nicht, wie lange. Ich glaube, dass nichts für immer ist."

„Außer Gott?"

„Ja, außer Gott."

„Können wir auch Tomaten pflanzen?"

„Wenn wir irgendwoher Pflanzen bekommen."

„Und auch noch mehr Blumen?"

„Ja, das müssen wir, weil Emma es möchte."

„Ist Emma ein Engel, Papa? Mama sagt, sie ist einer."

„Ja, irgendwie schon. Wenn deine Mama das sagt."

„Wenn ich groß bin, möchte ich auch ein Engel werden. Ich möchte herumfliegen und Leuten Sachen schenken. Kann Emma fliegen?"

„Noch nicht. Nicht auf dieser Welt."

Julia kam aus dem Haus, um das Wasser wegzuschütten, mit dem sie die Fußböden und die Treppe geschrubbt hatte. Es würde nicht mehr lange dauern, und das Haus wäre blitzsauber.

Es war aber immer noch schwer, es sich vollständig eingerichtet vorzustellen und noch schwerer, sich die oberen Räume mit anständigen Betten oder die Speisekammer voller Einweckgläser vorzustellen.

„Wir sollten heute noch den Mais legen", sagte sie. „Je früher wir den Garten bestellen, desto besser. Ich wünschte, wir hätten die anderen Sämereien von Mrs McPiery jetzt schon."

„Ich nehme an, die müssen wir uns erst verdienen."

Sie warf mir einen Blick zu, schnappte sich eine der Hacken und fing an, den Teil des Gartens zu bearbeiten, wo ich auch schon gewesen war.

„Ziemlich hart", sagte sie. „Aber ich habe schon Schlimmeres erlebt. Lass uns ein paar Reihen ziehen."

Pflichtschuldig nahm ich meine Hacke und zog damit eine flache Furche. Julia ging hinter mir her und zerkleinerte die großen Erdklumpen. „Mais gedeiht besser in mehreren kurzen Reihen als in einer oder zwei langen", sagte sie. „Er bestäubt dann besser."

„Kein Problem."

„Was ist bestäuben?", fragte Sarah uns und ich überließ es Julia, darauf zu antworten, weil ich mir nicht so sicher war, ob ich es ihr richtig erklären konnte.

„Das ist das, was die Bienen mit den Blumen machen, mein Schatz", sagte sie. „Sie bringen Pollen von einer Pflanze zur anderen. Ich glaube bei Maispflanzen macht das der Wind. Sie mögen gern nah zusammenstehen, damit die Pollen von einer Pflanze zur anderen gepustet werden können. Dadurch bekommt er schöne große Körner und auch besonders viele."

„Wenn ich mal groß bin, will ich auch einen ganz großen Garten haben", teilte sie uns mit. „So groß wie die ganze Welt. Und dann hab ich auch eine Lastwagen, so einen wie der, mit dem wir mitgefahren sind, und ich bringe überall Mais hin für alle Leute zum Abendessen."

„Das ist eine gute Idee", sagte Julia. „Vergiss das bloß nicht. Das wäre wirklich etwas ganz Wunderbares."

„Willst du mir dann helfen, Mama?"

Ich sah, wie Julia lächelte, und das wirkte irgendwie ansteckend.

„Das würde ich schrecklich gerne. Vielleicht können wir ja

jetzt schon so viel pflanzen, dass wir ihn mit unseren Nachbarn teilen können."

Ach ihr Träumerinnen, dachte ich. *Törichte Träumerinnen. Wie sehr ich euch beide liebe! Aber seht ihr denn nicht, wo wir sind? Noch nicht ein einziges Samenkorn ist in der Erde. Wir haben für morgen noch nicht einmal etwas zu essen und ihr denkt schon ans Verschenken.*

15

Julia

Ich war gerade dabei, weitere Kisten auszupacken, als ich ein Auto in die Auffahrt einbiegen hörte. Es war ganz bestimmt nicht Mr Hammond, denn der schien eigentlich immer nur mit dem Pferdefuhrwerk unterwegs zu sein. Sarah rannte zu einem der offenen Fenster, um nachzuschauen, als ich Sam draußen bereits einen Gruß rufen hörte.

Die Antwort, die er bekam, überraschte mich so sehr, dass ich zum Fenster ging, um mich selbst zu überzeugen.

„Wo ist denn Ihre Frau?", fragte eine weibliche Stimme fordernd. „Haben Sie die irgendwo da drinnen?"

Ich kannte die Frau, aber es dauerte einen Moment, bis ich mich wieder an ihren Namen erinnerte – Miss Hazel Sharpe. Die alte Jungfer aus der Stadt. Weshalb um alles in der Welt war sie gekommen und warum klang sie so verärgert? Ich wäre fast über einen der Küchenstühle gestolpert, als ich hinging, um sie an der Haustür zu empfangen. Was würde sie über den Zustand des Hauses denken oder von der Tatsache halten, dass ich ihr weder Tee noch Plätzchen anbieten konnte? War sie gekommen, um das Haus zu inspizieren und selbst nachzuschauen, wie wir vorankamen? Sicher hatte Emma Graham sie geschickt.

Miss Hazel stand schon auf der Veranda und wartete darauf, dass ich ihr die Tür öffnete. Wieder wunderte ich mich darüber, wie flink sie trotz ihres verkrümmten Rückens war.

„Ach, da sind Sie ja", sagte sie. „Was machen Sie denn da mit Emmas Haus?"

Ihre Worte überraschten mich dermaßen, dass ich kaum guten Tag sagen konnte. Ich bemerkte einen jungen Mann, der an ein glänzendes schwarzes Auto gelehnt dastand – und wartete. *Vielleicht hat Miss Hazel ja Geld*, dachte ich, *oder sie kennt jemanden, der welches hat.* Ich hatte schon seit langem nicht mehr so ein Auto gesehen, geschweige denn erlebt, dass jemand mit einem solchen Auto zu uns kam.

Ich holte tief Luft und bat Miss Hazel so freundlich ich konnte herein, immer in der Hoffnung, sie würde über meine bisherigen hausfraulichen Bemühungen nicht ungehalten sein. Sarah rannte zu ihr hin und starrte die alte Dame an, aber ich scheuchte sie gleich wieder hinaus zu Sam in der Hoffnung, sie dadurch vor Miss Hazels scharfer Zunge beschützen zu können.

„Na, gerade beim Putzen?", fragte Miss Hazel sofort und begutachtete mich über den Rand ihrer Brille hinweg.

„Ja", antwortete ich, „es hingen überall so viele Spinnweben und ..."

„Also ich verstehe ja nicht, wie Sie es fertig bringen, damit zu leben!", verkündete die alte Dame plötzlich. „Einfach so hier einzuziehen, als ob es Ihres wäre, und das auch noch ohne einen Cent dafür zu zahlen! Wenn ich gewusst hätte, dass Sie gar nicht von Kaufen geredet haben, hätte ich Sie doch nie im Leben zu Emma geschickt! Das alte Mädchen ist ja nicht mehr richtig bei Verstand, sonst hätte sie Sie doch einfach wieder weggeschickt."

„Es ist Mrs Grahams Wunsch, dass wir hier bleiben", verteidigte ich mich. „Sie hat meinen Mann dazu überredet."

„Na, Sie sind mir ja ganz schön dreist! Als ob es nicht Ihre ganz eigene Idee gewesen wäre, bei ihr betteln zu gehen! Ich weiß alles! George Hammond hat geglaubt, dass Sie im Stillen leiden, seit Ihr Mann seine Arbeit verloren hat, aber Emma hat mir erzählt, dass Sie mit Ihrer Rührgeschichte zu ihr gekommen sind und sie überredet haben, Ihnen die Farm zu geben!"

Einen Augenblick lang stand ich einfach nur wie vom Donner gerührt da. War Mrs Graham doppelzüngig? War sie böse auf uns? „Miss Hazel", wagte ich deshalb zu fragen. „Möchte Mrs Graham, dass wir ihre Farm wieder verlassen?"

„Ach das würde sie doch gar nicht fertig bringen, Mädchen! Sie haben ihr weisgemacht, dass Sie anständige Leute sind und ein Almosen brauchen! Was mich angeht, so ist es für mich dasselbe wie Diebstahl!“

Ich blickte zu Boden. „Sie hat uns ihren Segen gegeben“, sagte ich leise. „Und wir sind dafür sehr dankbar. Möchten Sie vielleicht ein Glas Wasser oder eine Tasse Pfefferminztee?“

„Sie können mir gar nichts geben, was nicht Emma gehört“, antwortete sie schnippisch. „Sie benutzen ja sogar ihr Geschirr.“ Sie ging jetzt zur Arbeitsplatte in der Küche, wo nach dem Spülen Teller und Tassen zum Abtropfen auf einem Handtuch standen. „Ich kann mich noch ganz genau erinnern, wann Willard ihr dieses Service gekauft hat. Aber Ihnen bedeutet so was ja anscheinend nichts, oder?“

„Da irren Sie sich aber. Sie glauben vielleicht, dass Sie uns kennen, aber das tun Sie nicht.“

„Nun, ich habe auch gefragt, ob Sie Christen sind. Es wird sich ja herausstellen, ob Sie sich auch wirklich in der Kirche blicken lassen.“

„Ich würde sehr gern kommen, Miss Hazel. Aber gibt es auch eine Kirche, die näher ist als die in der Stadt? Wir haben kein Auto und auch kein Pferdefuhrwerk.“

„Sagen Sie einfach George, dass ich Ihnen gesagt habe, er soll Sie mitnehmen. Dann haben Sie keine Ausrede mehr.“

Sie wandte sich von mir ab und ging in Richtung Wohnzimmer. Ich eilte hinterher, aber weil ich sie nicht noch mehr reizen wollte, hielt ich lieber den Mund. Soweit ich es beurteilen konnte, gehörte sie zur schwierigen Sorte. Sie war eine, der es Spaß machte, etwas zu entdecken, das ihr missfiel. Sie begutachtete die Kisten, die wir die Treppen heruntergetragen hatten, und nahm aus einer davon ein Kissen heraus, das zuoberst lag.

„Ich habe Emma geholfen, diese Kisten zu packen“, sagte sie. „Natürlich wollte sie das nicht; sie wollte, dass einfach alles so blieb, wie es war, wissen Sie. Aber wenn man etwas abgelegen wohnt, sind die Sachen so verpackt viel sicherer vor Leuten, die vorbeikommen.“ Sie legte das Kissen wieder weg und wandte sich mir zu. „Das Schlimmste an dem, was Sie tun, ist, dass Sie ihr wieder Hoffnung machen. Rita McPiery ist schon ebenso lange ihre Freundin wie ich. Sie ist dort viel besser aufgehoben, als wenn sich Fremde um sie kümmern! Es geht ihr nicht gut. Was wollen Sie denn machen, wenn sie wieder krank wird?“

„Ich nehme an, dass wir dann einen Arzt rufen."

„Ohne Pferd und Wagen? Denken Sie eigentlich gar nicht nach? Oder ist es Ihnen einfach egal? Sie wollen nur die Farm, das ist alles, und Sie denken sich einfach etwas aus, um sie zu bekommen."

Ich hatte ein Gefühl, als ob ich von innen mit kleinen Nadeln gestochen wurde. *Ja, was sollen wir machen, wenn Mrs Graham krank wird? Zu George Hammond laufen und um sein Gespann bitten?*

„Sie wissen genau, dass es blanker Unsinn ist, sie hier herauszuholen", fuhr Miss Hazel fort. „Es ist grausam, ihr da etwas vorzumachen. Nur gut, dass George zu mir gekommen ist und mir alles erzählt hat, bevor Sie das Ganze wirklich durchgezogen hätten."

Wieder entfernte sie sich von mir, diesmal ins Schlafzimmer, und jetzt begannen meine Hände zu zittern. Sie mochte ja berechtigte Sorge um Emmas Wohlergehen haben, aber jetzt überschritt sie eindeutig ihre Grenzen.

Welches Recht hatte sie zu beschließen, dass wir sie nicht zu uns holen konnten? Welches Recht hatte George Hammond, sie überhaupt darauf zu bringen?

„Miss Sharpe", sagte ich deshalb, „Mrs Graham ist bei klarem Verstand. Wir werden darüber und auch über ihren Gesundheitszustand sprechen. Sie wird selbst entscheiden, ob ..."

„Sie meinen, Sie können sie dazu überreden, egal, was ich sage?"

„Nein. Ich meine, dass sie kein Kind mehr ist. Und wir wollen nur dazu beitragen, dass sie glücklich ist."

„Sie wollen die Farm. Und nichts anderes haben Sie von Anfang an gewollt! Das ist Diebstahl, so sehr Sie auch versuchen, es schönzureden! Sie erschleichen sich die Freundschaft einer alten Dame gerade so lange, bis sie ihre Unterschrift unter die entscheidenden Papiere gesetzt hat. Das wollen Sie doch, oder? Wenn Sie die Unterschrift schon hätten, dann würden Sie doch keinen Gedanken mehr daran verschwenden, sie herzuholen, habe ich nicht Recht?"

„Doch, das würden wir. Und wir sind keineswegs auf eine Schenkung aus. Es genügt uns völlig, wenn sie uns hier wohnen lässt."

Miss Hazel stapfte ins Schlafzimmer und brummelte irgendetwas vor sich hin. Sie schaute in den Schrank, fuhr mit dem Zeigefinger über die Oberfläche der Kommode und wandte dann ihre Aufmerksamkeit dem Fenster zu. „Das hier war Emmas Zimmer."

„Das ist es immer noch."

Sie fuhr herum und warf mir den einschüchterndsten Blick zu, dem ich je begegnet war. *Die arme Frau des Pastors,* dachte ich. *Es muss ja erschreckend sein, so eine Frau als Klavierlehrerin zu haben.*

„Da können Sie sicher sein, dass es das noch immer ihrs ist", zischte sie. „Nicht Ihres und auch sonst niemandes und zwar so lange, bis es verkauft ist. Dafür werde ich schon sorgen, darauf können Sie sich verlassen. Was Sie auch immer über Emma und ihre Entscheidungen sagen, sie ist ja gar nicht mehr bei klarem Verstand, sonst würde sie Sie doch nicht ohne einen Cent Miete hier wohnen lassen!"

„Ich hatte gehofft, Sie würden eine Hilfe sein", sagte ich leise.

„Oh ja, das werde ich auch. Darauf können Sie sich verlassen. Aber ganz bestimmt nicht für Sie!"

„Ich meinte auch für Emma", drängte ich weiter und hoffte, dass es doch noch einen Weg gab, freundschaftlicher miteinander umzugehen. „Erzählen Sie mir über ihre Krankheit, oder wenn Sie ..."

„Sie sind schrecklich aufdringlich. Sie sollten wieder dort hingehen, wo Sie hergekommen sind, wenn man Sie dort überhaupt noch haben will!" Sie rückte ihre Brille auf der Nase zurecht und rauschte mit einem Schnauben an mir vorbei. Ich folgte ihr wieder und wir kamen genau in dem Augenblick in die Küche, als Sam zur Hintertür hereinkam.

Oh nein, Sammy, dachte ich. *Der unpassendste Zeitpunkt. Sie ist eine Wildkatze, die bereit ist, sich ihren Weg zur Tür hinaus freizukratzen und -zubeißen.*

Er sah mich an, hatte aber keine Zeit, etwas zu sagen, weil Miss Hazel schon wieder austeilte.

„Mr Wortham! Was für ein Mensch sind Sie eigentlich? Sie sollten Ihre Frau und die Kinder versorgen und sich nicht in dieser üblen Weise an einer alten Frau versündigen! An einer anständigen Arbeit ist ganz und gar nichts auszusetzen. Ein Mann ohne Arbeit ist keinen Penny wert! Sie sollten sich schämen, sich ein Haus unter den Nagel zu reißen, statt es sich mit anständiger Arbeit zu verdienen!"

„Ich habe noch nie im Leben etwas gestohlen", sagte Sam ernst. „Und wir versündigen uns auch nicht an einer alten Dame." Er überraschte sowohl Miss Hazel als auch mich mit einem Lächeln. „Darf ich Sie dann jetzt zu Ihrem Wagen begleiten?"

Miss Hazel schnaubte. „Werfen Sie mich etwa aus Emmas Haus, wo ich schon seit mehr Jahren ein und aus gehe als Sie leben?"

„Nein, Madam", antwortete Sam höflich. „Es sah nur so aus, als ob Sie im Begriff wären zu gehen. Sie dürfen aber auch gern bleiben. Juli macht Ihnen sicher gern einen Kräutertee und Sie können auch gern mit uns zu Abend essen, wenn Sie möchten, obwohl ich Ihnen noch nicht sagen kann, was es geben wird."

Die alte Frau starrte ihn nur an und wandte dann ganz langsam wieder ihren Blick mir zu. „Sie führen etwas im Schilde", sagte sie zögernd. „Ich will damit nichts zu tun haben." Sie machte einen weiteren Schritt in Richtung Tür.

„Sie sind jederzeit herzlich willkommen, wenn Sie uns besuchen möchten", sagte Sam und machte ihr den Weg zur Tür frei. „Entschuldigen Sie bitte, dass ich Sie neulich in der Stadt nicht begrüßt habe."

„Sie haben sich geschämt, mir ins Gesicht zu sehen", entgegnete sie ihm bitter.

„Ja, da haben Sie wohl Recht, Miss Hazel. Es ist nicht so einfach, eine Familie zu haben und völlig pleite zu sein. Und was Arbeit angeht, so gebe ich Ihnen auch völlig Recht. Wenn Sie also etwas von einer freien Arbeitsstelle hören, dann wäre ich Ihnen überaus dankbar, wenn Sie es mich wissen ließen, damit ich mich bewerben kann."

„Bitte beten Sie für uns", fügte ich noch hinzu und spürte, wie mir innerlich warm wurde, als ich sah, wie Miss Hazel errötete. „Und beten Sie bitte auch für Mrs Graham. Wir sind ihr so dankbar!"

Ohne ein weiteres Wort rauschte Miss Hazel jetzt hinaus, warf noch einen kurzen Blick auf Sarah, die auf der Veranda saß, und eilte dann über den Hof zum Wagen. Der junge Mann am Auto musste sich richtig beeilen, um ihr noch rechtzeitig die Tür aufhalten zu können, damit sie einsteigen konnte. Genauso schnell wie sie gekommen war, war Miss Hazel auch wieder verschwunden und sie und ihr Fahrer hinterließen nur eine feine Staubwolke, die noch eine ganze Weile in der Luft hing.

Sam legte den Arm um mich. „Hermann hat gesagt, ich solle dir lieber helfen."

„Hermann?"

„Der Fahrer. Er ist ihr Neffe. Er hat gesagt, dass sie auf der ganzen Fahrt davon gesprochen hat, dir so richtig die Meinung zu sagen. Ist mit dir alles in Ordnung?"

„Ja, mir geht es gut. Und sie kann gar nichts machen, Sam."

„Wir nehmen das, was kommt, ob sie es kann oder nicht. Es gibt vielleicht noch mehr Leute, die so denken wie sie, dass wir uns etwas erschleichen wollen."

Ich trat einen Schritt von ihm weg, die Hände jetzt zu Fäusten geballt, und fühlte mich unwohl, weil mir innerlich so heiß geworden war. „Das geht sie gar nichts an, Sam! Wir haben nichts Unrechtes getan! Das alles ist doch allein Emma Grahams und unsere Sache! Gott hat uns durch sie beschenkt und reich gesegnet. Und auch sie wird von ihm gesegnet und beschenkt. Und keiner hat das Recht, seine Nase da hineinzustecken!"

„Aber das heißt doch noch lange nicht, dass sie es auch wirklich nicht tun."

Ich drehte mich weg. Ich hätte fast schnippisch entgegnet, dass Hazel Sharpe nur eine Einzelperson sei und die meisten Leute wahrscheinlich doch so viel Anstand besäßen, Emma Graham selbst über ihre Angelegenheiten entscheiden zu lassen.

Aber dann sah ich, wie Robert zwischen den Bäumen auf uns zukam und hielt lieber meine Zunge im Zaum. Er rannte und hielt drei Fische an einer Schnur hoch, so als gäbe es nichts auf der Welt, worauf er hätte stolzer sein können. Ich sah in sein strahlendes Gesicht und dachte an all das Gute, das Miss Hazel verpasste. *Wieso nur bestehen manche Leute so hartnäckig darauf, immer bloß das Schlechte zu sehen?,* dachte ich. Ach hätte sie doch nur die Begeisterung meines Sohnes und die Zufriedenheit meiner Tochter erleben und Samuels Gesicht sehen können an dem Abend, als er gesagt hatte, dass Mrs Graham ihm willkommen sei! Sie kannte uns nicht und im Grunde wollte sie uns auch gar nicht kennen lernen. Und ich konnte mir auch kaum vorstellen, dass sie Mrs Graham wirklich kannte.

Vielleicht war es Miss Hazels Schroffheit, die mich jetzt zur Eile trieb, aber ich konnte keine ganze Woche mehr damit warten, mich wieder auf den Weg nach *Belle Rive* zu machen. Ich wollte George Hammond nicht bitten, uns mit in die Kirche zu nehmen, oder mit sonst jemandem reden, bevor ich nicht Gelegenheit gehabt hatte, mich noch einmal mit Mrs Graham zusammenzusetzen. Also machten wir uns am nächsten Tag mit einem kleinen Strauß Gänseblümchen und zartlilafarbenem Flieder aus Mrs Grahams Vorgarten wieder auf den Weg und wurden schon nach kurzer Zeit von Barrett Post, einem Farmer aus der Nachbarschaft, auf seinem Lastwagen mitgenommen.

Ich war genauso nervös wie beim ersten Mal, als wir zu Mrs Graham gefahren waren. Sam und ich waren uns darüber einig geworden, dass wir Mrs Graham lieber erst fragen wollten, ob sie es sich vorstellen konnte, mit uns zusammen auf der Farm zu leben, bevor wir weitere Pläne machten, sie zu uns zu holen. Denn in einem hatte Miss Hazel ja wirklich Recht gehabt, dass wir uns überhaupt nicht kannten.

Ich gab Sarah die Gänseblümchen in die Hand, denn sie hatte sie schließlich auch gepflückt. Sie freute sich darauf, Mrs Graham wieder zu sehen und hatte ihr ein wunderhübsches Bild gezeichnet mit einem Apfelbaum und einem lächelnden Robert, der auf einem Ast saß und winkte.

Aber jetzt lächelte Robert gerade nicht. Er wollte nicht früher als verabredet wieder bei Mrs Graham auftauchen. Was seine Schwester ihm über Miss Hazel erzählt hatte, gefiel ihm ganz und gar nicht. Er dachte, dass man uns vielleicht auffordern würde, wieder weiterzuziehen, jetzt, wo er gerade anfing, sich dort auf der Farm einzuleben und zu Hause zu fühlen. Er saß mit hochgezogenen Schultern in dem alten Lastwagen, den Blick starr auf seine abgetragenen Schuhe geheftet.

„Der Junge gehört in die Schule“, sagte Mr Post mit leicht missbilligendem Unterton in seiner tiefen Baritonstimme.

„Wir sind erst seit kurzem hier in der Gegend“, erklärte ich.

„Er geht wieder zur Schule, sobald wir uns hier ein bisschen eingerichtet haben. Wo ist denn eigentlich die nächste Schule?"

„Ungefähr einen halben Kilometer südlich von Curtis Creek, drüben auf *Persimmon Ridge.* Is 'n nettes altes Schulhaus. Steht schon seit drei Generationen."

Weil Mr Post so steif und streng war, traute ich mich gar nicht zu sagen, dass ich seine Wegbeschreibung nicht so schnell mitbekommen hatte. Wir würden Robert einfach mit Will Hammond schicken, wenn es so weit war, das heißt, wenn die Hammond-Kinder überhaupt in die Schule gingen. „Wir würden gern die Lehrerin kennen lernen", sagte ich zu ihm. „Wir haben ihn unterwegs so gut es ging selbst unterrichtet, aber jetzt wird es höchste Zeit, dass Robert wieder in eine richtige Schule geht."

Mein Sohn drehte sich zu mir um und sah mich an. „Ich hoffe, dass wir dafür lange genug bleiben."

„Also", sagte Mr Post und sah Robert verständnisvoll an, „ein Junge muss wissen, wo er hingehört, das steht fest. Man muss seine Wurzeln in guten Boden stecken, damit man wachsen kann, das sage ich auch immer." Zum ersten Mal lächelte er und holte tief Luft, so als sei er im Begriff, etwas besonders Wichtiges loszuwerden. „Ich nehme an, die Lehrerin wird dir gefallen, mein Junge. Aber auch wieder nicht zu sehr. Elvira hat meinen Bruder geheiratet, als ich selbst noch in die Schule ging. Sie hat schon damals angefangen zu unterrichten. Sie ist wirklich eine Gute, wenn auch hin und wieder ein bisschen zu ernst. Ich habe damals mein Bestes getan, um sie aufzuheitern, habe Schlangen und anderes Getier in meiner Butterbrotdose mitgebracht. Dafür musste ich dann drei Monate lang für sie Wasser schleppen, wirklich wahr. Und auch anderen hat sie nie irgendwelchen Unsinn durchgehen lassen. Aber im Rechnen ist sie richtig gut. Und sie findet, es ist auch Lernen, wenn ein Junge mal einen Tag versäumt, um bei der Aussaat zu helfen oder für seine Familie einen Truthahn zu fangen."

„Gehen Mädchen denn nicht zur Schule?", meldete sich jetzt Sarah zu Wort. „Ich würde auch bestimmt keine Schlange mitbringen."

Mr Post lachte. „Sicher, es gehen auch Mädchen hin. Aber du bist ja noch 'n mächtig kleines Persönchen. Warte lieber noch bis zum Herbst, mindestens."

Wir erfuhren, dass Mrs Elvira Post, die Frau von Clement Post, eine gute Klavierspielerin war und zu besonderen Anlässen auch sang. Sie kochte die beste Blaubeermarmelade weit und breit und außerdem irgendeine Delikatesse aus Mais, die ich nicht kannte. Am Ende jedes Schuljahres veranstaltete sie eine Aufführung mit Liedern und Gedichten. Früher hatte auch der Sonntagsgottesdienst in der Schule stattgefunden, aber die Leute gingen nun schon seit zwanzig Jahren nach *Dearing* zu Kirche, weil es keinen zweiten Prediger gab.

Den Rest des Weges war Mr Post dann sehr liebenswürdig und Sarah schien ihn zu mögen. Sie zeigte ihm, dass sie schon bis 29 zählen und ihren Namen buchstabieren konnte. Angemessen beeindruckt lud er uns ein, einmal auf einen Abend zu ihm auf seine Farm zu kommen, um seine Familie kennen zu lernen, einschließlich Clement und Elvira, die „nur einen Steinwurf vom hinteren Gartenzaun" entfernt wohnten. Mit Sam redete er jedoch nicht. Erst als wir in *Belle Rive* ankamen und vor der Pension anhielten, warf er Sammy einen strengen Blick zu und sagte, wir sollten Emma Graham ja ordentlich behandeln.

„Sie hat viele Menschen in der Gegend hier bemuttert", sagte er. „Es würde bestimmt nicht gut ankommen, wenn sie von jemandem ausgenutzt würde."

Samuel schüttelte dem Mann die Hand und dankte ihm fürs Mitnehmen. Er hatte sich schon zum Gehen gewandt, aber Mr Post war noch nicht fertig.

„Ich bin damals mit ihrem Jungen zur Schule gegangen. War der feinste Kerl, den man sich nur vorstellen kann. Ich war als Kind oft bei den Grahams." Er schüttelte den Kopf. „Ich weiß ja, dass sich die Zeiten ändern und Emma nicht mehr lange unter uns sein wird, aber für mich fühlt es sich nicht richtig an, wenn jemand anders in ihrem Haus wohnt. Aber wir werden uns schon dran gewöhnen. Solange das Haus und die Farm ordentlich geführt werden."

„Ich werde Mrs Graham gegenüber ganz bestimmt anständig sein, Mr Post. Darauf gebe ich Ihnen mein Wort", versprach Sam feierlich.

„Ich hoffe, dass Ihnen das gelingt", antwortete der Mann, „um Emmas und Ihrer Kinder willen. Aber Sie haben mindestens einen Nachbarn, der Ihnen da nicht über den Weg traut. Er war gestern bei uns, sonst wüsste ich gar nicht, dass Sie da draußen sind."

Sam sagte nichts, aber ich schäumte innerlich bei dem Gedanken, dass George in der Gegend herumlief und aller Welt erzählte, was er von uns hielt. Uns hatte er gesagt, er müsse zu Hause bei seiner schwangeren Frau bleiben, also fragte ich mich auch, was sein Wort wert war. Aber mehr noch fragte ich mich, wie viele Leute wohl schon von uns wussten und was sie über uns zu hören bekommen hatten.

Wir standen vor Rita McPierys Tür und warteten darauf, dass uns jemand öffnete, nachdem wir den schweren Messingtürklopfer betätigt hatten. Bei meinem ersten Besuch war Rita sehr schnell an die Tür gekommen, deshalb fragte ich mich jetzt schon besorgt, wie sie uns wohl empfangen würde. Wir wussten, dass Miss Hazel dort gewesen war, und wer konnte schon sagen, was sie verbreitet hatte.

Endlich wurde die Tür geöffnet und Mrs McPiery begrüßte uns mit einem zurückhaltenden Lächeln. „Kommen Sie herein", sagte sie. „Ich habe Emma schon gesagt, dass Sie da sind."

Ich wollte ihr wirklich gern Gutes tun. Ich wollte die liebe alte Dame zum Lächeln bringen. Aber meine Füße wollten mir einfach nicht gehorchen. Erst als Sarah ihre kleine Hand in meine schob, konnte ich losgehen. Was, wenn Mrs Graham böse auf uns war? Was, wenn sie glaubte, wir hatten sie die ganze Zeit nur übervorteilen wollen?

Ich setzte mechanisch einen Fuß vor den anderen, war aber sicher, dass meine Knie zitterten, als wir das grüngelbe Wohnzimmer durchquerten, das mit Spitzendeckchen üppig dekoriert war.

Mrs Graham wirkte sehr zerbrechlich, als Mrs McPiery die Tür zu ihrem Zimmer öffnete, aber sie hatte ein winziges Lächeln auf dem Gesicht.

„Mrs Wortham, Mr Wortham, ach kommen Sie doch herein."

Sarah ließ meine Hand los und rannte zu ihr hin, als würde sie sie schon ewig kennen, wobei die Gänseblümchen aus einer ihrer kleinen Hände hervorlugten. Dank sei dem Herrn, dass dieses Kind so unbefangen war!

„Nanu, was ist denn das?“, fragte Mrs Graham, wobei das Lächeln beim Anblick unserer Tochter breiter wurde. „Du hast der alten Emma Blumen mitgebracht?“

Sarah legte der Frau die Gänseblümchen vorsichtig auf den Schoß und begann, in der übergroßen Tasche ihres Kleides zu wühlen.

„Ich hab noch mehr“, verkündete sie stolz. „Ich hab dir nämlich auch noch ein Bild gemalt!“ Sie zog ihr Kunstwerk hervor, das zweimal gefaltet und ziemlich zerknittert war. Sorgfältig breitete sie es jetzt aus, damit Mrs Graham es sich ansehen konnte.

Mit ruhiger Hand hielt die alte Dame Sarahs Zeichnung ins Licht des Fensters. Ich schaute auf die Hände der Frau, die faltig und mit braunen Altersflecken übersät waren. *Sie hat mit Sicherheit ebenso mit Mistgabel und Spaten wie mit Nähnadeln hantiert,* dachte ich. *Sie hat Kühe gemolken und Mais geschält, sie hat ein Kind groß gezogen und die Menschen, die ihr am liebsten waren, begraben. Wie konnte das Bild meines Kindes es jemals mit dem kleinen Heft mit den schönen Zeichnungen ihres kleinen Jungen aufnehmen, das wir sorgfältig verwahrt bei Mrs Grahams persönlichen Sachen gefunden hatten?*

Mrs Graham sagte eine ganze Weile gar nichts. Schließlich konnte Sarah es nicht länger aushalten. „Gefällt es dir? Ich hoffe ganz doll, dass du es magst, weil ich mich wirklich angestrengt hab.“

Mrs Graham ließ das Bild langsam sinken und tätschelte Sarah die Schulter. „Es ist eines der schönsten Dinge, die ich jemals gesehen habe“, sagte sie. „Und das willst du mir wirklich schenken?“

„Ja, das darfst du behalten“, antwortete Sarah mit strahlenden Augen.

„Da freue ich mich aber. Vielen Dank. Es ist schon eine ganze Weile her, dass ich etwas geschenkt bekommen habe. Ist das mein Apfelbaum?“

„Ja, der Baum im Garten.“

„Sieht er jetzt gerade wirklich so schön aus?“

„Er ist noch viel schöner als auf dem Bild“, gestand Sarah freimütig. „Ich kann nicht so gut Bäume zeichnen wie Robert. Aber er ist ja auch älter."

„Und er klettert wohl auch gern, was?" Sie lächelte und schaute zu Robert, der den Kopf senkte.

„Na ja, das ist ja auch das Beste an Bäumen", erklärte Mrs Graham. „Ich würde auch selbst gern klettern, wenn ich es noch könnte." Sie blickte auf und sah mich mit tränenverschleierten Augen an und mir war klar, dass sie sich eine Erklärung wünschte, weshalb wir schon früher als vereinbart wieder zu ihr gekommen waren. Ich konnte all die unausgesprochenen Fragen förmlich hören, die ihr auf der Seele brannten.

„Mrs Graham ..." Ich blickte auf zu Sam und er nahm meine Hand. Einen Moment lang wusste ich nicht, wie ich anfangen sollte, also hielt ich ihr zunächst den süß duftenden Flieder hin und beobachtete, wie sie den Duft tief einatmete.

„Oh, Mrs Wortham, das sind mir die liebsten Blumen der Welt! Außer vielleicht Rosen. Beide duften so wunderbar! Ich hoffe, dass es auch meinen Veilchen gut geht. Die habe ich immer gehegt und gepflegt, aber diese hier sind Gottes Geschenk an den Frühling, das sind sie wirklich. Sie machen einen froh, dass man am Leben ist."

Sie rief nach Rita und bat sie, die Blumen in eine Vase zu stellen. Nachdem Rita gekommen und dann wieder gegangen war, sah Mrs Graham mich traurig an. „Ich bin froh, dass Sie gekommen sind", sagte sie. „Aber ich hatte Sie noch gar nicht so bald zurückerwartet."

Ich schaute wieder zu Sam und er drückte meine Hand, weil er offenbar verstand, wie sprachlos ich mich fühlte.

„Mrs Graham", sagte er, „wir sind so froh über all das, was Sie für uns getan haben. Es kam uns einfach nicht richtig vor. Sie haben so lange dort draußen gelebt und wir wissen, wie viel Ihnen die Farm bedeutet. Es gibt zwar noch eine Menge zu tun, aber ..."

„Es ist Ihr Haus!", platzte es aus mir heraus. „Es ist Ihre Farm! Ach, Mrs Graham, wenn Sie wieder nach Hause möchten, dann werden wir Ihnen helfen! Wir wären jede Minute da und würden alles so schön wie möglich machen!"

„Sie wissen ja, dass wir kein Geld haben", fügte Sam noch hinzu. „Und ich habe auch kein Auto, um sie herumzufahren.

Vielleicht kommt es Ihnen schrecklich dumm vor, wo Sie es doch hier so schön haben, aber es würde mir schrecklich zu schaffen machen, wenn Sie sich nach der Farm sehnen und wir dort einfach so vor uns hinleben, obwohl all das nicht uns, sondern Ihnen gehört! Ich würde mich schuldig fühlen, wenn wir Ihnen nicht wenigstens anbieten würden, alles zu tun, was in unserer Macht steht, Sie da draußen zu versorgen, natürlich nur, wenn Sie es auch wollen."

Mrs Graham sah uns beide an, immer noch mit Tränen in den Augen. „War Hazel bei Ihnen? Sie hat mir gesagt, dass sie zu Ihnen hinausfahren wollte."

„Ja, sie war da", sagte ich. „Ich nehme an, Sie wissen schon, dass sie nicht viel von uns hält."

„Ach, Hazel ist eben Hazel, Kindchen", sagte Mrs Graham darauf. „Keiner ist wie sie." Sie blickte hinunter auf ihren Schoß und griff wieder nach Sarahs Hand. „Sie müssen gar nichts für mich tun", sagte sie mit leiser Stimme. „Vereinbart war nur, dass Sie die Farm wieder herrichten."

„Ja, aber ..."

„Nein", sagte sie mit fester Stimme. „Lassen Sie sich von Hazel nicht verrückt machen. Wir haben eine Vereinbarung, und die hatten wir schon, bevor sie auf der Bildfläche erschienen ist. Wenn ich Sie auf meiner Farm haben möchte, dann ist das ganz allein meine Sache. Ich habe sie Ihnen angeboten und solange Sie bereit sind, dort zu arbeiten, nehme ich sie auch nicht zurück."

„Aber möchten Sie denn nicht gern wieder nach Hause zurück?", fragte ich sie, etwas erstaunt über das, was sie gerade gesagt hatte.

Mrs Graham ließ Sarahs Hand wieder los, legte das Bild zur Seite und wandte sich zum Fenster. Ich dachte, sie würde gleich etwas sagen, aber sie schwieg eine ganze Weile.

„Wir wissen ja, dass Sie uns kaum kennen", sagte Sam schließlich zu ihr. „Es wäre bestimmt sehr schwer für Sie, sich darauf einzulassen, das verstehe ich auch. Aber wir wollen nicht einfach nehmen, was Ihnen gehört, Mrs Graham, und Ihnen dafür nichts zurückgeben. Wenn Sie mit uns nicht gern dort leben wollen, dann können wir das auch verstehen, aber lassen Sie uns wenigstens nach einer Möglichkeit suchen, wie auch wir

Ihnen etwas geben können. Kommen Sie wenigstens und besuchen Sie uns, wenn Sie können. Ich hätte mir nie träumen lassen, dass jemand völlig Fremdes uns gegenüber einmal so großzügig sein würde, und es macht mir viel aus, dass ich so gar nichts zurückgeben kann."

Als Mrs Graham sich wieder zu uns umdrehte, verlief eine Tränenspur in einer ihrer tiefen Runzeln. „Hazel hat Dinge verdreht, Mr Wortham", sagte sie. „Ich weiß, dass sie das getan hat, aber sie hört nicht auf mich. Sie sind anständige Leute, das habe ich gleich gewusst, als ich Sie gesehen habe."

„Wir haben Ihnen eine Menge zu verdanken", entgegnete er. „Selbst wenn wir keinen Tag länger bleiben könnten, war es gut für uns, einen Ort zu haben, wo die Kinder sich ein wenig ausruhen konnten."

„Na, so nett kann es da draußen ja nun auch wieder nicht sein, so kahl, fast ohne Möbel und schmutzig dazu, nehme ich an, wenn die Tür nicht verschlossen war."

„Es ist jetzt nicht mehr schmutzig. Und es war allemal besser, als noch einen Tag länger auf vorbeifahrende Autos zu warten und dann zu betteln, mitgenommen zu werden. Viel besser, als den Blick meiner Kinder auszuhalten und mich zu fragen, ob wir in dieser Nacht vielleicht sogar in irgendeiner Erdkuhle übernachten müssten. Es war wirklich ein Gottesgeschenk und ich weiß sehr genau, dass ich es nicht verdient habe."

Sarah legte eine Hand auf Mrs Grahams Schulter. „Mama sagt, dass du ein Engel bist. Ich möchte immer und ewig in deinem Haus wohnen. Und wenn wir genug haben, dann möchte ich auch anderen Leuten Sachen schenken, so wie du."

Mrs Graham schenkte ihr ein zärtliches Lächeln und blickte zu Robert hinüber. „Du bist ein stiller Junge, was? Was hältst du denn davon, dass deine Leute mir sagen, ich könnte wieder raus auf meine Farm ziehen?"

Noch immer den Blick auf seine Schuhe geheftet, holte Robert tief Luft. „Ich wünschte, das würden Sie tun. Wir würden alles in Ordnung bringen und vielleicht würden uns dann ja alle dableiben lassen, sodass wir wieder ein richtiges Zuhause haben. Ich habe in meinem ganzen Leben noch nie einen Ort so doll gemocht."

Für einen kurzen Moment blickte er auf, aber bevor Mrs Graham etwas erwidern konnte, sprach er weiter. „Wir haben noch keine richtig guten Sachen zu essen, aber irgendwas gibt es immer. Und wir sind bereit zu teilen, so wie Sie."

Mrs Graham schaute mich mit ihren unergründlichen grauen Augen an und ich spürte, wie in mir etwas erbebte.

„Sie haben über all das also schon gesprochen?", fragte sie.

„Ja, ein bisschen. Aber wir mussten erst mit Ihnen selbst reden, bevor wir weiterplanen konnten."

„Ich habe Ihnen gesagt, dass Sie zu nichts verpflichtet sind." Mrs Graham nahm ein Taschentuch, das ich zuvor gar nicht bemerkt hatte und wischte sich die Augen. „Ich bin doch nicht so verrückt, Sie wieder wegzuschicken, denn dann würde ich die Farm ja nie mehr wieder sehen. Ich nehme an, dass Sie genau das sind, was die Farm braucht – neues Leben."

Sie streckte ganz plötzlich ihre Hand nach Sam und mir aus und wir traten vor, fühlten uns aber beide gleichermaßen unsicher. „Sie sind gute Menschen", sagte sie. „Und es tut mir Leid, dass Sie es zur Zeit so schwer haben. Wenn ich eine Speisekammer voller Einkochgläser hätte, würde ich Ihnen sofort alles mitgeben. Aber ich möchte, dass Sie mir hier und jetzt eines ganz ehrlich sagen. Sie müssen es nicht, ganz und gar nicht, aber wären Sie immer noch bereit, mich mitzunehmen auf die Farm? Würden Sie das wirklich tun?"

Meine Hand zitterte in ihrer und mir traten Tränen in die Augen. Aber dann war es Sam, der sprach. Klar und kraftvoll und ohne auch nur einen Augenblick zu zögern. „Ja, ich würde Sie noch heute mitnehmen, wenn alles hergerichtet wäre."

Ich sah, wie sie erschauderte und dann bemerkte ich ihre Tränen. Sie rutschte auf ihrem Stuhl vor, um Sam heftig zu umarmen. „Ich habe immer alle Arbeit gemacht. Hab sogar beim Kinderkriegen geholfen. Aber ich tauge jetzt nicht mehr zum Arbeiten", sagte sie. „Für gar nichts mehr."

„Sie könnten mir doch sagen, was zu machen ist", bot Sam an. „Ich bin auf der Farm völlig hilflos."

„Hazel müsste man dann bestimmt fesseln!", rief Mrs Graham. „Sie würde glauben, dass ich ganz und gar übergeschnappt bin! Sie würde glauben, ich habe den Verstand verloren, aus Ritas Pension wegzugehen, wo doch der Arzt nur zwei Straßen weiter wohnt!"

Das brachte mich auf den nächsten Gedanken. „Das ist aber wirklich ein Problem", sagte ich rasch. „Ich kenne mich zwar ein bisschen in der Krankenpflege aus, aber wir sollten auch alles gut überlegen und das tun, was am besten für Sie ist."

„Wissen Sie, was Doktor Howell tut, wenn wir ihn rufen? Er schickt mich ins Bett, wenn ich da nicht schon bin! Etwas anderes kann er auch nicht mehr machen. Irgendwann werde ich einen Herzanfall haben und es wird mein letzter sein, und daran wird niemand etwas ändern können. Der Herr bestimmt die Zeit, wann wir gehen müssen, und das macht mir keine Angst."

Sie wandte sich jetzt wieder an Sam. „Ich rufe jetzt Rita und sage ihr, sie soll Daniel holen. Er bringt uns dann mit seinem Lieferwagen zur Farm hinaus. Ich weiß, dass er das bestimmt gern tut."

Sam senkte den Kopf. „Ich möchte, dass Sie zu uns kommen, wirklich, das wünsche ich mir. Aber ich muss die Farm erst noch besser herrichten ..."

„Ist das Dach noch auf dem Haus? Ist der Fußboden in Ordnung?"

„Ja, das schon ..."

„Dann machen Sie sich mal keine Sorgen. Ich bin schließlich keine Treibhauspflanze. Es gibt nichts, was mich da draußen stören könnte. Und erzählen Sie mir nicht, Sie hätten nichts zu essen, denn von dem, was Ihr Junge gesagt hat, weiß ich schon, dass das nicht stimmt. Sie haben es doch ernst gemeint, nicht wahr? Ich meine, dass ich auf die Farm zurückdarf."

„So ernst, wie man überhaupt etwas meinen kann. Es ist Ihr Haus. Ihr Zuhause und dort gehören Sie hin."

Sie schenkte uns ein wunderschönes Lächeln, bei dem sie uns sogar ihre spärlichen Zähne zeigte. „Dann machen Sie sich mal keine Sorgen. Wir helfen uns gegenseitig." Nachdem sie Sarah noch schnell einen Kuss auf die Stirn gedrückt hatte, griff sie nach ihrem Stock und klopfte damit auf den Boden.

„Rita!", rief sie. „Rita, komm und gib mir meine Reisetasche. Ich fahre nach Hause."

16

Samuel

Ich hätte mir nie träumen lassen, dass wir sie noch am selben Tag mit auf die Farm nehmen würden. Aber sie war aufgeregt wie ein kleines Kind und bestand darauf, dass nichts am Zustand des Hauses sie zu sehr würde erschrecken können.

„Wir haben noch viel Zeit bis zum Winter", sagte sie. „Viel Zeit, um dort alles wieder auf Vordermann zu bringen."

Sie gab Robert und Sarah ein Bilderbuch zum Anschauen, während sie mir und Julia Anweisungen gab, bestimmte Sachen aus dem Zimmer zusammenzusuchen und einzupacken. Sie war entzückt, daran bestand kein Zweifel, und wir erfuhren schon bald, dass Hazel Sharpe ihr erzählt hatte, was wir vorhatten, nachdem sie es von Mr Hammond erfahren hatte. Und Mrs Graham hatte gehofft, dass es wahr sein möge und hatte uns die ganze Zeit geglaubt.

Es gab keinen Zweifel, dass sie wirklich nach Hause zurückwollte, um dort auch endgültig zu bleiben. Es bestand auch kein Zweifel, dass sie schon alles mit Mrs McPiery besprochen hatte, die nur ein wenig überrascht schien, aber ansonsten beinahe ebenso begeistert war wie Emma selbst.

Juli und ich packten Kleidung in eine Reisetasche und in eine andere ihre Nähsachen, und wir fragten uns beide, ob wir wirklich schon so weit waren. Aber Mrs Grahams Begeisterung war so ansteckend, dass wir uns schon bald entspannten.

„Wir machen unterwegs noch bei Kelseys Halt, um Petroleum zu kaufen", sagte sie. „Ich muss eine Lampe haben, damit ich was sehen kann. Ich hoffe doch, das Toilettenhäuschen steht noch."

Juli kicherte. „Es steht noch und Sam und ich haben es auch schon geputzt. Es war voller Spinnen."

Sie nickte verstehend. „Es kann nicht schaden, ein paar davon dort zu lassen. Dann gibt es nicht so viele Fliegen." Dann nahm sie ihre Bibel von dem kleinen Tischchen. „Packen Sie die zu meinen Kleidern, da liegt sie weich." Sie ließ ihren Blick noch einmal durch das Zimmer schweifen und dachte nach.

„Daniel hat nicht für alles Platz, wenn wir jetzt rausfahren", teilte sie uns mit. „Aber meinen Schaukelstuhl können wir sicher schon jetzt mitnehmen. Den brauche ich einfach, wissen Sie?"

Eine halbe Stunde später fuhr Mrs McPierys Bruder draußen mit seinem Lastwagen vor und wir verluden Emmas Schaukelstuhl und drei Taschen voller Sachen aus ihrem Zimmer.

„Das Bett holen wir später", sagte sie zu Julia, wandte sich aber sofort an den stämmigen Mann, der ihre Sachen bringen sollte. „Mein Bett und die restlichen Sachen bringen Sie mir bitte auch, ja? Rita weiß, welche Sachen mir gehören, und Sie bringen sie dann so bald Sie können hinaus zur Farm. Würden Sie das bitte tun?"

Daniel Norse lächelte nur und kratzte sich den Vollbart. „Und wo sind die Hühner?", fragte er.

„Mir gehören nur noch vier davon", erklärte Mrs Graham. „Die anderen haben wir uns schmecken lassen, als noch Schneetreiben war." Sie wandte sich an Robert. „Kannst du Mr Norse helfen, meine Hühner einzufangen, mein Junge?"

Robert starrte sie einen Augenblick lang nur an und war offenbar genauso überrascht wie ich. „Sie haben Hühner?"

„Ich habe immer Hühner gehabt, schon als ich noch so klein war wie deine Schwester. Sie kann gern mitgehen und dir helfen, wenn es deiner Mama recht ist."

Ich war völlig verblüfft über diese alte Frau, die ihren Plan so schwungvoll und energisch in die Tat umsetzte. „Sie bringen Hühner mit?"

Sie sah mich fragend an. „Ich hoffe doch, Sie haben nichts gegen Hühner, oder? Meine legen nämlich wirklich gut."

„Nein." Ich schaute zu Julia hinüber, die sorgfältig Mrs Grahams fast fertige Patchworkdecke zusammenlegte. Sie blickte nicht auf und sagte auch nichts, aber wir wussten beide, dass es genau so war, wie sie es sich gewünscht hatte. Und sie hatte sich darauf verlassen, dass der Herr schon für alles sorgen würde. Was für einen speziellen Draht hatte meine Frau eigentlich zu Gott, dass er ihre Wünsche auf diese Weise erfüllte? Als Nächstes würde es wahrscheinlich eine Kuh sein.

Ich schüttelte den Kopf, während Juli die Kinder mit Mr Norse schickte, damit sie sich anschauten, wie er Mrs Grahams

Hühner einfing. Genau in dem Augenblick kam Mrs McPiery mit zwei Bündeln auf uns zu.

„Hier sind die versprochenen Sämereien", sagte sie. Es ist auch Melde dabei und ein paar Stangenbohnensamen."

Juli strahlte. „Oh, vielen, vielen Dank."

„Jetzt sind Sie ja keine Fremden mehr", sagte sie mit einem tränenverschleierten Lächeln. „Lassen Sie mich wissen, wenn Sie da draußen sonst noch etwas brauchen. Emma, ich werde dich hin und wieder besuchen kommen, um mich zu vergewissern, dass du auch gut auf dich aufpasst." Sie überreichte Julia die beiden Bündel, drehte sich dann um und sah mich direkt an. „Ich bin Ihnen wirklich dankbar für das, was Sie tun", sagte sie schnell. „Ich habe Emma noch nie so glücklich gesehen. Es gibt bestimmt nicht viele Leute, die das tun würden, was Sie tun."

Wieder schüttelte ich den Kopf. „Aber das ist doch nicht viel ..."

„Sie hat dasselbe darüber gesagt, dass sie Ihnen die Farm überlassen hat, Mr Wortham", entgegnete sie und packte mich dann am Arm und sah mich tadelnd an. „Sie hätten sich mit Ihrer Familie auch ausschließlich um Ihre eigenen Angelegenheiten kümmern und Ihr neues Zuhause genießen können, ohne noch einen weiteren Gedanken an Emma Graham zu verschwenden. Aber es ist echtes christliches Handeln, dass Sie sie so im Blick haben. Sie können sich gar nicht vorstellen, wie schwer es ihr gefallen ist, sich hier in der Stadt einzuleben."

„Das reicht jetzt aber", unterbrach Mrs Graham ihren Redefluss. „Würde es dir etwas ausmachen, mir meinen Mantel und meinen armseligen einzelnen Stiefel zu bringen? Ach ja, und noch zwei oder drei Gläser von den Pfirsichen, die wir letztes Jahr eingekocht haben. Ich wette, die schmecken den Kindern."

Rita lächelte und umarmte ihre Freundin. „Ich werde dich vermissen, Emma Jean."

Es dauerte noch eine ganze Weile, bis wir *Belle Rive* wirklich verließen. Emma Graham und Rita McPiery hatten das Recht auf einen Abschied und sie entschieden sich dafür, ihn anständig zu begehen bei einer Tasse dünnem Kaffee und einer Scheibe Kürbisbrot. Die Hühner gackerten in ihren Käfigen auf der Ladefläche des Lastwagens, aber ich hatte es nicht eilig loszufahren, auch dann noch nicht, als am Himmel dunkle Wolken aufzogen. Gott war am Werk und wer war denn ich, dass ich jemanden zur Eile drängte. Ich saß auf der Verandaschaukel und betete, dass Mrs Graham mit ihrer Entscheidung auch weiterhin zufrieden sein möge und dass wir nicht allesamt eine große Dummheit begangen hatten.

Als die Kinder den reichlichen Imbiss beendet hatten, den Mrs McPiery ihnen zubereitet hatte, kamen sie zu mir auf die Schaukel, jedes Kind an eine Seite. Sie waren entzückt von den unterschiedlichen Geräuschen, die die alte Schaukel von sich gab, und holten immer wieder Schwung, um das Quietschen bei jedem Hin und das Knarren bei jedem Her zu hören.

„Ach du liebe Güte, ich muss ja jetzt auch für Emma kochen“, sagte Julia plötzlich, als wäre dieser Gedanke eben gerade so weit gesackt, dass er sie beunruhigen konnte.

„Ich glaube nicht, dass sie besonders wählerisch ist“, sagte ich in dem Versuch, sie zu beruhigen. „Sie kennt doch unsere Situation.“

„Ja, und sie bringt Legehennen mit. Hast du gesehen, dass Rita auch den alten Hahn mit in den Käfig gesteckt hat?“

„Ja, das habe ich bemerkt.“

„Und sie bringt auch Pfirsiche mit, Mama“, fügte Robert noch hinzu, der keine Leckerei versäumte. „Und sie hat Geld, weil sie vorhat, Petroleum zu kaufen.“

Jetzt drehte Juli sich zu ihm um und sah ihn sehr streng an. „Wir werden Mrs Graham nie um Geld bitten. Für gar nichts. Niemals. Hast du das verstanden?“

Robert schmollte. „Wieso denn nicht? Sie hat gesagt, wir würden uns gegenseitig helfen.“

„Sie hat uns schon geholfen“, sagte Juli. „Sie hat uns schon genug gegeben.“

„Wir müssen da draußen auf der Farm zusammenarbeiten“, sagte ich zu den Kindern. „Es gibt vieles, was Emma nicht mehr allein tun kann, aber sie weiß, was alles zu tun ist. Also hört gut zu, wenn sie euch irgendetwas sagt, in Ordnung?“

Robert nickte kurz und wandte seine Aufmerksamkeit wieder

der Schaukel zu. „So eine könntest du doch auch bauen, Papa, oder?“

Zunächst war ich verdutzt darüber, dass er es mir einfach so zutraute, denn ich war davon ausgegangen, dass er sein Vertrauen in meine Fähigkeiten längst verloren hätte. Aber dann schaute ich mir die Schaukel etwas genauer an und stellte fest, dass er Recht hatte. So eine konnte ich bauen, wenn ich mir die Zeit dafür nahm. Und ich konnte auch ein paar Sessel in dieser Art bauen. Im Wohnzimmer brauchten wir dringend welche und Juli konnte dann Kissen dafür nähen. Dinge für das Haus zu erledigen, würde für keinen von uns ein Problem sein. Es waren die Scheune, das Land und die Viehhaltung, die mir Sorgen bereiteten.

Ein paar Minuten später trug Ritas Bruder Mrs Graham zu seinem Lastwagen und setzte sie auf den Beifahrersitz. Sie sah nicht besonders schwer aus, aber ich fragte mich, wie es wohl sein mochte, sich um jemanden zu kümmern, der sich nicht selbstständig fortbewegen konnte. Ich konnte mir ohne weiteres vorstellen, sie nach draußen zu tragen, damit sie in der Sonne sitzen konnte. Aber dann musste ich an das Grab ihres Mannes denken, das ungefähr einen halben Kilometer vom Haus entfernt war und zu dem man nur durch unwegsames Gelände gelangen konnte. Es war bestimmt ein schöner Platz, aber ich stellte es mir ziemlich unbequem vor, eine so weite Strecke getragen zu werden.

Wir zwängten uns alle auf die Ladefläche von Mr Norses Lastwagen zu Mrs Grahams Schaukelstuhl, den Reisetaschen sowie fünf protestierenden Hühnern, die auf drei Käfige verteilt reisten. Dann kam Rita noch mit einer Kiste aus dem Haus gelaufen, die schrecklich schwer aussah. Ich sprang also noch einmal vom Laster, um sie ihr abzunehmen und sah, dass sie gefüllt war mit eingekochten Pfirsichen, Bohnen und vielem mehr. Ich sah die Frau mit einer Mischung aus Dankbarkeit und Beschämung an.

Sie musste es gewusst haben. „Bevor Sie jetzt etwas sagen, Mr Wortham, sage ich Ihnen, dass Emma mir geholfen hat, all das Zeug einzukochen. Es steht ihr also zu und Ihnen steht es auch zu, einfach weil Sie die Farm herrichten und das hier jetzt für sie tun. Unterschätzen Sie das nicht und denken Sie nicht so schlecht über sich selbst, hören Sie? Wir sind doch alle aufeinander angewiesen und so hat es sich unser guter Herr doch auch gedacht, nicht wahr."

Was konnte ich gegen den guten Herrn schon noch vorbringen? Und schon gar laut!? Aber ich fühlte mich trotzdem immer noch ganz klein und mickrig dabei, ihre Hilfe in Anspruch zu nehmen. Es war jetzt schon eine ganze Weile her, dass ich es gewesen war, der die Familie ernährte, und vielleicht würde es auch noch eine ganze Weile so bleiben.

Ich ertappte mich bei dem Gedanken, dass Mrs Graham mich auf der Farm vielleicht würde entbehren können. Vielleicht gab es ja doch irgendwo eine Arbeitsstelle für mich, selbst wenn ich dafür meine Familie verlassen und in *Marion* im Bergwerk arbeiten musste. Ich musste etwas unternehmen. Ich musste, denn ich konnte einfach nicht für immer von Mrs Grahams Freundlichkeit und Julias Findigkeit leben.

„Wenn es Ihnen nichts ausmacht, werde ich in meiner Gemeinde von Ihnen erzählen", verkündete Rita. „Manchmal geben sie Leuten, die gerade zugezogen sind, einen Korb Lebensmittel oder Ähnliches, um ihnen den Anfang etwas zu erleichtern." Das war genau das, was ich brauchte. Noch ein weiteres Almosen. Ich verstaute die Kiste mit Eingekochtem sicher hinter den Hühnerkäfigen und bedankte mich bei der Frau, denn ich wusste, dass ich nicht bitter sein durfte. Sie versuchte doch nur zu helfen und Gott selbst wusste, dass wir Hilfe nötig hatten.

Ich setzte mich auf die Ladefläche neben Juli und Sarah kroch auf meinen Schoß. Mit einem letzten Winken ließen wir dann Mrs McPierys Pension hinter uns. Julia fing an zu singen, während wir über Land holperten, und es dauerte gar nicht lange, da kamen wir durch *Dearing,* wo Mrs Graham jedem, den sie sah, fröhlich zuwinkte.

Wir waren beinahe zu Hause. Mit einer vierundachtzigjährigen Frau und einer unmöglichen Hoffnung. Meine Mutter würde nicht die Einzige sein, die mich für das hier höhnisch auslachen würde. Die Nachbarn hatten damit schon begonnen. Sie würden allerdings auf Mrs Graham achten und sie ganz genau im Auge behalten. Ganz genau!

17

Julia

Es gefiel mir zu beobachten, wie Mrs Graham sich freute und ihren Spaß hatte. Sie schien wirklich jeden zu kennen, dem wir unterwegs begegneten, und bei fast jeder Person, die wir trafen, bedrängte sie Mr Norse zu hupen. Sie ließ ihn sogar an ihrer Kirche vorbeifahren, nur um sie uns zu zeigen, und sie strahlte vor Stolz, als Sarah sagte, dass die Kirche schön sei.

„Willard, mein Mann", sagte sie, „hat damals noch mitgeholfen, den Kirchturm zu bauen."

Ich fragte mich, ob sie wohl wollte, dass wir alle zusammen mit George Hammond zum Gottesdienst fuhren. Ach je, wie sehr wir ein Auto brauchten!

„Ich habe gehört, sie haben jetzt einen neuen Prediger", fügte Mrs Graham noch hinzu. „Ich hoffe, der hat ordentlich Feuer. Die olle Hazel wird ihm mit dem Teufel drohen, wenn er ihr nicht für jetzt und alle Zeiten einheizt."

Ich konnte ein Lächeln nicht unterdrücken. Mrs Grahams Geist hatte sich von der ollen Hazel jedenfalls nicht dämpfen lassen, so viel stand fest.

Bei der einzigen Tankstelle in *Dearing*, die wir bisher noch gar nicht gesehen hatten, weil sie am Ende der Straße in Richtung Westen und hinter ein paar Häusern lag, machten wir Halt, weil es dort auch Petroleum zu kaufen gab. Mrs Graham stellte uns dem Tankwart vor, der sie liebevoll „Großmutter" nannte.

„Er war bei mir in der Sonntagsschule", erklärte sie. „Ich war immer eine Großmutter für sie, wenn sie eine brauchten."

„Schön, Sie kennen zu lernen", sagte der junge Mann zu uns, mit nur einem winzigen Hauch Misstrauen im Blick. „Ich hoffe, dass für Sie alles gut läuft." Er nahm Mrs Grahams Hand. „Schön, Sie wieder zu sehen. Werden Sie auch zur Kirche kommen? Das wäre wirklich großartig. Wir würden uns alle freuen."

„Wir werden schon irgendwie hinkommen", lächelte Mrs Graham. „Es ist gar nicht mehr so einfach für mich, irgendwohin zu kommen, aber ich muss wenigstens einmal hin, um den neuen Pastor kennen zu lernen."

Mrs Grahams junger Freund sah uns einen Augenblick lang an und dann auf die handgeschriebene Aufschrift auf Daniel Norses Lastwagen, der ihn als Schornsteinfeger von *Belle Rive* auswies.

„Brauchen Sie für Sonntag eine Mitfahrgelegenheit, Großmutter?", fragte er.

„Ach du liebe Güte, Charlie, du weißt doch, dass George Hammond viel näher wohnt als du!" Sie öffnete ihre Handtasche und gab ihm einen Dollar.

„Der Wagen von George Hammond ist doch schon voll und vielleicht kommen sie ja auch gar nicht, denn Wilametta hat ja bald wieder eine Verabredung mit dem Storch." Er warf einen Blick auf das Geldstück in seiner Hand und gab es ihr dann schweigend wieder zurück. „Das geht auf mich, weil es so schön ist, Sie wieder zu sehen. Und ich hole Sie am Sonntag auch ab. Sie alle, wenn es Ihnen recht ist. Ich habe nämlich jetzt ein Auto und das hat auch Rücksitze."

„Also gut, Charlie Hunter, vielen Dank!", rief Mrs Graham aus. Dann schaute sie mich an. „Ist das nicht ein netter Junge? Es ist wirklich schön zu sehen, dass was aus ihm geworden ist."

„Das ist sehr freundlich von Ihnen", sagte ich zu Charlie. „Wir wären Ihnen wirklich dankbar, wenn Sie uns mitnehmen könnten, natürlich nur, wenn auch wirklich für alle genug Platz ist."

Sam warf mir einen unwilligen Blick zu und ich wusste, dass er ganz und gar nicht erpicht darauf war, sich den Leuten zu zeigen, auch wenn es in der Kirche war. Was würde Hazel Sharpe wohl sagen? Wie würden die anderen Einheimischen auf uns reagieren? Es wäre bestimmt einfacher gewesen, erst einmal ganz für uns zu bleiben.

„Wir müssen doch auch die Leute hier aus der Gegend kennen lernen", sagte ich ein wenig unsicher zu Sam. Vielleicht würde es zuerst wirklich ein bisschen beängstigend sein, besonders, wenn es eine Gemeinde war, in der die Leute einen eher anguckten als mit einem zu reden.

Aber er nickte und umarmte Sarah. „Ja, das müssen wir, das stimmt wohl. Und du gehst gern zur Sonntagsschule, mein kleiner Kürbis, nicht wahr?"

„Ja, besonders, wenn die da über Daniel erzählen", erklärte Sarah. „Und wie er da in der Löwengrube saß."

Mrs Graham nickte zustimmend und wir bedankten uns bei Charlie für sein freundliches Angebot und seine Großzügigkeit. Dann fuhren wir weiter. Zuerst an der Leihbücherei vorbei, in die wir es immer noch nicht geschafft hatten, dort mussten wir anhalten und auf einen jungen Mann warten, der versuchte, sein Maultier von der Straße zu zerren, und dann wieder zur Stadt hinaus.

Mrs Graham drehte sich um und schaute Robert kurz an. „Gehst du auch gern in die Sonntagsschule?"

„Nur manchmal."

„Also wirklich, Robert ...", setzte ich an.

„Schimpfen Sie doch nicht mit einem Jungen, der einfach nur ehrlich ist", sagte Mrs Graham. „Es hat auch bei mir Zeiten gegeben, in denen ich nicht so gerne gegangen bin. Es ist doch nichts falsch daran, das zuzugeben, jedenfalls nicht, wenn man es den richtigen Leuten gegenüber tut."

„Und wer sind die richtigen Leute?", fragte Sarah unschuldig nach.

„In erster Linie deine Familie", antwortete Mrs Graham. „Und noch ein paar andere, denen man besonders nahe steht. Aber man soll lieber auch nicht so ehrlich sein, dem Prediger zu sagen, dass er sich ein bisschen beeilen soll. Das kommt nicht so gut an. Verstehst du?"

Beide Kinder nickten und kicherten gleichzeitig. „Unterrichten Sie immer noch in der Sonntagschule?", fragte Robert.

„Oh nein. Ich bin schon lange nicht mehr da gewesen. Ich nehme an, dass Bonnie Gray jetzt bei den Kindern unterrichtet. Wahrscheinlich wäre der Anblick mehr als ich verkraften kann."

„Sind Sie denn gar nicht mehr in der Kirche gewesen?", fragte Sarah überrascht.

„Oh doch, das bin ich, aber nicht in meiner Gemeinde, und dann ist es einfach nicht dasselbe. Rita geht in die Methodistengemeinde in *Belle Rive* und da sind wirklich gute Leute. Aber trotzdem freue ich mich immer auf meine eigene Gemeinde, wisst ihr. Ich habe mich da für Jesus entschieden und habe um die Taufe gebeten, als ich acht Jahre alt war, und sie haben mich noch am selben Tag zu Ollanders Teich gebracht und dort untergetaucht. Ich glaube, dass ich seitdem glücklich bin."

„Tut das weh?“, fragte Sarah.

„Tut was weh?“

„Na, getauft werden.“

„Du liebe Güte, nein! Man wird einfach untergetaucht und kommt dann wieder hoch und jeder umarmt einen, als ob es das Tollste überhaupt wäre. Und wenn ich so darüber nachdenke, dann ist es das auch wirklich.“

„Ich gehe gern schwimmen“, sagte Robert. „Aber irgendwie hört es sich nicht nach schwimmen an.“

„Oh, wenn bei uns im Sommer eine Taufe ist, dann machen wir manchmal hinterher ein großes Picknick und die Kinder gehen alle schwimmen. Es gibt nichts, was mehr Spaß macht, das steht fest. Früher haben sie die Leute auch manchmal in unserem Teich draußen untergetaucht, nachdem Ollanders Teich verkauft worden ist. Und ich hatte dann immer viel damit zu tun, für all die Leute Kuchen zu backen.“

Einen Augenblick lang waren wir alle still und ließen Mrs Graham bei ihren glücklichen Erinnerungen verweilen, als wir auf die Landstraße bogen, auf der wir bei dem Gewitter beinah gestrandet wären.

Mrs Graham setzte sich plötzlich sehr aufrecht hin. „Ich habe die Farm so lange nicht mehr gesehen! Sie ist doch nicht allzu heruntergekommen, oder?“

Was wohl für sie „allzu“ bedeuten mochte? „Wir haben angefangen, alles wieder herzurichten“, sagte ich. „Aber es wird sicher noch eine Weile dauern.“

„Oh, das weiß ich ja. Es ist bestimmt alles von Unkraut überwuchert, nicht wahr?“

Wir erreichten das Ende der Zufahrt zu ihrer Farm und niemand von uns sagte etwas. Mrs Graham schaute sich einfach nur um und schaute auch noch, nachdem der Lastwagen so nah am Haus angehalten hatte, wie es nur ging.

„Soll ich Sie jetzt reintragen?“, fragte Mr Norse Mrs Graham.

„Ach, damit hab ich’s eigentlich gar nicht so eilig“, erklärte sie. „Nun seht euch das doch bitte mal an. Ist so eine gute und friedvolle Farm nicht das Beste, was es gibt? Das Haus hat sich gar nicht verändert. Aber die Scheune ist nicht gerade ein schöner Anblick. Sie ist halt nicht für die Ewigkeit gebaut. Vielleicht können wir ja die Ostseite abreißen und diese Seite hier retten. Glauben Sie, das könnte gehen, Mr Wortham?"

„Das klingt vernünftig, Mrs Graham", sagte er. „Aber ich habe nicht die leiseste Ahnung, wie ich das anstellen soll."

Sie drehte sich um und sah ihn an. „Na, wenigstens sind Sie genauso ehrlich wie Ihr Sohn. Das mag ich an Ihnen beiden."

Mr Norse war aus dem Lastwagen gestiegen. „Wo wollen Sie denn Ihre Hühner haben?"

„Bringen Sie die doch in den Hühnerstall", erklärte Mrs Graham und sah dann wieder Sam an. „Haben Sie sich schon um den Hühnerstall gekümmert? Ist der in Ordnung?"

„Ja, Mrs Graham, ich denke ja."

„Gut", sagte sie. „Am besten sperren wir sie ein, bis sie sich einen Schlafplatz ausgesucht und an die neue Umgebung gewöhnt haben. Damit sie nicht zu weit weglaufen."

Mr Norse griff sich einen der Hühnerkäfige und ging damit in Richtung Hühnerstall. Sam sprang auf und ging mit einem weiteren Käfig hinter ihm her und dann sprang auch Robert auf.

„Kann ich den Hahn nehmen?", fragte er mich.

„Klar", entgegnete ich. „Aber geh ein paar Schritte zurück, wenn du ihn freilässt. Vielleicht hackt er nach dir."

Ich fragte mich, wie das mit Samuel und den Hühnern wohl weitergehen sollte. Ob Mr Norse wohl auch von ihm erwartete, dass er sie aus den Käfigen herausholte? Samuel hatte noch nie Hühner gehabt und noch nie ein Huhn angefasst, das nicht tot war. Was würden er und die Kinder wohl tun, wenn es Zeit war, eines zu schlachten?

Das gehörte zu den vielen Dingen, die sie eben lernen mussten, entschied ich, aber darüber brauchte ich mir jetzt noch keine Gedanken zu machen. Wir würden jedenfalls mehr als vier Legehennen brauchen, so viel stand fest. Und Gott sei Dank hatten wir ja Rita McPierys Hahn! Wir konnten also schon bald Küken haben.

Als Mrs Graham schließlich so weit war, dass sie aus dem Auto aussteigen wollte, interessierte sie sich am meisten für das Erdbeerbeet. Mit ihren beiden Stöcken humpelte sie in die Richtung, wo es war, ich immer direkt neben ihr, und ich fragte mich, wie um alles in der Welt ich ihr helfen konnte. Mr Norse kam aus dem Hühnerstall, rannte zu ihr hin und warf mir einen erschrockenen Blick zu.

„Mrs Graham, lassen Sie mich Sie dort hinbringen, wo Sie hinwollen“, sagte er schnell. „Das müssen Sie doch nicht!“

„Lassen Sie mich!“, sagte sie und schnitt ihm damit das Wort ab. „Ich habe es geschafft, bevor ich Sie kennen gelernt habe, Daniel, und wenn Sie nach Hause gefahren sind, stehen mir Ihre starken Schultern auch nicht mehr zur Verfügung, um mich herumzutragen! Das hier ist meine Farm und ich werde mich, so gut es eben geht, allein fortbewegen, und wenn es mich umbringt!“

Samuel war Mr Norse vom Hühnerstall aus gefolgt und sah mich ernst an. Ich wusste, was er gerade dachte. *Was, wenn sie sich überschätzt oder übernimmt und dann fällt und sich verletzt? Worauf haben wir uns da nur eingelassen?* Und ich konnte nicht anders, als an das zu denken, was Hazel Sharpe über Mrs Graham gesagt hatte, dass sie nicht ganz bei Verstand sei. Was, wenn sie Recht gehabt hatte, zumindest in mancherlei Hinsicht?

Mrs Graham kam bis zum Schuppen, blieb stehen, um wieder zu Atem zu kommen und ließ dann einen der Stöcke los. Behände ließ sie sich auf die Knie gleiten und sah mit einem verschmitzten Lächeln zu mir auf. „Nun machen Sie sich mal keine Sorgen. Die olle Emma hat schon oft genug auf den Knien gelegen.“

Sich langsam fortbewegend und gleichzeitig im Garten umschauend, rutschte Mrs Graham stetig weiter vor in Richtung Erdbeeren.

„Man sagt doch, dass alte Leute wieder wie Kinder werden“, sagte sie schmunzelnd. „Ist aber eigentlich gar nicht so schlecht. Ah, und da habe ich auch schon ein Veilchen gefunden.“ Sie hielt inne und rupfte eine Hand voll Gras ab, das um eine winzige Pflanze herum wucherte, die ich nicht einmal bemerkt hatte.

„Wir holen uns später eine Pflanzkelle und pflanzen sie an den Rand des Gartens um“, sagte sie zu mir. „Hier kommt sie bestimmt um.“

Warum das kleine Pflänzchen für sie so wichtig war, verstand ich nicht, und ich war nicht die Einzige, der es so erging. Samuel und Mr Norse, die hinter mir standen, beobachteten sie ebenfalls schweigend.

„Wieso steh'n Sie da eigentlich alle herum?“, fragte Emma plötzlich. „Sie könnten genauso gut schon meine Sachen abladen und ins Haus bringen, finden Sie nicht?“ Dann sah sie mich an. „Sorgen Sie dafür, dass Mr Norse etwas zu trinken bekommt, bevor er geht. Die Pumpe am Brunnen ist doch in Ordnung, oder?“

„Ja, alles in Ordnung, Mrs Graham“, antwortete ich nervös.

„Ich wünschte wirklich, Sie würden mich einfach Emma nennen“, sagte sie. „Das würde sich von Ihnen und den beiden Kindern wirklich nett anhören. Sarah, komm doch mal her und hilf mir, nach meiner Kröte Ausschau zu halten.“

Sarah rannte zu ihr hin von der Stelle aus, wo sie schweigend gestanden und meine Hand gehalten hatte.

„Eine Kröte? Sie haben eine ganz eigene?“

„Ich suche mir jedes Jahr eine neue aus“, sagte Emma mit einem Lächeln.

„Die setze ich dann mitten in meinen Garten und da bleibt sie dann und frisst alle Käfer, die sie kriegen kann.“

„Sie ist im Keller!“, verkündete Sarah aufgeregt. „Da habe ich eine gesehen!“

„Na ja, das ist natürlich auch ein schöner Platz für eine Kröte, aber ich lasse sie da lieber in Ruhe und hoffe, dass hier draußen auch noch eine vorbeikommt und ich sie finde. Je mehr, desto besser.“

Sie sah zu den Männern hinüber, die jetzt dabei waren, ihre Sachen vom Lastwagen zu laden. Sie seufzte. „Ich muss ja ein schöner Anblick sein, stimmt's Mrs Wortham?“

„Sie haben uns mit Ihrer Entschlossenheit nur überrascht. Und nennen Sie mich bitte Julia.“

„Ich habe Rita gesagt, dass ich an dem Tag, an dem ich das Gefühl habe, Ihnen zur Last zu fallen, zurückkomme. Ich möchte nicht überall hingetragen werden. Das kann ich nicht haben.“

„Sie müssen sich aber von uns helfen lassen.“

„Das werde ich auch, aber nur, wenn es wirklich nötig ist.“

Sie kroch weiter zu dem Erdbeerbeet hin. „Na ja, das ist auch gar nicht so schlimm wie ich gedacht hatte. Könnte trotzdem eine ganz gute Ernte geben. Kann allerdings sein, dass ich Wilametta Hammond mit einem Stock verscheuchen muss.“

Sie ließ sich zwischen den Pflanzen nieder und begann Unkraut zu jäten, als ob sie in ihren ersten Augenblicken zu Hause nichts Besseres zu tun hätte.

Robert kam zu mir gelaufen und stand mit einer langen weißen Feder in der Hand da. „Was sie braucht, is so'n Stuhl mit Rädern."

Ich legte meinen Arm um ihn und nickte langsam, weil ich nicht glaubte, dass Emma es gehört hatte, aber da hatte ich mich getäuscht. Sie hatte es sehr wohl mitbekommen.

„Hier in der Gegend hat niemand so einen", sagte sie. „Nicht mal der Doktor. Und ich habe nicht das Geld, mir so ein Gerät zu bestellen."

„Wie viel kostet das denn?", platzte Robert heraus, bevor es mir gelang, ihn zum Schweigen zu bringen.

„Daran kann ich mich nicht erinnern. Zu viel jedenfalls."

Mein Sohn ging an uns vorbei in Richtung Veranda. Er sagte nichts mehr, aber ich konnte sehen, wie ihn Emmas Eingeständnis erschüttert hatte. Irgendwie hatte er wohl erwartet, dass sie unser Polster sein würde, mit dem Geld, das uns durchhelfen würde, auch wenn ich es ihm verboten hatte, nach Geld zu fragen. Ich wünschte, ich hätte ihm sagen können, er solle sich nicht so viele Gedanken machen.

„Nun mach dir mal keine Sorgen", sagte Emma und nahm mir damit das Wort aus dem Mund. „Der gute Herr versorgt uns mit allem, was wir wirklich brauchen und mit noch viel mehr."

Als darauf von Robert keine Reaktion kam, wandte sie sich an mich. „Er ist schon sehr weit für sein Alter, nicht wahr? Ich meine, er ist viel nachdenklicher als andere Jungen in seinem Alter."

„Ja, da haben Sie wohl Recht."

„Das ist doch nichts, weshalb Sie sich Sorgen machen müssten. Er wird eines Tages ein feiner Kerl sein. Vielleicht ja sogar ein Prediger. Zumindest aber einer, der anderen helfen möchte, darauf möchte ich wetten."

Ich merkte, wie Robert mich von der Seite ansah und in seinen Augen stand die Frage zu lesen: Prediger? Er wollte Fahrräder oder vielleicht Radios bauen.

Als Sam und Mr Norse aus dem Haus kamen, um die letzten paar Taschen zu holen, blickte sie wieder zu mir auf. „Würde es

Ihnen etwas ausmachen, Daniel einen Happen zu essen zu machen, wenn er fertig ist, Julia? Das wäre nett, wo er uns doch hier herausgefahren hat. Machen Sie doch ein paar Gläser Pfirsiche auf, wenn Sie sonst nichts Gekochtes da haben. Und sorgen Sie dafür, dass er auch etwas zu trinken bekommt."

„Ich bin nicht sicher, ob er fahren wird, bevor er sich vergewissert hat, dass Sie im Haus sind."

Emma schüttelte den Kopf. „Na, dann werde ich eben hineingehen, wenn es ihn glücklich macht. Ich würde es mir jetzt sowieso gern ansehen. Aber danach will ich dann gleich wieder nach draußen, wo die Leute an einem solchen Tag auch hingehören. Ist das nicht ein herrliches Wetter? Sarah, könntest du mir bitte meinen Hut holen?"

Sarah blickte überrascht auf. Sie sah mich an und ich sagte ihr, wo Sam den Gärtnerhut hingelegt hatte, den wir in der Kiste gefunden hatten. Ein anderer Hut war mir bisher noch nicht untergekommen.

Ich fühlte mich ein bisschen seltsam dabei, sie einfach so in dem Erdbeerbeet zurückzulassen, aber sie versicherte mir, dass alles in Ordnung sei und es ihr gut gehe. Und außerdem hatte sie mir ja auch aufgetragen, Mr Norse etwas zu essen zu geben. Und wenn ich das tun sollte, würde ich ihm mehr zu essen geben müssen als Mrs McPierys eingekochte Pfirsiche, und wenn es nur war, um den Schein zu wahren.

Am Ende lud ich Mr Norse zum Abendessen ein, was er jedoch höflich ablehnte. Er nahm nichts außer ein paar Pfirsichen und einigen in Sirup getauchten Zwiebäcken, von denen er behauptete, das sei eine leckere Nascherei.

Emma saß in ihrem Schaukelstuhl im Wohnzimmer, als er ging. Sie schaute eine lange Zeit zu den großen kahlen Fenstern hinaus und verkündete dann, sie wolle nicht, dass die Gardinen wieder aufgehängt würden.

„Es wäre doch eine Schande, den schönen Sonnenschein auszusperren", sagte sie, „und so habe ich nichts, was meine Sicht behindert. Ich habe sie vor Jahren bekommen, nur weil die Leute dachten, man müsste welche haben."

Sie war sehr zufrieden damit, wie wir ihr Zimmer hergerichtet hatten, mit den Spitzendeckchen und einer der Petroleumlampen auf der Kommode. Sie stellte Sarahs Bild auf eines der

Deckchen, schien es aber nicht eilig damit zu haben, ihre Taschen auszupacken oder die Sachen durchzugehen, die sie zurückgelassen hatte. Wie sie schon vorher angekündigt hatte, wollte sie gleich wieder hinaus ins Freie.

Samuel half ihr in den Garten, wo sie unsere Arbeit mit gerunzelter Stirn inspizierte. „Für die Mittel, die Sie hatten, haben Sie alles richtig gut hinbekommen", sagte sie, „aber der Boden muss noch besser gelockert und vorbereitet werden, wenn die Ernte wirklich gut werden soll." Sie blickte zu Samuel auf. „Sie müssen zu George Hammond rübergehen und meinen Handpflug zurückholen."

Ich wusste, dass ihm der Gedanke, zum Nachbarn zu gehen und um etwas bitten zu müssen, gar nicht behagen würde, auch wenn es nur darum ging, etwas zurückzuholen, das Emma gehörte. Aber er nahm die schlichte Anweisung ohne Erwiderung oder Einwände entgegen und machte sich zusammen mit Robert sofort auf den Weg. Ich beschäftigte mich, indem ich Emma bei ihrem neuerlichen Angriff auf das Unkraut in dem Erdbeerbeet unterstützte, während Sarah unter den frisch aufgesprungenen Rhabarberblättern nach Kröten suchte.

Emmas ersten Tag zu Hause hatte ich mir etwas anders vorgestellt. Vielleicht, dass wir einfach eine Weile auf der Veranda sitzen und uns unterhalten würden oder noch einige von den Kisten durchgehen und einräumen würden. Oder dass sie vielleicht den Wunsch äußern würde, sich alle Gebäude, die zur Farm gehörten, anzuschauen und dann zum Grab ihres Mannes zu gehen. Ich wusste nicht so recht, was ich von dieser tatkräftigen Emma halten sollte, die nichts im Kopf zu haben schien als ihre Gartenarbeit. Sie sprach jetzt sogar kaum noch, sondern zupfte nur hier und da Unkraut heraus, als gäbe es sonst nichts, worum sie sich zu kümmern hatte.

Ich hätte mich sehr viel wohler gefühlt, wenn wir uns bei der Arbeit unterhalten hätten. Aber so betete ich eben einfach und hoffte, dass wir das Richtige taten. Und irgendwann hörte ich Emma dann schniefen, und als ich aufsah, erkannte ich, dass sie weinte.

„Ich hätte nie gedacht, dass meine Hände noch mal in dieser guten alten Erde hier wühlen würden", sagte sie. „Ich könnte Sie wirklich küssen. Und unseren guten Herrn auch."

18

Samuel

Ich hatte ungefähr den halben Weg durch den Wald zu unseren Nachbarn zurückgelegt und wünschte, ich hätte in die entgegengesetzte Richtung laufen können. Ich war ziemlich sicher, dass George den Pflug zwar um Emmas willen hergab, aber genauso sicher war ich auch, dass er für mich kein gutes Wort haben würde.

Robert dagegen war gespannt darauf, noch ein paar der anderen Hammond-Kinder kennen zu lernen und zu sehen, wo sie wohnten. Er redete übers Angeln mit Willi auf dem gefährlich wackeligen Brett über dem Teich und wie gut die Fische geschmeckt hatten.

Schon bald waren wir nahe genug, um ein Kind weinen zu hören, und ein großer schwarzer Hund kam mit offenem Maul auf uns zu gerannt.

„Boomer! Boomer!“, rief eine kleine Stimme und im nächsten Augenblick war ein Mädchen, das nicht älter sein konnte als Sarah, da und rannte, um den Hund einzufangen. Einen Augenblick lang stand sie nur da und schaute und ich sagte ihr meinen Namen und fragte, wo ich ihren Vater finden könne.

„Papa ist mal wieder mit Franky im Holzschuppen“, verkündete sie und kicherte leise. „Er hat einen ganzen Eimer Sahne umgekippt.“

Wir folgten ihnen durch den Hof der Farm, wo zwei Jungen, die beide kleiner waren als Robert, mit einem verdreckten Seil Tauziehen spielten. Einer von ihnen hörte auf zu ziehen, als er uns sah und rannte auf seinen stämmigen kleinen Beinen ins Haus. Der andere dagegen ging direkt auf Robert zu und begrüßte ihn.

„Ich hol mal meinen Papa“, bot das kleine Mädchen an und rannte zu dem baufälligen Gebäude hinter dem Haus, wobei sie die ganze Zeit laut rief.

Ich war überrascht, wie es auf der Farm aussah. Überall lagen Haufen mit Brettern und alten verrosteten Geräten, deren Funktion ich nicht erkennen konnte, in hohem Unkraut herum.

Drei Schafe waren im Vorgarten angepflockt, ich nahm an, um den Rasen kurz zu halten. Und überall roch es nach Schweinen.

Das Haus war nicht größer als Emmas, allerdings in sehr viel erbärmlicherem Zustand, obwohl es die ganze Zeit bewohnt gewesen war. Ich war mir nicht sicher, ob es schon jemals einen Anstrich erhalten hatte. Die Seitentür mit dem zerrissenen Fliegengitter ging sehr langsam und laut quietschend auf und ein großes Mädchen streckte den Kopf heraus.

„Mama kann gerade nicht aufstehen", rief sie mir laut zu. „Aber sie hat mich rausgeschickt, um zu fragen, was Sie wollen! Kommen Sie von Emma Grahams Farm?"

„Sie hat mich gebeten, zu deinem Vater zu gehen", antwortete ich und mir tat das Mädchen Leid, auf dessen Schultern wahrscheinlich schon sehr viel Verantwortung lag.

Es dauerte nicht lange und Mr Hammond kam in Gummistiefeln und mit einem großen Strohhut auf dem Kopf aus dem Schweinepferch herbeigeeilt.

„Sam, so war doch der Name, oder?", schrie er zu mir herüber, als er mich sah, wartete aber meine Antwort gar nicht erst ab. „Harry", sagte er zu dem kleinen Jungen, der sich an Roberts Hand geklammert hatte, „nimm deinen Freund mit hoch zur Scheune. Willi und Kirk sind auch da."

Robert blickte zu mir hoch. Ich deutete mit einer Geste an, dass er gehen könne, denn ich dachte mir, dass es bestimmt nicht schaden konnte, wenn er ein bisschen Zeit mit anderen Jungen verbrachte.

„Was brauchen Se denn?", fragte George.

„Emma schickt mich, um ihren Handpflug zurückzuholen. Ihr Garten ist ihr anscheinend ziemlich wichtig."

Er rückte seinen Hut zurecht und musterte mich finster. „So, dann ham Se's also wirklich gemacht, was? Ham Se Emma zurückgeholt nach Haus ..."

„Ja, das haben wir, weil sie es so wollte."

„Da ham'Se ja 'ne hübsche, nützliche kleine Abmachung für sich getroffen, was? Woll'n se noch trockenmelken, bevor se von dieser Welt geht, was?"

Bei dieser Anschuldigung wurde mir richtig übel, aber ich weigerte mich, darauf einzugehen. „Kann ich den Pflug haben?"

Er grinste auf eine hässliche, kalte Weise, die in mir den Wunsch weckte, ihn zu schlagen. „Sie wissen doch, was man damit macht, oder?"

„Mit einem Pflug pflügt man", antwortete ich patzig und war nicht bereit zuzugeben, dass ich noch nie einen benutzt hatte. „Wo ist er?"

„Na, na, nun mal nicht so hastig", sagte er. „Hätten die Frau mitbringen soll'n, dann hätten Se die Familie kennen lernen können."

„Sie kommt ein anderes Mal mit", sagte ich und beruhigte mich selbst. „Sie würde bestimmt auch gern Ihre Frau kennen lernen."

„Ach, meine Wilametta is' ja richtig aus'm Häuschen, dass hier wieder jemand in der Nähe is'. Ich finde, dass die Posts auch nah genug sind oder die Muellers. Aber Se wissen ja, wie die Frauen so sin, woll'n 'ne andere Frau so nah, dass Se zu Fuß hingeh'n könn. Wenn se nich kurz vor der Niederkunft wär, hätt se Se bestimmt schon begrüßt."

„Ich sage Julia, dass sie sie gern kennen lernen möchte."

„Ja, tun Se das. Wie geht's denn Emma?"

„Allem Anschein nach ganz gut. Will unbedingt mit dem Garten fertig werden."

Er musterte mich wieder und schüttelte den Kopf. „Na gut, der Pflug is inner Scheune. Bin noch nich fertig mit Pflügen, aber Se könn ihn mitnehm. Man will ja auch nich, dass se sauer wird."

Er ging mit mir zu einer Scheune hinüber, die fast genauso windschief und baufällig war wie unsere, und ich konnte die Jungen über uns auf dem Heuboden toben hören. Der Pflug war ein einrädriger Apparat mit langen Handgriffen. Ich hatte einmal in Harrisburg einen ganz ähnlichen gesehen auf dem Grundstück einer jungen Familie, die Tomaten und Kohl anbaute, um besser über die Runden zu kommen. Aber dieser Pflug hier war völlig verrostet und sah so aus, als würde er jeden Augenblick auseinander fallen.

„Kann se denn mit all den vielen Stöcken überhaupt laufen?", fragte George mich.

„Nicht so gut", antwortete ich. „Das Pflügen übernehme ich."

Er lächelte und stupste mit dem Fuß gegen die Pflugschar.

„Den Teil hier müssen Se tief in die Erde kriegen", sagte er. „Sonst ham Se nix gemacht als'n kleinen Spaziergang."

„Ich weiß."

„Schätze, Se kriegen ihn allein nach Hause, oder?"

„Ja."

„Was pflanzen Se denn so?"

„Rüben, Kürbis, Salat und Bohnen." Die Melde erwähnte ich lieber nicht, denn ich wusste selbst nicht so genau, was es war.

„Und kein Mais? Ich kann mich doch erinnern, dass Emma den gern isst."

„Der Mais ist schon in der Erde."

„Ah, also der Mais vorm Salat", sinnierte George grinsend. „Na, das is' doch mal was Neues."

Vielleicht hätte Julia den Grund für seine Erheiterung verstanden, aber mir war ziemlich egal, was er dachte. Ich wollte nur so schnell wie möglich weg von seiner Farm und ihm nicht mehr zuhören müssen. Der Pflug war nicht größer als ein Fahrrad, also hob ich ihn einfach mit einer Hand hoch und ging in Richtung Scheunentür.

„Komm Robert! Wir müssen wieder nach Hause."

„Der Junge kann ruhig noch bleiben", sagte George zu mir.

„Er wird zu Hause gebraucht."

„Na, so wie's aussieht, glaub' ich das auch."

Mit seinem Blick verspottete Hammond mich. Ich wusste es, aber ich hatte im Augenblick keinen Sinn und auch nicht die Geduld dafür. Ich war nicht ein solcher Idiot, dass ich mich von ihm lächerlich machen lassen musste. Ich rief noch einmal nach Robert und ging los.

Robert kletterte die Heubodenleiter zur Hälfte hinunter und sprang den Rest, gefolgt von Willi, Klein-Harry und noch zwei dünnen Jungen, die Franky und Kirk sein mussten.

„Können wir angeln gehen?", fragte einer der Jungen.

„Erst macht ihr eure Arbeit", sagte George zu ihnen. „Und dann bringt gefälligst genug zum Abendessen mit, damit es sich auch lohnt, dass ihr loszieht."

„Kann ich mich am Teich mit ihnen treffen?", fragte Robert mich.

„Später", antwortete ich. „Zuerst gibt es noch viel anderes zu tun."

Wir verabschiedeten uns und gingen in Richtung Wald, gefolgt von den beiden kleinsten Hammond-Jungen. Schließlich drehte ich mich um und sie versteckten sich im Gebüsch. „Geht wieder nach Hause", befahl ich. „Ihr seid zu klein, um allein hier herumzustromern."

„Nee, sind wir nich", meldete sich Harry zu Wort. „Ich bin schon fünf und Bert is schon fast drei."

„Geht zurück zu eurer Mama", sagte ich kopfschüttelnd zu ihnen.

„Aber Mama hat gesagt, wir sollen draußen spiel'n. Wir woll'n in euer Haus."

„Heute nicht", sagte ich so streng ich konnte. „Ein andermal erlaubt euer Vater es euch bestimmt und dann kann euch einer von euren großen Brüdern herbringen."

„Na gut." In der Stimme des kleinen Jungen, der sich für alt genug hielt, um zu tun, was er wollte, war deutlich die Enttäuschung zu erkennen. Sie kamen beide aus dem Gebüsch und ich konnte sehen, dass Bert seinen Daumen im Mund hatte.

„Geht jetzt nach Hause", sagte ich ihnen noch einmal. Und ohne ein weiteres Wort machten sie kehrt und gingen davon.

„Es wäre schön, auch so viele Brüder zu haben", sagte Robert.

„Manchmal bestimmt", bestätigte ich.

„Kann ich nächste Woche mit Willi zur Schule gehen?"

„Wir werden mit deiner Mutter darüber reden, aber ich denke schon, dass sie das für eine gute Idee hält."

„Im Frühling gehen sie nicht immer", erklärte Robert. „Nicht, wenn auf der Farm viel zu tun ist. Und im Winter auch nicht, wenn das Wetter schlecht wird, und auch nicht in der Ernte, dann müssen sie nämlich ihrem Papa helfen."

„Klingt ja ganz so, als wären sie nicht allzu oft in der Schule. Das ist nicht gut, Robert."

„Wenn ich erst einmal den Weg kenne, dann kann ich ja auch ohne sie gehen."

„Ich nehme mal an, das wirst du auch müssen."

Eine Weile gingen wir schweigend nebeneinanderher und

dann blickte Robert mit einem so ernsten Blick zu mir auf, dass ich fast stehen geblieben wäre.

„Emma braucht so einen Stuhl mit Rädern. Erinnerst du dich noch an Mr Heddesy? Der hat auch so einen."

„Ja, ich erinnere mich." Ich setzte den Pflug ab und überlegte. Das würde Emma wirklich sehr helfen. Aber wahrscheinlich kostet so etwas viel Geld. Mr Heddesy war der Präsident einer großen Bank in Harrisburg. Seine ganze Familie war reich und konnte ihm problemlos alles kaufen, was er brauchte. Aber das konnten wir nicht.

„Es kann doch eigentlich nicht so schwer sein, oder?", fragte er mich. „Ich meine, so was selbst zu bauen. Das könntest du doch Papa, oder?"

Seine Frage verblüffte mich sehr. „Das weiß ich nicht, mein Junge. Da müsste ich bestimmt erst mal etwas länger tüfteln."

„Aber du hast doch gesagt, dass du eine Schaukel für die Veranda hinbekommen würdest. So ein Stuhl müsste doch nur etwas kleiner sein und Räder haben. Ich würde dir auch helfen."

Daran, wie mein Sohn mich ansah, erkannte ich, wie dringlich ihm dieses Anliegen war, und ich staunte über sein Vertrauen in mich und seine Hoffnung für Emma.

„Lass mich ein Weilchen darüber nachdenken, ja?", sagte ich. „Wir haben hier draußen nicht so viel Material, womit wir arbeiten können."

„Sie braucht ihn aber wirklich, Papa. Ich möchte auch nicht draußen herumkriechen müssen."

Ich seufzte. „Ich werde es versuchen, ja? Ich habe noch nie so etwas gemacht, also rede noch mit niemandem darüber. Ich fände es schrecklich, sie enttäuschen zu müssen."

„In Ordnung, Papa."

Zufrieden mit meiner Antwort ging Robert jetzt weiter und ich folgte ihm mit dem Pflug in der Hand und noch einer weiteren Last auf dem Herzen.

Julia war gerade dabei Essen zu machen, als wir zurückkamen. Irgendetwas roch gut, aber ich hatte keine Ahnung, was es war.

Emma saß am Tisch und holte Topflappen und handgezogene

Kerzen aus einer Kiste. Sarah saß auf dem Boden und wiegte ihre Lumpenpuppe Bess in einem Tischtuch.

„Emma hat mir gesagt, wo ich es hinter der Scheune finde", sagte Julia, als ob das für mich einen Sinn ergeben würde. Ich nahm an, dass es bedeutete, wir würden irgendwelches Grünzeug essen, aber mir war ziemlich egal, was es war oder wo sie es gefunden hatte. Ich umarmte sie und war froh, dass sie kurz den Herd verließ, um mich zu begrüßen.

„Setz dich", wies sie mich an. „Wir können sofort essen. War es weit?"

„Nein." Und das meinte ich auch wirklich. Wenn ich müde aussah, dann wegen der Last von George Hammonds Verachtung und der Herausforderung, die Roberts Bitte für mich darstellte. Es gab so viele verschiedene Möglichkeiten, hier zu versagen.

„Hat er den Pflug herausgerückt?", erkundigte sich Emma.

„Ja, das hat er."

„Und hat er sonst noch was gesagt?"

„Äh, nein, eigentlich nicht. Außer, dass seine Frau Julia gern kennen lernen möchte."

„Das kann ich mir vorstellen. Mag gern reden, das Mädchen. Und außerdem liebt sie meine Erdbeeren. Sie wird bestimmt schon bald eines von den Kindern herschicken, um herausfinden, wie lange es noch dauert, bis sie reif sind."

Julia drehte sich um. „Sie werden gerade rot. Ist das ein Problem?"

„Das nehme ich nicht an. Schätze, sie brauchen alles, was sie kriegen können. Aber seit ich weg bin, ist sie es gewohnt, gleich alle zu bekommen."

Ich schaute hinüber zu Julia und konnte kaum stillsitzen, denn mir war in Bezug auf unsere Nachbarn jetzt noch unbehaglicher zu Mute als vorher. Emma hatte gesagt, dass George Hammond das Feld bestellen durfte – sie wären darauf angewiesen. Daran bestand wirklich kein Zweifel. Aber trotzdem gehörte das Feld Emma. Und plötzlich hatte ich das Gefühl, ich müsste sie beschützen.

„Geben sie Ihnen denn irgendetwas für die Nutzung Ihres Ackers?"

Julia sah mich erschrocken an, aber Emma lachte nur und

sagte klipp und klar: „Meine Abmachung mit Hammond geht nur uns beide etwas an. Ich glaube nicht, dass Sie sich zur Zeit um diese Angelegenheit kümmern müssen."

Ich nickte und wollte eigentlich nichts mehr dazu sagen. Aber so leicht ließ Emma mich nicht davonkommen.

„Eigentlich sind sie anständige Leute", sagte sie. „Aber sie haben nur sich selbst im Blick und können noch nicht mal was dafür. Sie versuchen irgendwie über die Runden zu kommen und alle satt zu werden, genauso wie Sie auch."

Als Julia begann den Tisch zu decken, nahm ich meinen Ellenbogen aus dem Weg und hatte den heftigen Wunsch, mich einfach unsichtbar machen zu können. „Vergeben Sie mir bitte, Mrs Graham."

Emma überraschte mich, als sie statt zu antworten meine Hand tätschelte. „Da machen Sie sich mal keine Gedanken. Ich weiß, dass George im Augenblick bestimmt nicht gerade begeistert ist von mir. Wahrscheinlich denkt er genau wie Hazel, dass ich verrückt bin, wieder auf die Farm zurückzukommen. Vielleicht hat er auch einfach Angst, weil er nicht weiß, was ich vorhabe und was dann aus ihm wird. Aber er wird sich bestimmt noch besinnen und am Ende werden Sie noch Freunde, warten Sie's nur ab."

„Und wird Miss Hazel auch noch ihre Meinung ändern?", erkundigte sich Julia schüchtern.

„Sie wird herkommen, um zu schnüffeln", sagte Emma lächelnd. „Sie wird schon bald rauskommen und versuchen mich vor irgendwas zu retten. Aber wegen ihr braucht man sich wirklich keine Gedanken zu machen. Hunde, die bellen, beißen nicht. Und ich tue sowie immer das, was ich will. Gerade das macht sie wild wie 'ne Hornisse."

Ich hatte gar nicht mitbekommen, dass in den Einkochgläsern, die Rita McPiery mitgeschickt hatte, noch etwas anderes war als grüne Bohnen und Pfirsiche, aber Julia hatte eingekochtes Schweinefleisch mit Knödeln gemacht, das Beste, was ich seit Wochen gegessen hatte. Wir hatten Bohnen dazu und den Rest der Pfirsiche, die Julia für Mr Norse geöffnet hatte. Das war eine echte Mahlzeit, aber ich hatte es eilig, fertig zu werden und mich wieder an die Arbeit zu machen.

„Es wird spät“, sagte Emma zu mir. „Sind Sie nicht Stadtleute? Ich dachte, die wären es nicht gewohnt, nach dem Abendessen noch zu arbeiten.“

Julia lächelte über diesen Gedanken, aber ich antwortete: „Wenn noch Arbeit zu tun ist, dann erledige ich sie lieber gleich. Ich möchte gerne pflügen, solange es noch hell ist, damit wir morgen die ersten Dinge pflanzen können.“

Natürlich hielt Emma das für eine großartige Idee und sie wollte unbedingt mithelfen, auch wenn sie nicht selbst das Pflügen übernehmen konnte. Also half ich ihr hinaus in den Garten und Robert holte einen Stuhl für sie. Sie saß kerzengerade darauf und schaute mir glücklich dabei zu, wie ich hin und her ging und dabei den schweren Pflug durch den Boden schob.

„Den Pflug haben wir schon ziemlich lange“, erzählte Emma mir. „Und ich habe ihn immer gut in Schuss gehalten. Aber es sieht ganz so aus, als hätte George ihn ein, zwei Mal draußen im Regen stehen gelassen. Dafür werde ich mich nicht gerade bei ihm bedanken.“

Ich sagte nichts dazu, denn ich würde nicht schon wieder den Fehler machen, meine Nase in Dinge zu stecken, die mich nichts angingen.

„Hatten Sie früher auch einen Garten?“, fragte sie.

„Julia schon. Sie hat auch ein paar Sachen in unserem Garten in Harrisburg gepflanzt.“

„Sie ist eine feine Frau. Es ist ein Segen, dass Sie sie haben.“

„Ja, da haben Sie wirklich Recht.“

Ich wendete und schob weiter. Den Pflug zu schieben war gar nicht so schlimm, aber es war trotzdem schwerer, als es bei dem Tomatenbauern in Harrisburg ausgesehen hatte.

Der Abend war sehr warm und das machte die ganze Sache nicht einfacher. Nach einer Weile hielt ich inne, um mein Taschentuch herauszuziehen und mir das störende Schweißrinnsal abzuwischen, das sich an meiner Nasenwurzel gebildet hatte.

Genau in dem Augenblick holte Emma tief Luft und blickte zu mir auf.

„Für Julia ist es aber ebenso ein Segen, dass sie Sie hat, Samuel.“

Ich blieb einen Augenblick lang stehen. Es war ziemlich lange her, dass ich es gewagt hatte, Julia für reich beschenkt zu halten, und schon gar durch mich. Ich nickte Emma halbherzig zu. „Ich bin ganz sicher, Julia wäre so anständig, Ihnen da zuzustimmen."

„Nun hören Sie mir aber mal gut zu, Sam Wortham."

Ganz und gar überrascht über ihre plötzlich energische Stimme drehte ich mich zu ihr um.

„Aber natürlich sind Sie ein Geschenk und ein Segen. Ich sehe doch ganz genau, dass es so ist, wie sie gesagt hat! Sie können schwer arbeiten, wenn Sie die Chance bekommen, und mehr kann unser guter Herr ja auch wirklich nicht verlangen! Sie können sich für die schweren Zeiten nicht selbst die Schuld geben! Er wird die Arbeit Ihrer Hände segnen, ja, das wird er ganz bestimmt!"

Ich schüttelte den Kopf. „Dann wird er heute Abend Ihren Garten segnen."

„Das soll mir nur recht sein", sagte sie. „Und Ihnen sollte es ebenso recht sein." Ihr Lächeln war vage. Sie war eine, die wusste, wovon sie sprach. Und ich sollte zuhören. Ich sollte zuhören und lernen. „Immer eine Sache zu ihrer Zeit", fuhr sie fort. „Wenn Sie hier in den kleinen Dingen treu sind, dann wird er Ihnen mehr geben. Vertrauen Sie ihm einfach."

„Manchmal ist das gar nicht so einfach", gestand ich.

„Na ja, wenn es das wäre, dann nehme ich an, wäre es nicht viel wert."

Wir schwiegen wieder und ich pflügte weiter, hielt nur inne, um einen großen Stein an den Rand des Gartens zu wuchten. Natürlich versuchte sie mir Mut zu machen. Das verstand ich, aber ich wusste nicht so genau, ob es eine Hilfe für mich war. Emma war wirklich ein Segen für uns, ich konnte auch nicht leugnen, dass wir, wenn wir sie nicht kennen gelernt hätten, wahrscheinlich jetzt bei Dewey wären, dort länger bleiben müssten, als wir wirklich willkommen waren, und fieberhaft überlegen würden, wohin wir sonst noch gehen könnten. Das bedeutete, dass es Emmas Glaube oder vielleicht auch Julias war, der uns an den Ort gebracht hatte, an dem wir jetzt waren, aber ganz sicher nicht meiner.

Emma dachte wieder nach, und als sie dann etwas sagte, kam

es wie aus heiterem Himmel. „Sie haben einen Bruder, der im Gefängnis sitzt. Was hat er getan?“

Ich war völlig überrumpelt. Julia musste es ihr erzählt haben, obwohl ich mir nicht vorstellen konnte, weshalb. „Er hat ein Haus ausgeraubt, während die Leute, die dort wohnten, nicht da waren.“

Sie studierte mich jetzt mit wirklich fragendem Blick. „Haben Sie schon jemals was gestohlen?“

Ich musste unwillkürlich lächeln. Ich konnte es ihr nicht verübeln, dass sie, was mich betraf, ganz sicher sein wollte. Und sie hatte ein Recht auf eine Antwort.

„Nein, noch nie“, antwortete ich. „Ich nehme an, ich habe einfach zu oft mitbekommen, wie mein Bruder dabei erwischt worden ist, sodass ich zu viel Angst hatte. Sonst gab es damals aber eigentlich nichts, was mich daran gehindert hätte. Bis ich den Herrn so gut kennen gelernt hatte, dass es mir nicht mehr egal war.“

Sie saß einfach da und nickte und plötzlich fühlte ich mich wie ein kleines Kind.

„Wann haben Sie ihn denn kennen gelernt?“, fragte sie.

„Ich war fast zwanzig und war mit Julia befreundet. Ich wollte sie sofort heiraten.“

„Und dann sind Sie Christ geworden, damit sie Sie nimmt?“

„Vielleicht eher, damit ich mich selbst nehme. Der Gedanke, dass ich ein so süßes kleines Ding berühren könnte.“ Dieses Eingeständnis ließ mich innehalten und ich schüttelte den Kopf. „Ich sollte nicht so reden. Es war noch mehr damit verbunden. Natürlich wollte Julia, dass ich Jesus lieb habe. Aber für mich ist es lebendig geworden, verstehen Sie, wie ich das meine? Ich hatte schon zuvor von Jesus gehört, aber da war es immer nur eine Geschichte gewesen.“

Emma nickte und lächelte und zumindest dieser Teil unserer Unterhaltung schien ihr wirklich zu gefallen. „Ich weiß genau, was Sie meinen. Als ich ein kleines Mädchen war, hat mir meine Mama immer Geschichten erzählt, und genau das war es eben auch – einfach nur Geschichten. Bis der alte Herman Taft mit dem Finger auf mich zeigte und sagte, dass Jesus sein Blut auch für *mich* vergossen hätte. Ach, ich wurde innerlich ganz zittrig, so wirklich wurde es plötzlich für mich.“

Ich lächelte und fragte mich, ob Herman Taft wohl der Prediger gewesen war. Und dabei fragte ich mich dann auch gleich, wie Emmas Gemeinde wohl sein mochte und die Leute dort. Sie mussten entweder sehr hingebungsvoll sein oder halb verrückt, dass sie sich in einem moderigen alten Farmteich untertauchen ließen. Emma war doch eigentlich eine ganz vernünftige Frau und ich konnte mir wirklich nicht vorstellen, wie sie in eine so ekelhafte Brühe stieg. Ob sie wohl ihre guten Sonntagssachen dabei trugen?

„Kommen Sie am Sonntag mit zur Kirche?", fragte Emma, als hätte sie meine Gedanken erraten. „Sie werden Sie und Ihre Familie da bestimmt mögen, das weiß ich jetzt schon."

Ich war eigentlich gar nicht so versessen darauf, zur Kirche zu gehen und Emmas Freunde kennen zu lernen. Nicht, weil sie vielleicht so ganz anders waren in ihrer Art, sondern wegen dem, was sie von mir denken könnten. Ich schüttelte den Kopf.

„Die Kinder, ja, die werden sie mögen", sagte ich zu ihr. „Und Julia gefällt ihnen bestimmt auch. Aber mich wollen sie wahrscheinlich gar nicht dort haben. Es gibt sicher Leute da, die mich wertlos finden und die außerdem glauben, dass ich Sie nur ausnutze und mir Ihren Besitz unter den Nagel reißen will."

„Ach was! Ich werde ihnen schon die Meinung sagen, wenn es sein muss. Es gibt nicht viele, die so viel zu klatschen und zu tratschen haben wie Hazel Sharpe, aber Gott liebt auch sie! Die meisten von ihnen sind die nettesten Leute, die Sie sich nur denken können."

„Wie die Hammonds?", fragte ich mit hochgezogener Augenbraue.

„Sie sind eben, wie sie sind. Genau auch wie Charlie Hunter. Und das ist wirklich ein feiner Kerl."

Ich pflügte weiter und es dauerte gar nicht lange, da half ich Emma mit ihren beiden Stöcken wieder ins Haus zurück. Julia hatte etwas gemacht, das sie „Muckefuck" nannte, aus irgendwelchen Wurzeln, die sie unten bei der Straße gefunden hatte. Emma trank ihren ganz aus, während ich dasaß und zusah, wie sich die beiden unterhielten, als wären sie schon jahrelang beste Freundinnen. Ich trank ebenfalls meinen Muckefuck aus, erzählte den Kindern noch eine Geschichte und ging dann wieder nach draußen.

Es war schon dunkel, aber der Vollmond schien hell. Ich ging zur Scheune hinüber und fragte den Herrn, wieso ich mich immer noch so fehl am Platz fühlte. Irgendwo in der Nähe hörte ich eine Eule rufen und ich glaubte, etwas Kleines, Flinkes in der Scheune Schutz suchen zu sehen, diesmal keine Maus. Ich folgte dem Etwas hinein, obwohl ich nicht wusste, was ich tun sollte, wenn ich es fand. *Gibt es hier Stachelschweine? Oder Stinktiere?*

Das Mondlicht schien so hell zum Scheunentor hinein, dass ich genug sehen konnte, aber ich konnte nichts entdecken, das dasaß und auf mich wartete. Ich konnte es irgendwo im Heu rascheln hören, aber es zeigte sich nicht. *Na gut*, dachte ich, *auf dem Land muss es doch unendlich viel Getier geben, das herumläuft und auf das keiner achtet. Das hier schadet doch keinem.*

Ich ging durch die Scheune und fragte mich wieder, wie ich bloß die Aufgabe angehen sollte, sie wieder instand zu setzen. Die Westseite stehen lassen, hatte Emma gesagt, und den Rest neu bauen. Ich ging durch bis zur anderen Seite und stoppte vor dem alten Farmwagen. Er war nicht annähernd so groß wie der von George Hammond und die Räder gingen mir nur bis zur Mitte des Oberschenkels. Sie waren aus Metall, ziemlich leicht, aber unheimlich stabil. Ich hatte keine Ahnung, wie zwei davon hatten zerbrechen können.

Ich wollte gerade die Scheune wieder verlassen, als mir urplötzlich eine Idee kam, bei der ich innerlich ganz aufgeregt wurde. Ich drehte mich ganz langsam wieder um und bekam beinah Angst vor dem, was ich dachte. Robert war ein gutes Kind, aber ich war davon ausgegangen, dass ich ihm würde sagen müssen, es sei einfach unmöglich, ihm seinen Wunsch zu erfüllen. Doch es gab eine Möglichkeit und die stand hier direkt vor mir.

Ich hockte mich ins Heu, um einen Blick auf die Radachse zu werfen, aber natürlich konnte ich sie nicht richtig sehen, weil es dazu viel zu dunkel war.

Das brachte mich zum Nachdenken. An einem solchen Projekt wollte ich nicht bei Tageslicht arbeiten. Es war besser, wenn die anderen erst einmal noch nichts davon erfuhren. Auf jeden Fall nicht Emma und auch Robert nicht, obwohl er mir so gern dabei helfen wollte. Es wäre besser, wenn ich erst sicher war, dass es machbar war, bevor ich ihm Hoffnungen machte.

Ich musste irgendwann eine der Petroleumlampen unauffällig herausbringen. Zuerst einmal musste ich von dem ganzen Ding eine Zeichnung zu Papier bringen. Und vielleicht würde ich es Julia sagen müssen. Sie würde mir bestimmt irgendwann hinterherkommen, wenn ich jeden Abend in die Scheune ging.

Gott, bitte hilf mir, begann ich zu beten. *Zeige mir, wie ich es bewerkstelligen kann und gib mir das nötige Können dazu.* Ein Rollstuhl. Eine Möglichkeit, auch Emma zu beschenken und für sie zum Segen zu werden. Eine Möglichkeit, ihr etwas zurückzugeben. *Danke für Robert, Gott. Danke für den kaputten alten Wagen. Und danke für Rita McPierys alte Verandaschaukel oder wodurch auch immer die Idee entstanden war.*

19

Julia

Emma hatte gesagt, es wären gute Legehennen, und sie hatte Recht. Schon früh am nächsten Morgen lagen die ersten beiden Eier da und sie sagte, manchmal könnten wir sogar mit vier rechnen. Aber schon bald würden wir eine der Hennen die Eier ausbrüten lassen. Ich konnte es kaum erwarten. Acht oder zehn piepsende Küken würden ein anständiger Anfang sein, um viele Eier und später auch Hähnchen zu bekommen.

Ich gab den Hühnern einen Teil des Futters, das Rita uns mitgegeben hatte, und plauderte ein paar Minuten freundlich mit ihnen, bevor ich wieder ins Haus zurückging. Ich fragte Emma sogar, ob die Hühner Namen hätten. Es schien mir, dass etwas so Wichtiges eigentlich einen Namen haben musste.

Ich trug unsere beiden Eier wie einen Schatz ins Haus und zeigte sie Emma. Die war schon mit den ersten Sonnenstrahlen aufgestanden und fragte mich, ob ich Willards alte Hosen gefunden hätte.

„Ich mache mich gerade wieder für die Gartenarbeit fertig“, sagte sie, „und in Hosen ist es einfacher herumzukriechen als in meinem Kleid.“

Sie zog eine alte blaue Arbeitshose an, die ich ihr von oben holte, und setze sich dann an den Tisch, um noch ein wenig von meinem Muckefuck zu genießen. Sie nickte beifällig über die beiden Eier.

„Geben Sie die doch den Kindern“, sagte sie. „Ist bestimmt 'ne ganze Weile her, dass sie gute Eier gegessen haben, oder?“

Ich nickte.

„Wissen Sie, wie man Butterkekse macht?“

„Ja, das weiß ich.“

Emma lächelte mich an. „Das wäre doch schön zum Frühstück mit noch ein paar von Ritas Pfirsichen. Wenn Sie wollen, können Sie mir die Schüssel geben, dann rühre ich den Teig. Jetzt dauert es nicht mehr lange, bis wir frische Erdbeeren haben. Können Sie sie nicht auch schon beinahe schmecken?“

Ich drehte mich um, um noch ein paar Holzscheite aufs Herdfeuer zu legen und dachte dabei an all die vielen Gerichte, die ich nicht zubereiten konnte, weil wir keinen Sirup, kein Fett, keine Milch und auch sonst nur sehr wenig Zutaten hatten.

„Emma, macht es Ihnen denn gar nichts aus“, wagte ich zu fragen, „dass wir hier so gut wie gar nichts haben?“

„Sie brauchen sich wirklich keine Sorgen zu machen, Kindchen. Der gute Herr sorgt schon für alles. Nicht mehr lange und wir werden selbst ernten. Sie werden sehen.“

Ich griff nach Mehl, Backpulver und der Rührschüssel. „Es wäre ein guter Tag, um Robert zum Angeln zu schicken.“

„Noch nicht“, bestimmte sie. „Zuerst muss die Aussaat fertig sein. Da muss die ganze Familie helfen, wissen Sie, dann fühlen sich auch alle für den Garten mit verantwortlich. Danach kann er angeln gehen. Irgendwann möchte ich selbst mal angeln gehen.“

Ich drehte mich um, damit ich sie ansehen konnte, und dachte dabei an das einsame Grab dort oben auf dem Hügel. „Wir können Sie auch heute schon hinbringen, Emma, wenn Sie möchten.“

Sie schüttelte schnell den Kopf. „Nein, nicht heute. Hab' hier mit Ihnen ja jetzt noch erst 'ne Menge zu tun. Machen Sie sich mal keine Gedanken um mich.“

Ich war still, wahrscheinlich zu still, und machte mich wieder ans Kochen. Hinter mir seufzte Emma.

„Es ist nur, dass ich noch nicht so weit bin, zu Willard da rauszugehen“, sagte sie mit Trauer in der Stimme. „Ich möchte Sie alle erst ein bisschen besser kennen lernen, bevor ich wieder anfange, vor Ihnen zu heulen.“

„Ach Emma!“, ich wirbelte herum und nahm ihre Hand. „Machen Sie sich doch darüber keine Gedanken! Das ist doch das Natürlichste von der Welt! Wir bringen Sie noch heute hin.“

„Nein.“ Sie straffte ihre Schultern und setzte sich ein bisschen aufrechter hin. „Heute noch nicht! Ich muss erst mal an den Garten denken. Und noch so vieles mehr, bis hier wieder alles in Ordnung ist. Wo ist eigentlich Ihr Mann?“

„Er ist zur Scheune hinübergegangen.“

„Er muss für mich im Garten noch nach dem hinteren Zaun sehen. Aber erst muss er uns ein Hühnergehege um den Hühnerstall herum bauen, damit die Hühner ihren Auslauf haben. Ich würde sie ja gerne frei laufen lassen wie früher, aber dann ist es so schwierig, die Eier zu finden. Außerdem muss nachts etwas zwischen ihnen und den Füchsen sein.“

Ich gab das abgewogene Mehl in die Rührschüssel und fügte Salz und einen Löffel Backpulver hinzu. *Es wäre wirklich schön, ein bisschen Fett zum Kochen zu haben*, dachte ich. *Und eine Milchkuh.*

„Wissen Sie, was wir auch noch hier brauchen?“, fragte Emma plötzlich. „Milch für die Kinder, die brauchen wir. Ich muss mal mit George Hammond reden! Er weiß ja inzwischen ganz genau, dass wir hier sind! Eigentlich hätte er schon gestern Abend rüberkommen müssen, denn er weiß ja, dass er mir verpflichtet ist.“

Ich sah überrascht zu ihr hinüber. „Verpflichtet? Uns Milch zu geben? Warum sollte er das tun?“

„Das sollte er auf jeden Fall wissen, mein Kind! Ich hab’ ihm meine Guernsey-Kühe überlassen, als ich hier weggegangen bin, obwohl er mir damals keinen Cent dafür geben konnte. Ich hab ihm gesagt, dass wir irgendwann später abrechnen und dass die Tiere bis dahin weiter mir gehören.“

Ich legte meinen Löffel ab und versuchte mich daran zu erinnern, ob Hammond erwähnt hatte, dass er auch Kühe hatte. „Vielleicht hat er sie ja verkauft.“

„So oder so schuldet er mir dann Geld, oder etwa nicht?“

„Ja, da haben Sie wohl Recht.“

„Aber man kann ja auch nicht zu hart zu ihm sein. Hat schließlich 'ne Familie zu versorgen."

„Aber wenn er Ihnen doch gesagt hat, er würde bezahlen ..."

„Dann müsste er uns doch wenigstens ein bisschen Milch überlassen, wenn er sie immer noch hat", folgerte Emma ganz richtig.

Ich wandte mich wieder meinem Kochen zu, ohne noch etwas zu sagen. Das war eine Sache zwischen den Hammonds und Emma. Aber es sah ganz so aus, als ob es für George Hammond schon früher schwierig gewesen sein musste, Emma etwas zu geben, und wenn es nur eine Erklärung war. Sam hatte gesagt, George sei nicht besonders glücklich darüber gewesen, den Pflug wieder hergeben zu müssen. Ob er noch mehr Sachen von Emma hatte? War das der Grund, weshalb er uns nicht hier haben wollte? Weil er dann zur Rechenschaft gezogen werden würde? Bestimmt hatte Emma das gemeint, als sie am Vorabend gesagt hatte, er hätte vielleicht Angst.

Ich stellte die Schüssel vor Emma und schöpfte etwas Wasser aus dem Eimer, um die Eier darin zu kochen. Emma rührte den Keksteig und verteilte ihn auf dem Backblech.

„Das klebt bestimmt fest wie Zecken auf einem Hunderücken, was?", kicherte sie. „Heute können wir es noch abkratzen, aber wir brauchen auf jeden Fall möglichst bald Schweinefett. Vielleicht würde es Samuel ja nichts ausmachen, am kommenden Montag in der Stadt ein paar Lebensmittel zu besorgen. Ein paar Dollar habe ich noch."

„Ach Emma, wir sind Ihnen schon viel zu viel schuldig."

„Ich habe nie gesagt, dass Sie mir nichts schulden. Außerdem kochen Sie doch für mich. Da bin ich eben so fair, die Dinge, die ich gekocht haben möchte, auch dazuhaben, oder?"

Ich drehte mich wieder zu ihr um und schüttelte den Kopf. „Es ist so freundlich von Ihnen, dass Sie so nette Dinge für uns tun. Und dass Sie Mr Hammond davonkommen lassen, ohne dass er Ihnen je etwas bezahlt hat. Kein Wunder, dass die Leute glauben, wir würden Sie ausnutzen. Sie würden Ihr letztes Hemd für andere hergeben, nicht wahr?"

„Sie stellen das hier jetzt am besten erst mal in den Ofen", sagte Emma und reichte mir das Blech. „Wären Sie wohl so lieb, noch eine Kanne von dem Muckefuck zu machen?"

Eine Stunde später waren wir alle wieder draußen. Sam und ich hatten jeder eine Hacke und zogen Furchen in den gelockerten und vorbereiteten Boden. Emma und die Kinder streuten Saat in Reihen, wobei sie mit dem Salat anfingen.

„Die Rillen dürfen nicht zu tief werden", sagte sie zu uns. „Und wenn Sie da ganz hinten am anderen Ende angekommen sind, da kommen die Kürbisse hin. Aber dafür brauchen wir auch keine Reihen. Nur sechs oder sieben gute kleine Erdhaufen." Sie blickte zu Sarah auf und lächelte. „Das ist das Schönste auf der Welt, dass ihr mir alle helft."

Ich sah zu, wie sie Sarah zeigte, in welchem Abstand die Saat in den Boden musste. Robert war ihnen ein Stück voraus und hatte es eilig, mit dem Säen fertig zu werden, aber sie rief ihn zu sich.

„Das hier darf man nicht zu schnell machen", ermahnte sie ihn. „Was man auch tut, es ist es wert, richtig und sorgfältig getan zu werden. Komm her, mein Junge."

Robert hockte sich neben ihr hin. „In der Bibel steht, dass alles seine Zeit hat", erzählte sie den Kindern. „Geborenwerden hat seine Zeit. Sterben hat seine Zeit. Pflanzen hat seine Zeit und Herausreißen hat seine Zeit."

„Was reißt man denn heraus?", fragte Sarah.

„Ich nehme an, dass damit Unkraut gemeint ist. Oder vielleicht auch die Erntezeit, in der man den Garten aufräumt und für den Winter herrichtet."

„Was ist denn, wenn man zur falschen Zeit pflanzt?", fragte Robert. „Oder schlampig und zu schnell, so wie ich?"

„Na ja, dann kann der Herr die Arbeit deiner Hände nicht segnen. Alles hat seine Zeit. Daran denke ich immer gerne, wenn ich etwas pflanze. Der gute Herr macht die Dinge auf seine Weise und für uns ist es am besten, wenn wir mit ihm zusammenarbeiten. Zum Beispiel so, wie ihr alle hergekommen seid."

Sie hielt inne, um die Tüte mit Saatbohnen zu öffnen, und Samuel drehte sich zu ihr um, damit er hören konnte, was sie weiter sagte. „So wie ich das sehe, seid ihr in Pennsylvania genau zur richtigen Zeit rausgerissen worden. Und dann hat er euch direkt den ganzen Weg hierher geschickt, um euch hier wieder einzupflanzen." Sie schaute zu mir auf, drehte sich wieder um und drückte Sarah an sich. „Deine Leute sehen vielleicht noch nicht das Tageslicht", sagte sie. „Aber schon bald bilden sie Wurzeln und stecken ihre Köpfe ein ganz kleines bisschen heraus. Genau wie die Bohnen das machen."

Robert schmollte. „Aber wir haben schon vor ein paar Tagen Mais gelegt und der guckt noch kein bisschen heraus. Meinst du, wir haben was falsch gemacht?"

„Das dauert ein wenig, mein Kind, das ist alles." Sie reichte ihm eine Hand voll Samen und ließ ihn eine neue Reihe anfangen.

„Sind wir jetzt wirklich hier eingepflanzt?", fragte Sarah sie. „So wie Samenkörner?"

„Ja, fast genauso. Und das hat auch Gott getan. Er hat euch genau da hingestellt, wo ihr hingehört, damit ihr mir noch Gesellschaft leistet, bevor ich sterbe."

„Du stirbst?" Sarah klang besorgt über diesen Gedanken und ich musste innehalten und tief Luft holen. Samuel blickte zu Boden in seine Furche.

„Da bin ich ziemlich sicher, mein Kind", sagte sie. „Aber darüber braucht man sich keine Sorgen zu machen. Ich werde hier ausgerissen und an einem viel schöneren Ort wieder eingepflanzt, das ist alles."

„Wann denn?", erkundigte sich Sarah mit weit aufgerissenen Augen.

Emma wollte gerade anfangen zu antworten, als wir im Wäldchen ein Rascheln hörten und Stimmen. Emma hob den Kopf, sah zu mir herüber. „Haben Sie das gehört?"

„Ja, es kommt jemand", sagte ich und benannte damit noch einmal das Offensichtliche. „Wahrscheinlich ein paar von den Hammond-Jungs. Die wollen bestimmt mit Robert angeln gehen. Er ist schon den ganzen Morgen ganz kribbelig."

„Nein, das meine ich nicht", erklärte Emma. „Die Jungen kommen, das stimmt, aber ich glaube, dass George eine Kuh mitgeschickt hat!"

Dann hörte ich es auch, klar und deutlich zwischen den Bäumen. Ein tiefes Muuuh, fast wie ein Protest, so als hätte das Tier etwas dagegen, dort entlanggezerrt zu werden.

Emma fing an sich zu erheben, fiel aber zurück in die Erde. „Ich wusste einfach, dass er sich uns gegenüber anständig verhalten würde!", rief sie laut. „Gottlob! Vielleicht ist es ja die olle Rosie."

Wir schauten alle in Richtung der Bäume, wo Willi Hammond und sein großer Bruder mit einer Kuh herauskamen, die sie an einem Strick führten. Robert rannte ihnen entgegen und Sarah sprang aufgeregt auf. Aber Emma saß einfach nur da und starrte das Tier an. Sie schüttelte den Kopf. „Welche ist es?"

Samuel sah erst mich an und dann wieder die Kuh. Ich nahm seine Hand und wartete, dass die Hammonds näher kämen. Als sie ganz nah waren, sah ich die Enttäuschung in Emmas Gesicht. George Hammond hatte ihre Kuh abmagern und ganz dürr werden lassen.

„Bringt sie gleich hier rüber!", rief sie den Jungen zu. Dann wandte sie sich an Samuel. „Helfen Sie mir bitte auf. Helfen Sie mir auf!"

Samuel hob sie hoch, während ich ihre Stöcke vom Steinweg aufsammelte. Sie stand da in Willards Hosen, ein Hosenbein bis zum Knie aufgerollt, die würdevollste Persönlichkeit, die ich seit einer Ewigkeit gesehen hatte. Als die Jungen so nah herangekommen waren, dass sie sie sehen konnten, lächelte sie.

„Lula Bell. Was für ein Geschenk! Die war noch ein Kälbchen, als ich sie zum letzten Mal gesehen habe. Inzwischen ist eine richtige Dame aus ihr geworden."

„Papa hat gesagt, wir sollen sie Ihnen wiederbringen", sagte Willy. Der ältere Junge sah die ganze Zeit nur zu Boden.

„Also dann sagt eurem Vater mal, dass es wirklich zu schade ist, dass er heute Morgen nicht selbst kommen konnte", antwortete Emma. „Es wäre bestimmt schön, mal wieder mit ihm zu reden. Und mit eurer Mama auch. Aber ich würde ja bis Mitternacht brauchen, wenn ich durch den Wald da müsste."

„Mama kann auch nicht rüberkommen, weil das Baby jeden Augenblick kommen kann", sagte der ältere Junge.

„Das weiß ich, Joey", antwortete Emma. „Aber richtest du es ihnen bitte trotzdem aus?"

„Ja, das mache ich."

Aber Willy sah besorgt aus. „Heißt das, dass Sie nicht zur Geburt rüberkommen, so wie bei Rorey und Harry und Bert?"

Emma schüttelte den Kopf. „Ich bin bei allen da gewesen außer bei Sam. Aber wenn euer Pa nicht mit dem Wagen kommt und mich holt, dann werde ich dieses Baby wohl verpassen, mein Junge. Ich bin nicht mehr so gut zu Fuß. Aber sie hat ja auch schon so viel Erfahrung."

Ich schaute sie überrascht an. *Sie hilft den Nachbarn auch bei den Geburten?*

„Ich hol Sie ab", verkündete Joey voller Überzeugung. „Is besser, wenn Sie dabei sind."

„Aber frag lieber erst deinen Vater, ob es ihm auch recht ist", ermahnte Emma ihn. „Dann komme ich natürlich gerne."

Joey Hammond beugte sich vor, nahm seinem jüngeren Bruder den Strick aus der Hand und reichte ihn Emma. Aber uns andere, die wir alle auch dastanden, beachtete er nicht. „Dann geh'n wir wohl lieber mal wieder", sagte er mit ruhiger, ernster Stimme.

Emma tätschelte der Kuh die Nase. „Gibt sie Milch?"

Die Hammond-Jungen nickten beide.

„Habt ihr auch noch die anderen?"

„Noch zwei", gab Willy zu. „Sie werden auch gemolken, aber Rosie ist die Beste."

„Habt ihr die anderen verkauft?", fragte Emma wieder.

„An Jeth Mitchell, vor ein paar Jahren."

„Halt den Mund, Will", sagte der ältere Junge. „Ich hab dir doch gesagt, dass wir jetzt nach Hause müssen."

Emma blickte zu Joey auf und nickte. „Geht ihr nur. Sagt eurem Vater, dass wir zu schätzen wissen, dass er uns Lula Bell geschickt hat. Und grüßt eure Mutter."

„Ja, machen wir." Der größere Hammond packte seinen Bruder an der Schulter und drehte ihn mit Schwung in Richtung des Wäldchens. Willy drehte sich noch einmal gerade so weit um, dass er Robert zuwinken konnte. Dann gingen die beiden zusammen weg.

Samuel sagte nichts, aber ich konnte nicht so locker sein. Ich nahm Emmas Hand. „Aber das können Sie ihnen doch nicht einfach so durchgehen lassen."

„Nun, mein Kind", sagte sie, „er hat mir eine Kuh geschickt."

Aber innerlich war ich aufgebracht. „*Ihre* Kuh, Emma! Und er hat noch zwei mehr! Und ein paar hat er sogar einfach ohne Ihr

Wissen verkauft. Sie dürfen sich von ihm nicht dermaßen betrügen lassen!"

Emma schüttelte den Kopf und lächelte mich an: „Dafür hat er ihnen aber auch die ganze Zeit Futter gegeben. Und er braucht da drüben ganz sicher eine gute Milchkuh. Er wusste, dass es seine Pflicht war einzusehen, dass sie mir gehören. Aber er muss doch auch an seine Kinder denken, oder?"

„Aber das entschuldigt doch nicht, dass er es Ihnen nie gesagt hat und Ihnen nie auch nur einen Cent bezahlt hat."

„Lula Bell ist zu nah an meinen Erdbeeren. Samuel, würden Sie sie bitte rüber zur Scheune bringen, wo das Gras fett ist, und sie da anbinden? Ach du liebe Zeit, jetzt müssen wir uns aber schleunigst um den Zaun dort kümmern."

Sam nahm den Strick und stand einen Augenblick lang einfach da und betrachtete die Kuh. Lula Bell war groß, auch wenn sie mager war, und ich wusste, wie hilflos Sam sich fühlen musste, weil ihm die Kuh so nahe kam. Aber er zog kurz an dem Strick und sie gingen ohne Probleme zusammen zur Scheune. Ich beobachtete, wie Samuel sie an einem Pfahl festband und dann einen Satz machte, als die Kuh ihm mit ihrer Nase an die Schulter stupste.

„Vor heute Abend wird sie keine Milch geben", sagte Emma mir. „Sie müssen ihr etwas Klee pflücken und ihn rüberbringen."

„Sie meinen also, dass sie heute Morgen schon gemolken worden ist?"

„Ja, das kann man am Euter sehen. Aber, Julia, vielleicht haben sie die Milch einfach gebraucht."

Ich sagte dazu nichts, aber innerlich schäumte ich. Ich wollte jedoch auch nicht wegen unseres egoistischen Nachbarn in die Luft gehen, wo es doch einzig Emmas Angelegenheit war und nicht meine. Aber es war mir schrecklich, dass George Hammond sie dermaßen betrog, sie nach Strich und Faden ausnutzte und genau das uns zum Vorwurf machte. Ich begann mich zu fragen, was Samuel Emma wohl zuvor gefragt haben mochte. Ob sie etwas für den Acker bezahlt hatten? Oder hatte sie ihnen den auch einfach so überlassen, weil es so viele Hammond-Mäuler zu stopfen gab?

Es kam mir verrückt vor, dass es mich so aufregte, denn

schließlich schenkte sie uns ja auch reichlich. Aber irgendwie war das etwas anderes, und das war sogar Emma klar.

Es fiel mir schwer, die Gedanken an die Hammonds abzuschütteln, aber wir mussten uns wieder an die Aussaat machen.

„Der Salat muss ungefähr einen Zentimeter tief gesät werden", erinnerte uns Emma. „Die Rüben ein bisschen tiefer. Wir wollen ja nicht, dass sich die Keimlinge so schrecklich anstrengen müssen, um ans Licht zu kommen, wissen Sie?"

„Was ist denn eigentlich Melde?", fragte Robert und las das handgeschriebene Etikett auf dem Umschlag mit der Saat.

„Ein Blattgemüse. Hat Ähnlichkeit mit Spinat. Manche Leute sagen es schmeckt wie Spargel, aber da kenne ich mich nicht aus. Hab noch nie im Leben Spargel gegessen."

Sarah war zum Erdbeerbeet hinübergeschlendert und suchte zwischen den Blättern nach einer Kröte. „Schau mal, Mama!", rief sie plötzlich. „Eine rote!"

„Pflück sie noch nicht", warnte ich sie. „Lass sie erst ganz bis zur Spitze rot werden."

Aber es war schon zu spät, denn sie hatte die Frucht bereits in der Hand. „Die ist aber wirklich schon überall rot, Mama. Guck doch mal!"

Ich ging zu ihr hin und stellte erfreut fest, dass sie wirklich unsere erste reife Erdbeere entdeckt hatte. Als ich mich noch ein wenig weiter umschaute, fand ich noch vier reife Früchte mehr.

Emma war entzückt. „In ein paar Tagen können wir bestimmt schon eine ganze Schüssel voll ernten! Das ganze Beet wird rot sein. Was für ein Fest!"

Ich reichte ihr die Erdbeeren, die ich gepflückt hatte. Sarah hatte ihre schon gegessen. Emma gab Robert eine und aß dann den Rest selbst, wobei sie den ersten Geschmack offensichtlich genoss.

„Wir müssen jetzt wirklich aufpassen, dass sich hier jetzt nicht Vögel auf dem Beet niederlassen und alles wegpicken", ermahnte sie uns.

„Und sagt mir sofort Bescheid, wenn Wilametta ihre Kinder schickt, um welche zu holen. Ich gebe ihnen eine Schüssel oder auch zwei, aber dieses Jahr pflücken sie mir nicht alles restlos weg."

Ich merkte, wie ich innerlich wieder in Wallung geriet, als sie die Hammonds erwähnte. *Bitte, Herr, hilf mir,* betete ich. *Das ist doch keine Art, in guter Nachbarschaft zu leben.*

„Komm mal her, Sarah." Robert kniete plötzlich auf der Erde und sah etwa einen Meter von ihm entfernt auf die Graskante.

Sarah wusste nicht, ob sie ihm trauen sollte. „Wieso denn?"

„Komm einfach her. Aber nicht so schnell, sonst erschreckst du sie."

Sarah sprang zu ihm hin. „Wer denn? Wen soll ich nicht erschrecken? Zeig's mir!"

„Genau da, du Dummchen. Da bei den kleinen gelben Blumen. Siehst du sie denn nicht?"

Sarah rannte direkt zu den Blumen und Emma lachte, als eine dicke Kröte und ein kleines Mädchen gleichzeitig einen Riesensatz machten, weil sie sich gegenseitig erschreckt hatten.

„Sie läuft weg!", weinte Sarah enttäuscht.

„Sie wird nicht weit weghüpfen", sagte Emma. „Sie weiß, wo der Garten ist. Es dauert bestimmt nicht lange, dann sitzt sie unter den Kürbisblättern und frisst die kleinen Käfer dort. Jedenfalls hoffe ich, dass sie das tut."

Emma hörte auf zu reden und starrte plötzlich in das Grün zu Sarahs Füßen. Dabei sah sie so zufrieden aus wie nur etwas. „Ach, schaut doch mal da! Julia, schauen Sie doch mal da nach, wo die Kröte hingehüpft ist, ob das, was da im Gras sprießt, Senf ist! Ich hatte mir vor Jahren mal etwas Saat besorgt, aber ich hatte nicht damit gerechnet, dass davon inzwischen noch etwas übrig sein könnte."

Es war wirklich eine Senfpflanze, soweit ich es beurteilen konnte, und ich staunte nicht schlecht darüber, dass eine Frau, die keinen Faden mehr einfädeln konnte, es zwischen all dem Unkraut erkannt hatte.

„Eignet sich gut für Salat", erklärte sie mir. „Schade, dass es sich nicht überall von selbst ausgesät hat. Graben Sie sie doch bitte aus und pflanzen Sie sie an dieses Ende der Rübenreihe. Hol mir doch bitte mal eine Schüssel Wasser, Robert. Sie wachsen viel besser an, wenn man sie gleich wässert."

Lula Bell muhte laut und machte einen Satz. Sie stand einfach da, schaute zu uns herüber und käute eifrig wieder. Ich dachte ans Melken und fragte mich, ob Emma wohl früher beim Melken eine Stütze benutzt hatte. Ich konnte mich nicht erinnern, in der Scheune eine gesehen zu haben. Vielleicht war sie mit ihren Kühen stets so gut zurechtgekommen, dass sie beim Melken immer stillgestanden hatten. Ich hoffte, das würde auch bei mir so funktionieren.

Ich ging die Pflanzkelle holen, um Emmas Senfpflanze umzupflanzen, dachte dabei aber weiter über die Kuh nach. *Bitte gib, Herr, dass Lula Bell viel Milch gibt*, betete ich. *Wir brauchen sie, ganz besonders für Sarah.*

Ich schaute mich im Garten um und entdeckte schließlich etwas Klee. Es war roter Klee, das erkannte ich, obwohl er noch nicht blühte. *Ich tue lieber, was Emma sagt, und pflück etwas davon für die Kuh, gleich wenn ich den Senf umgepflanzt habe.*

Es gab noch zwei kleine Senfpflanzen mehr, da wo die Saat einfach ins Gras gefallen sein musste, und ich pflanzte sie alle drei nebeneinander ans Ende der Rübenreihe, so wie Emma es mir aufgetragen hatte. Es war wirklich ein Geschenk, schon etwas zu haben, das eine richtige Pflanze war und über der Erde wuchs. Das weckte in mir den Wunsch nach Tomaten, Kohl und Erbsen. *Und Kartoffeln. Oh, wenn wir doch viele Kartoffeln hätten. Herr, dann wäre alles gut und wir kämen bestimmt zurecht.*

Emma saß noch auf den Knien und drückte die Erde auf den Rüben- und den Salatreihen an. Als Nächstes machten wir uns an die Stangenbohnen und die Melde und dann häufelten wir die Hügel für den Kürbis an, direkt neben den Reihen, wo wir schon zuvor den Mais gelegt hatten. Ich fühlte mich richtig reich, als ich so den Boden betrachtete und wusste, dass es geschafft war. Ein Garten war eine Verheißung Gottes, rein und einfach. Ein bisschen Arbeit und man erntete. Genau so, wie es sein sollte.

„So, Robert und Sarah", sagte Emma. „Eure Aufgabe wird es sein, mir den Sommer über dabei zu helfen, das Unkraut zu bändigen. Eure Eltern haben genug anderes zu tun."

Ich lächelte über ihren Gesichtsausdruck. Sarah fand es offensichtlich großartig, für groß genug gehalten zu werden, um eine so wichtige Aufgabe mit zu übernehmen. Robert dagegen machte sich gar nicht die Mühe, sein Missfallen über diese Idee zu verbergen. Allerdings war er wenigstens so klug, sich nicht lautstark zu beschweren. Er stand auf, klopfte sich den Dreck von seinen Jeans und maulte mich an. „Kann ich jetzt endlich angeln gehen?"

„Nach dem Essen."

Sam steckte Stöcke in den Boden, um die Reihen zu markieren und die Stellen, wo Kürbisse wachsen würden. Während ich unser Werkzeug zusammensuchte und die leeren Samentüten einsammelte, flatterte die braune Papiertüte, in der die Umschläge gewesen waren, im Wind davon. Ich drehte mich zur Scheune hin und sah gerade noch aus dem Augenwinkel, wie sich etwas Kleines mit einem grauen Fell hineinschlich.

„Hast du das gesehen?", fragte Robert.

„Ja, habe ich. Und ich glaube, es war eine Katze."

„Eine Katze?", piepste Sarah dazwischen. „Wo denn?"

„In der Scheune. Vielleicht. Wenn es wirklich eine war. Aber ihr bleibt erst mal da weg. Wenn das ihr Platz ist, dann wird sie sich mit der Zeit an uns gewöhnen. Wahrscheinlich ist sie jetzt aber noch halb wild, mein Schatz. Vielleicht kratzt sie."

„Das wäre gut, wenn es eine Katze wäre", fügte Emma noch hinzu. „Sie halten die Mäuse in Schach." Sie schaute hinüber zu der Kuh, die träge ihren Schwanz hin und her schwenkte. „Wir sollten ihnen etwas schicken, wissen Sie, als Dankeschön für ihre Großzügigkeit."

Ich wirbelte herum und erwartete beinah, dass Emma mir sagte, sie habe nur einen Scherz gemacht. Aber das war offensichtlich nicht der Fall. Sie meinte es völlig ernst.

„Ich weiß, Sie finden, dass er nicht fair gewesen ist", fügte sie noch hinzu. „Aber Lula Bell ist besser als gar keine Kuh, das müssen sie doch zugeben, und er hätte nicht so weit zu gehen brauchen. Der gute Herr möchte, dass wir freundlich sind, auch wenn es uns nicht gleich in den Sinn kommt."

„Also gut", lenkte ich ein, war jedoch immer noch böse. „Aber was könnten wir ihnen denn geben?"

„Darüber muss ich noch nachdenken. Im Augenblick ist es nicht so einfach, ihnen einen Topf voll irgendetwas zu kochen, der groß genug ist, um die ganze Horde satt zu bekommen."

Mit Mühe richtete sie sich ein wenig auf, sodass sie unsicher kniete und fing an, den Dreck von Willards Hose abzuklopfen. Sam war im Nu bei ihr, um ihr aufzuhelfen.

„Bringen Sie mich bitte auf die Veranda", sagte sie zu ihm. „Wünschte, ich hätte immer noch meine Schaukel da."

„Sie hatten eine Verandaschaukel?", fragte Sarah und wandte ihre Aufmerksamkeit von der Scheune fort zum Haus. Im Nu hatte sie die Haken entdeckt, die immer noch in der Verandadecke steckten. „Wir können doch eine besorgen", verkündete sie. „Und dann machen wir die wieder genau da hin, nicht, Papa?"

Sam sah mich an und dann Robert, der plötzlich wieder lächelte. „Es wird eine Weile dauern", sagte er zu den Kindern. „Aber ich glaube, ich kann eine bauen. Wenn wir Zeit dazu haben, in Ordnung?"

„Jaaa!", jubelte Sarah in den höchsten Tönen.

„Sie erweisen sich ja wirklich als praktische Begabung", bemerkte Emma. „Wenn Sie das tatsächlich hinbekommen, dann werde ich in der ganzen Gegend mit Ihnen angeben."

Wir holten für Emma einen Sessel auf die Veranda heraus und sammelten dann Klee für die Kuh. Sam ging an der Kuh und der Scheune vorbei zu der Stelle, wo der Zaun nicht in Ordnung war und ich machte mich auf den Weg, um Kräuter zu sammeln und Blumen zu pflücken.

„Gibt es schon wieder Grünzeug, Mama?", fragte Robert unwillig.

„Wir müssen irgendwie über die Runden kommen, Robert", antwortete ich ihm.

Er maulte und ließ sich auf die Verandatreppe plumpsen. „Weißt du, was ich jetzt gerne essen würde? Hähnchen!"

„Robert John! Wir können keins von den Hühnern schlachten, bevor wir nicht mehr davon haben! Wir würden unsere Zukunft gefährden, um es heute gut zu haben."

Emma nickte. „Deine Mama hat Sinn und Verstand. Sie macht es wirklich gut und wir haben nicht das Recht, uns zu beklagen. Komm mal her, mein Junge."

Robert drehte sich zu ihr um und sah sie finster an. „Ich hasse es, arm zu sein", sagte er. „Ich möchte Brot aus dem Laden kaufen können und Marmelade und Roastbeef und so'n Zeugs."

„Also die Zeiten werden auch noch kommen", sagte sie. „Wird vielleicht noch ein Weilchen dauern, aber wir können doch jetzt schon mal ein bisschen davon träumen. Stell dir mal vor – wir lassen eines der Hühner eine Kükenschar ausbrüten. Dann noch eine, und dann dauert es gar nicht lange, bis wir eine gute Schar haben. Dann haben wir jeden Tag viele Eier. Und wenn es kalt wird, können wir gebratene Hühnchen essen, bis wir platzen. Aber jetzt ist die Zeit für Grünzeug. Davon kriegst du dafür im Winter nicht viel.

„Darauf freue ich mich schon."

„Aber vielleicht fehlt es dir dann auch, wenn der Schnee hoch liegt und du wünschtest, deine Mutter könnte rausgehen und etwas wilden Salat suchen."

Ich blickte zu ihr auf. „Es gibt hier auch wilden Salat?"

„Früher gab es den jedenfalls. Jetzt habe ich noch keinen gesehen." Dann lächelte sie mir zu. „Sie lieben es, draußen zu sein und Kräuter zu sammeln, nicht wahr, Julia?"

„Wenn es nur zum Spaß wäre, dann ja."

„Aber es macht doch Spaß. Es gibt doch keinen Grund, weshalb wir hier keinen Spaß haben sollten. Der gute Herr hat ganz sicher nichts dagegen. Robert, hol doch mal für dich und deine Schwester eine Schüssel. Der Erste, der sie mit essbarem Grünzeug gefüllt hat, kriegt zehn Cent von mir."

„Ein echtes Zehn-Cent-Stück?" Roberts Augen strahlten und er sprang auf, um in die Küche zu rennen und Schüsseln zu holen.

„Das ist aber wirklich nicht nötig", sagte ich zu Emma. „Sie sollten fürs Helfen kein Geld bekommen."

„Das ist doch nur ein Spiel", erklärte sie. „Und ich habe für beide ein Zehn-Cent-Stück. Sie können ja dann mitkommen, wenn Sam zum Laden geht, und das Geld ausgeben, wofür sie wollen. Natürlich nur, wenn Sie es erlauben. Sie sollten nicht das Gefühl haben, arm zu sein, auch wenn sie es sind."

Ich schüttelte den Kopf. „Aber Sie können nicht jedes Mal Geld verteilen, nur weil die Kinder sich beklagen. Ich möchte nicht einmal, dass Sie Ihr Geld ..."

„Julia, mein Schatz. Sehen Sie sonst noch Kinder in meinem Garten herumlaufen? Oder noch jemanden außer Ihrem Samuel da ganz hinten?"

„Nein."

„Ich habe meinen einzigen Sohn verloren, aber es fällt mir nicht schwer mir vorzustellen, Sie vier wären meine Familie.

Dass ich endlich ein paar Enkelkinder habe. Und einen Sohn und eine Tochter."

Ich konnte sehen, wie sich ihre Augen mit Tränen füllten, und auch in mir stiegen Tränen hoch, genau in dem Augenblick, als Robert wieder aus dem Haus gestürmt kam, mit einer Schüssel in jeder Hand.

„Im Augenblick habe ich keinen Mangel an Zehn-Cent-Stücken", fuhr Emma fort. „Ich wünschte, Sie würden mich einfach ein wenig träumen lassen."

Dazu konnte ich nichts mehr sagen. Also nickte ich ihr nur zu und sammelte weiter Kräuter. Und schon bald rannten Robert und Sarah ebenfalls im Garten umher und sammelten. An diesem Mittag hatten wir einen großen Teller voller Grünzeug und die Kinder aßen mehr davon als sonst.

Nach dem Mittagessen suchte ich unsere Sonntagssachen heraus. Das waren Kleidungsstücke, die noch etwas besser waren als das, was wir bei der Arbeit trugen. Sarahs bestes Kleid musste ein bisschen geflickt werden und meins war völlig zerknittert. Beide Hosen, die Robert besaß, waren an den Knien abgescheuert, aber bei der einen war es noch nicht ganz so schlimm wie bei der anderen. Ich konnte ganz einfach einen Flicken darauf setzen. Und Samuel hatte ein gutes Hemd, das aber ebenfalls ein Bügeleisen dringend nötig hatte.

Ich durchsuchte die Kisten, bis ich das Bügeleisen fand, von dem Emma behauptete, sie wisse ganz genau, dass es irgendwo sein müsse. Dann stellte ich es auf den Herd zum Aufheizen, während ich das Geschirr fertig spülte. Emma saß mit Nadel und Faden da und flickte Sarahs Kleid, während ich die anderen Kleidungsstücke auf dem abgeräumten Tisch ausbreitete, um sie zu bügeln.

Ich war mit unseren Sachen bereits fertig und wollte gerade ein mattgrünes Kleid von Emma bügeln, als es unten an der Straße hupte.

Ich schüttelte den Kopf. „Das ist bestimmt jemand, der vorbeigefahren ist und aus Versehen auf die Hupe gedrückt hat."

„Die biegen bestimmt zu uns ab“, erklärte Emma und legte ihre Näharbeit beiseite, um aus dem Fenster zu schauen.

Und wirklich, ein Lastwagen, der mir irgendwie bekannt vorkam, fuhr auf unseren Hof. Ich sah einen großen Mann aussteigen und erkannte Barrett Post, mit einer zugedeckten Pfanne in der Hand.

Sarah begrüßte ihn als Erste und er schickte sie noch einmal zum Wagen, um etwas zu holen, das mit einem Tuch zugedeckt war. Ich rannte auf die Veranda hinaus, um ihn hereinzubitten.

„Louise dachte, dass Sie vielleicht Lust hätten, ’n bisschen Einweihung zu feiern“, sagte er und sah dabei an mir vorbei. „Toll, dass Sie Emma schon hergeholt haben.“

„Barrett“, sagte Emma, ganz offensichtlich hocherfreut. „Komm doch her und setz dich.“

Ich nahm ihm den Topf ab und zog einen Stuhl in Emmas Nähe. „Schön, dich zu sehen, Emma. Und du bist ganz sicher, dass es dir hier draußen wirklich gut geht?“

„Warum sollte es nicht? Wenn man Heimweh hat, dann muss man entweder was dagegen unternehmen oder es so lassen, bis man stirbt.“

Ich warf einen kleinen Blick in den Topf und entdeckte darin ein bratfertiges und sogar schon gewürztes Huhn, das nur noch in den Ofen geschoben zu werden brauchte. Robert würde völlig aus dem Häuschen sein.

Sarah kam mit dem anderen Bündel auf mich zugerannt. „Ich glaube, da ist Maisbrot drin, Mama!“

Mr Post lachte. „Das ist alles von Louise. Lassen Sie es sich heute Abend schmecken. Und es ist nicht nötig, dass Sie sich irgendwie revanchieren. Das soll nur eine kleine Eingewöhnungshilfe sein.“ Dann wandte er sich ohne zu zögern noch einmal an Emma. „Sie behandeln dich doch gut, oder?“

„Besser könnte es gar nicht sein“, erklärte sie. „Du hättest nur sehen sollen, wie gut sie heute Morgen meinen Garten bestellt haben.“

Ich wollte die beiden alten Freunde nicht stören, also ging ich mit Sarah nach draußen, gerade in dem Augenblick, als Sam von der Scheune zum Haus herüberkam.

„Wer ist es?“

„Mr Post, erinnerst du dich? Das ist der Mann, der uns nach *Belle Rive* mitgenommen hat. Aber geh noch nicht hinein. Ich glaube, er möchte sich gern eine Weile mit Emma allein unterhalten."

„Er ist doch nicht böse wegen uns, oder?"

„Das scheint nicht so zu sein. Hat uns ein Hühnchen und Maisbrot gebracht."

„Wieder ein Wunder", sagte er sarkastisch.

„Es ist ein Geschenk von Gott, Sammy", sagte ich mit Nachdruck. „Wie sieht es denn mit dem Zaun aus?"

„Der ist ziemlich hinüber. Ich fange am besten schon heute Nachmittag an, ihn so gut es geht zu reparieren, damit die Kuh eine richtige Weide hat. Aber es wird wohl eine Weile dauern, bis er wieder ganz in Ordnung ist. Gut, dass wir hier einen Stapel Bauholz haben, das ich dazu benutzen kann."

Er schaute quer über den Hof zum Hühnerstall und ging dann in Richtung des Schuppens. „Emma hat gesagt, dass sie erst ihren Hühnerauslauf in Ordnung gebracht haben möchte. Weißt du, wie sie es haben will?"

„Ja, eigentlich schon."

Er holte die alte Rolle Hühnerdraht aus dem Schuppen und ich freute mich darüber, dass er anscheinend wirklich gern und mit Schwung alles in Ordnung bringen wollte. Zusammen mit Sarah, die ihm unbedingt helfen wollte, trug er den Draht zum Hühnerstall, wo ein Teil des Zaunes noch stand, der direkt an der Rückwand befestigt war.

„Wir brauchen hier mindestens einen Pfosten, um den Draht zu befestigen", sagte ich zu ihm, „und dann können wir ihn zu der anderen Ecke vom Hühnerstall spannen."

Ich hörte ein wenig Gegacker und dann das entschlossene Krähen des Hahns, also nahm ich an, sie wollten ins Freie und hinaus in die Sonne. Mr Norse hatte einen Stein gegen die hölzerne Klappe gestellt, die sich an der Rückwand des Stalls in Bodennähe befand. Schon bald würde die Klappe in das Gehege führen, aber wenn wir die Hühner jetzt herausließen, dann würde es wahrscheinlich ziemlich lange dauern, sie später alle wieder einzufangen.

Samuel hatte bereits den Draht an einer Wand des Hühnerstalls befestigt und grub jetzt ein Loch für den Pfahl, als Mr Post aus dem Haus kam und nach uns suchte. „Nanu, was ist denn das? Die meisten Leute unterbrechen doch wenigstens kurz ihre Arbeit, wenn sie Besuch bekommen."

Sam sah von seiner Arbeit auf und nickte ihm zu. „Wir dachten, Sie wären Emmas Besuch."

„Sie mag Sie. Es gibt keine Klagen. Das bringt Ihnen auch bei mir Punkte ein."

„Kann ich Ihnen etwas zu trinken anbieten, Mr Post?", fragte ich schnell und erinnerte mich erst jetzt, dass ich ihn vorhin gar nicht gefragt hatte.

„Nein, vielen Dank." Er sah immer noch Sam an und der war immer noch mit Graben beschäftigt. Sarah kam ein bisschen näher zu mir und setzte sich dann einfach auf den Boden, um zuzuschauen und zuzuhören.

„Was wollen Sie denn mit der Kuh machen?", fragte Mr Post.

Sam schaute in die besagte Richtung, von wo Lula Bell uns immer noch zufrieden wiederkäuend beobachtete. „Emma hat gesagt, dass sie erst mal da bleiben kann, solange sie genug Gras in Reichweite hat. Ich werde sie dann irgendwann auf die andere Seite der Scheune bringen. Es wird sicher ein Weilchen dauern, bis ich den Zaun repariert habe. Da ist aber auch eine gute Box in der Scheune, in die wir sie nachts stellen können."

Mr Post sah nach hinten zur Weide. „Das wird bestimmt ein ziemliches Stück Arbeit, Willards alten Zaun zu reparieren", pflichtete er Sam bei.

„Darüber haben wir beim Mittagessen gesprochen", sagte Sam zu ihm. „Ich fange damit an, sobald ich hier fertig bin. Aber heute werde ich wohl nicht so weit kommen."

„Können Sie vielleicht ein bisschen Hilfe dabei gebrauchen?"

Sam hielt beim Graben inne und blickte überrascht auf.

„Ich habe eine Guernsey-Färse für Emma, wenn Sie mich und meinen Jungen am Montagmorgen kommen und Ihnen helfen lassen."

Sammy senkte den Pfosten tiefer in die Erde und stand dann einfach nur kopfschüttelnd da. „Warum?", fragte er. „Warum wollen Sie das tun?"

„Weil es getan werden muss. Sie braucht doch eine richtige Weide für Ihre Kühe. Haben Sie überhaupt schon mal Zäune gezogen?"

„Nein."

„Wenn Sie das alleine machen, dauert es wirklich lang. Ich möchte Emma helfen und sie möchte, dass hier wieder alles in Ordnung ist, bevor sie von uns geht."

Ich zitterte, als er erwähnte, dass Emma von uns gehen würde. *Nein, Herr*, betete ich. *Noch viele, viele Jahre nicht. Wir brauchen sie gesund und lebendig und genau hier, damit sie uns bei der Instandsetzung anleitet.*

„Es ist wirklich schön, das Sie Emma helfen wollen", sagte Sam. „Aber ich wäre Ihnen etwas schuldig, weil Sie damit ja auch mir helfen. Ich müsste Ihren Gefallen wieder gutmachen, aber ich weiß nicht, ob ich das überhaupt kann. Besonders was die Kuh angeht."

Mr Post schien zu verstehen, was Sam meinte.

„Die Kuh ist für Emma und was Sie angeht, ich brauche über kurz oder lang auch Hilfe bei meinem Dach. Dann wären wir quitt."

Sam lächelte. „Sie würden mir Ihr Dach anvertrauen?"

„Haben Sie schon mal mit Schindeln gedeckt?"

„Ja, das schon."

„Nun, das ist dann ja schon mal ein Plus. Das muss ich Ihnen also nicht erst beibringen." Er streckte seine Hand aus und Sam ergriff sie. „Sie kommen doch morgen alle zum Sonntagsessen zu uns, ja? Soll ich Sie abholen?"

„Charlie Hunter nimmt uns mit zur Kirche."

Er schmollte. „Ich hätte wissen müssen, dass Emma eine Möglichkeit findet, um hinzukommen." Mr Post schüttelte den Kopf und sah uns an. „Lassen Sie sich hinterher bei uns absetzen, ja? Louise kann es gar nicht erwarten, Sie bei uns zu haben." Er beugte sich hinunter, um Sarah über den Kopf zu streicheln. „Gibt es hier nicht irgendwo auch noch einen etwas größeren Burschen?"

Sam nickte. „Der ist angeln."

„Gut. Er sollte auch lieber gehen, solange er noch Zeit dazu hat. Ich habe Elvira schon von ihm erzählt. Sie möchte gern, dass er rüberkommt. Fängt er nächste Woche mit der Schule an?"

„Ja, so hatten wir es geplant", sagte Sam. „Vielleicht müssen Sie uns helfen, das Schulhaus zu finden. Ich würde ihn mit den

Hammond-Kindern schicken, aber ich weiß gar nicht, ob die überhaupt gehen."

„Das weiß man nie so genau. Da haben Sie Recht. Sie haben ihre Arbeit auf der Farm zu erledigen." Mr Post streichelte Sarah noch einmal über den Kopf und ging wieder ins Haus zurück, um noch ein bisschen mit Emma zu plaudern, bevor er wieder fuhr.

Robert kam mit zwei Fischen vom Teich zurück. Wir grillten sie und das Huhn und die Kinder fühlten sich bei dem guten Essen an diesem Abend wie die Fürsten. Aber Sam war still, sogar noch stiller als sonst. Vielleicht war er einfach überwältigt von der plötzlichen Freundschaft und dem unglaublich großzügigen Angebot. Eine weitere Kuh für Emma und außerdem Hilfe beim Zaunbau.

Emma strahlte während des gesamten Abendessens und summte danach vor sich hin, als sie einen Knopf an ihrem besten Pullover festnähte. Es fühlte sich gut an, sie glücklich zu machen, ihren Freunden zu gefallen und darin den Segen Gottes zu erkennen. Wenn Sam sich erst einmal an den Gedanken gewöhnt hatte, konnte ich mir gut vorstellen, dass es uns hier richtig gut gehen würde. Aber ich konnte nicht vergessen, was Barrett Post darüber gesagt hatte, dass Emma von uns gehen würde. Der Gedanke nagte an mir, während sie vor sich hin summte. *Sie möchte, dass alles in Ordnung ist. Bevor sie von uns geht. Bevor sie diese Welt und uns verlässt. Herr, bitte hab Erbarmen.*

20

Samuel

Als ich an diesem Abend noch spät auf dem Hof war, dachte ich an Kühe und Hühner und Zäune und Freunde und hätte um ein Haar geweint. „Das ist einfach zu viel, Herr", sagte ich. „Ich habe von Kühen nicht die geringste Ahnung und von all dem anderen hier auf der Farm auch nicht."

Julia hatte versucht, Lula Bell zu melken, dabei aber kaum

einen Liter herausbekommen. Das war besser als nichts und allemal mehr als genug, um die Kinder zufrieden zu stellen. Wir konnten wirklich dankbar sein.

Aber ich musste mich mit der Zukunft befassen und dabei als Erstes mit unserem Kirchgang am nächsten Morgen. Barrett Post schien es nichts auszumachen, dass ich von allem keine Ahnung hatte, aber es würde andere geben, die das sehr wohl stören würde. Sie würden sich aufregen wie Hazel Sharpe und alles tun, um uns zur Vernunft zu bringen.

Der Gedanke an die Kirche in der kleinen Stadt bereitete mir so großes Unbehagen, dass ich anfing mir zu überlegen, wie ich mich vielleicht doch noch davor drücken konnte. *Ich könnte zu Hause bleiben und an dem Weidezaun arbeiten oder das Dach von unserem Haus prüfen. Ich könnte als Grund angeben, dass ich arbeiten muss.*

Aber ich wusste, dass weder Emma noch Julia viel von meinen Ausreden halten würden. Emma würde es wahrscheinlich schon nicht billigen, wenn ich am Sonntag überhaupt arbeitete, außer wenn es um das Füttern und Tränken der Tiere ging.

Ich hatte bereits etwas früher eimerweise Wasser für Julia geholt, in dem sie die Kinder baden wollte. Danach hatte sie Emma beim Waschen geholfen und dann sich selbst gebadet und zwar alles in dem großen Waschzuber, den wir mitten auf den Küchenfußboden gestellt hatten. Julia hatte erwartet, dass ich mich mit dem Rest sauberen Wassers waschen würde, das noch da war, es dann hinausschleppen und wegschütten würde, aber ich konnte mich noch nicht dazu aufraffen, hineinzugehen. Das Wasser war inzwischen ohnehin bestimmt kalt, aber das hätte mir gar nichts ausgemacht. Es war mir sogar egal, ob ich am nächsten Tag ungewaschen zum Gottesdienst gehen würde. Es würde ohnehin nichts ändern.

Hazel Sharpe würde da sein und jeden wissen lassen, was für ein Gauner ich sei; dass ich so dreist sei, Emmas Milch und Eier für meine Kinder abzuzweigen und dass ich Emma benutzen wolle, um mir von ihren Freunden Hilfe und Unterstützung zu erschleichen.

Ich lehnte also am Apfelbaum und hörte die Eule rufen, die wieder herausgekommen war, als ich wahrnahm, wie die Hintertür leise geöffnet wurde und dann wieder zufiel. Im nächsten Augenblick hielt Julia meine Hand. Sie sagte kein Wort, sondern stand nur leise atmend neben mir, ihren Kopf an meine Schulter gelehnt.

„Findest du, dass ich ein Idiot bin, Juli?“

Sie sagte so lange nichts, bis ich mich ihr zuwandte und sie ansah. Im Mondlicht konnte ich Tränen auf ihren Wangen schimmern sehen. Und endlich sprach sie: „Nicht mehr als ich, Sammy, die ich gedacht habe, dass dies hier alles perfekt für uns ist. Was machen wir, wenn Emma etwas zustößt? Ach Sammy, was soll bloß werden, wenn sie stirbt?“

Ich nahm Julia in die Arme und fragte mich, was um alles in der Welt sie so aufgeregt haben mochte. „Also für mich sieht sie noch ziemlich lebendig aus, mein Schatz. Morgens ist sie schon vor uns aus den Federn und möchte sofort in den Garten hinaus.“

„Ach Sammy!“ Ich konnte ihr kaum zuhören, wie sie sich damit abmühte mir zu erzählen, was sie auf dem Herzen hatte. „Sammy, sie sah so blass aus, nachdem sie gebadet hatte. Ich bin noch einmal zu ihr gegangen und habe nach ihr gesehen, als ich mit dem Abwasch fertig war und zuerst wollte sie es mir gar nicht sagen ... aber sie hatte Schmerzen in der Brust. Ich habe ihr ins Bett geholfen und sie ist auch eingeschlafen, aber das macht mir Angst.“

Sie schmiegte sich an mich und ich hielt sie und holte selbst einmal tief Luft.

„Was sollen wir tun, wenn sie eines Tages nicht mehr aufwacht, Sammy? Sie hat mir gesagt, dass ich gar nicht daran denken soll, einen Arzt zu holen. Aber es kommt mir so falsch vor, gar nichts zu tun. Was meinst du, Sammy, was wir tun sollen?“

„Meinst du, sie steht morgen früh auf, um zur Kirche zu gehen, oder sollten wir Charlie Hunter Bescheid sagen, dass er sie lieber nach *Belle Rive* zu dem Arzt bringt, den sie kennt? Würde sie überhaupt gehen?“

„Es könnten sie keine zehn Pferde davon abhalten, morgen zur Kirche zu gehen, das sagt sie doch immer.“

Ich konnte nicht anders, als den Kopf zu schütteln. „Das wäre wirklich wunderbar, nicht wahr?“, rief ich aus. „Wenn wir sie völlig krank mit zur Kirche brächten. Sie werden uns auch so schon genug hassen.“

„Ach Sammy.“

„Tut mir Leid, aber ich glaube, wir machen einen großen Fehler, indem wir mit ihr hier draußen sind. Wir können nicht die Verantwortung für eine alte kranke Frau übernehmen, ohne Auto und alles. Das hätte mir von Anfang an klar sein müssen. Das hier ist eine große Dummheit."

Juli sah erschrocken aus. „Und was willst du jetzt tun?"

„Wenn sie zur Kirche will, gut. Aber danach bringen wir sie wieder nach *Belle Rive* zurück, wo sie Hilfe hat. Und danach packen wir hier alles zusammen und machen uns wieder auf den Weg nach *Mount Vernon*."

Julia schüttelte den Kopf.

„Das hier war eine nette kleine Pause", sagte ich zu ihr. „Aber es funktioniert einfach nicht mit der kranken Emma hier draußen und das weißt du auch."

„Nein", protestierte Julia. „Sie wird niemals noch einmal ihr Zuhause aufgeben. Das hat sie doch ganz klar gesagt, als sie mit uns hier herausgekommen ist! Eher würde sie sterben."

„Und das wäre auch durchaus möglich! Und was würden die Leute dann sagen? Julia, es ist einfach unvernünftig hier zu bleiben!"

„Du hast Barrett Post versprochen, gut zu Emma zu sein, und dieses Versprechen musst du auch halten, Sam! Wir müssen ihr helfen und dürfen sie nicht wieder nach *Belle Rive* zurückbringen!"

„Ich fand es eigentlich ganz schön dort. Oder was ist an *Belle Rive* und Rita McPierys Pension auszusetzen?"

„Dass es nicht das ist, was sie eigentlich will. Und auch nicht das, womit wir uns einverstanden erklärt haben."

Ich wandte mich von ihr ab. War ich an mein Wort gebunden, wie Juli sagte, egal, wie krank die alte Frau wurde? Natürlich wollte sie lieber zu Hause sein, aber was für einen Sinn machte das alles?

Ich ging ins Haus, griff mir den Waschzuber und wuchtete ihn zur Hintertür. Es war doch völlig egal, wie schmutzig ich war. Es würden sowieso alle nur auf Emma schauen. Ich schüttete das schmutzige Wasser auf das Erdbeerbeet und füllte dann einen Eimer, um ihn der Kuh zu bringen. Julia stand immer noch beim Apfelbaum und wunderte sich über mich, wahrscheinlich genauso, wie ich mich über sie wunderte. Wie konnte sie nur so weltfremd sein und wirklich glauben, wir sollten Emma ihren Willen lassen? Sie war es doch gewesen, die beunruhigt über Emmas Zustand aus dem Haus gekommen war. Was hatte sie denn von mir hören wollen?

Als Julia schließlich ins Haus ging, brachte ich es nicht über mich, mit ihr zu gehen. Als Erstes würde sie wieder nach Emma schauen, und da wollte ich ohnehin nicht dabei sein, jedenfalls jetzt nicht, einfach um sicherzugehen, dass ich nicht am Ende etwas sagte, was ich später bereuen würde. Ich blieb noch eine ganze Weile in der Scheune, aber ich schaute nicht einmal nach den Kutschenrädern oder dem Stapel Bretter, den ich durchsehen wollte, um zu sehen, ob etwas dabei war, das ich brauchen und zuschneiden konnte, um Emma daraus einen Rollstuhl zu bauen. Wozu sollte das jetzt noch gut sein?

Träume können einen manchmal zu törichten Entscheidungen verleiten. Sie können einen dumm machen, wenn man es zulässt, blind für die Wahrheit darüber, wie einfach die Dinge sind. Von nichts kommt nichts. Und manchmal kommt eben gar nichts, selbst wenn man alle Hoffnung dieser Welt hat. Und alles Wünschen kann nicht Dinge ändern, die nun einmal so sind, wie sie sind.

21

Julia

In dieser Nacht schlief Sam ebenso wenig wie ich, denn ich hörte ihn ununterbrochen auf und ab gehen. Noch bevor der Hahn krähte und ich die Frösche in der Ferne am Teich quaken hörte und in der Nähe der Tür den Ruf einer Wachtel, stand ich von meinem Lager auf dem Boden auf und schlich hinaus, um nach Emma zu sehen.

Ich war überrascht, sie in ihrem dünnen rosa Hausmantel über den Schultern dasitzend und aus dem Fenster schauend vorzufinden. Sie sah runzelig, winzig und alt aus, aber glücklich. Sie drehte sich um und schaute in meine Richtung.

„Manche Leute werden fast taub, wenn sie alt werden“, sagte sie. „Ich bin so froh, dass ich immer noch gute Ohren habe. Das ist wirklich barmherzig vom Herrn, dass er mir die geschenkt hat, wirklich!“

„Wie geht es Ihnen heute, Emma?“

„Ich bin aufgeregt wie ein kleines Kind, dass ich heute wieder in meine eigene Kirche gehe! Es gibt keinen Ort, an dem ich an einem Sonntagmorgen lieber wäre.“ Einen Moment lang sah sie mich prüfend an und schüttelte dann den Kopf.

„Es ist ein wunderschöner Morgen. Und es wird ein schöner Tag, Kindchen! Sie haben doch nicht etwa gedacht, dass ich ihn im Bett vergeuden würde, oder?“

Ich holte tief Luft. „Ich hatte gehofft, dass Sie das nicht tun würden, aber gestern Abend, als Sie solche Schmerzen hatten, habe ich mir wirklich Sorgen gemacht. Ich wusste nicht so genau, wie es heute wohl werden würde.“

Sie schaute wieder zum Fenster hinaus, hinüber zu der Douglastanne, die am Rand des Wäldchens stand. „Diese Schmerzen, die kommen und gehen“, sagte sie ruhig und klopfte leicht auf den Platz neben sich auf der Bettkante. „Kommen Sie und setzen Sie sich ein bisschen zu mir. Ist Sam schon auf?“

„Ja, aber ich weiß nicht so genau, wohin er gegangen ist. Er hat sich um Sie Sorgen gemacht.“

Etwas zögernd setzte ich mich neben sie, in Gedanken bei dem, was Sam mir am Abend zuvor gesagt hatte. Ich wusste, dass eigentlich er mit ihr hätte reden müssen. Es würde einfach für sie sein, *mich* zu überzeugen, wie wir am besten weitermachen sollten. Aber Sam trug die Last der ganzen Welt auf seinen Schultern und er betrachtete die Dinge ganz anders als ich.

„Ich wollte Sie gestern Abend nicht erschrecken“, sagte Emma ganz ruhig. „Ich nehme an, mich selbst erschreckt es gar nicht mehr so sehr. Es geht mir jetzt auch sowieso schon viel besser.“

„Emma, es gefällt Sam nicht, dass der nächste Arzt so weit weg ist. Er meint, dass es besser wäre, wenn Sie wieder in *Belle Rive* wohnen und wir weiterziehen würden.“

Emma wurde augenblicklich blass. „Wegen den Schmerzen, die ich hatte?"

„Ja." Und jetzt tat es mir beinah schon wieder Leid, dass ich diese Sache überhaupt angesprochen hatte.

„Gehen Sie und holen Sie ihn. Bitte Julia, suchen Sie ihn. Wenn ich Ihnen schon jetzt zur Last falle, dann gehe ich zurück, aber erst will ich ihm sagen, was ich empfinde."

„Oh, Emma!"

„Bitte holen Sie ihn", wiederholte sie noch einmal. „Holen Sie ihn und zwar jetzt sofort. Los, gehen Sie schon."

Ich wusste weder was ich sagen noch was ich tun sollte, außer mit einer Zentnerlast auf dem Herzen aufzustehen und ihn zu suchen, wie sie es mir aufgetragen hatte. *Bitte Herr, tu du jetzt etwas.*

Samuel war weder im Haus noch auf der Veranda. Die Tür von unserem Toilettenhäuschen stand offen, sodass er auch dort nicht sein konnte, und auf dem Hof war ebenfalls nirgends eine Spur von ihm zu sehen, also ging ich hinüber zur Scheune. So seltsam es war, aber dieser Ort war für ihn beinahe so etwas wie eine Zufluchtsstätte geworden, obwohl er kaum etwas Gutes über das alte Gebäude zu sagen hatte.

Die Frösche sangen an diesem Morgen ein richtiges Lied für uns und irgendwo in einem Baum erklang das Lied einer Amsel.

„Sammy?" Das Scheunentor stand sperrangelweit offen und die erste Morgensonne warf ein goldenes Licht auf die alten Strohballen, die dort noch lagerten. *Ach Gott, sogar ein Stück Nichts kann noch schön aussehen, wenn du darin bist.* Ich hörte Lula Bells sanftes Muhen, als ob sie mich von ihrem Stall aus rief, aber ich ging an ihr vorbei und rief noch einmal nach Sammy.

„Ich bin hier oben", antwortete er endlich. „Mach nicht solch einen Lärm."

Ich konnte mir beim besten Willen nicht vorstellen, was Samuel auf den einzigen Teil des Dachbodens getrieben haben mochte, der stabil genug schien, um sein Gewicht zu tragen. Aber ich kletterte die alte Leiter hinauf, froh, dass sie an der Scheunenwand befestigt war und deshalb nicht wanken konnte.

„Samuel, was machst du denn da oben?"

„Pssst", antwortete er. „Sieh doch mal."

Im Stroh lag, keinen Meter von ihm entfernt, zusammengerollt eine grau getigerte Katze, die ihre drei winzigen Jungen säugte. Die Mutter lag mit dem Kopf im Stroh und schaute wegen unserer Anwesenheit ein bisschen unbehaglich drein. Sie schien noch gar nicht groß genug, um selbst ganz ausgewachsen zu sein. Alle drei Kätzchen waren genauso grau wie sie.

„Ach, das wäre was für Sarah. Das würde ihr gefallen, nicht?“, fragte Samuel mich und ich fragte mich, was über ihn gekommen sein mochte.

„Sammy, Emma will mit dir reden. Sie ist in ihrem Zimmer und es scheint ihr besser zu gehen.“

„Das habe ich mir gedacht.“

Er rührte sich nicht.

„Sammy ...“

„Bete mit mir, Julia“, sagte er so leise, dass ich es kaum verstehen konnte. „Ich muss jetzt die richtige Entscheidung treffen.“

Er nahm meine Hände und küsste eine davon so zart, dass ich fast weinen musste. Ich hätte ihm gern gesagt, dass ich ebenso wenig von hier weg wollte wie Emma. Ich würde sofort hier leben und sterben, glücklich mit so einem Leben wie sie es geführt hatte, mit den Kindern, die Spaß an den Kätzchen haben würden, und allem, was Gott uns sonst noch über den Weg schickte.

Aber ich sagte nichts, weil ich wusste, dass dies hier jetzt seine Entscheidung war, genau wie er es gesagt hatte. Wir beteten also zusammen und dann erhob er sich aus dem Heu, klopfte sich die Halme aus den Kleidern und stieg die Leiter hinunter.

„Kommst du wieder mit herein, Julia?“

Ich hatte eigentlich nichts anderes vorgehabt, aber jetzt schüttelte ich den Kopf. Vielleicht war es besser, wenn ich gar nicht in der Nähe war. Vielleicht war ich gar nicht in der Lage, mich aus dem Gespräch herauszuhalten. Sam wusste, was ich dachte und fühlte. Ich brauchte es ihm nicht noch einmal extra zu sagen.

„Ich mache hier besser mit der Arbeit weiter und melke schon mal die Kuh“, sagte ich.

„Und außerdem müssen die Eier eingesammelt werden. Emma hat auch nur nach dir gefragt.“

„Bist du ganz sicher?“

Ich stieg die Leiter hinunter, ohne mich nach ihm umzudrehen. „Natürlich bin ich sicher. Nun mach schon, sie wartet auf dich.“

Er ging, ohne noch etwas zu sagen, und alles, was ich hörte, war wieder die Wachtel und das zarte Maunzen der kleinen Kätzchen oben im Stroh. Dann fing auch noch Lula Bell an zu muhen und ich hätte mich am liebsten hingesetzt und geweint. Genau in dem Augenblick, als alles gut zu werden schien, genau in dem Augenblick, als alles sich zum Besten wendete, sollten wir das hier zurücklassen? *Herr, muss das wirklich so sein?*

22

Samuel

Sie saß auf dem Bett und sah zusammengesunken und grau aus. Ich stand einen Augenblick lang in der Tür und versuchte, meine Gedanken zu ordnen. Ich hoffte, dass sie keine Schmerzen mehr hatte. Gerade wollte ich mich danach erkundigen, obwohl ich nicht so richtig wusste, ob es ihr wohl recht sein würde, wenn ich sie danach fragte, als sie auch schon anfing zu reden, bevor ich etwas sagen konnte.

„Waren Sie wieder draußen in der Scheune?"

„Ja, schon eine ganze Weile." Ich trat einen Schritt vor, aber nicht zu weit.

„Was haben Sie denn da draußen gemacht?"

Ich konnte ja schlecht etwas über die Räder des alten Wagens sagen oder ihr von meinen Rollstuhl-Plänen erzählen. Es schien mir nicht einmal mehr richtig, die Verandaschaukel zu erwähnen. Das wäre einfach zu leichtfertig gewesen. Aber das, was ich dann sagte, schien ebenso kindisch.

„Ich habe das Tier gefunden, das ich schon gestern bemerkt habe. Es war wirklich eine Katze. Sie hat oben auf dem Heuboden Junge bekommen."

„Na, das ist ja mal 'ne Nachricht!" Emmas Miene hellte sich auf. „Genau wie früher! Hatte fast jedes Frühjahr einen Wurf Katzen. Sorgen Sie bloß dafür, dass Ihre Kinder sie zu sehen bekommen, bevor die Katze die Jungen wegschleppt, hören Sie?"

Es war unmöglich, mich schon jetzt mit dieser Frage zu befassen. Ich wollte nicht, dass die beiden die Kätzchen schon sahen. Wollte nicht, dass sie sie ins Herz schlossen.

„Emma ...“

„Nun kommen Sie doch erst mal her und setzen Sie sich, bevor Sie weiterreden.“

Ich schaute hinüber zu dem Sessel in der anderen Ecke des Zimmers und machte einen Schritt in die entsprechende Richtung.

„Hier aufs Bett. Neben mich, bitte. Ich werde Sie schon nicht beißen.“

Dann saß ich neben ihr und fragte mich, ob ihr wohl genauso schwer ums Herz war wie mir. Ich schaute einen Augenblick lang hinunter auf meine abgetragenen alten Schuhe und wartete darauf, dass sie etwas sagte. Und schließlich redete sie auch.

„Wovor haben Sie Angst, Sam Wortham?“

„Wie bitte?“ Ich blickte auf und sah sie irritiert an. Sie musterte mich mit etwas Unergründlichem, Ernstem im Blick.

„Wovor haben Sie Angst? Sie sind ein guter Mann. Ziemlich stark. Aber jeder hat etwas, wovor er Angst hat. Was ist es bei Ihnen?“

Diese Frage hatte ich nicht erwartet und einen Moment lang saß ich einfach da, wusste die Antwort zwar genau, hatte aber keine Ahnung, wie ich sie formulieren sollte.

„Ich nehme an, dass ich Angst um meine Familie habe. Ich habe kein Einkommen und weiß nicht, was morgen wird, geschweige denn in einem halben Jahr, wenn der Winter kommt.“

„Julia hat mir gesagt, dass Sie daran denken, doch lieber weiterzuziehen.“ Ihre Stimme war fest wie ein Fels, aber es lag auch etwas Schmerzliches darin.

„Wir würden dafür sorgen, dass Sie gesund und sicher wieder bei Ihrer Freundin unterkommen, Mrs Graham. Sie haben hier wirklich eine schöne Farm und es gefällt uns hier sehr, aber Sie sind einfach zu weit weg von einem Arzt ...“

„Ich habe Julia doch schon gesagt, was der Arzt tut, wenn ich einen Anfall habe. Er weiß auch nichts Besseres, als mir Bettruhe zu verordnen. Was ist denn das schon für eine Hilfe? Einen solchen Rat könnte ja sogar Lula Bell mir geben!“

„Aber Emma, was wäre denn, wenn hier draußen etwas passieren und es Ihnen plötzlich wirklich schlecht gehen würde?“

„Na ja, mein Junge, ich weiß, wie ich das Ganze sehe. Natürlich wird es mit der Zeit schlimmer werden, das ist nun mal der Lauf der Dinge. Aber es gibt keinen Grund, bis dahin nicht jeden Augenblick zu genießen, oder?"

„Ich dachte, dass es Ihnen nach gestern Abend vielleicht schon schlechter gehen würde."

„Ach was, das waren nur meine ganz normalen Herzschmerzen, mehr nicht. Jetzt merke ich schon fast nichts mehr davon."

Ich sah wieder auf meine Füße hinunter und schüttelte den Kopf. „Aber vielleicht verschwindet es beim nächsten Mal ja nicht wieder einfach so von selbst."

„Ja, ich weiß, das kann schon sein."

„Aber das nächste Mal könnte schon morgen sein. Oder sogar noch heute."

„Auch das ist mir klar. Ihnen gefällt Ihre Lage nicht, nicht wahr? Der Gedanke, dass Sie für mich sorgen müssen. Ist es das?"

„Nein", sagte ich ihr ganz direkt. „Es würde mir nichts ausmachen, für Sie zu sorgen, wenn ich wüsste, dass es wirklich das Beste für Sie ist. Aber das ist es nicht. Ich hätte mir das vorher besser überlegen müssen. Wir sind keine Ärzte. Und ich habe Angst um meine Familie. Deshalb halte ich es für besser, wenn wir jetzt wieder gehen und uns etwas anderes überlegen."

„Wohin würden Sie denn gehen?"

„Ich weiß es nicht. *Mount Vernon* vielleicht, obwohl wir da wahrscheinlich auch nicht lange bleiben können."

„Sie gehen nirgends hin, Samuel", sagte sie völlig ernst zu mir. „Und Sie brauchen sich auch keine Sorgen darüber zu machen, was passiert, wenn ich sterbe. Nehmen Sie Abschied von mir, begraben Sie mich und leben Sie dann einfach weiter hier auf der Farm. Ich werde Ihnen das alles hier jetzt sofort überschreiben, sodass niemand es Ihnen später streitig machen kann."

Mir stockte der Atem und mir war plötzlich kalt. *Sie würde mir eine Schenkungsurkunde aushändigen? Nur damit ich blieb?*

„Sie haben doch bestimmt Verwandtschaft, Emma."

„Keine, die sich auch nur das geringste bisschen aus dieser Farm oder aus mir machen würde. Sonst wären diese Verwandten doch jetzt hier, oder? Ich habe ihnen das alles einmal angeboten, bevor ich hier weggezogen bin. Es sind sowieso nur ein paar Neffen übrig und die Tochter meiner Cousine Agnes, die drüben in *Farmington* mit einem Prediger verheiratet ist. Keiner von ihnen kommt auch nur mal vorbei, außer Albert alle Jubeljahre. Diese Farm gehört mir und ich kann damit machen, was ich will. Und ich möchte, dass Sie sie bekommen, selbst wenn Sie glauben, es wäre besser, mich nach *Belle Rive* zurückzubringen."

„Emma, es gibt doch auch andere Leute, die liebend gern ..."

„Sagen Sie bloß nichts über George Hammond", unterbrach sie mich. „Er hätte alles haben können, was mir gehört, wenn er auf das, was ich ihm schon anvertraut hatte, besser Acht gegeben hätte. Aber Sie wissen ja, wie er ist. Manchmal kümmert ihn gar nichts, egal, ob es sich um meine Sachen handelt oder nicht."

„Aber Sie kennen mich doch noch gar nicht."

„Ich weiß genug, um Ihnen zu vertrauen. Und jetzt streiten Sie nicht mit mir herum. Sagen Sie nur einfach, ob Sie es wollen. Es wäre wirklich eine Erleichterung für mich."

Eine Weile saß ich einfach nur mit zitternden Händen da. Ich hatte es nicht verdient, dass sie mir die Farm überschrieb; ich hatte ja kaum angefangen, daran zu arbeiten. Und die Leute würden mit Sicherheit sagen, wir hätten uns das alles erschlichen.

„Ich danke Ihnen, Emma, wirklich. Ich hätte mir nie träumen lassen, dass Sie so viel von mir halten, aber ich kann Ihre Farm nicht annehmen. Es ist Ihre und ich habe nicht das Recht, etwas anderes zu denken."

„Also dann", sagte sie langsam. „Wenn es meine bleibt, dann bringt mich auch nichts und niemand wieder hier weg, außer zum Kirchgang, egal, wie krank ich bin. Ich bin doch nicht hierher zurückgekommen, um gleich wieder fortzugehen."

„Das verstehe ich", sagte ich dazu. „Jedenfalls ein wenig. Ich wünschte nur, Sie wären näher an der Stadt."

„Es macht mir nichts aus, Doktor Howell nicht in der Nähe zu haben. So wie ich das sehe, kann er mir sowieso nicht helfen."

„Nun, aber mir macht das sehr viel aus."

„Alt und auch krank zu werden – das gehört eben auch zum Leben. Ich möchte nicht, dass Ihnen das Angst macht. Es ist ganz egal, wo ich bin. Es ändert gar nichts. Aber das hier ist mein Zuhause, Sam. Und ich möchte, dass Sie alle auch hier sind. Ich werde Sie bezahlen ..."

„Nein. Sie werden mich nicht bezahlen. Das wäre nicht richtig."

Sie schüttelte den Kopf. „Ich habe gestern von Ihren Kindern geträumt, dass sie meine ... Enkel wären. Und ich habe noch nie einen so schönen Traum gehabt. Ich würde sie gern als Enkel haben. Sie sind feine Menschen, Sie als ganze Familie."

„So gut kennen Sie uns doch gar nicht", widersprach ich.

„Gut genug. Sehen Sie sich doch einmal selbst an, Samuel Wortham. Sie wollen mein Haus nicht nehmen, obwohl Sie es wirklich dringend brauchen könnten, weil Sie einfach das Richtige tun wollen. Sie sind anständig. Und ich wäre wirklich stolz, wenn Sie mein Sohn wären."

Diese Worte erschütterten mich so sehr, dass ich fast aufgestanden wäre, nur um von ihr wegzukommen. *Stolz? Wenn ich ihr Sohn wäre? Meine eigene Mutter hat so etwas noch nie zu mir gesagt.*

Sie packte mich am Arm und gab mir einen sanften Klaps.

„Was macht Ihnen Sorgen, Samuel? Können Sie es sich einfach nicht vorstellen, mit einer alten, kranken Frau hier zu leben?"

„Ich verstehe nicht, wie ich auch nur die Hälfte des Respekts verdient habe, den Sie mir entgegenbringen, Mrs Graham. Ich habe ihn nicht verdient."

„Doch, das haben Sie. Sie lieben doch den Herrn, nicht wahr?"

„Ich versuche es."

„Wenn Sie dieses Papier nicht annehmen können oder wollen, solange ich noch am Leben bin, würden Sie es mich dann aufsetzen lassen für die Zeit, wenn ich nicht mehr da bin?"

„Ich wünschte, das würden Sie nicht tun. Jedenfalls jetzt noch nicht. Nicht bevor Sie ganz sicher sind. Haben Sie denn eigentlich schon mit Ihren Angehörigen gesprochen?"

„Es ist wirklich schwer, Ihnen etwas Gutes zu tun, Samuel."

Ich schüttelte den Kopf. „Sie haben schon genug getan, Emma."

„Werden Sie bleiben?"

Ich fühlte mich, als ob jemand meinen Magen packte und fest zusammendrückte. Ich fühlte mich so unfähig, aber was sollte ich sonst tun? Wieder mit nichts weitermachen? Und außerdem auch noch Emma im Stich lassen?

„Ich nehme an, dann ist es wohl besser, wenn ich bleibe", sagte ich zu ihr. „Wenn Sie sich wirklich ganz sicher sind. Aber von den meisten Dingen, die hier auf der Farm zu tun sind, habe ich keine Ahnung. Und der Gedanke, was die Leute wohl zu all dem sagen werden, macht mir sehr zu schaffen. Dass wir Sie hier draußen bei uns behalten, weit weg vom nächsten Arzt und Ihren Freunden. Und dass wir all das nutzen, was Ihnen gehört."

„Lassen Sie die doch bloß reden, was sie wollen. Es ist nicht Ihre Aufgabe, mit ihnen fertig zu werden. Und ich schaffe das schon, wenn ich vor irgend so etwas Wind bekomme. Erinnern Sie mich bitte daran, wenn ich es nicht tue."

Sie griff nach dem Stock und ich schaute sie überrascht an. Es sah ganz so aus, als wäre sie durchaus in der Lage, jemandem ohne mit der Wimper zu zucken eine Kopfnuss zu verpassen.

„So, und jetzt holen Sie am besten die Kinder und sorgen dafür, dass sie fertig sind, bevor Charlie kommt. Ich möchte nicht den Eindruck erwecken, dass uns die Kirche so wenig interessiert, dass wir nicht rechtzeitig fertig sind."

„Ja, das mach ich." Ich stand auf.

„Es wird sicher gut, wieder da zu sein! Es gefällt Ihnen bestimmt auch. Sie werden schon sehen." Sie lächelte mich mit dem hübschesten Lächeln an, das ich bisher bei ihr gesehen hatte. Ich war ihr zum Segen geworden, einfach durch meine Bereitschaft zu bleiben und jetzt war ich sogar noch einen Schritt weitergegangen und hatte es ihr versprochen. Wie das Leben doch spielen konnte.

Julia kam mit einer Hand voll Kräutern wieder ins Haus, die sie Borretsch nannte, um daraus für Emma Tee zu kochen. Zum Frühstück gab es den Rest von Louise Posts Maisbrot, über das Julia warme Milch goss. Sie achtete sorgfältig darauf, dass Emma ihren Tee wirklich vollständig austrank. Emma leistete auch keinerlei Widerstand, obwohl ihr der Tee eindeutig nicht so gut schmeckte wie der Muckefuck.

Schon bald war Julia singend dabei, die Töpfe zu spülen. Ich nahm an, weil auch sie glücklich darüber war, dass ich nun doch eingewilligt hatte zu bleiben.

Ich nahm mir die Zeit, einen Eimer mit Wasser zu füllen und mich gründlich zu waschen, denn ich ging davon aus, dass ich um Emmas willen besser nicht schlecht riechen sollte. Robert lief mit hängendem Kopf herum und kam zu mir, als ich mir gerade das Hemd zuknöpfte.

„Papa, könnten wir beide nicht lieber zu Hause bleiben?"

„Nein, heute nicht", antwortete ich. „Alle gehen zur Kirche."

Er saß schweigend da und beobachtete, wie ich meine Krawatte band. Es war die einzige, die wir aufbewahrt hatten und auch sie war immer noch zerknittert, obwohl Julia sie gebügelt hatte. „Vielleicht gefällt es dir ja in Emmas Gemeinde", versuchte ich ihn aufzumuntern. „Ihr jedenfalls gefällt es."

„Bei ihr ist das bestimmt so, weil sie alt ist. Das ist was anderes."

„Ich glaube das ist so, weil sie schon als Kind in dieser Gemeinde war."

„Siehst du, Papa?", rief Robert. „Bei mir ist das doch was ganz anderes."

„Aber vielleicht gefällt es dir ja trotzdem."

„Und dir?"

„Also ich werde mir wirklich Mühe geben. Und um mehr bitte ich dich ja auch nicht. Ist das ein faires Angebot?"

„Müssen wir denn jetzt jeden Sonntag gehen?"

„Das habe ich noch nicht entschieden."

Robert rutschte unruhig auf seinem Stuhl herum und saß mit finsterer Miene da, sodass ich ihn aufforderte, er solle gehen und sein Haar kämmen. Als er gegangen war, kam Sarah ins Zimmer. Sie sah wie eine kleine Prinzessin aus mit ihren weißen Söckchen und der großen weißen Haarschleife. Ich wünschte, ich hätte ihr bessere Schuhe besorgen können. Ihre waren an den Spitzen abgestoßen und würden schon bald zu klein sein.

Kurz darauf kam Charlie Hunter in seinem Chevrolet die mit Unkraut überwucherte Auffahrt hochgefahren. Emma machte sich ohne Hilfe auf den Weg zur Tür, und als ich bei ihr war, stand sie auf einem Bein balancierend auf der Verandatreppe.

Es war eine schöne Fahrt nach *Dearing*. Charlie Hunter fuhr schneller als alle anderen Autofahrer, bei denen ich bis dahin mitgefahren war. Julia band sich einen Schal um den Kopf und unternahm den ziemlich vergeblichen Versuch, Sarahs Frisur einigermaßen vor dem Fahrtwind zu schützen. Emma fing an, Choräle zu singen und zwar mit so voller Stimme, dass man sich kaum vorstellen konnte, dass noch wenige Stunden zuvor ihre Schmerzen sie ins Bett und mich fast von der Farm getrieben hätten.

Erst als wir vor der Kirche hielten, spürte ich, dass meine innere Anspannung wieder zunahm. Überall um uns her stiegen Leute aus ihren Autos aus und noch mehr Menschen kamen aus den umliegenden Häusern geströmt. Ein Pferdefuhrwerk mit einer grauen Mähre davor stand unter einem Baum, und drei kleine Jungen kamen auf einem Maultier angetrottet. Noch mehr Jungen tollten auf dem Kirchplatz herum, während drei oder vier kleine Mädchen, die ungefähr in Roberts Alter waren, neben einem Weißdornstrauch die Köpfe zusammensteckten und sich kichernd unterhielten.

Manche der Männer trugen Overalls, manche waren im Anzug gekommen, aber die Frauen hatten sich ausnahmslos besonders herausgeputzt. Ein alter Mann mit einem langen weißen Bart war der Erste, der Emma erkannte, und als er laut ihren Namen ausrief, kamen ein halbes Dutzend älterer Damen auf uns zu.

Ich fing an, mich nervös umzuschauen, denn ich rechnete damit, dass jeden Augenblick Hazel Sharpe angeschnauft kommen würde. Emma wusste sofort, was mit mir los war.

„Miss Hazel ist schon in der Kirche“, sagte sie. „Sie kommt immer sehr früh.“

Als wir allen vorgestellt worden waren und nach unzähligen Umarmungen gingen wir zum Eingang der Kirche weiter. Charlie Hunter und ich trugen Emma so vorsichtig wir konnten die Treppe hinauf, und als wir im Kircheninneren waren, zeigte sie auf einen bestimmten Platz.

„Immer derselbe Platz“, sagte Charlie. „Sie wollte immer auf demselben Platz sitzen.“

„Das war schon der Platz meiner Mutter“, erklärte sie. „Der Platz, auf dem ich gesessen habe, als das Evangelium für mich lebendig wurde.“

Meine Familie nahm in der Reihe neben ihr Platz, und erst jetzt bemerkte ich, dass alle Blicke auf uns gerichtet waren. Draußen hatte es viele freundliche Begrüßungen für Emma gegeben, aber jetzt hatte die Überprüfung begonnen. Ich wünschte, der Gottesdienst hätte sofort angefangen und wäre dann auch entsprechend schnell wieder zu Ende gewesen, damit wir bald nach Hause konnten. Aber sehr zu meinem Missfallen stellte ich fest, dass wir viel zu früh da waren.

Julia sah mich an und griff nach meiner Hand, um sie zu drücken. Das war wie ein Alarmsignal, welches besagte, dass Gefahr im Verzug war. Und richtig, Hazel Sharpe stand unter einem Fenster, und zeigte auf uns, um dann mit einem grauhaarigen alten Mann und seiner verkniffen dreinblickenden Frau über uns zu reden.

Emma hatte sie ebenfalls gesehen und winkte ihnen fröhlich zu. In diesem Augenblick hatte ich große Hochachtung vor dieser alten Dame, die entschlossen war, ihr Leben ganz auszukosten und zu genießen, was auch immer kommen mochte. Und jetzt erinnerte ich mich auch daran, dass sie gesagt hatte, es sei doch gar nicht meine Sache, was die Leute über mich dächten oder sagten. Ich wandte meine Aufmerksamkeit vom Fenster weg und schaute auf das Kreuz ganz vorn im Altarraum und einen nervös dreinblickenden jungen Mann, der direkt darunter stand.

Ich konnte hören, wie Miss Sharpes schneidende Stimme näher kam, ebenso wie der nervöse junge Mann, der, den Blick fest auf Emma gerichtet, auf uns zukam. Die beiden erreichten uns genau gleichzeitig und Hazel hielt ihre Zunge genau so lange im Zaum, wie der Mann brauchte, um sich als Paxton Jones, den neuen Pastor, vorzustellen.

„Also“, sagte Miss Hazel dann zu uns. „Ich bin ja froh, dass Sie es heute Morgen doch geschafft haben zu kommen. Ehrlich gesagt, ich hatte nicht damit gerechnet.“

„Um nichts auf der Welt hätte ich mir das entgehen lassen“, strahlte Emma.

Der Pastor meldete sich wieder zu Wort. „Es ist wirklich schön, Sie kennen zu lernen ...“

„Um Himmels willen, Emma, wenn du doch etwas gesagt hättest, dann hätten wir dich doch auch von *Belle Rive* mit zur

Kirche nehmen können", unterbrach Hazel ihn. „Du hättest dich doch nicht dermaßen in Gefahr zu bringen brauchen ..."

„Ich freue mich auch", sagte Emma und schüttelte dem Pastor die Hand. „Ich habe mich schon sehr darauf gefreut, Sie zu hören, Pastor Jones. Schon seit Tagen bin ich gespannt auf Ihre Predigt."

„Dann hoffe ich, dass ich Sie nicht enttäuschen werde", entgegnete der Pastor schüchtern mit einem Seitenblick auf Hazel.

Jetzt redete Hazel wieder los. „Ich muss auf jeden Fall noch ein Wörtchen ..."

„Die Freude am Herrn ist unsere Stärke", ermahnte Emma den Pastor. „Lassen Sie sich von seinem Feuer einhüllen und lassen Sie nicht zu, dass sich Ihnen irgendwer oder irgendwas in den Weg stellt." Dann schaute sie Hazel an und nahm deren Hand. „Ist es nicht großartig, dass wir alle eine große Familie sind, dazu da, uns gegenseitig zu beschenken und zum Segen zu werden? Warum wirst du mir nicht zum Segen, Hazel, meine Liebe, indem du mir ein Glas Wasser holst?"

„Du könntest doch auch den Jungen da neben dir schicken", erwiderte Hazel barsch.

„Ich habe nicht ..."

„Du weißt doch, dass er noch nie hier gewesen ist", sagte Emma beharrlich. „Man schickt doch nicht einen Gast, um etwas zu erledigen, selbst wenn er weiß, wo das Wasser ist, was auf ihn aber nicht zutrifft."

„Also, ich finde ja fast, dass du richtig grob geworden bist, Emma Graham", schnaufte Hazel. „Und dabei weißt du ganz genau, dass ich dir was sagen wollte."

„Ich rede gerne direkt nach dem Gottesdienst weiter mit dir", versicherte Emma ihr, aber Hazel war schon davonstolziert.

„Sie müssen entschuldigen", sagte Emma danach zum Pastor. „Ich bin alt und habe keine Zeit mehr für unnützes Gerede. Gott liebt sie, und das meine ich wirklich so."

Der Pastor lächelte schüchtern. „Mir ist schon zu Ohren gekommen, dass Sie eine segensreiche Person sind, Mrs Graham", sagte er mit leiser Stimme. „Ich jedenfalls fühle mich schon jetzt durch Sie beschenkt."

Nach einer Weile kam ein junges Mädchen in gelben Rüschen und brachte Emma das erbetene Glas Wasser, und ich sah, wie Hazel drüben an der Wand stand und mit irgendjemandem redete. Sie zog eine dermaßen beleidigte Miene, dass ich mich wirklich fragte, ob irgendjemand das Bild des lächelnden Jesus, das hinter ihr hing, noch bemerkte. *Das ist schon ein seltsamer Platz, an den sie sich da hingestellt hat*, dachte ich. *Wie ein zorniger Wächter, der den Weg versperrt.*

Aber ich wusste, dass ich mich bei solchen Gedanken nicht aufhalten sollte. Emma hatte gesagt: „Gott liebt sie", und Julia schien sich auch nicht weiter an ihr zu stören. Meine Frau unterhielt sich angeregt mit einer Dame, die in der Reihe vor uns saß. Es würde nicht lange dauern, dann hätte Julia Freundschaften geschlossen. Wahrscheinlich hatte sie schon beschlossen, dass ihr diese Gemeinde gefiel.

Ich sah mich wieder unter den Leuten um. Manche sahen ganz freundlich aus, anderen hätte ich mich ebenso wenig zu nähern getraut wie Hazel Sharpe. Die meisten Leute kamen irgendwann auf uns zu, um uns zu begrüßen, manche freundlich, andere mit eher finsteren Gesichtern. Und ich stellte fest, dass ich den Unterschied zwischen denen, die uns nicht über den Weg trauten und denen, die bereit waren, im Zweifel für den Angeklagten zu sein, am Händedruck erkennen konnte.

Emma genoss ganz offensichtlich all die Aufmerksamkeit und auch Julia ging es gut damit. Die Kinder saßen so ordentlich und brav da, dass man wirklich stolz auf sie sein konnte. Sie sagten höflich Guten Tag, wenn es erwartet wurde und warteten geduldig, dass es weiterging und etwas passierte.

Ich allerdings wäre am liebsten wieder gegangen. Es war mir peinlich, immer wieder dieselben Fragen beantworten zu müssen. Zu Emma sagten alle: „Du meinst, du bist wirklich wieder *zu Hause*? Und sie *bleiben* da bei dir?" Dann wandten sie sich an mich und fragten, ob ich Arbeit hätte. Es wäre wirklich barmherzig gewesen, wenn ich ein Erdloch gehabt hätte, um mich darin zu verkriechen.

Sarah und Robert wurden schon bald in ihre Sonntagsschulklasse gebracht und all die Erwachsenen saßen auf ihren Plätzen und hörten zu, was Hazels schmallippige Freundin über Heiligung zu sagen hatte. Ich bin sicher, dass ich nicht als Einziger erleichtert war, als die Sonntagsschule beim Klingelzeichen zu Ende war.

Dann stolzierte Hazel zum Klavier. Eigentlich wollte ich ihr Spiel hassen, aber es hörte sich wirklich gut an, obwohl ich den Choral noch nie gehört hatte. Es wurde aber erwartet, dass wir trotzdem sangen, insgesamt drei Choräle aus den Büchern, die vor uns in den Kirchenbänken lagen.

Es war schon richtig heiß in der Kirche, als der Pastor endlich mit seiner Predigt anfing, und mir tat der arme Mann von Herzen Leid, wie er schwitzend und nervös vorn auf der Kanzel stand. Aber er machte seine Sache ganz ordentlich und hatte eine schöne Art zu beten und insgesamt war der Gottesdienst dann doch ganz annehmbar.

Mrs Jones lud uns zum Essen ein, aber wir mussten ablehnen, weil wir ja schon den Posts zugesagt hatten. Sie und Julia redeten lange miteinander und schon bald lachten sie auch zusammen über irgendetwas. *Es hat schon angefangen*, dachte ich. *Sie hat sich aufgemacht und hat sich hier eine Freundin gesucht. Und jetzt ist eigentlich egal, was passiert. Selbst wenn Emma stirbt, wird sie hier nicht mehr wegwollen. Ach Gott, wie seltsam du die Dinge manchmal fügst.*

Weil Emma und Julia immer noch miteinander redeten und es ganz so aussah, als würde es noch eine Weile dauern, ließ ich Robert und Sarah mit einigen der anderen Kinder, die sie kennen gelernt hatten, draußen spielen. Auch ihnen gefiel es hier. Ich war der Einzige, der lieber jetzt als gleich wieder in Harrisburg gewesen wäre.

Herr, was ist eigentlich mit mir los? Ich sehe, dass meine Familie glücklich ist, weiß genau, was du alles für uns getan hast, aber stehe immer noch hier und denke daran, wieder nach Harrisburg zurückzugehen oder weiter nach Mount Vernon zu ziehen, wo es doch hier eigentlich gar nicht so übel ist. Vielleicht hast du uns ja wirklich hier eingepflanzt, wie Emma sagt. Also, warum zapple ich dann so herum und weigere mich, Wurzeln zu schlagen? Warum kann ich nicht so wie Julia oder die Kinder sein und mich darauf konzentrieren, das Leben auszukosten, egal, ob mit Geld in der Tasche oder ohne.

Wir standen nach dem Gottesdienst noch alle draußen vor der Kirche, als der missmutig dreinblickende Mann, mit dem Hazel geredet hatte, auf mich zukam und mich mit den Händen in den Hosentaschen von oben bis unten musterte, bevor er mit mir sprach.

„Wie geht es Ihnen?“, fragte ich, in dem Versuch, dem Gespräch eine angenehme Note zu geben.

„Sie kommen also aus Pennylvania, was?“

„Ja, das ist richtig“, seufzte ich und war ziemlich sicher, dass ich wusste, was jetzt kommen würde.

„Aaalso“, sagte er, „wir wissen ja nicht, wie Sie darauf gekommen sind, dass das hier ein Ort für Sie sein könnte, aber wir werden ein Auge auf Sie haben, junger Mann, darauf können Sie sich verlassen. Unsere Schwester Emma ist uns lieb und teuer, und ich würde sicher nichts tun, was ihre Gefühle verletzen könnte, wissen Sie, aber das heißt nicht, dass wir einfach zugucken, wie Sie hier einfallen und sich ihre Farm unter den Nagel reißen ...“

„Aber ich habe doch gar nicht ...“

„Jetzt lassen Sie mich mal ausreden!“ Der alte Mann straffte sich und sein Schnurrbart vibrierte beim Sprechen. „Sie bringen euch da, wo ihr herkommt, wohl keine Manieren bei, was? Da können einem die Kinder ja Leid tun, wenn sie nicht besser erzogen werden.“

Ich schaute direkt nach Robert und Sarah und einige der Köpfe in der Nähe ebenfalls, aber sie spielten außerhalb unserer Hörweite unter den Bäumen.

„Ich werde dem Prediger alles sagen, was ich weiß“, fuhr der alte Mann fort. „Er muss wissen, was Sie da treiben. Vielleicht kann er ja noch rechtzeitig mit Emma reden, damit sie wieder zur Besinnung kommt. Sie hat schon immer eher auf den Prediger gehört, als auf ihre alten Freunde.“ Er schaute hinüber zu Miss Hazel, die in unsere Richtung gelaufen kam.

„Ich kenne Schwester Emma, seit wir so klein waren, dass wir noch nicht einmal über den Rücken eines Grashüpfers rübergucken konnten“, erklärte er. „Aber sie hat noch nie auf mich gehört. Sie hätte die Farm schon längst verkaufen sollen. Es gab ein paar Jungs aus dem Ort, die sich die Finger danach geleckt hätten, das kann ich Ihnen sagen. Hätte sie an die verkauft, gäbe es kein Problem mit Auswärtigen, die sie nur ausbluten wollen. Aber auf mich wollte sie ja nicht hören ..."

Ich stand einfach da, mit dem Rücken an Charlie Hunters Lastwagen gelehnt, und wusste genau, dass es nichts brachte zu versuchen, dort wegzukommen. Vier oder fünf mehr von der finster blickenden Sorte hatten sich inzwischen dazugesellt und Hazel Sharpe hatte es geschafft, sie alle um sich zu scharen.

Emma schaute vom Beifahrersitz, wo sie sich mit einer offen dreinblickenden Frau und dem Mädchen in den gelben Rüschen unterhalten hatte, zu mir hin. Sie erkannte meine missliche Lage und sah den Mann, der vor mir stand direkt an. „Eldon Henley, steck deine Nase nicht in Angelegenheiten, die dich nichts angehen!"

„Also wirklich, Emma!", meldete sich Hazel Sharpe zu Wort.

„Versuche lieber gar nicht erst, mich zum Schweigen zu bringen", sagte Emma sofort. „Ihr habt nicht das Recht, so über Samuel herzufallen! Er ist ein guter Mann und außerdem mein Gast. Lasst ihn doch alle einfach in Ruhe, sonst glaubt er noch, dass ich in eine Gemeinde von lauter finsteren Heiden geraten bin."

„Wir haben doch wahrlich genug Grund, um über eine aus unseren Reihen besorgt zu sein!", sagte Hazel Sharpe hartnäckig. „Wir können doch nicht einfach zulassen, dass Leute daherkommen und dich übers Ohr hauen ..."

„Moment mal!", sagte Emma und unterbrach Hazel auf der Stelle. „Du hast doch keine Ahnung von meinen Angelegenheiten! Das hier sind feine Leute, die bis jetzt keinen Cent von mir angenommen haben! Sie sind meine Freunde und sie sind schon jetzt besser zu mir gewesen, als ihr es je wart."

Hazel trat einen Schritt zurück und sah aus, als wäre sie geohrfeigt worden. „Wie – wie kannst du nur so etwas sagen? Du kennst mich nun schon so lange – und du weißt auch, dass Eldon es nur gut gemeint hat. Wir lieben dich wie ..."

„Dann hast du aber eine sehr merkwürdige Art, das zu zeigen, Hazel Sharpe", erklärte Emma. „Erzählst Geschichten über meine Freunde, ohne dir wenigstens die Zeit zu nehmen, dich bei mir zu vergewissern, ob auch wirklich alles stimmt." Sie warf einen Blick auf die Menschenmenge. „So, und ihr geht jetzt lieber alle nach Hause zu eurem Sonntagsessen. Ihr habt nicht viel an mich gedacht, als ich oben in *Belle Rive* war, also braucht es euch auch nicht weiter zu interessieren, was jetzt bei mir zu Hause los ist."

„Nicht an dich gedacht?", rief Hazel aus. „Ich fasse es nicht, wie du so was sagen kannst! Wo wir doch wie Schwestern gewesen sind."

Ich blickte von der einen zur anderen, überrascht über die Schärfe von Emmas Worten, obwohl sie ja zu Hause versprochen hatte, mich zu verteidigen.

„Hazel", seufzte Emma, „du hast mich alle Jubeljahre mal besucht und dann hast du nichts anderes getan, als zu jammern und zu klagen. Und dasselbe gilt auch noch für ein paar andere von euch. Delores Pratt und Bonnie Gray, ja, die beiden sind regelmäßig gekommen und haben gelächelt, wenn sie kamen, aber sie mussten dann auch irgendwann nach Hause, um ihre Enkelchen zu füttern. Und ich gehe jetzt rüber zu Louise Post. Wenn Gott will und wir leben, sehen wir uns nächsten Sonntag wieder. Ich liebe euch alle, aber ich möchte, dass ihr mit mir selbst redet, bevor ihr euch das Maul über mich und die Worthams zerreißt. Das hier sind gute Leute und das ist alles! So, und wo ist jetzt Charlie?"

Einer der grimmigen Männer rang sich ein Lächeln ab, schüttelte Emma die Hand und wünschte ihr noch einen schönen Tag. Charlie ließ eine hübsche junge Dame an einem immergrünen Strauch stehen, um zu uns herüberzukommen, und ich rief Robert und Sarah.

Eldon Henly wünschte Emma ebenfalls einen guten Tag und wollte gerade gehen, aber Miss Hazel wollte die Sache einfach nicht auf sich beruhen lassen. An Julia und mich gewandt sagte sie: „Damit kommen Sie nicht durch, sie so gegen ihre alten Freunde aufzuhetzen! Das ist der schlimmste Fall von Erbschleicherei, der mir jemals untergekommen ist! Aber daraus wird nichts, verlassen Sie sich darauf! Ich werde Sie überführen und von der Farm verjagen lassen! Warten Sie's nur ab!"

Dann rauschte sie davon und jeder in unserer Nähe stand einen Moment lang wie vom Donner gerührt da.

„Nehmt es ihr nicht übel", sagte Emma. „Betet lieber alle für sie. So ist Hazel eben. Aber sie wird schon wieder zur Besinnung kommen."

Emma redete sofort mit einer anderen alten Freundin weiter, während die Kinder hinter ihr ins Auto kletterten. Aber ich beobachtete, wie Miss Sharpes gebeugte Schultern sich auf der staubigen Straße immer weiter entfernten. Und ich spürte einen Knoten im Magen.

Emma hatte einmal gesagt, dass diese Frau nur laut bellen würde. Aber irgendwie wusste ich, dass sie keine leeren Drohungen ausgestoßen hatte. Sie war davon überzeugt, dass wir Böses im Schilde führten, auch wenn ich mir nicht erklären konnte wieso. Und sie hatte einen Plan, wie sie Emma vor sich selbst retten und uns loswerden wollte. Ich war mir dessen ganz sicher, aber ich konnte es nicht beweisen. Es blieb also nur abzuwarten, genau wie sie gesagt hatte.

23

Julia

Ach, was war das für ein wunderschöner Tag! Ich war so erleichtert, dass es Emma wieder besser ging. Fast schien es so, als hätte es den vergangenen Abend nie gegeben, so voller Schwung war sie. Ihre Kirche war wirklich schön, so anheimelnd mit einigen sehr netten Leuten, mit denen man sich gut unterhalten konnte. Natürlich gab es dort auch ein paar miesepetrige Leute, aber die gab es schließlich überall. Und das lag auch hauptsächlich an Miss Hazel. So war Hazel eben, genau wie Emma gesagt hatte.

Mir war so, als würde ich Juanita Jones, die Frau des Pastors, schon seit Jahren kennen. Wir redeten und lachten wie alte Freundinnen und ich freute mich schon auf die nächste Woche, denn da würden wir ihre Einladung zum Essen annehmen können. Auch die Predigt ihres Mannes über den barmherzigen Samariter hatte mir gefallen. Ich hörte, wie Emma dem Paar, das hinter uns saß, hinterher erzählte, dass Sam ja wie der Fremde in der Geschichte sei – und zwar gutherzig, ob man ihm vertraute oder nicht.

Schon bald fuhr Charlie uns durch den strahlenden Sonnenschein zurück zu den Posts. Emma muss sich genauso gut gefühlt haben wie ich, denn sie fing wieder an, Choräle zu singen. Und, ach, ich fühlte mich so reich beschenkt. Ich entdeckte am Straßenrand noch mehr Borretsch und nahm mir fest vor, noch viel davon zu sammeln. Und außerdem Eisenkraut. „Gut gegen alles, was dich quält“, hatte Großmutter einmal gesagt. Jedenfalls würde es Emma bestimmt nicht schaden.

Ich wusste, dass Samuel sich mit Emma geeinigt hatte und sich sogar mit dem Gedanken ausgesöhnt hatte, dass sie krank werden konnte. Und wir würden bleiben. Dafür sei der lebendige Gott gelobt! Ich war wieder eingepflanzt, genau wie Emma gesagt hatte.

Wie im Flug verging die Fahrt und schon waren wir auf der Farm der Posts angekommen. Ich hatte gehofft, die Lehrerin und ihr Mann würden auch da sein, und ich wurde nicht enttäuscht. Mr Post stand draußen, als wir ankamen und teilte uns als Erstes mit, dass seine Schwester und sein Schwager auch zum Essen gekommen seien.

Die Posts hatten ein schönes Haus. Es war weiß gestrichen und sah mit einem Rosenstrauch davor freundlich aus. Alles war ordentlich und sah sehr gepflegt aus. Charlie half Samuel, Emma ins Haus zu bringen, aber er ließ sich nicht überreden, zum Essen zu bleiben.

„Ich habe selbst eine Verabredung zum Essen in der Stadt“, sagte er und zwinkerte mit einem Auge.

Und im selben Augenblick hörten wir Gebell aus dem Garten hinter dem Haus.

„Ein Hund!“, verkündete Sarah. „Mama, sie haben einen Hund! Können wir ihn sehen?“

„Genau das machen wir jetzt“, sagte Barrett Post mit einem Blitzen in den Augen. „Ich hab’ da hinten nämlich was viel Besseres als Süßigkeiten.“

Er schaute fragend zu Sam herüber, der zögerlich nickte, und unsere Kinder folgten zusammen mit Mr Post dem Geräusch.

Louise, die mit einem Geschirrhandtuch in der Hand auf die Veranda herausgekommen war, um uns zu begrüßen, schüttelte nur den Kopf über ihren Mann und nahm dann meine Hand. „Sie müssen ihm verzeihen. Er liebt Princess wirklich, aber wir können unmöglich alle acht Welpen behalten. Er versucht nur gerade, ein paar davon an Sie loszuwerden. Aber fühlen Sie sich bitte zu nichts verpflichtet, wenn es Ihnen nicht möglich ist, zusätzlich noch ein paar Hunde mit durchzufüttern. Ihre Kinder können sie auch jederzeit hier bei uns besuchen."

Sie bat uns herein, wo Emma bereits mit Elvira in ein lebhaftes Gespräch vertieft war. Ich ging also hinein, um die Lehrerin kennen zu lernen, während Sam zu den anderen hinters Haus ging, um sich die Welpen anzuschauen, von denen Sarah mit Sicherheit hingerissen sein würde. Sie liebte alles, was Fell hatte.

Louise Post hatte eine wunderschönes Wohnzimmer mit Eichenmöbeln und gelben Sitzkissen. Aber ich kam mir seltsam dabei vor, einfach herumzusitzen, während sie weiter in der Küche beschäftigt war, also entschuldigte ich mich nach einer Weile bei den anderen beiden Frauen, um zu fragen, ob ich helfen konnte. Schon kurz darauf pellte ich gekochte Kartoffeln für den Kartoffelsalat.

„Ich mag keine Kartoffeln kaufen", erzählte Louise mir. „Aber wir werden es sicher bald müssen, bis die neue Ernte so weit ist. Hab zwar noch eine große Kiste voll im Keller, aber die haben alle schon fast armlange Keime." Sie löffelte Majonäse und einen Klecks Senf auf den Boden einer Schüssel. „Schnibbeln Sie die Kartoffeln einfach oben drauf", sagte sie. „So mache ich es jedenfalls immer."

Ich musste über ihre Art, Dinge verkehrt herum zu tun, lächeln und fragte, ob sie jedes Jahr ihre eigenen Kartoffeln anbauten.

„Ja, außer in dem Jahr, als Howard geboren wurde", antwortete Louise mit einem in die Ferne schweifenden Blick. „Barrett hatte sich damals den Arm gebrochen. Und mit dem Säugling sind wir nicht viel zur Gartenarbeit gekommen. Und wie ist es bei Ihnen? Bauen Sie viel Gemüse selbst an?"

„Nicht so viel, wie ich gern würde. Wir haben ein bisschen Mais, Bohnen, Salat und so weiter."

„Kartoffeln?"

„Nein, noch nicht", gab ich zu und sah, wie sich rasch ein Lächeln auf ihrem Gesicht ausbreitete.

„Wie wäre es, wenn ich Ihnen einen Teil des Durcheinanders aus meinem Keller mitgebe? Sie sind wirklich nur noch als Pflanzkartoffeln zu gebrauchen und für alle haben wir bei uns im Garten keinen Platz. Wir könnten Ihnen doch eine oder zwei Kisten mitgeben. Emma lacht mich bestimmt aus, wenn sie die langen Keime sieht."

Eine echte Gebetserhörung war das, so wahr ich dort stand. „Vielen Dank, Mrs Post, aber ich bezweifle, dass Emma lachen wird. Vielleicht würde sie Sie eher küssen, so sehr, wie sie ihren Garten liebt."

„Ja, da haben Sie Recht. Das tut sie wirklich."

Ich stand auf, um einen Vorlegelöffel zu holen und konnte dabei kurz meine Kinder im Garten beobachten. Sie wälzten sich beide im Gras und überall wuselten Welpen herum. Und Samuel, der doch sonst immer so besonnen und vernünftig war, stand mit einem Welpen auf dem Arm da und sah dem winzigen Tier ins Gesicht.

„Die müssen sich aber bestimmt erst mal waschen", seufzte ich und dachte daran, wie die Kinder später darum betteln würden, wenigstens einen der Welpen mit nach Hause nehmen zu dürfen.

„Sie können von Glück sagen, wenn Sie nachher nicht mit einem Hund auf dem Schoß nach Hause fahren!", sagte Louise lachend. „Aber eigentlich ist es ja auch ganz nützlich, einen Hund um sich zu haben. Halten die Nager vom Mais fern und auch den Fuchs von den Hühnern. Haben Sie Hühner?"

„Ja, Emma hat welche."

„Es ist wirklich nett von Emma, Sie bei sich wohnen zu lassen. Und von Ihnen ist es auch nett, sich um sie zu kümmern. Barrett hat mir alles erzählt und es ist wirklich eine anständige Vereinbarung. Ein bisschen anders als üblich, aber was soll's? In Zeiten wie diesen müssen die Menschen eben zusammenrücken."

„Vielen Dank. Es gibt nur wenige Leute, die darüber ebenso denken."

Louise schüttelte den Kopf. „Das glaube ich gar nicht. Uns sind da zwar so einige Dinge zu Ohren gekommen, aber ich sage dann den Leuten, sie sollen sich um ihre eigenen Angelegenheiten kümmern. Oder sie sollen selbst mit Emma reden, so wie Barrett es gemacht hat."

Wir deckten den Tisch und riefen alle zu einem Mittagessen, das absolut fürstlich war. Louise Post konnte wirklich kochen, auch wenn sie manches verkehrt herum machte, wie zum Beispiel, dass sie die Gabeln auf die rechte Seite vom Teller legte und auf ihren Teller erst die Soße und dann das Fleisch füllte. Und es war eine echte Leckerei, frische Butter auf ihr selbst gebackenes Brot streichen zu können. Und der Kirschstrudel zum Nachtisch war einfach köstlich.

Am meisten redete während des Essens Elvira Post. Sie stellte Robert alle möglichen Fragen und dachte sich dann noch ein paar mehr für Samuel und mich aus. Schon bald wusste sie mehr über uns, als die meisten Leute erst nach Wochen, wenn es sie überhaupt interessierte.

„Es hilft mir beim Unterrichten, wenn ich weiß, wie meine Schüler leben und über Dinge denken“, behauptete sie. „Glauben Sie mir, Sie sind nicht die Einzigen, die ich dermaßen ausfrage.“

„Da hat sie allerdings Recht“, bestätigte ihr Mann Clement. „Man kann nirgends mit ihr hingehen, ohne dass sie die Leute nicht sofort ausfragt über Dinge, die mich nicht im Geringsten interessieren würden.“

„Du solltest dich aber dafür interessieren“, sagte Elvira zu ihm. „Es gibt doch nichts Interessanteres als die Menschen um einen herum.“

„Dann wünschte ich, dass du das auch über die Leute in der Gemeinde denkst“, ermahnte Emma sanft. „Es wäre doch schön, all die Leute, die dort sind, besser kennen zu lernen, Elvira. Besonders die Kinder. Sie sollten die Lehrerin häufiger in der Kirche sehen als nur am Heiligabend, und wenn es nur wäre, um ein gutes Vorbild abzugeben. Und das gilt für euch alle.“

Eine Weile war es am Tisch ganz still geworden und die Posts kümmerten sich ausschließlich um ihr Essen. Aber schließlich schaffte Elvira es wieder zu sprechen.

„Du hast Recht, Emma. Ich weiß das. Ich sollte häufiger gehen. Als Vorbild, wie du ganz richtig sagst. Und ehrlich gesagt, bin ich froh darüber, dass sich die Eltern meiner Schüler zum Glück deshalb nicht über mich beschweren. Meine Vorgängerin in der Schule ist jeden Sonntag gegangen, aber die Kirche war damals auch noch direkt bei der Schule und sie hatte es nur ein paar Schritte weit dorthin."

„So weit ist *Dearing* nun auch wieder nicht", entgegnete Emma. „Nicht für etwas so Gutes wie die Kirche. Und dir würde es auch nicht schaden, Barrett."

Mr Post legte etwas aufgebracht seine Gabel nieder. „Du weißt, dass ich nicht mehr da gewesen bin, seit mein Vater gestorben ist, und ich geh auch nicht mehr. Wir respektieren dich hier alle, Emma, aber lass mich damit in Ruhe. Das ist allein meine Sache."

Nach einem weiteren kurzen Schweigen lenkte Louise das Gespräch darauf, wie wohl in diesem Jahr die Beerenernte ausfallen würde und dass der Rhabarber wunderbar gedieh. Elvira lud unsere Familie ein, sich die Schule einmal anzuschauen, und Clement sagte, dass wenn wir uns beeilten, wir nach dem Essen noch das Hörspiel im Radio hören könnten. Robert aß nach diesem Vorschlag ganz schnell seinen Teller leer und schon bald saßen wir im Halbkreis um das Radio herum, das in der Ecke eines Zimmers stand, welches Louise den Salon nannte.

Ich fand es schön, wieder einmal Radio zu hören, auch wenn es viel zu laut aufgedreht war. Mr Post hatte nämlich einen der Knöpfe abgebrochen, der jetzt oben auf dem Radio lag, direkt neben einer Vase mit Perlhyazinthen.

Eine Sendung war einfach nicht genug. Das Hörspiel dauerte eine halbe Stunde und Sarah und Robert hätten sich nicht einmal mit dem Rechen vom Teppich kratzen lassen, wenn wir ihnen nicht noch eine Sendung mehr erlaubt hätten. Ich hatte diesen Sender aus St. Louis noch nie zuvor gehört, aber es gab dieselben Werbemelodien, wie ich sie auch aus Harrisburg kannte.

Emma lehnte sich mit geschlossenen Augen zurück und hatte ein strahlendes Lächeln auf dem Gesicht. Ich fragte mich, ob sie nicht schon häufig bei den Posts gewesen war, um sich die eine oder andere Radiosendung bei ihnen anzuhören.

Sehr zu Roberts Entzücken kam als Nächstes ein Westernhörspiel mit wild galoppierenden Geräuschen und heftigen Schießereien. Er hätte auch danach bestimmt noch gern weitergehört, aber Mrs Post führte uns nach draußen, sobald die Sendung vorbei war, um uns ihren Garten zu zeigen. Sie versprach den Kindern allerdings, dass sie uns irgendwann noch einmal einladen würde und wir dann einen ganzen Abend lang Radio hören könnten.

Ihr Salat gedieh prächtig, direkt am Brunnen wuchsen Petersilie, Basilikum und Apfelminze. Sie hatten einen sehr schönen Hof und einen Garten, um den sie zu beneiden waren. Ich begann mir vorzustellen, wie Emmas Garten wohl unter ihrer eigenen Obhut ausgesehen haben mochte und wie er wieder werden könnte. Welche Wunder man doch mit einem kleinen Stückchen Land zu vollbringen vermochte!

Ich stellte mir vor, wie Trauben an einem Gitter rankten und Dill, Lorbeer und Hunderte anderer Kräuter um das Haus herum wachsen würden. Wir könnten die Lilien von der Vorderseite des Hauses bis zum anderen Ende des Grundstücks wachsen lassen und Tulpenzwiebeln setzen, um im Frühling Farbe auf das Grundstück zu bringen.

Ich hätte mir endlos weiter ausmalen mögen, wie alles sein würde, aber Sammy legte den Arm um mich und fragte, ob wir nicht lieber gehen wollten. Emma sah müde aus.

Sie wollte zwar ebenfalls gern nach Hause, war aber weit entfernt davon einzugestehen, dass sie müde war. „Wir müssen noch nachschauen, ob Lula Bell genug Wasser hat", sagte sie. „Und außerdem muss sie gemolken werden."

Natürlich waren die Kinder nicht annähernd so begeistert davon, ein Haus zu verlassen, in dem es ein Radio und Welpen gab. Sie hatten sich wieder zu dem Holzschuppen verzogen, wo Princess ihre Jungen hütete. Ich konnte ihre sehnsüchtigen Blicke erkennen, als sie die Welpen zögernd wieder auf den Boden setzten.

Aber sie sagten kein Wort. Robert ging und setzte sich in die Nähe von Mr Posts Lastwagen und Sarah griff nach meiner Hand und mit Blicken vergewisserte sie sich, ob ich auch bemerkt hatte, was für kostbare kleine Geschöpfe die Welpen waren. Es waren gute Hunde, die alle so aussahen wie die Mutter, eine goldene Labradorhündin, aber ich sagte ebenfalls nichts.

Es war Samuel, der schließlich Mitleid mit den Kindern hatte und der Emma fragte, ob sie etwas dagegen hätte, wenn wir in nächster Zeit einen Hund mit nach Hause nähmen. Ich war froh, als sie sagte, sie wäre begeistert. Auf eine richtige Farm gehöre schließlich ein Hund. Aber mich beunruhigte trotzdem ein wenig die Frage, wie wir auch noch einen Hund mit durchfüttern sollten. Nun ja, es blieben uns ja auch noch ein paar Wochen Zeit, um uns darüber Gedanken zu machen, denn die Welpen waren noch zu jung, um schon von der Mutter getrennt zu werden.

Auf dem Heimweg fragte ich mich, was über Samuel gekommen war, dass er so großen Gefallen an einem Welpen fand. Denn am Tag zuvor hatte er immerhin noch alles hinschmeißen und weiterziehen wollen. Ich brauchte ihn jedoch nicht danach zu fragen. Hinten in Mr Posts Lastwagen legte er seinen Arm um mich und flüsterte mir zu, dass er versuchen würde, das Leben, das Gott uns geschenkt hätte, so zu leben, wie es war und sich nicht mehr nach etwas anderem zu sehnen.

„Vielleicht sollen wir das hier tun“, flüsterte er. „Vielleicht hat Gott ja auf Emma hinuntergeschaut und uns absichtlich zu ihr geschickt.“

Ich nickte und blickte durch die Scheibe des Rückfensters auf den geschlungenen grauen Zopf, der über Emmas Spitzenkragen saß. „Sie braucht ihre Farm, Sammy. Und sie nimmt uns wie ihre Familie an.“

„Aber sie hat schon eine Familie“, sagte er. „Jedenfalls ein paar Verwandte. Und sie haben auch Rechte und Ansprüche, wenn Emma mal nicht mehr ist. Und das ist auch richtig so. Sie hat mir heute Morgen eine Schenkung angeboten, aber ich kann das nicht annehmen, Liebling. Wir sind schon reich genug beschenkt, wenn wir das für sie tun, was sie möchte, solange sie am Leben ist.“ Er küsste mich auf die Wange und schwieg dann ein paar Minuten lang.

Nachdem er das gesagt hatte, hoffte ich, dass Emma noch ewig leben würde, aber ich musste auch an das einsame Grab auf dem Hügel denken. Das Grab von Willard Graham.

In meinem tiefsten Inneren wusste ich, dass Emma nichts unternehmen würde, um ihre Verabredung im Himmel hinauszuzögern, dass sie ebenso zum Sterben wie zum Leben wieder hergekommen war. Das zu wissen bewirkte in meinem Inneren ein großes Durcheinander von Gefühlen, ich war gleichzeitig traurig und glücklich.

„Ich hoffe, dass sie noch lange bei uns ist", sagte Sam schließlich. „Aber wenn Gott sie heimruft, werden wir irgendwo anders eine Möglichkeit zu leben finden. Das verspreche ich."

Ich saß da, meinen Kopf an seine Schulter gelehnt und dachte an Mr Henley nach der Kirche und an Hazel Sharpe und jeden sonst, der meinen Mann für fähig halten konnte, eine alte Dame zu hintergehen und auszunutzen. Dass ich die Entscheidung, die Sam getroffen hatte, verstehen konnte, ließ erneut die Wut in mir entbrennen. Wie konnte jemand es wagen zu glauben, dass Sam Wortham ein Betrüger war. Noch einmal eine solche Behauptung, und ich würde es ihnen zeigen.

24

Samuel

Julia wollte gern wissen, wo die Schule war, also fuhr Mr Post uns auf dem Heimweg dort vorbei. Das Schulhaus lag ein wenig versteckt hinter Bäumen etwas abseits in einer Seitenstraße, sodass wir es ohne Hilfe wahrscheinlich kaum gefunden hätten. Das alte Gebäude sah eher wie eine Kirche aus als wie eine Schule, denn es hatte einen Glockenturm, von dem aus morgens die Schulglocke zum Unterrichtsbeginn läutete. Auf jeder Seite des Gebäudes befanden sich Toilettenhäuschen und zwei getrennte Brunnen, jeder mit einem Eimer und einem Blechbecher versehen, die an einem Pfahl hingen.

Ich konnte mir vorstellen, wie die Jungen auf dem holprigen Rasen Ball spielten, sonst gab es auf dem Schulhof nichts mehr, außer einer Stange, an der man die Pferde und Maultiere anbinden konnte, auf denen ein Teil der Schüler offenbar zum Unterricht ritten. Robert gefiel die Schule anscheinend, worüber ich sehr erleichtert war. Er freute sich bestimmt, dass es für ihn am nächsten Morgen losgehen würde. Aber auch Sarah gefiel, was sie sah, besonders die gebastelten Papierblumen in den Fenstern.

Sie jammerte jedoch ein bisschen, weil Elvira gesagt hatte, sie könne erst im Herbst kommen.

„Nun sei mal nicht traurig, kleines Fräulein“, sagte Mr Post zu ihr. „Dieses Schuljahr ist ja schon in einem Monat zu Ende. Und bis dahin braucht dich deine Mama doch sicher noch zu Hause.“

Sarahs Miene hellte sich gleich ein wenig auf bei dem Gedanken, dass noch eine spannende Zeit vor ihr lag, aber mich bedrängte auch die Sorge darüber, wovon wir Bücher und die anderen Schulsachen bezahlen sollten. Ich fragte deshalb Juli, was Robert wohl für die Schule alles brauchen würde.

„Mrs Post hat gesagt, dass er bis zum Ende des Schuljahres bei den anderen mit in die Bücher schauen kann“, sagte sie, erwähnte jedoch nicht, was wir dann im Herbst brauchen würden. Stifte und Tafeln für beide Kinder würden es auf jeden Fall sein. Bis dahin mussten wir also auf jeden Fall irgendwie zu Geld kommen.

Ich war unruhig und überließ mich den Gedanken daran, was kommen würde und was wir noch alles brauchten. Neue Schuhe für beide Kinder, besonders für Sarah, die ihre bei jeder Gelegenheit auszog, weil sie an den Zehen schon drückten. Und Mäntel, gute schwere Qualität musste es sein, um die Kinder auf dem Schulweg warm zu halten. Im vergangenen Winter hatten wir Mäntel für sie gehabt, aber die hatten wir zurückgelassen, weil wir in den wenigen Taschen, die wir hatten mitnehmen können, keinen Platz mehr gehabt hatten für Sachen, die den Kindern im nächsten Winter wahrscheinlich sowieso nicht mehr passen würden.

Als wir aus Harrisburg weggegangen waren, hatte Julia mir gesagt, dass wir den ganzen Sommer lang und bis zum Herbst Zeit haben würden zu erleben, wie Gott für uns sorgen würde. Damals hatte ich gedacht, dass sie mich nur ein bisschen aufmuntern wollte, aber sie war selbst wirklich davon überzeugt gewesen, und wir hatten tatsächlich immer wieder erfahren, wie Gott für uns sorgte, daran bestand kein Zweifel. Es kommt aber immer auch eine Zeit, da erwartet Gott von den Menschen, dass sie Möglichkeiten finden, selbst anzupacken und Geld zu verdienen.

Ich musste mich nach einer Arbeit umschauen, das war unumgänglich, so sehr ich auch auf Emmas Farm gebraucht wurde. Mir war aber gleichzeitig auch klar, dass ein Wunder nötig war, um in dieser schwierigen Zeit und in dieser Gegend einen Job zu finden. Zwei Männer aus Emmas Gemeinde waren irgendwo südlich von hier in einer Mine tätig gewesen, hatten aber inzwischen ebenfalls ihre Arbeit verloren. Überall wurden Arbeitskräfte entlassen und niemand stellte neue ein.

Als wir zu Hause ankamen, war ich immer noch ganz in Gedanken. Ich hatte es eilig, mit der Arbeit an dem kaputten Zaun fertig zu werden, denn je eher er repariert war, desto eher konnte ich mir eine bezahlte Arbeit suchen. Aber genau wie ich angenommen hatte, hielt Emma nichts davon, am Sonntag zu arbeiten, und es schien mir am besten, das zu respektieren, zumindest soweit sie es mitbekam.

Also nahm ich die Kinder mit in die Scheune, um ihnen die kleinen Kätzchen zu zeigen, die ich dort am Morgen entdeckt hatte. Und trotz all meiner Sorgen war ich froh, dass wir hier waren und froh, dass ich Vater war, als ich meine Kinder lächelnd im Heu sitzen und über das Wunder des Lebens staunen sah. Ich hatte gedacht, es würde der Katzenmutter nicht behagen, wenn wir in der Nähe waren, aber die Anwesenheit der Kinder schien sie überhaupt nicht zu stören. Sie lag einfach da und ließ gleichzeitig und mit derselben Gleichmut das Saugen der Kätzchen und Sarahs Streicheln über sich ergehen.

Während die Kinder noch oben auf dem Heuboden waren, fing ich mit der Arbeit an Emmas Rollstuhl an. Ich hatte mir aufgezeichnet, wie ich es machen wollte, aber ich wusste noch nicht, wie ich den Stuhl an der Radachse befestigen sollte, sodass er stabil war und nicht umkippte, aber dabei auch nicht klobig wie ein alter Karren. Ich beschloss dann aber, mich mit diesem Problem erst zu befassen, wenn ich den Sitz fertig hatte.

Ich wollte mit einer einfachen Leistentechnik arbeiten, so ähnlich wie bei Rita McPierys Verandaschaukel, nur kleiner. Ich fand ein paar Bretter, die für meine Zwecke ganz brauchbar schienen, wenn ich sie richtig zuschnitt. Aber erst einmal wollte ich noch nichts sägen, denn das würden die Kinder hören und dann natürlich nachsehen, was ich da vorhatte, und ich war noch nicht so weit, dass ich etwas erklären konnte oder wollte. Also machte ich mich erst einmal auf die Suche nach Nägeln in der richtigen Größe. Es war nicht so einfach, genau die passenden zu finden, aber schließlich entdeckte ich doch einige, zog sie vorsichtig aus den Brettern heraus und verstaute sie in einer alten abgestoßenen Tasse, die ich im Stroh gefunden hatte.

Mrs Post hatte uns Reste vom Mittagessen eingepackt und mitgegeben, und Julia wollte sich revanchieren und die Posts irgendwann auch einmal zu uns einladen. Ich zog Nägel aus Brettern und machte mir dabei Gedanken darüber, was sie wohl denken würden, wenn sie zum Essen zu uns kämen und wir ihnen nichts als Grünzeug und was sonst noch gerade da war auftischen konnten. Sie hatten uns mit gutem, schwarzem Bohnenkaffee bewirtet und der hatte mir besser geschmeckt als jede Süßigkeit. Was würden sie über uns denken, wenn sie bei uns Muckefuck bekamen, den Julia selbst geerntet, geröstet und gemahlen hatte.

Die Hammonds würden das vielleicht verstehen. Vielleicht machten sie es sogar selbst genauso, aber die Posts und die Hammonds schienen Welten voneinander zu trennen. Die einen machten einen wohlhabenden Eindruck, die anderen waren offenbar genauso arm wie wir. Als mir das durch den Kopf ging, dachte ich nicht mehr ganz so schlecht über George Hammond. Ich betete sogar für ihn, bevor ich an diesem Abend wieder ins Haus ging.

Mr Post und sein erwachsener Sohn Martin kamen am nächsten Morgen direkt nach dem Frühstück, um mir beim Reparieren des Zauns zu helfen. Sie verhielten sich so, als sei es das Selbstverständlichste von der Welt, anderen bereitwillig zu helfen.

„So machen es die Leute hier in der Gegend eben", sagte Barrett. „Jedenfalls war das immer so. Und so sollte es auch bleiben. Wenn die Leute sich gegenseitig dabei helfen, Scheunen aufzustellen, dann sollten sie auch an anderen Stellen helfen, wo Not am Mann ist. Und wenn Emma ihre Kühe zurückbekommt, ist es mir das allemal wert."

Diese Anmerkung überraschte mich doch sehr. Wusste eigentlich jeder hier, dass Hammond noch Kühe von ihr hatte? Und dass er für keine Einzige davon je etwas bezahlt hatte?

„Ich habe mit dem Bullen, den Emma mir gegeben hat, gutes

Vieh gezüchtet“, erklärte Post. „Ich habe gedacht, ich schulde ihr ein Rind. Die Kuh, die ich versprochen habe, ist aus der dritten Generation. Stammt aus einer wirklich guten Herde. Die wird gut für Sie sein, ganz bestimmt.“

Vielleicht wusste Post gar nichts von Hammond. Er vergalt Großzügigkeit mit Großzügigkeit. Ich konnte mir gut vorstellen, dass Emma einfach einen Bullen verschenkte; das sah ihr ganz ähnlich.

Post warf mir einen fragenden Blick zu und nickte dann, als ob er gerade etwas Wichtiges beschlossen hatte. „Für ein, zwei Stunden Arbeit würde ich die Kuh vom alten Beau besamen lassen, wenn Sie das möchten.“

„Besamen?“ Wie sollten wir denn noch zusätzlich mit einer trächtigen Kuh fertig werden? Julia wäre wahrscheinlich hellauf begeistert, aber mir wurde ganz weich in den Knien. „Für ein paar Stunden Arbeit?“, musste ich nachfragen, immer noch völlig verblüfft über das Angebot des Mannes.

„Ich könnte Hilfe auf dem Feld gebrauchen“, sagte er. „Tatsache ist, dass ich sogar den ganzen Sommer viel Hilfe brauchen werde. Wayne Horne ist nach Missouri gezogen und mein Sohn hier hat sich Land dazugekauft und außerdem hat er noch Zwillinge, die ihn auf Trab halten. Ich habe ein paar Jungen angeheuert, die in der Scranton-Mine gearbeitet haben, aber ich brauche noch mehr Helfer.“

Ich stand einfach nur da und sah wahrscheinlich ziemlich dämlich aus, wie ich da vor dem Mann stand und jeden Augenblick umzukippen drohte. Noch ein erhörtes Gebet, dass sich ein Job einfach anbot und ich nicht einmal danach hatte suchen müssen. Warum tat Gott bloß so etwas? Warum interessierte es ihn überhaupt?

„Wollen Sie damit sagen, dass Sie mir einfach so eine Arbeit anbieten?“

Barrett nickte. „Ich tausche Zaunreparatur gegen Dachdecken. Dann gehen Sie mir eine Weile zur Hand und ich sorge dafür, dass Sie Ihre Kuh und das Kalb bekommen. Wenn ich dann mit Ihrer Arbeit zufrieden bin, frage ich Sie ab und zu, und dann bekommen Sie Bargeld.“

Ich streckte Mr Post die Hand hin, bekam gerade noch ein „Vielen Dank“ heraus und sagte dann noch: „Sie werden mit meiner Arbeit bestimmt zufrieden sein, das verspreche ich Ihnen."

Er reagierte darauf nur mit einem breiten Grinsen und der Bemerkung: „Das habe ich mir gedacht. Können wir jetzt endlich anfangen?"

Die Posts arbeiteten schnell und Barrett redete dabei ununterbrochen.

„Ich habe gehört, dass sie *Lake Creek 4* jetzt auch dichtmachen wollen", erzählte er mir. „Es wird nicht mehr lange dauern, dann gibt es im ganzen Staat keine einzige Mine mehr! Eine Schande ist das! Früher haben wir hier in der Gegend beim Kohleabbau Rekordzahlen gehabt. Mein Cousin Edmund bei der *New Orient* sagt, dass *Illinois* mehr Kohlevorkommen hat als der gesamte Rest der Welt zusammen. Dazu kann ich nichts sagen, aber eins steht fest, dass die Welt im Augenblick nicht besonders viel davon kauft."

Ich wunderte mich jetzt über Dewey, der gesagt hatte, er überlege, ob er sich bei der *Paulton Mine* um Arbeit bewerben sollte. Was er wohl jetzt tun würde?

„Sie sagen auch, dass unten in *Marion* eine Bank schließt", berichtete Post weiter. „Ich habe ein wachsames Auge auf unsere Bank hier. Man kann sich nicht darauf verlassen, dass die ewig bleibt. Wenn man überhaupt Geld hat, muss man immer ein Auge darauf haben. In Zeiten wie diesen zahlt es sich aus, gut auf sein Bargeld aufzupassen."

Er hielt inne und sah mich eine Weile an, um dem Gesagten noch mehr Nachdruck zu verleihen. „Ich weiß ja nicht, wie es da war, wo Sie herkommen", sagte er. „Ich habe gehört, dass es in manchen Orten ganz gut ist, aber hier in der Gegend geht es mit vielen Leuten bergab wegen der Minen. Wirkt sich irgendwie auf alle aus."

Ich schaute zum Garten hinüber, wo ich Juli beim Kartoffelnpflanzen sah. Sie schien nicht zu gehen, sondern ihre Arbeit hüpfend zu verrichten, so sehr freute sie sich offenbar darüber, dass alles so war, wie es war. Begriff sie eigentlich, wie schlimm die allgemeine Lage war? Barrett sagte, dass die gesamte Gegend darunter leide. Es herrschten überall schlechte Zeiten.

Weil ich mir jetzt so große Sorgen machte, empfand ich eine solche innere Anspannung, dass ich darüber fast vergaß, wie glücklich ich noch wenige Augenblicke zuvor darüber gewesen war, dass mir eine Arbeit angeboten worden war. *Wie kann Post es sich überhaupt leisten, mich anzuheuern? Es muss ihm noch besser gehen als es den Anschein hat. Aber wird es auch so bleiben?*

„Sehen Sie sich nur mal im Laden in *Dearing* um das nächste Mal, wenn Sie da sind“, redete Post weiter, ohne zu merken, welche Wirkung seine Ausführungen auf mich hatten. „Die Preise sind stark gestiegen und es heißt, dass ich dieses Jahr vielleicht nicht mehr als 35 Cent für einen Scheffel Weizen kriege. Das könnte wirklich ’n harter Winter werden.“

Ich setzte einen alten Pfahl heftig in das frisch gegrabene Loch und wischte mir den Schweiß von der Stirn. „Gibt es hier in der Gegend im Winter viel Schnee?“

„Ach du meine Güte!“, rief Post laut aus. „Schnee ohne Ende! Ich hab’ schon erlebt, dass er mir bis zum Gürtel und weiter ging. Das ist natürlich nicht jedes Jahr so, aber man muss jetzt vorsorgen. Haben Sie schon Holz gemacht?“

„Nein, noch nicht viel.“

„Es ist ja auch noch Zeit. Das können Sie immer machen, wenn sonst nicht so viel zu tun ist. Hat Emma immer noch den schönen kleinen Petroleumofen im Wohnzimmer?“

„Nein. Einen Petroleumofen habe ich nicht gesehen.“

„Hat ihn wahrscheinlich weggegeben, als sie weggezogen ist. Das ist Emma, hat ein Herz aus Gold.“

Ich hatte viel an Holz für den Herd gedacht und für den Kamin, aber es war mir noch gar nicht in den Sinn gekommen, dass wir vielleicht noch zusätzlich heizen mussten.

„Sie müssen das Toilettenhaus richten“, sagte Post, das Thema wechselnd. „Es steht ganz schief.“

„Das mache ich, wenn wir mit dem Zaun fertig sind.“

„Hier ist immer was zu tun, nicht?“ Er lachte und schaute hinüber zu seinem Sohn, der die ganze Zeit schweigend vor sich hin gearbeitet hatte. „Martin muss seine nagelneue Veranda reparieren! Sein Schwager war zu Besuch da und ist mit seinem Chevrolet Coupe dagegen gebrettert! Ist das nicht’n Ding? Und dann hält der sich auch noch für besonders toll!“

Als sein Vater das erwähnte, sah Martin nicht besonders freundlich aus. Ich sagte, ich würde ihm gern helfen, wenn er Hilfe bräuchte, als Gegenleistung für seinen Einsatz bei mir. Er nickte dankend, bevor er zum Lastwagen seines Vaters ging, um einen Kasten mit Nägeln zu holen.

„Er ist ein guter Junge“, sagte Barrett zu mir.

„Das sehe ich.“

„Aber das wäre sicher nicht so, wenn seine Frau ihn nicht dazu gebracht hätte, zur Kirche zu gehen.“

Julia hatte Robert an diesem Morgen zum ersten Mal mit einem in Zeitungspapier eingewickelten Pausenbrot versehen zur Schule geschickt. Deshalb war ich etwas überrascht, als ich ihn schon vor dem Mittag wieder nach Hause kommen sah.

„Die Lehrerin hat uns nach Hause geschickt“, sagte er, nachdem er auf unseren Zaun geklettert war. „Sie hat gesagt, sie hätte Zahnschmerzen.“ Er schaute uns eine Weile zu und wartete offensichtlich darauf, dass die Posts einmal außer Hörweite waren.

„Sie ist eine komische Lehrerin, Papa“, vertraute er mir an. „Als Erstes mussten wir alle auf unserem Platz singen. Danach musste ich wie ein kleines Kind das Alphabet aufsagen, nur weil sie rausfinden wollte, ob ich da, wo ich herkomme, auch anständigen Unterricht gehabt habe.“

„Jeder macht seine Arbeit eben auf seine eigene Art“, erklärte ich ihm. „Und so schlimm hört sich das doch eigentlich gar nicht an.“

„Wir sind nur siebzehn Schüler in der ganzen Schule! Fünf davon sind Jungen in meinem Alter. Mir gefällt das, aber Mrs Post sagt, es ist schrecklich, so viele Jungen zu haben. Nur vier Mädchen, Papa, in der ganzen Schule. Und ich merke genau, dass es ihnen auch nicht gefällt, weil sie dauernd gehänselt werden.“

„Vielleicht solltest du ein Auge auf sie haben, dafür sorgen, dass die anderen Jungen ihnen das Leben nicht so schwer machen.“

„Dafür machen sie dann mir das Leben schwer, Papa. Orville Mueller hat schon gesagt, dass ich ein Weichling bin. Ich will bestimmt nicht, dass er mich auch noch Muttersöhnchen nennt.“

„Du sollst aber das tun, was richtig ist, Robert."

„Ach Papa! Es ist schon schwer genug, der Neue zu sein."

„Aber überleg doch mal, wie du dich fühlen würdest, wenn eines von den Mädchen deine Schwester wäre. Und im Herbst ist sie auch dabei. Vielleicht kann es doch bis dahin schon viel besser werden."

„Kann sein, dass Orville Mueller dann gar nicht mehr kommt. Der ist schon groß genug zum Arbeiten, Papa. Vielleicht ist dies ja sein letztes Schuljahr."

„Denk trotzdem mal über das nach, was ich dir gesagt habe. Die meisten von den Jungen werden nämlich noch länger da sein. Manchmal braucht es nur einen, um den anderen zu zeigen, wie man es besser machen kann."

Eine Weile sagte Robert gar nichts, sondern dachte offenbar nach. „So was Ähnliches hat Mrs Gray auch in der Sonntagsschule gesagt. Dass wir etwas verändern können, wenn wir einfach nur das tun, was richtig ist."

„Das ist eine wirklich gute Lektion."

„Aber Papa, die Lehrerin sagt ihnen ja schon, dass sie damit aufhören sollen, wenn sie es sieht. Die anderen Male kann ich auch nichts dagegen tun. Das meiste davon ist vor und nach der Schule. Und die Schlimmsten sind sowieso viel größer als ich."

Er steckte wirklich in der Klemme. Ich wollte nicht, dass er schweigend zusah, wie jemand gequält wurde. Aber ich wollte auch nicht, dass er mit einem blauen Auge nach Hause kam. „Im Augenblick kann ich nichts anderes sagen, als dass du dein Bestes geben sollst. Wir werden dafür beten."

„Will Gott, dass ich mich prügele, Papa?", fragte er. „Den Mädchen zuliebe?"

„Das ist sicher nicht der beste Weg. Jedenfalls normalerweise nicht."

„Willy hat gesagt, dass die einzige Möglichkeit, Orville Mueller aufzuhalten, die ist, ihm einen Kampf anzubieten. Aber das traut sich keiner."

„Ist er denn sehr groß und stark?"

„Ja, und außerdem auch noch gemein. Er hat Esther Cohen an den Haaren gezogen und ihre Bücher in den Dreck geworfen."

„An so einem Tyrannen ist absolut nichts mutig oder stark."

„Vielleicht nicht, aber die meisten haben Angst vor ihm."

Ich gab ihm einen Klaps auf die Schulter und wusste nicht so genau, was ich ihm sonst noch sagen sollte. Nach einer langen Pause sah er mir direkt ins Gesicht, als versuche er meine Reaktion auf das abzuschätzen, was er als Nächstes sagen wollte.

„Am Sonntag bin ich bei der Sonntagsschule fast nach vorn gegangen, Papa", sagte er. „Als Mrs Gray gefragt hat, wer sein Herz Gott anvertrauen möchte. Sie hat gesagt, wir sollten nach vorn kommen und vor aller Welt sagen, dass wir uns für gute Werke gebrauchen lassen wollen und nicht für schlechte."

„Und warum bist du dann doch nicht gegangen?"

„Es ist gar keiner gegangen außer Mrs Grays Tochter. Und einige von den Jungs haben sich lustig gemacht und gekichert. Ich konnte einfach nicht, Papa, denn ich bin neu, und wenn ich es gemacht hätte, hätte ich doch niemals Freunde gefunden."

„Du musst dir überlegen, welche Sorte von Freunden du willst."

Robert sah mich einen Augenblick lang an, sprang dann ohne noch etwas zu sagen von dem Zaun herunter und ging zum Haus. Ich sah hinüber zu den Posts, die ungefähr zwanzig Meter von mir entfernt arbeiteten. Ich dachte, dass ich womöglich mehr hätte sagen müssen. Dass ich Robert vielleicht deutlicher hätte sagen müssen, was für ein großartiger Junge er in meinen Augen war.

Aber es war schon richtig gewesen. Er musste jetzt allein weggehen und erst einmal nachdenken. Danach musste er dann selbst entscheiden, wo er stand.

Ich hätte eigentlich gern gleich an Ort und Stelle gebetet, aber Barrett Post hatte wieder ein Loch fertig und ich musste mich beeilen, den Pfahl hineinzuwuchten, der schon im Gras bereitlag.

George Hammond begann am nächsten Tag, das Feld neben unserem Grundstück mit Hilfe eines Pfluges, der von einem Pferd gezogen wurde, für die Aussaat vorzubereiten, bevor Emma es sich anders überlegen konnte. Seine Jungen Willy und Kirk kamen nach dem Mittagessen bei uns vorbei, um mit

Robert angeln zu gehen. Und dann kamen Leute, die ich noch nie gesehen hatte, in einem grün gestrichenen Pferdefuhrwerk an, die uns einen Gewürzkuchen mitbrachten und Emma besuchen wollten. Sie stellten sich als Covey und Alberta Mueller vor und blieben bis zum späten Abend bei Emma. Beide redeten wie die Wasserfälle, aber sie machten einen recht netten Eindruck und Julia war ganz froh, einmal andere Gesellschaft zu haben. Ich musste jedoch trotzdem dauernd an einen großen Jungen namens Orville Mueller denken, den Schulhoftyrannen. Ob er ihr Sohn war? Was er wohl machte, während seine Eltern nicht zu Hause waren?

Ich wurde so unruhig, dass ich schließlich zusammen mit Sarah zum Teich ging, wo die Jungen immer noch angelten. Sie hatten sieben Fische gefangen und versuchten gerade zu entscheiden, wie sie ihre Ausbeute durch drei teilen sollten.

„Nehmt ihr einen mehr", sagte ich zu den Hammond-Jungen. „Ihr seid mehr Leute zu Hause."

Als die Hammonds gegangen waren, fing Sarah an im Mondschein um mich herum zu tanzen. „Erzähl' mir eine Geschichte, Papa", bettelte sie. „Hier draußen im Freien."

Ich seufzte. Ich hatte den Kopf zwar voll mit Nachbarn und jugendlichen Tyrannen und dem Schnee im kommenden Winter, aber ich setzte mich trotzdem auf einen alten Baumstamm und nahm mein kleines Mädchen auf den Schoß. Robert legte seine Fische in einen alten Eimer und setzte sich neben mich.

„Es war einmal ein Polliwog namens Alice", fing ich an. „Und Alice lebte im Schlamm auf dem Grund eines ganz kleinen Teiches."

Sarah legte ihren Kopf an meine Brust und Robert sah auf den Teich, der vor uns lag. „Erfindest du die Geschichte, Papa?", fragte er.

„Ja, diese schon."

„Sei still, Robby", schimpfte Sarah. „Los, erzähl weiter, Papa."

„Alice und die Polliwog lebten also tief unten auf dem Grund des Teiches im Schlamm. Sie hatten nur zwei Probleme. Den Winter und einen Ochsenfrosch namens Ogelvie." Ich holte tief Luft und fragte mich, wieso sie meine dummen kleinen Geschichten immer wieder über sich ergehen ließen. Schließlich war es gar nicht schwer, sie sich auszudenken. Ich erzählte ihnen einfach, was mir gerade in den Sinn kam.

„Alice hatte ein hübsches Haus mit Lehmwänden und einem Lehmboden und alles war genau so, wie sie es sich gewünscht hatte. Aber als der Winter kam, war es viel zu kalt für sie. Und wenn der Ochsenfrosch Ogelvie kam, dann lehnte er sich immer an eine der Wände ihres Hauses und dann stürzte die Wand ein. Wenn das passierte, musste sie schwer schuften, um sie so schnell wie möglich wieder aufzubauen, und dabei half Ogelvie ihr nie."

Robert hob einen Stock vom Boden auf. Sarah machte die Augen zu.

„Einmal war der Winter so kalt, dass der Teich bis auf den Grund zugefroren war. Der Schlamm war ganz hart und es war schwierig, sich darin zu bewegen. Alice blieb deshalb lieber zu Hause und deckte sich mit siebzehn Decken zu, damit ihr warm blieb. Aber Ogelvie war zäh und stark und er sprang einfach hinaus in die Kälte, durch den harten Schlamm den ganzen Weg bis zu Alices Haus und bat sie um eine Tasse Tee. Während er den Tee trank, lehnte er sich zurück gegen die Wand ihres Hauses und die Mauer fiel einfach um. Alice war wütend, richtig wütend. Aber der Ochsenfrosch lachte nur und machte sich aus dem Staub."

Robert sah mich an, zog dann sein Taschenmesser heraus und fing an, an dem Stock herumzuschnitzen. Ich erwartete eigentlich, dass er meine Geschichte jetzt leid sein und mich mit Sarah allein lassen würde, weil er sich für so etwas zu alt fand, aber das tat er noch nicht.

„Nun musste die arme Alice unter ihren Decken hervorkriechen und in den tiefen kalten Schlamm steigen. Sie musste die Wand reparieren, damit sie nicht in ihrem Haus erfror. Sie arbeitete wirklich sehr schwer und die ganze Zeit dachte sie daran, wie schön es sein müsste, einen richtig guten Freund zu haben. Nicht jemanden wie Ogelvie, der einem dauernd das Haus kaputtmachte. Und auch nicht wie die Fische, die einfach wegschwammen und ansonsten versuchten sie zu fressen. Sie überlegte und überlegte, bis sie ihre Wände schon fast fertig hatte, als sie von draußen einen kleinen Schrei hörte. Sie wollte nicht mit der Arbeit aufhören, aber sie tat es trotzdem, obwohl es in ihrem Haus immer kälter wurde. Irgendjemand weinte da und sie musste einfach wissen, wer das war, um zu helfen, wenn sie konnte."

Ich setzte Sarah anders auf meinen Schoß, sodass sie sich jetzt an meine Schulter lehnen und bei mir einkuscheln konnte.

„Alice fand einen kleinen Polliwog, der sogar noch kleiner war als sie selbst", fuhr ich fort. „Er weinte, weil der Ochsenfrosch sich auch an sein Haus gelehnt und eine Wand zum Einsturz gebracht hatte. Sein Haus war nicht mehr zu reparieren. ‚Du kannst bei mir in meinem Haus bleiben', sagte Alice zu ihm. Und der kleine Polliwog war so glücklich, dass er Alice dabei half, ihr Haus zu reparieren. Dann gingen sie hinein, kuschelten sich unter die Decken und fanden, dass es zusammen viel wärmer war, als wenn man allein war. Sogar Ogelvie machte ihnen nicht mehr so viel aus, denn wenn er jetzt eine Wand ihres Hauses zerstörte, war jemand da, der beim Reparieren half. Und wie jeder weiß, macht es zu zweit viel mehr Spaß."

Ich war fertig. Robert sah mich seltsam an. „Ist die Geschichte jetzt zu Ende?", fragte er.

„Ja."

„Das ist ja vielleicht 'ne tolle Geschichte."

„Danke." Ich stand auf und hob Sarah dabei mit hoch. Sie schlug die Augen kurz auf, machte sie dann aber sofort wieder zu. „Zeit ins Bett zu gehen", sagte ich zu ihr. „Lasst uns zum Haus zurückgehen."

„Willy Hammond, lauschst du etwa?", rief Robert. Aber es kam keine Antwort. Nur das Geräusch von Füßen war zu hören, von kleinen Füßen, die davonliefen.

25

Julia

Zum Frühstück am Dienstag entfernten wir von ein paar der Kartoffeln, die wir aus den Kisten mit den Pflanzkartoffeln zurückbehalten hatten, die Keime. Louise Post hatte uns einen Rest von dem Schweinefleisch vom Sonntagsbraten mitgegeben und ich verwendete das restliche Fett davon, um darin Bratkartoffeln zu machen. Ach, waren die gut, mit dem bisschen Salz, das noch in der Packung war, sodass sie genau richtig waren.

„Sie müssen heute einkaufen gehen“, erinnerte Emma mich. Sie hatte am Vortag abgesprochen, dass Barrett Post uns abholen würde, und er hatte gesagt, Louise würde liebend gern Emma sehen, sodass wir doch alle zusammen einkaufen gehen könnten. Sam hatte überhaupt keine Lust, aber ich sagte ihm, Mr Post wolle ihn auch gern dabeihaben, und es gehöre sich nicht, allein mit Emma und Mrs Post zu Hause zu bleiben. Er grummelte irgendetwas von Arbeit in der Scheune, änderte aber seine Meinung, als Barret kam, um uns abzuholen und ihn bat, sich zu ihm nach vorn zu setzen, damit sie besprechen konnten, was sie für die Dachreparatur bei den Posts an Material besorgen mussten.

Elvira Post hatte den Schulunterricht abgesagt, damit sie zum Zahnarzt gehen konnte, und Robert freute sich jetzt, dass er deshalb mitkommen und sein Zehn-Cent-Stück ausgeben konnte. Sarah hatte ihres auch dabei. Es klemmte fest in ihrer geballten kleinen Faust, bis ich ihr vorschlug, das Geldstück doch lieber in ihrer Rocktasche aufzubewahren, weil das sicherer sei.

Ich machte keine Einkaufsliste, aber Emma tat es, und sie bestand darauf, dass wir die Liste mitnahmen, ebenso wie das Geld, das sie aus ihrer kastenförmigen Handtasche nahm. Ihre Großzügigkeit war für Samuel nur schwer zu ertragen, und er entschuldigte sich immer wieder dafür, dass wir auf ihr Geld angewiesen waren.

„Unsinn“, war alles, was sie dazu sagte. „Ich will das doch alles haben, also bezahle ich es auch.“

„Ich werde ihr alles zurückzahlen“, sagte Sam zu mir. „Wenn ich das erste Geld verdient habe, werde ich für alles bezahlen.“

Ich küsste ihn und schon bald rumpelten wir in Barretts altem Laster die Straße entlag und Sarahs Halstuch flatterte im Wind, sodass sie wirklich Mühe hatte, es festzuhalten. Einmal wäre es beinahe davongeflogen. Ich musste es bestimmt ein Dutzend Mal wieder zubinden, aber sie spielte weiter mit den Zipfeln herum. Wir lachten trotzdem darüber und Robert rief, wie es wohl werden würde, wenn sie im nächsten Herbst ihre Schulsachen in Ordnung halten müsse.

„Ich will da gar nicht hin“, erklärte sie. „Ich bin viel lieber zu

Hause bei Emma. Kann sie nicht meine Oma sein, Mama? Bitte!“

Sam hörte das bis vorn auf dem Beifahrersitz. Und ebenso Mr Post und er antwortete so laut, dass wir alle es hören konnten: „Warum nicht. Warren hätte euch auch alle gemocht. Da bin ich mir ziemlich sicher.“

Wie er so mit uns die Straße entlangfuhr, einen Arm aus dem Fenster gelehnt, erzählte er weiter, dass Emmas Sohn Warren einer seiner besten Freunde gewesen sei.

„Wir haben ihn Wig genannt, das waren seine Anfangsbuchstaben“, erklärte er, „Warren Immanuel Graham. War wirklich ein Verlust, als er starb. Er hatte viel Ähnlichkeit mit seiner Mutter. Da gab es nichts zu klagen. Ich glaube, er wäre froh, dass Sie jetzt bei ihr sind. Sie wollte noch mehr Kinder. Das wollte sie immer. Sie hatte immer ein offenes Haus. Da war jeder willkommen.“

Er schmunzelte vor sich hin, während er um eine Ecke bog. „Ich erinnere mich, dass sie in einem Jahr mal so gut zu einem alten Landstreicher war, dass meine Mutter sich richtig über sie aufgeregt hat. Sie sagte, dass wir bald eine Landstreicherschwemme hätten, wenn andere davon erst einmal erführen. Aber anscheinend sind es dann doch gar nicht so viele mehr geworden, daran merkt man, dass wir nicht in der Nähe der Eisenbahnlinie sind. Die Menschen, die dort in der Nähe wohnen, die müssen wirklich aufpassen.“

Bevor wir es uns recht versahen, waren wir schon in *Dearing* angekommen. Mr Post sagte, dass er nebenan nach einer Lampe schauen müsse, solange wir unsere Lebensmitteleinkäufe erledigten. Aber er war noch gar nicht ganz aus dem Auto gestiegen, als ich schon Miss Hazel von ihrem Haus weiter unten an der Straße in unsere Richtung eilen sah.

Sie hatte einen kirschfarbenen Hut auf dem Kopf, der beim Gehen auf und ab wippte. Während sie genau in dem Augenblick, als er die Autotür zuschlug, auf Mr Post zurauschte, hielt sie mit beiden Händen ihre Handtasche fest.

Sie wartete nicht einmal, bis er sich zu ihr umgedreht hatte. „Sollten sich was schämen, Barrett Post! Diese Leute da in die Stadt zu bringen, damit sie hier Emmas Geld ausgeben! Haben Sie denn keinen Funken Gewissen in sich?“

Ich bekam mit, dass Sam aussah, als hätte jemand ihm eine schallende Ohrfeige verpasst. Ich schickte die Kinder in den Laden hinein, damit sie nicht noch mehr mitbekamen.

„Wie kommen Sie denn darauf, dass sie hier sind, um Geld auszugeben?", fragte Barrett sie.

„Ich habe doch schließlich Augen im Kopf. Sie gehen doch in den Laden."

„Es stimmt, sie wollen wirklich Lebensmittel kaufen. Aber Sie wissen doch gar nicht, was sie mit Emma vereinbart haben. Sie können gar nicht wissen, ob sie mit Emmas Geld einkaufen oder nicht."

„Darauf würde ich das Dach von meinem Haus verwetten."

„Also ein Dach könnte ich zur Zeit wirklich gut gebrauchen, Miss Hazel, aber ich verstehe immer noch nicht so ganz, was das Sie angeht. Gehen Sie nach Hause und lassen Sie die Leute hier in Ruhe."

„Ich bin gekommen, um mir ein bisschen Schweineschmalz zu kaufen und von Ihnen lasse ich mich noch lange nicht nach Hause schicken, bevor ich es nicht habe!", schnauzte sie Mr Post an, während sie zum Ladeneingang ging. Sam stand bereits an der Tür und hielt sie ihr auf, aber sie sah ihn nicht einmal an.

Ich eilte ihr hinterher, weil ich sichergehen wollte, dass sie nicht auch noch die Kinder anfuhr, aber Sam blieb draußen. Ich sah ihn noch kurz, wie er zusammen mit Mr Post an dem Lastwagen stand. Post redete und Samuel sah wie ein geprügelter Hund aus, stand einfach nur da und nickte geistesabwesend.

Der Ladeninhaber, Mr Hastings, begrüßte mich sofort. Ich sagte Hallo und eilte zu der Vitrine, wo Miss Hazel direkt neben meiner Sarah stand.

„Rück gefälligst zur Seite, damit ich an mein Schmalz komme", befahl Miss Hazel ihr unwirsch. „Da drin ist sowieso nichts, was du dir leisten kannst, Kind."

Sarah trat ein Stück beiseite, entgegnete aber auch: „Ist es wohl. Ich möchte ein bisschen Käse. Und ich habe ein Zehn-Cent-Stück."

„Na...", schnaubte Miss Hazel, „da wollen wir dann mal hoffen, dass du es auch auf ehrliche Weise bekommen hast!"

Jetzt konnte ich nicht mehr anders. Es stand ihr nicht zu, so mit einem Kind zu reden. „Entschuldigen Sie bitte, Miss

Sharpe, aber Sie sollten nicht so hasserfüllt mit einem kleinen Mädchen reden ..."

„Hasserfüllt?" Sie schaute völlig verblüfft drein, so als wäre es das Normalste von der Welt, in aller Öffentlichkeit die Ehrlichkeit eines Menschen anzuzweifeln. „Sie war es doch, die so unhöflich war, einer älteren Person Widerworte zu geben", entgegnete sie patzig. „Dem armen Ding gehören Manieren beigebracht, genau wie ihren Eltern. Und jetzt entschuldigen Sie mich bitte, ich möchte Hiram das Schmalz bezahlen."

Sie drängte mich zur Seite und ging zur Kasse. Da blickte Sarah mit einem tiefen Seufzer auf und sagte laut und vernehmlich: „Meine Güte, ist die aber schlecht gelaunt!"

In diesem Augenblick wusste ich, dass wir ein Problem hatten, und ich versuchte mich bei Miss Hazel zu entschuldigen, bevor sie wieder anfing zu lamentieren, aber jetzt gab es für sie kein Halten mehr. Sie drehte sich um, langsam und konzentriert, als ob sie ihre Worte im Geiste sortierte.

„Mrs Wortham", sagte sie unterkühlt, „wenn eines Ihrer Kinder noch einmal beschließen sollte, mich zu beleidigen, dann werde ich mich an unseren Deputy William Turrey wenden, und der wird Ihnen dann beibringen, welche Art von Manieren wir in dieser Stadt billigen und welche nicht."

Statt mich zu erschrecken, wie sie es wahrscheinlich beabsichtigt hatte, brachte mich ihre Drohung nur noch mehr in Rage. „Und was glauben Sie, wird er zu *Ihnen* sagen, Miss Hazel, wenn er erfährt, wie Sie mit einem Kind reden?"

Einen Augenblick lang hatte ich das Gefühl, ein leises Kichern gehört zu haben, aber Mr Hastings verzog sich so schnell in einen Nebenraum, dass ich mir dann doch nicht ganz sicher war.

„Hiram!", rief Hazel. „Ich warte hier!" Sie sah mich jetzt anders an, so als fürchte sie, ich könnte sie jeden Augenblick irgendwie verletzen. „Sie sollten lieber die Stadt verlassen", sagte sie, „bevor Sie sich selbst in so große Schwierigkeiten bringen, dass man Sie nicht mehr gehen lässt."

„Wir haben nichts zu verbergen. Und auch keinen Grund, vor irgendjemandem Angst zu haben. Wir wollen weder Ihnen noch Emma wehtun."

Mr Hastings tauchte hinter dem Tresen auf. „Das wären dann zehn Cent, Hazel."

Aber sie schien ihn gar nicht zu hören. „Sie betrachten es also nicht als wehtun, wenn Sie versuchen, einer alten Frau ihr Land und Eigentum zu nehmen und sich dann auch noch wie Freunde zu benehmen, um zu kriegen, was Sie wollen? Sie meinen also, das würde ihr nicht wehtun?"

„Wir versuchen gar nicht, ihr etwas wegzunehmen. Fragen Sie doch einfach Emma selbst."

„Die ist doch schon völlig durcheinander von Ihrem Süßholzgeraspel! Das habe ich genau bemerkt. Haben Sie denn schon die Schenkungsurkunde? Wahrscheinlich ja nicht, sonst hätten Sie sie doch bestimmt schon wieder von dort abgeschoben."

Robert stand inzwischen hinter Hazel und stellte ein Glas Marmelade auf den Tresen. Er bezahlte, ohne ein Wort zu sagen mit seinem Zehn-Cent-Stück und ging dann wieder hinaus. Sarah kam und stand neben mir, mit einem Stück Käse in der Hand. Ich kochte innerlich, aber gleichzeitig tat mir die arme, herzlose Frau auch Leid. Ich wollte keine Feinde, aber ich wollte auch nicht jedes Mal belästigt werden, wenn ich nach *Dearing* kam.

„Mein Mann hat die Schenkung nicht angenommen", sagte ich zu ihr und bemühte mich dabei, so ruhig und gelassen wie möglich zu klingen. „Emma hat es angeboten, aber Samuel hat es abgelehnt. Wir werden einfach nur eine Weile hier bleiben, das ist alles. So lange, wie Emma uns braucht." Ich dachte, dass sie vielleicht zuhören und dann verstehen würde, wie die Sachlage war, aber sie hörte mir gar nicht zu.

„Ich weiß genau, was Sie vorhaben! Glauben Sie bloß nicht, dass ich das nicht wüsste! Sie lügen doch, wenn Sie den Mund aufmachen! Aber das Lügen wird Ihnen schon noch vergehen, wenn Emmas Verwandtschaft erst mal hier ist! Das steht fest! Ich werde schon dafür sorgen, dass die wissen, was hier gespielt wird! Und bevor Sie sich's versehen, werden die hier sein und Sie in hohem Bogen rausschmeißen. Ich an Ihrer Stelle würde so schnell wie möglich verschwinden, damit Sie das nicht erst erleben müssen. Das würde für Sie nicht gut enden, das kann ich Ihnen sagen! Alle hier mögen Emma und Sie haben einen hübschen Packen Probleme!"

Sie knallte ein Geldstück auf den Tresen, machte auf dem Absatz kehrt und verließ den Laden.

Sarah drückte meine Hand. „Wenn ich den Käse kaufe, Mama, kann ich dann schon gleich ein Stückchen essen?"

Ich beugte mich zu ihr hinunter und gab ihr einen Kuss.

Hiram Hastings schnitt Sarah für zehn Cent Käse ab und gab ihr noch ein Stückchen extra zum Probieren. Dann fingen wir an, das zusammenzustellen, was auf Emmas Liste stand, wobei Sarah die ganze Zeit in meiner Nähe blieb. Ich hätte am liebsten geweint. Ich wollte keinen Streit mit Hazel Sharpe und ich machte mir Gedanken darüber, was all diese Worte wohl bei den Kindern angerichtet haben mochten. Ich versuchte immer sie so gut es ging aus allem herauszuhalten und jetzt waren sie trotzdem mittendrin.

„Jetzt haben wir aber viel zu essen, was, Mama?", fragte Sarah mich. „Ich mag so gerne Maisbrot. Ich bin wirklich froh, dass Emma dich gebeten hat, Maisbrot zu backen."

Ich griff nach einer Schachtel Salz und einer kleinen Dose Backpulver und spürte, dass Mr Hastings uns beobachtete, allerdings keineswegs unfreundlich.

„Mama, was ist eigentlich ein Packen Probleme? Ist das so was wie ein Haufen?"

Ich hockte mich nieder, sodass ich mit Sarah auf Augenhöhe war, und nahm sie in die Arme. „Mach dir keine Sorgen wegen dem, was die Dame gesagt hat. Sie versteht uns nicht, das ist alles. Sie versteht nicht, was Emma möchte. Es kommt alles in Ordnung. Es gibt keine Probleme. Keinen Packen und auch keinen Haufen, weil wir nämlich nichts Falsches getan haben."

„Sie hat aber gesagt, dass jemand uns rausschmeißen will."

„Das werden wir Emma erzählen. Wenn wirklich Verwandte sie besuchen kommen, dann freut sie sich bestimmt, wenn sie es auch erfährt."

Ich küsste sie auf die Stirn und stand dann auf, um das zusammenrechnen zu lassen, was wir gekauft hatten. Es war viel, so viel stand fest. Schinken und Zucker, Süßkartoffeln und Butter und Sahne. Noch mehr Mehl sowie Maismehl, Haferflocken und Schweineschmalz, Seife und noch etliches mehr. Ich hätte mich über all das sehr gefreut, wenn nicht Hazel Sharpe mit ihren harten Worten gewesen wäre.

Ich kaufte noch einen Eisblock, wickelte ihn in ein sauberes Tuch und stellte ihn unten in die Kiste mit den Lebensmitteln, damit alles schön kühl blieb. Die Kinder fanden es spannend, wieder einmal einen eigenen Eisblock zu haben und Sam erlaubte Robert, für sich und Sarah jeweils ein Stück abzuklopfen.

Ich hätte eigentlich gedacht, dass wir nun wieder nach Hause fahren würden, um so viel Eis wie möglich aufzusparen, aber Mr Post wollte noch in Reed's Eisenwarenladen das Zubehör und Material für die Dachreparatur kaufen. Er nahm Sam mit und setzte uns bei der kleinen Leihbücherei von *Dearing* ab.

„Sie werden wahrscheinlich nicht genug Zeit haben, da drinnen Bücher zu lesen", sagte er. „Aber fragen Sie Betty einfach, ob Sie die Bücher mit nach Hause nehmen dürfen. Wir brauchen bestimmt nicht lange."

Die Bücherei war winzig und bestand nur aus einem kleinen Raum mit drei Bücherregalen an der Wand. Trotzdem war sie bezaubernd. Ich machte mich auf die Sache nach Büchern von Emily Dickinson, während Sarah *Peter Hase* und *Die Geschichte von Timmy Triptrap* aus dem Regal zog. Ich wusste erst, was Robert sich ausgesucht hatte, als er zu der Dame an den Schreibtisch ging, wobei er versuchte den Umschlag zu verdecken. Es waren illustrierte biblische Geschichten.

„Sie brauchen einen Ausweis", sagte die Dame. „Wohnen Sie hier in der Gegend?"

„Ja."

Das genügte ihr schon. Sie wollte außerdem nur noch meinen Namen wissen und füllte mir sofort einen Ausweis aus, den sie mir lächelnd überreichte. Dann konnten wir mit unseren Büchern nach Hause gehen und fühlten uns wirklich wie nach einem Besuch in der Stadt.

Als wir nach Hause kamen, schlief Emma. Ich war darüber etwas beunruhigt, denn es war gerade erst Mittagszeit. Louise erklärte jedoch, sie hätten schon gegessen und Emma hätte danach ein Nickerchen machen wollen. Sie hatten zusammen an Emmas Patchworkdecke gearbeitet, das konnte ich sehen. Sie war nämlich fast fertig und schöner denn je, wie sie da so auf dem Tisch ausgebreitet lag.

Ich fragte mich, was Louise wohl zu essen gemacht hatte, aber ich mochte nicht fragen, weil ich mich zu sehr schämte. Und sie selbst war zu höflich, um zu erwähnen, wie wenig Lebensmittel wir im Haus gehabt hatten. Sie schien entzückt darüber, mir beim Einräumen der Einkäufe in die Schränke zu helfen, und sie wusste nichts von der Kühlgrube, von der Emma mir erzählt hatte.

Willard hatte ihr nämlich in einer Ecke des Kellers eine Grube gegraben, sie mit Ziegelsteinen eingefasst und einen Zementdeckel darüber gelegt. Von uns hatte niemand sie bemerkt, als wir zum ersten Mal dort unten gewesen waren. In Willards Grube hielten sich die Sachen ebenso, als würde man sie im Brunnen aufbewahren. Es war dort sogar noch kühler, hatte Emma gesagt, wenn man einen Eisblock mit hineinlegte, was wir ja jetzt vorhatten.

Ich war froh, dass ich nicht jedes Mal, wenn ich Wasser aus dem Brunnen holen wollte, erst den Korb mit den Lebensmitteln zur Seite schaffen musste. Die Kühlgrube war wirklich eine feine Sache. Nicht ganz so fein wie die modernen Kühlschränke, aber wirklich schön und praktisch. Wir brauchten dann nur noch Sachen im Brunnen zum Kühlen aufzubewahren, wenn die Kühlgrube voll war, und das war in nächster Zukunft kaum zu erwarten. Wenn Schlachtzeit war, würde es wahrscheinlich kalt genug sein, um verderbliche Lebensmittel einfach auf der Veranda aufzuhängen.

Zuerst legten wir das, was von dem Eis noch übrig war, in die Grube, und zwar auf ein Tablett, an dessen Griffen wir Seile befestigten, sodass wir es, wenn nötig, hochziehen konnten. Dann bedeckten wir das Eis mit Tüchern, damit es länger hielt. Alle Lebensmittel, die kühl gelagert werden mussten, kamen in den Korb, der dann auf die Tücher mit dem Eis gestellt wurde. Ich war mir nicht sicher, wie lange das Eis halten würde – eine Woche, wenn wir Glück hatten, aber wir würden die Kühlgrube auch dann benutzen, wenn das Eis irgendwann weggeschmolzen sein würde. Gut, dass kein Wasser im Keller stand. Der gepflasterte Boden war, obwohl ja ein heftiges Gewitter getobt hatte, nur ein wenig feucht gewesen, als wir uns dort zum ersten Mal umgeschaut hatten.

Ich stellte mir vor, was für ein freundlicher Mann Emmas Mann gewesen sein musste, wie er mit einer Lampe und einem oder zwei Freunden hier unten gestanden und all die Steine dort unten verlegt haben musste. Er hatte das sehr sorgfältig gemacht, denn der Steinboden war glatt und eben und die Fugen unter den Füßen kaum zu spüren.

„Ach du liebe Güte“, verkündete Louise plötzlich, „da unten steht ja noch immer Emmas Fahrrad. Ich hätte gedacht, dass sie es weggeworfen hat.“

„Emma ist Fahrrad gefahren? Ich habe gedacht, dass es bestimmt Warren gehört hat.“

„Oh nein, es war Emmas. Und das war schon was. Sie hätten sie sehen müssen. Eines Tages kam sie damit bei uns angefahren und hatte einen Kuchen im Korb dabei! Keine Ahnung, wie sie das bewerkstelligt hat! Mich hätten keine zehn Pferde auf so ein Ding gekriegt.“

Der Gedanke an Emma auf einem Fahrrad war wirklich herrlich. Aber ich musste meine Gedanken jetzt ganz auf das Essen konzentrieren. Ich machte für alle Maisbrot und Bohnen mit Schinken. Sam und Barrett gingen hinaus, um die Arbeit am Zaun zu beenden, wobei ihnen diesmal Robert half. Louise blieb und zupfte noch eine Weile mit mir Unkraut; dann pflanzten wir noch ein paar von den wilden Lilien in den Garten um, dorthin, wo Emma sie gerne hatte haben wollen. Ich fand es für besser, dass Emma nun aufwachte, also ging ich schon bald ins Haus, um für jeden einen im Laden gekauften Tee zu kochen.

Es machte Spaß, das Eis wieder heraufzuziehen, obwohl wir es gerade erst hineingelegt hatten. Sarah wollte daran lecken, also hackte ich ihr ein Stück davon ab, das groß genug war, um ihre Teetasse zu füllen, denn Tee wollte sie nicht. Sie saß einfach da mit ihrer Tasse und leckte das Eis weg.

Emma wachte auf, als sie uns reden hörte. Ich fand, dass sie blass aussah, aber in Anwesenheit von Louise wollte sie nicht zugeben, dass es ihr nicht gut ging. Ich hätte ihr gerne erzählt, was Hazel über die Verwandten gesagt hatte, aber ich hielt es dann doch für besser, noch etwas damit zu warten, das Gespräch auf Miss Hazel zu bringen.

Den Rest der Zeit, die die Posts bei uns waren, arbeiteten Emma und Louise zusammen an der Decke und bekamen sie vor Einbruch der Dunkelheit noch fast fertig. Ich wollte nicht aus dem Haus gehen, also arbeiteten Sarah und ich im Obergeschoss und schrubbten dort die Wände und Fußböden. Wir stapelten ein paar Kisten an den Wänden entlang aufeinander, um sie als Regale für unsere Sachen zu benutzen und dann breiteten wir unser ganzes Bettzeug auf dem Boden aus.

Und als schickte ihn der Himmel, kam in diesem Augenblick Daniel Norse mit Emmas Bett und dem Rest ihrer Sachen von Rita McPiery auf den Hof gefahren. Er trug alles für uns hinein und brachte uns dann einen kleinen Korb voller Leckereien von Ritas Kirchengemeinde. Da war etwas Büchsenmilch, ein Glas Honig, eine kleine Tüte mit roten Bohnen und, ganz bestimmt, um Emma zu erfreuen, eine Tüte mit Blumensamen.

„Oh, sagen Sie allen vielen Dank, Mr Norse“, rief ich aus. „Sie sind alle so nett zu uns.“

Er nickte nur und sagte, dass er gleich wieder fahren müsse. Also nahmen Louise und ich das alte Bett auseinander und stellten es am Fuß der Treppe ab, damit die Männer es später nach oben schleppen konnten. Das neue Bett stellten wir unten für Emma auf und strichen die Decken und Bezüge glatt. Ich war froh, dass wir jetzt nicht mehr im Wohnzimmer zu schlafen brauchten. Es machte mich aber auch ein bisschen nervös, jetzt nachts nicht mehr in Emmas Nähe zu sein. Wir mussten deshalb dafür sorgen, dass sie nachts immer eines ihrer kleinen Glöckchen in Reichweite hatte.

Nun hatten wir also ein Bett oben. Ich beschloss, dass wir die Matratze für die Kinder auf den Boden legen würden, bis wir ein paar Latten zugeschnitten hatten, um sie in den Rahmen zu legen, denn in dem einen alten Gestell war noch kein Lattenrost. Sam und ich würden einfach in dem anderen Gestell auf dem Sprungfedernrahmen schlafen und als Polsterung auf die Federn eine dicke Decke legen. Auf diese Weise wurden aus den beiden oberen Räumen ganz passable Schlafzimmer – auf jeden Fall gab es Schlimmeres. Und ich war zuversichtlich, dass unsere Tage so ausgefüllt sein würden, dass wir auf jeden Fall schlafen würden.

Emma schien ziemlich aufgeregt, als sie eine der Kisten öffnete und ihre wunderschöne antike Seth-Thomas-Uhr herausholte. Sie bat mich, sie mit einer Kerze an jeder Seite auf den Kaminsims zu stellen.

„So“, sagte sie mit einem Seufzer, „jetzt ist es genau so, wie Willard es immer gern hatte.“ Dann ließ sie mich noch ihren

Korbsessel in die Mitte des Raumes stellen und einen Teppich ausbreiten, der auch bei Rita auf dem Boden gelegen hatte. „Sieht das nicht wirklich wie zu Hause aus?“, fragte sie.

Louise freute sich, uns beim Auspacken der Sachen helfen zu können, sagte dann aber schon bald, dass sie und Barret wieder nach Hause müssten. Sarah und ich beeilten uns, noch schnell Haferflockenplätzchen zu backen, weil sie meine Einladung zum Abendessen nicht annehmen wollten. Sie erwarteten Sam am folgenden Nachmittag, sagten aber, dass auch wir anderen bei ihnen herzlich willkommen wären. Ich beschloss, dass wenn Emma wieder zu den Posts wollte, ich mitgehen würde, aber sie wollte nicht.

An diesem Abend war sie wirklich still und ich fragte sie schließlich, ob sie sich nicht wohl fühle.

„Doch, eigentlich ganz gut“, sagte sie. „Sie wissen ja, wie das ist.“

„Haben Sie wieder Schmerzen in der Brust?“

Sie nickte kaum merklich, weil sie es nicht zugeben wollte. „Ich glaube, ich mach' zu viel“, überlegte sie. „Wie an dem Tag, als wir den Garten bestellt haben. Das ist alles.“

„Dann müssen Sie es mich für Sie tun lassen.“

„Es wäre mir lieber, wenn Sie Samuel und den Kindern nichts davon sagen würden“, bat sie mich dann. „Ich möchte sie doch nicht unnötig beunruhigen. Sam will bestimmt noch heute Abend den Doktor holen, aber ich brauche keinen. Ich fühle mich pudelwohl. Sie werden schon sehen.“

„Ich halte vor Sam nichts geheim“, sagte ich zu ihr. „Aber die Kinder brauchen es nicht zu erfahren, wenn Sie es so möchten.“

„Natürlich möchte ich das“, sagte sie streng. „Ist doch unnötig, sie zu beunruhigen. Es geht mir sowieso bald wieder besser.“

Und das schien wirklich zu stimmen. Sie aß an diesem Abend mit Appetit und hörte aufmerksam und vergnügt zu, als ich aus *Peter Hase* vorlas, ein paar biblische Geschichten und dann noch ein zauberhaftes Gedicht, bevor ich die Kinder ins Bett brachte.

Als ich wieder nach unten kam, um die Küche aufzuräumen, bat sie mich, ihr noch ein paar Gedichte mehr vorzulesen.

„Sie mögen Emily Dickinson?“, fragte ich.

„Aber natürlich mag ich sie. Sie hat so eine hübsche Art, Dinge auszudrücken, wissen Sie?“

„Ich hätte nie gedacht, dass wir uns so ähnlich sind."

„Das hat Gott so eingerichtet, ja, das hat er. Er weiß, dass ich mir immer eine Tochter gewünscht habe." Sie sprach jetzt mit großer Gewissheit. „Ich konnte nach Warren keine Kinder mehr bekommen, wissen Sie? Ich weiß auch nicht weshalb. Drei haben wir verloren. Ich weiß nicht so richtig, was da bei mir nicht in Ordnung war."

„Das tut mir wirklich Leid, Emma."

„Es ist ja nicht Ihre Schuld. Gott hat eben seinen Plan, das ist alles, und er hat gewusst, dass wir uns eines Tages begegnen würden. Es macht Ihnen doch nichts aus, wenn ich Sie als meine eigene Tochter betrachte, oder?"

„Nein, ich fühle mich eher geehrt."

Sie schaute wieder zum Fenster hinüber. „Was macht Ihr Samuel heute Abend eigentlich schon wieder in der Scheune?"

Ich schaute zum Fenster hinaus, wo durch die Spalten in der Scheunenwand ein schwacher Lichtschein drang. „Das hat er mir nicht gesagt. Aber ich glaube, er baut für uns an einer Verandaschaukel."

26

Samuel

Es fühlte sich richtig gut an, auf etwas draufzuschlagen. Mit ein paar kleineren Nägeln, die ich von Barrett Post bekommen hatte, nagelte ich Emmas Stuhl zusammen. Es war einfach unmöglich, alle Nägel, die in den Brettern steckten, herauszuziehen. Also klopfte ich sie alle in das Holz hinein, so tief, dass wirklich nichts mehr hervorragte, woran man sich hätte verletzen können.

Ich hatte an diesem Tag von einem Telefon in der Sägemühle aus mit Dewey telefoniert. Julia hatte ich davon nichts gesagt, aber Dewey hatte mir berichtet, dass er gerade versuche, sein Haus zu verkaufen. Wenn er in den Bergwerken in der Gegend von *West Frankfort* keine Arbeit fand, wollte er weiter Richtung

Osten ziehen. Er sagte, dort hätten wir noch Verwandtschaft und er wolle mehr in deren Nähe sein.

Die Gedanken an meine Mutter und meinen Stiefvater, Deweys Mutter und unsere Cousins Louis und Baynes hatten schon ausgereicht, um mir Bauchschmerzen zu machen. Keiner von ihnen würde für mich auch nur einen Finger rühren. Ich hatte Dewey Glück gewünscht und er mir ebenfalls, und das war's gewesen. Wieder zu meiner Familie in den Osten ziehen? Das konnte ich mir wirklich nicht vorstellen. Zu meiner Mutter zurückzugehen wäre, als würde ich freiwillig in eine Latrine treten.

Ich hatte immer noch lebhaft in Erinnerung, wie Miss Hazel in *Dearing* mit uns umgegangen war, und in dem Augenblick unterschied sie sich kaum von den Erinnerungen an meine Mutter und Deweys Mutter June. Sie schimpften und zankten ständig und nie war ihnen etwas gut genug. Sie versteckten ihre zänkische Art allerdings nicht hinter einer frommen Fassade, sondern sie fluchten auch in unserer Gegenwart wie die Kesselflicker und beschimpften uns auf übelste Weise. Schon allein der Gedanke daran bereitete mir Übelkeit.

Dabei war ich doch mit dem Gedanken an Familie, meine und Deweys, nach Illinois gekommen. Sicher, ich hatte mich hier auf der Farm aufhalten lassen, aber ich wollte Dewey immer noch sehen und der Gedanke, dass er so weit wegziehen würde, gefiel mir überhaupt nicht. Ich hatte ihm vorgeschlagen, bei uns vorbeizukommen und uns zu besuchen, aber er hatte mir nichts versprochen. Er hatte sogar gesagt, für ihn wäre es besser gewesen, gar nicht erst nach Illinois zu kommen. Ich glaube, niemand hielt viel davon, dass wir hier draußen waren, außer Emma und vielleicht den Posts und Rita McPiery. Sie waren gut zu uns, aber die Last all der anderen war sehr schwer zu tragen. Hazel Sharpe hatte sich in mein Gehirn eingegraben und trotzdem wollten Julia und Emma und sogar Robert am nächsten Sonntag wieder zur Kirche gehen. Mir wäre es lieber gewesen, hier draußen meine Ruhe zu haben, einfach meine Füße einzugraben und niemals die Farm zu verlassen, außer vielleicht um bei den Posts zu arbeiten.

Aber einen Großteil meiner Sorgen machte die Farm aus. Ich wusste, dass wir uns noch sehr würden anstrengen müssen, um auch den Winter über einigermaßen anständig hier leben zu können. Und wie würden wohl die Kinder reagieren, wenn der Tag kam, an dem Emma von uns gehen würde? Ich war nicht so dumm, dass mir nicht auffiel, wie blass sie war. Und sie bewegte sich auch kaum noch irgendwohin. Manchmal schaffen es Menschen in einem solchen Zustand nicht bis zum nächsten Frühjahr. Das würde den Winter für mich sogar noch schwieriger machen, denn ich musste mich dann fragen, wie ich Emma in dem harten, gefrorenen Boden begraben sollte.

Solche Gedanken waren wirklich zu nichts nutze, das wusste ich selbst, aber es gelang mir trotzdem nicht, sie abschütteln. Was sollten wir tun, wenn Emma starb? Wo sollten wir dann bleiben? Wie würden unsere Kinder mit dem Verlust und der Trauer fertig werden? Was, wenn eines der Kinder sie tot auffand?

Ich baute eine Radachse von der Kutsche ab und saß eine Weile einfach so da und dachte darüber nach, wie ich sie kürzen sollte. Das war wirklich eine knifflige Frage. Ich entschied schließlich, dass sie zu schwer war, um sie für den Rollstuhl zu benutzen, und das stellte mich vor das Problem, wie ich die Räder ohne Achse an dem Sitz befestigen sollte.

Ich ging hinüber zum Schuppen und dachte, dass Willard Graham ein ziemlich geschickter Mann gewesen sein musste. Er hatte dort nämlich viele unterschiedliche Werkzeuge sowie Draht und einige Metallreste. Es war jedoch nichts dabei, was für meine Zwecke zu gebrauchen gewesen wäre. *Herr, bitte gib, dass mir etwas einfällt.*

An Nägeln in der Wand hingen Mr Grahams Handsägen, insgesamt drei Stück. Und mit der Säge, die am neuesten aussah, würde sich bestimmt auch Metall sägen lassen. Ich nahm sie vom Haken und ging wieder in die Scheune zurück, schaute mir eine Weile die Achse ganz genau an und fing dann an zu sägen. Ich brauchte keine Achse, weder eine lange noch eine kurze. Ich brauchte nur die Enden, sodass die Räder hineinpassten, um alles zusammen dann an beiden Seiten des Stuhles unter dem Sitz zu befestigen.

Jetzt wusste ich, dass es gelingen konnte. Und vielleicht wartete Emma genau darauf. Sie war bis jetzt noch immer nicht beim Grab gewesen und schien auch gar nicht dorthin zu wollen, obwohl wir sie schon ein paar Mal gefragt hatten. Sie wusste natürlich genau, dass der Weg viel zu weit und beschwerlich war, als dass sie mit ihren Stöcken hätte dort hinhumpeln können, und getragen werden wollte sie nicht. Ich musste dafür sorgen, dass der Rollstuhl mit dem unwegsamen Gelände fertig wurde. Mit einem Blumenstrauß auf dem Schoß und den schönsten Erinnerungen würde sie zugleich lächeln und weinen und es würde all die Mühe wert sein.

27

Julia

Am nächsten Morgen hörte ich Emma schon vor dem ersten Hahnenschrei in der Küche rumoren. Die Kinder schliefen noch, und ich war der Meinung, Sam auch, aber als ich mich gerade aufsetzen wollte, griff er nach meiner Hand und seufzte: „Glaubst du, dass sie schon Muckefuck kocht?"

„Ich weiß es nicht. Ich gehe jetzt runter, sehe nach und frage, ob ich ihr helfen kann."

„Sie war gestern krank, nicht?"

„Ja, es ging ihr nicht gut, aber ich glaube, so schlimm war es nicht."

„Was ist, wenn sie irgendwann eines ihrer Nickerchen macht, Juli, und Sarah findet sie dann tot auf?"

„Es ist niemandem damit geholfen, sich so etwas vorzustellen."

„Aber es könnte doch passieren."

„Nein. Die Kinder wissen nämlich, dass sie sie in Ruhe lassen sollen, wenn sie schläft. Und sie ist zäh, Sam. Sie kann noch Jahre leben."

Er setzte sich auf und blickte mit einem unergründlich schmerzlichen Blick in die Morgendämmerung hinaus. „Das hoffe ich. Ich mag sie genauso gern wie du. Ich wünschte wirklich, sie würde ewig leben, aber sie ist über achtzig und herzkrank, Juli. Sie kann schon morgen von uns gehen."

Ich wollte nach unten, um nachzusehen, ob es Emma gut ging. Aber ich wollte auch dieses Gespräch beenden, weil ich vermeiden wollte, dass es sich in meinen Gedanken festsetzte. „Wenn sie stirbt, ist sie wieder bei ihrem Willard. Ich glaube, das ist ihr dann auch recht. Und wir brauchen uns darüber keine Sorgen zu machen."

„Aber wie wird es dann sein, Schatz? Wenn wir es dann den Nachbarn und all den Leuten in der Kirche sagen müssen? Sind wir dem, was dann auf uns zukommt, wenn wir bleiben, wirklich gewachsen?"

„Was würde denn Emma tun, wenn wir nicht hier bleiben? Wir haben sie jetzt hergeholt und sie hat hier einen neuen Anfang gemacht. Hör sie dir doch an. Sie ist hier wunschlos glücklich. Es wäre einfach grausam, jetzt einen Rückzieher zu machen. Findest du nicht?"

Er seufzte erneut, ließ sich wieder ins Bett zurückfallen und starrte zur Decke. „Das hier haben wir doch alles schon mal gehabt, oder?"

Ich stand auf und fing an, mein altes Arbeitskleid zuzuknöpfen. „Ja. Und ich kann dir deine Sorgen auch nicht verübeln, aber wir können nicht jedes Mal, wenn es ihr nicht gut geht, wieder unsere Meinung ändern. Hazel hat gesagt, dass vielleicht Angehörige von Emma herkommen wollen. Wenn wir wirklich wegwollen, so wäre ihr Besuch hier vielleicht der richtige Augenblick, denn dann könnten ihre Angehörigen sie betreuen. Wenn wir aber bleiben wollen, sollten wir um Emmas willen auch bei dieser Entscheidung bleiben. Wir können nicht einfach wieder gehen, denn wir haben schließlich eine Vereinbarung mit ihr getroffen."

„Ja, da hast du Recht."

Einen Augenblick lang schwieg er und die Geräusche unten hörten auf. Ich beugte mich vor und berührte seine Schulter. „Ich gehe mal und schaue nach ihr."

„In Ordnung", flüsterte er, beugte sich über meine Hand und küsste sie. „Aber es ist ein schrecklicher Gedanke, Abschied von ihr nehmen zu müssen, auch wenn es bis dahin vielleicht noch Jahre dauert."

„Das gilt doch für uns alle. Wir müssen alle irgendwann gehen."

„Ja vielleicht, aber ich möchte lieber gar nicht daran denken." Er stand auf und griff nach seinem Hemd. „Ich liebe dich. Ich könnte dich den ganzen Tag halten, aber du gehst jetzt vielleicht doch besser hinunter zu Emma."

Ich gab ihm noch schnell einen Kuss, ging zur Treppe und band mir beim Hinuntergehen noch schnell mit einem Tuch die Haare zusammen. Jetzt hörte ich sie wieder. Diesmal war es das Geräusch ihrer Stöcke auf dem Dielenfußboden. Als ich am Fuß der Treppe angekommen war, sah ich, dass sie auf dem Weg in die Küche war. Sie trug einen von Willards alten Overalls.

„Guten Morgen, Emma."

Sie drehte sich zu mir um. „Oh, habe ich Sie geweckt?"

„Es war sowieso Zeit zum Aufstehen. Ich muss gleich Lula Bell melken."

„Dachte, dass ich das heute Morgen gern mal selber machen würde." Sie wandte sich wieder ab und setzte ihren mühsamen Weg in die Küche fort.

Lula Bell würde sich schon bald melden, ebenso bereit, sich melken zu lassen, wie wir für ihre Milch bereit waren. Aber ich konnte mir nicht vorstellen, wie Emma ohne Hilfe hinausgehen und gleichzeitig mit dem Eimer, dem Hocker, der Kuh und ihren Stöcken hantieren wollte.

„Emma ..."

„Sie kennt mich. Sie macht bestimmt keine Schwierigkeiten."

„Aber wenn Sie sich überanstrengen – Sie wissen doch ... Ich übernehme das Melken wirklich gern, das wissen Sie auch. Es macht mir keine Mühe."

„Aber für mich ist es ein Problem, mit anzusehen, wie Sie all die Arbeit allein machen müssen und ich hier die ganze Zeit an einer Stelle sitze und mich nicht um das Viehzeug kümmern kann. Ich hab die Tiere immer gern gehabt, wissen Sie, besonders meine Kühe."

Ich wusste nicht, was ich dazu sagen sollte. Wer wollte ihr diesen Wunsch verdenken? Aber ich wollte auch nicht, dass sie sich übernahm und dann wieder das Bett hüten musste.

„Setzen Sie sich doch einen Augenblick lang zu mir", sagte ich schließlich. „Lassen Sie uns erst eine Tasse Tee trinken."

„Ich möchte Pfannkuchen zum Frühstück. Und wie ist das mit Ihnen?"

„Klingt großartig." Sie ließ sich von mir das letzte Stück zum Tisch helfen, ich stocherte im Küchenherd, warf noch ein paar trockene Holzscheite nach und schon bald brannte das Feuer wieder.

„Finden Sie es dumm von mir, dass ich daran denke, wieder selbst ein bisschen zu melken?“, fragte sie plötzlich und forderte mich dadurch geradezu heraus, ihr nicht zuzustimmen.

Ich setzte den Topf mit Teewasser auf und wandte mich ihr wieder zu.

„Nicht dumm“, sagte ich vorsichtig. „Das ist doch vollkommen verständlich. Vielleicht ein bisschen voreilig, nachdem es Ihnen gestern so schlecht gegangen ist. Ich wünschte einfach, dass Sie nicht so schwer arbeiten. Ruhen Sie sich heute erst einmal ein wenig aus.“

„Ich habe doch gestern gar nichts gemacht. Und ich mag nicht mehr herumsitzen. Das macht einen mit der Zeit ganz krank. Früher habe ich alles gemacht und bin hingegangen, wohin ich wollte.“

Sie war plötzlich still, vielleicht dachte sie an die Zeiten zurück, die sie gerade erwähnt hatte. Und ich wusste nicht, was ich dazu sagen sollte. Wie wäre es wohl, wenn ich ein Bein verloren hätte und eine sehr viel jüngere Person mir sagen würde, ich solle nicht so viel arbeiten? Wahrscheinlich würde ich nicht halb so würdevoll damit umgehen können wie Emma.

„Wissen Sie“, sagte sie dann, „ich habe im Keller ein Fahrrad. Zumindest glaube ich, dass es noch dort sein müsste. Dort hat Albert es jedenfalls verstaut, als er das letzte Mal hier war. Ich wollte es nicht weggeben, aber daran merken Sie ja vielleicht, was für ein Dickschädel ich sein kann. Ein Blinder mit einem Krückstock sieht doch, dass ich es nicht mehr benutzen kann. Sam muss es für Robert heraufholen. Er könnte dann mit dem Fahrrad zur Schule fahren.“

Da hatte Emma eine gute Idee, großzügig wie immer, aber ich fand den Gedanken auch schrecklich traurig. Sie schloss ein weiteres Kapitel in ihrem Leben ab, das sie eigentlich gar nicht abschließen wollte.

„Er kann sehr gut zu Fuß gehen, Emma“, versicherte ich ihr. „Die Nachbarsjungen tun es ja auch.“

„Aber es ist doch auch Unsinn, wenn das Fahrrad da unten herumsteht und niemandem auch nur ein bisschen nützt! Wenn er gerne mit den Hammond-Jungs zusammen gehen möchte, na schön, aber ich bin mir ziemlich sicher, dass er ab und zu auch gerne mal radeln würde, Sie nicht?"

„Doch, da haben Sie wohl Recht."

„Gut, dann lassen Sie mich dem Jungen doch eine Freude machen. Ich werde zwar nie eigene Enkel haben, aber er ist doch eigentlich schon fast so etwas Ähnliches."

Ihre Worte schmerzten mich, aber ich konnte nicht so genau sagen warum. Mir war beinah zum Weinen zu Mute, als ich die Teeblätter in Emmas Teesieb füllte. Ich verstreute sogar etwas davon auf der Arbeitsplatte, also schob ich sie mit der Hand wieder zusammen und gab sie ins Teesieb, weil ich nichts vergeuden wollte.

Ich holte den Zucker für Emma und gab ein paar Löffel davon in ihre Tasse. Mir wurde klar, dass ich ihr noch gar nicht erzählt hatte, was Hazel Sharpe gestern im Laden gesagt hatte. Am vergangenen Abend war ich so sehr in Sorge um sie gewesen, dass ich sie nicht auch noch mit dieser unangenehmen Begegnung hatte belasten wollen.

„Emma", sagte ich ganz ruhig. „Ich übernehme das Melken, wenn Sie mich lassen, aber ich muss Ihnen erst noch erzählen, dass ich gestern Hazel Sharpe im Laden getroffen habe. Sie hat gesagt, dass Sie Besuch von Ihren Verwandten bekommen."

Emma setzte sich kerzengerade in ihrem Stuhl auf. „Ach wirklich, hat sie das? Na ist das nicht komisch, dass die Verwandten es ihr erzählt haben und mir nicht einmal schreiben, damit ich es auch erfahre?"

Ich holte tief Luft und setzte mich neben sie. „Sie ist böse auf uns, Emma. Sie glaubt immer noch, dass wir Sie nur ausnutzen wollen. Sie hat gesagt, dass sie den Verwandten den Auftrag gegeben hat, uns von hier zu vertreiben."

Einen Augenblick lang war sie ganz still und ich wusste nicht, was ich als Nächstes zu erwarten hatte, aber dann lachte sie. Ja, sie lachte wirklich, während ich dasaß und mir Gedanken darüber machte, dass solche Neuigkeiten sie vielleicht zu sehr aufregen könnten. Ganz offensichtlich betrachtete sie die ganze Situation jedoch aus einem anderen Blickwinkel als ich.

„Also", sagte sie, als sie schließlich wieder sprechen konnte. „Sie hat ihnen bestimmt einen Überraschungsbesuch vorgeschlagen, meinen Sie nicht auch? Das wird sicher nett, meine Familie mal wieder zu sehen. Ich frage mich, wer wohl kommen könnte. Wahrscheinlich Albert. Den kennt sie am besten und er ist bestimmt auch am ehesten bereit, ganz von Chicago anzureisen, wenn es sich um einen ernsten Notfall handelt. Das hat er jedenfalls immer versichert."

„Aber glauben Sie denn nicht, dass er sich aufregen wird, Emma, wenn er uns hier antrifft?"

Sie nickte und lächelte mich freundlich an. „Ganz bestimmt wird er sich aufregen und zwar darüber, dass Hazel ihm solchen Unfug erzählt hat. Leute, die sie nicht so gut kennen, nehmen sie manchmal zu ernst." Sie beugte sich vor und fing an, ihr leeres Overallbein hochzukrempeln.

„Macht Ihnen das alles denn gar nichts aus?"

Sie sah mich an und antwortete: „Nein, kein bisschen. Und sorgen Sie dafür, dass es Ihnen auch nichts ausmacht. Es wird einfach schön, ihn wieder zu sehen! Und ich würde mich riesig freuen Sie ihm vorzustellen. Er wird Sie ganz bestimmt mögen, dafür werde ich schon sorgen." Dann griff sie nach einem ihrer Stöcke. „So 'ne Tasse Tee ist ja was Feines, aber die Pflicht ruft. Wenn Sie sich um Lula Bell kümmern wollen, dann mache ich derweil Frühstück. Ich bin schließlich noch nicht tot und ich habe auch nicht die Absicht, mich so zu verhalten."

Damit war eigentlich alles gesagt. Ich legte die Pfannkuchenzutaten, die Emma brauchte, in ihre Reichweite und danach scheuchte sie mich dann aus der Küche mit der Versicherung, mit Pfannkuchen werde sie auch alleine fertig.

Ich hörte Lula Bell schon in der Scheune muhen, als ich aus dem Haus trat. Ich nahm mir noch die Zeit, den Melkeimer beim Brunnen gründlich auszuspülen und ging dann schnell weiter.

In vielerlei Hinsicht war Emma meiner Großmutter Pearl sehr ähnlich. Sie war ebenso unabhängig und praktisch. Auch Großmutter hatte so gern gemolken und zwar nicht wegen der Tätigkeit als solcher, sondern wegen der frischen Milch und was man daraus alles machen konnte. Dienstags und freitags hatte sie immer gebuttert und von der Butter sogar ein wenig an die Arztfamilie in der Stadt verkauft. Ich würde schon froh sein, wenn wir genug Milch hatten für den eigenen Bedarf. Aber vielleicht würden wir sogar eines Tages auch etwas Butter für den Verkauf übrig haben.

Ich saß auf dem dreibeinigen Hocker und streichelte Lula Bells Flanke. Sie drehte ihren Kopf nach hinten, als ich meine Hände an ihr Euter legte. Jetzt erinnerte ich mich daran, wie ich zum ersten Mal bei Großmutter in der Scheune gemolken hatte. Großmutter hatte hinter mir gestanden und mir Ratschläge gegeben. „Du darfst nicht einfach nur drücken", hatte sie gesagt, „du musst schon ein bisschen arbeiten, damit Milch kommt."

Sam kam in die Scheune, gab mir einen Kuss und sagte, er werde nach dem Frühstück das Toilettenhäuschen abstützen. Ich konnte ihn am westlichen Ende der Scheune herumwerkeln hören und dann herrschte Stille, außer dem Miauen der Katze und dem fröhlichen Spritzen der Milch gegen die Eimerwand. Wir würden heute mehr haben als die Menge, die Robert und Sarah zum Frühstück trinken würden. Vielleicht würden wir also zum ersten Mal etwas Milch in unserer Kühlgrube aufbewahren können.

Ich brachte die Kuh zum Grasen hinaus, als ich plötzlich aus dem Wäldchen Stimmen hörte, und als ich dann mit meinem Melkeimer weiter um die Scheune herum ging, sah ich, wie sich zwei Mädchen in den Garten schlichen und direkt auf das Erdbeerbeet zugingen. Ich war fast sicher, dass es Kinder der Hammonds waren.

Eines der Mädchen war beinahe so groß wie ich, die andere etwa in Sarahs Alter. Sie bückten sich, suchten nach reifen Erdbeeren und bemerkten mich dabei gar nicht.

„Guten Morgen", rief ich ihnen zu, woraufhin sie beide erschrocken aufsprangen.

„Mama hat uns geschickt", erklärte das größere Mädchen eilig. „Sie hat schrecklichen Heißhunger."

„Auf Erdbeeren", fügte das kleine Mädchen hinzu und wartete jetzt ein wenig ängstlich meine Reaktion ab. Sie sagten, sie hießen Lizbeth und Rorey Hammond, woraufhin ich ihnen weitergab, was Emma gesagt hatte, dass sie dieses Jahr ein paar Schüsseln voll haben könnten, aber nicht die gesamte Ernte.

„Ich sag euch was", bot ich ihnen an. „Eure Mama hat sich wirklich einen hervorragenden Zeitpunkt ausgesucht. Die Erdbeeren gedeihen ganz großartig und ich wollte heute sowieso noch welche pflücken. Aber ich werde euch jetzt beim Pflücken helfen. Ihr könnt alle haben, die wir finden. Und in zwei oder drei Tagen helfe ich euch noch mal, das Beet leer zu pflücken, aber was danach kommt, entscheidet Emma."

Ich bückte mich und fing an, zusammen mit den Mädchen die reifsten Früchte herauszusuchen, wo ich doch eigentlich die Milch in Haus bringen und die Eier hätte einsammeln müssen. Aber meine Geste blieb nicht unbemerkt.

„Wir hatten nicht erwartet, dass Sie so nett sind", bemerkte Rorey. „Mama hat gesagt, dass Sie uns vielleicht wegjagen würden."

„Nachbarn sollen sich nachbarschaftlich verhalten", sagte ich ihnen. „Und sie sollten sich gegenseitig helfen, wenn sich die Gelegenheit bietet."

Darüber dachte ich nach und auch über diese beiden Mädchen, von denen keines sauber war und deren Kleidung noch abgetragener war als meine eigene. Die Hammonds waren bedürftig – das war sicher auch der Grund, weshalb Emma so nachsichtig mit ihnen war. Und ob ihr Vorgehen nun klug war oder nicht, sie wusste, wovon sie sprach. Vielleicht war ich wirklich zu hart gewesen. Nicht was George anging, aber im Hinblick auf die Kinder.

„Braucht eure Mutter sonst noch etwas außer Erdbeeren?", fragte ich zögernd, weil ich mir nicht so sicher war, wie sie darauf reagieren würden, so ausgefragt zu werden.

„Sassafras Tee", sagte die Kleine, „mit Honig."

„Sei still, Rorey", unterbrach ihre Schwester sie. „Darum kümmere ich mich schon."

„Also, wenn ihr irgendwann in nächster Zeit Sassafras Tee suchen geht", sagte ich, „dann würde ich gern mitkommen. Es gibt davon im Wald bestimmt genug für zwei Familien, meint ihr nicht?"

Lizbeth schien der Gedanke, mich dabeizuhaben, ein bisschen unbehaglich. „Ich glaube schon. Normalerweise geht Mama immer."

Ich nickte dem Mädchen zu, das gleichzeitig alt und jung aussah. „Wann soll denn das Baby kommen?"

„Jeden Tag jetzt. Diesmal holen wir Mrs Mueller, hat Mama gesagt. Aber ich fände es gut, wenn wir Emma auch noch dazuholen würden. Natürlich nur, wenn sie kommen will. Oder Sie. Es kann ja nicht schaden, wenn man viel Hilfe hat. Sie haben doch Erfahrung, oder? Ein bisschen doch auf jeden Fall bei zwei eigenen Kindern."

Ich war ein wenig erschüttert über ihre Einstellung zur Geburt dieses Kindes. Trommle einfach die Nachbarn zusammen, egal, ob du sie kennst oder nicht. „Würde deine Mutter nicht lieber den Doktor holen?", fragte ich.

Beide Mädchen schüttelten den Kopf. „Das dauert zu lange. Kostet auch zu viel."

„Ich weiß gar nicht, wie ich helfen könnte", sagte ich zu ihnen. „Und für Emma wäre es wirklich schwierig, schnell zu euch hinüberzukommen."

„Dazu sind doch Fuhrwerke da", entgegnete Lizbeth mit einem Blick, mit dem sie mich wahrscheinlich auch bedacht hätte, wenn ich ihr gesagt hätte, ich wäre in einer Höhle geboren worden.

„Geht es eurer Mutter denn gut?", fragte ich zurückhaltend.

„Für ihren Zustand ganz gut."

„Wenn ihr irgendetwas braucht, dann kommt her und lasst es uns wissen", hörte ich mich selbst sagen. Vielleicht nahmen sich diese Hammonds manchmal einfach, was sie wollten, aber vielleicht hatten sie es ja trotzdem nötig, dass wir uns ein wenig um sie kümmerten, so wie Emma es hartnäckig tat. „Ihr könnt gerne jederzeit kommen. Richtet das doch bitte auch zu Hause aus, ja?"

„Das machen wir", sagte Lizbeth, eindeutig überrascht von dem, was ich gesagt hatte. „Sie können auch gern rüberkommen. Mama is nich sauer auf Sie. Is keiner. Sie hat mir sogar gesagt, dass sie Sie kennen lernen möchte, und ich weiß, das meint sie auch so. Sie kommen doch, oder? Wie wär's denn mit heute?"

„Heute?" Ich konnte mir nicht recht vorstellen, einfach so bei Wilametta Hammond aufzutauchen, einer völlig Fremden. Aber warum eigentlich nicht? Ich könnte ihr ein paar Kekse zu den Erdbeeren mitbringen. Emma hatte ihnen etwas schenken wollen und vielleicht waren Kekse ja genau das Richtige. Vielleicht würden wir ja sogar noch Freundinnen werden.

Als die Mädchen mit ihrer Schüssel Erdbeeren gegangen waren, brachte ich die Milch ins Haus. Emma war gerade dabei, die Pfannkuchen zu braten.

„Ich habe sie durchs Fenster gesehen“, sagte sie. „Ich hoffe, Sie haben ihnen gesagt, dass sie nicht jeden Tag kommen können.“

„Das habe ich.“

„Eigentlich sind es ganz nette Kinder. Ab und zu mag ich sie wirklich gerne um mich haben. Vielleicht sollte wir Sarah bald mal mit Rorey zusammenbringen. Sind sie nicht einfach weggerannt?“

„Sie haben mich eingeladen, ihre Mutter zu besuchen.“

„Dann sollten Sie das auch tun. Und nehmen Sie dann doch Sarah gleich mit. Das wäre genau richtig. Wilametta wird Ihnen ein Ohr abreden, aber es ist bestimmt gut, wenn Sie sie kennen lernen. Und Sarah und Rorey und ihre kleinen Brüder werden sich bestimmt miteinander anfreunden, wo sie doch direkt in der Nachbarschaft sind und so.“

Als Sarah zwei Minuten später nach unten kam, war sie mächtig enttäuscht darüber, dass sie die beiden Nachbarsmädchen verpasst hatte. Aber dann war sie auch schnell recht aufgeregt über die Idee, sie zu besuchen. Den ganzen Weg bis zum Hühnerstall hüpfte sie um mich herum und es gefiel ihr genauso wie mir, dass drei der vier Hühner an diesem Morgen ein Ei gelegt hatten. Ich beschloss, eines davon einfach liegen zu lassen. Emma war damit einverstanden. Sie sagte, dann würde diese Henne mehr legen und wenn Gott seinen Segen gab, hätten wir schon in ein paar Wochen kleine Hühnerküken.

Während wir draußen gewesen waren, hatte Emma mit ein bisschen Zucker und Wasser Sirup gekocht. Wir futterten alle Pfannkuchen auf, die sie gemacht hatte, und dazu noch den Frühstücksspeck, den wir aus *Dearing* mitgebracht hatten.

„Tolles Frühstück“, sagte Robert und machte sich mit einem Lächeln auf den Schulweg.

Ich rührte sofort Teig für Kekse an und schob ein Blech voll in den Backofen. Ich wollte Emma nicht allein lassen, also wusste ich, dass ich bis zum Mittag wieder zurück sein musste, wenn Sam sich auf den Weg zu den Posts machte, um dort bei der Dachreparatur zu helfen. Sam reagierte ein bisschen empfindlich auf meinen Plan, die Hammonds zu besuchen, sagte dann aber doch, ich solle George von ihm grüßen.

Schon kurz darauf war die Küche aufgeräumt und das Gebäck fertig. Ich legte noch ein sauberes Küchentuch über die Muffins, die ich für uns gemacht hatte, und wickelte die noch warmen Kekse in ein anders Handtuch. Emma erklärte mir recht einfach, wie ich zur Farm der Hammonds gelangte und machte sich dann an die Arbeit, einen großen Deckelkorb auszuräumen, den wir in einer der Kisten gefunden hatten. Mit den Keksen im Arm machte ich mich also auf den Weg durch das Wäldchen zum Haus der Hammonds. Sarah, die einen kleinen Strauß Gänseblümchen gepflückt hatte, hüpfte fröhlich neben mir her.

Der Spaziergang war herrlich. Die Blaubeeren hatten schon fast alle Blütenblätter verloren und ich machte die wunderbare Entdeckung eines Maulbeerbaumes, nicht einmal hundert Meter vom Bach entfernt. Ach, das würde leckere Marmelade geben.

Als wir in der Nähe des Teiches vorbeikamen, fiel mir auf, dass das Schilfrohr im Herbst flauschige Spitzen haben würde. Ich dachte daran, dass ich vielleicht genug von dem weichen Material sammeln konnte, um damit ein, zwei Kissen ausstopfen zu können. Vorausgesetzt natürlich, es roch nicht schlecht. Ich konnte mich nicht erinnern, ob getrocknetes Schilfrohr schlecht roch.

Wir waren schneller bei den Hammonds, als ich gedacht hatte. Sam hatte mir zwar beschrieben, wie es auf der Farm aussah, aber ich war trotzdem überrascht, denn es war noch schlimmer, als ich es mir vorgestellt hatte. Als wäre dort jahrzehntelang nichts neu gekauft, gestrichen oder repariert worden. Rorey und zwei ärmlich gekleidete kleine Jungen krochen unter der Veranda hervor, die so aussah, als könne sie jederzeit über ihnen zusammenbrechen. Sie waren schmutzig wie kleine Ferkel, als sie auf uns zurannten, um uns zu begrüßen, und sie quietschten auch ebenso laut. Ich zögerte ein bisschen, Sarah einfach laufen und mit einer solchen Horde spielen zu lassen.

„Bleib bitte erst mal bei mir", sagte ich deshalb zu ihr, „bis du Mrs Hammond begrüßt und ihr deine Gänseblümchen überreicht hast."

George war nirgends zu sehen und auch von den größeren Jungen war keiner da. Lizbeth war damit beschäftigt, im Garten Wäsche aufzuhängen an einer Leine, die so stark durchhing, dass sie die Sachen falten musste, damit sie nicht auf dem Boden schleiften. Sie sah müde aus und achtete kaum auf ihre jüngeren Geschwister. Als sie dann aber mich entdeckte, war sie offensichtlich überrascht. So sehr, dass ich schon fast den Eindruck hatte, ich hätte sie erschreckt. Dann sah sie das Bündel unter meinem Arm und lächelte.

„Ist das für uns, Mrs Wortham?"

„Ja, ich habe ein paar Kekse zu den Erdbeeren gebacken."

„Ach wie schön, genau das hat Mama sich gewünscht. Und ich bin bis jetzt noch nicht dazu gekommen. Das ist aber nett von Ihnen."

Sie nahm mir das Bündel schnell ab, so als ob sie fürchtete, ich könnte meine Meinung wieder ändern. Danach führte sie mich die Verandastufen hinauf, von denen jede ihren eigenen Neigungswinkel zu haben schien, und führte uns durch das schmuddelige und unaufgeräumte Haus ins Schlafzimmer ihrer Mutter.

Wilametta Hammond war eine extrem große Frau, die auch dann groß und stabil gewesen wäre, wenn sie nicht hochschwanger gewesen wäre. Das Holzbett, in dem sie aufrecht saß, sah nicht so aus, als ob es sie noch lange würde tragen können. Der Fußboden um das Bett herum war übersät mit Sachen. Ein altes Hemd lag dort, eine dreckige Socke, eine abgestoßene Teekanne und ein Besenstiel. Es sah so aus, als hätte jemand fröhlich mit diesen Dingen um sich geworfen und sie dann einfach liegen lassen. Ich konnte schon von der Tür aus Mrs Hammonds schweren Atem hören, obwohl sie nicht schlief. Mit ihren dicken rosa Fingern presste sie sich ein Tuch gegen die Stirn. Sie sah erschöpft aus, obwohl sie einfach nur dalag. Kleine Schweißbäche liefen ihr übers Gesicht, obgleich es in dem Zimmer kühl war.

Sie rührte sich kaum, als Lizbeth mich zu ihr führte, aber es gelang ihr trotzdem mir zu zeigen, wie aufgeregt sie war.

„Ach du meine Zeit, Sie sin die Nachbarin, nich? Das sin Se doch, nich? Und ich seh so schrecklich aus! Ach kommen Se doch trotzdem rein! Ich hab gebetet, dass Se mal zu Besuch kommen."

„Mrs Hammond ..."

„Ach sag'n Se doch Wilametta."

„Wilametta ..."

„Ach, was ham Se doch für'n hübsches Püppchen da!" Sie bedeutete Sarah mit einer Geste näher zu kommen, ohne mir auch nur Gelegenheit zu geben, drei zusammenhängende Worte zu sagen. „Na komm schon her, du Süße!", lockte sie. „Lass dich mal anschau'n."

Sarah sah mich mit weit offenen Augen an. Ich nickte ihr zu und tätschelte ihren Arm ein bisschen und sie ging mutig gerade so nah an das Bett heran, dass sie ihre Gänseblümchen auf Mrs Hammonds gewaltigen Bauch ablegen konnte.

„Ja, was ist denn das?", rief Wilametta mit weit aufgerissenen Kulleraugen aus.

„Für dich", flüsterte Sarah. „Die hab ich selbst gepflückt."

Wilametta sammelte den größten Teil der Blumen wieder zusammen und schnupperte lange und geräuschvoll daran. „Ach sin die aber hübsch. Und das is ja wohl das Netteste, was ich erlebt hab, dass du mir die mitbringst. Darauf bist du von ganz allein gekommen, oder, mein Kind?"

„Ja, das bin ich", antwortete Sarah schüchtern und griff rückwärts nach meiner Hand.

„Na, so ein kleiner Engel." Wilamettas Lächeln war hübsch und freundlich, aber dann erschreckte sie uns, indem sie urplötzlich laut losbrüllte.

„Rorey! Rorey, Kind!"

Das arme kleine Mädchen war mit uns mitgekommen und stand nun fast direkt hinter mir, aber ihre Mutter hatte sie nicht bemerkt. Mit einem Satz war sie bei ihrer Mutter, bevor ich ganz begriffen hatte, was eigentlich vor sich ging.

Aber Wilametta hatte ihre Aufmerksamkeit schon wieder Sarah zugewandt.

„Hast du schon mal ein junges Zicklein gesehen, da wo du herkommst?"

Sarah schüttelte den Kopf.

„Na, dann ham wir aber was für dich. Wie war dein Name noch mal?“

„Sarah.“

„Ah, das ist aber ’n hübscher Name. Und auch noch aus der Bibel. Wusstest du das? Und ich hab mal ’ne Sarah gekannt, die konnte die schönsten Kleider nähen, die man sich nur denken kann. Die sahen aus wie aus der Fabrik in New York und waren ganz und gar mit der Hand genäht.“

Schließlich drehte sie sich um und sprach ihre Tochter an, die geduldig gewartet hatte. „Rorey, sei brav und zeig Sarah Shuck und Billy, ja?“ Sie lächelte mich an. „Das sind Zwillingsziegen und ich hoffe auch die einzigen Zwillinge, die wir hier haben werden.“ Sie lachte und gab Rorey einen Stups in Sarahs Richtung.

Mehr Drängen brauchte Rorey auch gar nicht. Sie griff nach Sarahs Hand und zog ein bisschen daran.

„Los, komm schon!“, flüsterte sie. „Du magst Shuck und Billy bestimmt. Sie haben kleine Knubbel am Kopf, wo später mal die Hörner wachsen.“

Sarah sah mich immer noch ein wenig unsicher an. Ich sagte, sie könne ruhig gehen, aber nur, um die Ziegen anzuschauen. Darüber schien sie erleichtert, aber die Anweisung war ebenso für mich wie für sie gedacht. Es war schwer zu sagen, was unbeaufsichtigte Kinder hier alles anstellen konnten.

„Was, Sie lassen se nich spielen?“, fragte Wilametta nach. „Sie muss doch nich gleich wieder reinkommen! Wir brauchen doch auch ’n bisschen Zeit zum Plaudern. So lange se die Schweine in Ruhe lassen, is da draußen wirklich nix Gefährliches.“

„Sie ist das Leben auf der Farm noch nicht so richtig gewohnt“, erklärte ich und hoffte, Wilametta würde nicht merken, dass ich es nicht richtig fand, Sarah hier dieselben Freiheiten zu lassen wie auf Emmas Farm.

„Sie hat Kekse mitgebracht“, sagte Lizbeth. „Ich habe sie auf die Fensterbank gestellt. Soll ich was davon reinbringen?“

„Nein“, sagte Wilametta, die plötzlich stiller geworden war. „Nein, noch nicht.“ Sie beobachtete, wie Sarah mit Rorey zur Tür hinausging und wandte ihre Aufmerksamkeit dann wieder mir zu. „Ich versteh das einfach nicht“, sagte sie. „Sie lassen uns die Erdbeeren und jetz komm'n Se auch noch und bringen mir Kekse. Dabei hat George doch gesagt, dass Ihr Mann nicht grad freundlich zu ihm war. Sin Se ganz sicher, dass es ihm nix ausmacht, wenn Se jetzt hier sin?"

„Nein. Dagegen hat er nichts. Er hat gesagt, ich soll George von ihm grüßen", fügte ich noch hinzu, ein bisschen überrascht darüber, dass jemand Sam unfreundlich finden konnte.

„Da wird George aber staunen", entgegnete sie. „Er hat sich in den Kopf gesetzt, dass Ihr Mann ihn kein bisschen leiden kann. Das ist aber nett von ihm, dass er grüßen lässt." Einen Augenblick lang sah sie mich schweigend an. „Ich dacht schon, es gibt bald Streit", sagte sie schließlich. „Dass Se kommen, nimmt mir 'ne Last. Lizbeth, hol der Frau mal 'n Stuhl."

Ich beobachtete, wie das ältere Mädchen ins Nebenzimmer huschte und einen großen Sessel heranschleppte, der selbst gemacht aussah. Er hatte eine geflochtene Rückenlehne und dünne Beine. Lizbeth schob das Möbel direkt ans Bett und ich setzte mich nur zögernd hin, weil ich irgendwie nicht in Reichweite von Wilamettas pummeligen rosa Armen sein wollte.

„Es is aber auch wirklich schwer, Emma jetz zu verstehen", sagte sie. „Sonst sin wir es immer gewesen, die sich um se gekümmert ham. Wir ham immer ihr Feld bestellt un uns um ihre Geräte gekümmert, wiss'n Se. Wir ham ihr sogar angeboten, dass se bei uns wohn kann, aber das is lange her, lange bevor Se hier aufgetaucht sin."

Was sollte ich dazu sagen? Ich konnte verstehen, weshalb Emma nicht bei den Hammonds bleiben wollte. Sie hatte es gern hübsch und gepflegt und hätte es sicher schwer gehabt mit Leuten, die nicht einmal zu merken schienen, in welch erbärmlichem Zustand ihr Haus und die Umgebung waren.

„Ich will se ja nich angreifen, versteh'n Se", fuhr Wilametta fort. „Aber wir ham wirklich alles für se getan! Eigentlich versteh ich gar nich, warum Emma Se aufgelesen hat. Aber se is ja auch immer zu gutmütig. Würde niemals Herumstreuner wegschicken."

Ich sagte immer noch nichts und sie lachte nervös. „Nicht, dass Se Streuner sin! Das hab ich nich gemeint. Aber dass Se Ihnen gleich ihre Farm überlässt, na das is schon komisch, oder etwa nich? Alles, was recht is ..."

Sie hörte plötzlich auf zu reden, vielleicht weil sie merkte, dass die Wende, die das Gespräch jetzt nahm, vielleicht doch nicht so günstig war. Ich hatte auf jeden Fall schon mehr gehört als mir lieb war.

„Sie hat uns die Farm gar nicht gegeben, Mrs Hammond ...“

„Also dann“, sagte sie langsam und offensichtlich erleichtert, „das hört man doch gern. Aber dann versteh ich nich, was Se da überhaupt noch woll'n . Wir sin hier erst hergekomm, als wir 'n guten Vertrag hatten ...“

Wieder hielt sie inne und ihre Gesichtsfarbe wechselte von rosa nach dunkelrot. „Vielleicht soll'n wir jetzt erst mal 'n bisschen von den Keksen kosten.“

Aber ich hatte sehr wohl mitbekommen, was sie da gesagt hatte, und ich wollte sie nicht so einfach davonkommen lassen, indem sie das Thema wechselte. „Dann haben Sie also Ihre Farm von Emma?“

Wilamettas Blick wurde kalt und ich bedauerte meine Frage augenblicklich.

„Wir ham 'n guten gesetzlichen Vertrag mit Willard gemacht“, schnaufte sie. „Vor über zwanzig Jahren schon. Und der stand uns auch zu, denn Georges Vater hat das Land für ihn bearbeitet! Aber Sie komm'n doch von wer weiß woher! Was Se hier überhaupt woll'n – ich hab keine Ahnung!“

„Es tut mir Leid, Mrs Hammond. Ich wollte Ihnen nicht zu nahe treten.“

„Vielleicht ist das ja Städterart, keine Ahnung. Aber is gar nich so leicht, mit Ihnen gut nachbarschaftlich auszukommen. Das hat George auch gesagt.“

Eine Weile schwiegen wir beide und ich versuchte zu überlegen, was ich sagen sollte, ohne die ganze Sache noch zu verschlimmern. Selbst mich zu entschuldigen und nach Hause zu gehen wäre mir jetzt unhöflich vorgekommen.

Während ich so dasaß, bemerkte ich, wie eins von Sarahs Gänseblümchen von Wilamettas gewaltigem Bauch herunterrutschte und zu Boden fiel. Ohne weiter zu überlegen, bückte ich mich und hob es auf. Die anderen Blüten lagen immer noch auf ihrem Schoß und ich sah, dass auf dem Nachtschränkchen, auf dem schon eine zerlesene Bibel, ein Tischtuch und eine Kerze untergebracht waren, auch noch Platz für eine Vase mit Blumen war.

„Möchten Sie sie in Wasser stellen?“, fragte ich. „Sie würden bestimmt freundlich aussehen da auf dem Tischchen neben Ihnen.“

Sie starrte mich an, als hätte ich Griechisch gesprochen, aber dann wurden ihre Gesichtszüge weicher. „Das brauchen Sie wirklich nicht zu tun“, sagte sie. „Lizbeth! Komm und stell diese Blumen in Wasser!“

Lizbeth kam von wo auch immer herbeigeeilt, sammelte die Blumen zusammen und ging wieder aus dem Zimmer. Mrs Hammond hatte auf jeden Fall folgsame Töchter. Ihr Mann mochte vielleicht etwas ungehobelt sein und ihr Haus schien um sie herum auseinander zu fallen, aber das Benehmen ihrer Töchter sprach für sie.

Lizbeth war im Nu mit Sarahs Gänseblümchen zurück, die sie in ein Marmeladenglas gestellt hatte, das sie jetzt tropfend hereintrug. Sie stellte das Glas auf das Nachtschränkchen ihrer Mutter, ohne es abzuwischen oder etwas darunter zu stellen. Ich dachte daran, wie später der Wasserrand auf dem alten Eichenholz aussehen würde, sagte aber nichts.

„Danke, dass Se so aufmerksam sin“, sagte Wilametta dann zu mir. „Dass Se Kekse mitgebracht ham und so. Ich nehm mal an, Sie woll'n in Ordnung sein, so gut Se es eben wissen, und das ist richtig nett von Ihnen.“

„Ich hatte überlegt, Ihnen anzubieten, hin und wieder ein paar von Ihren Kindern zu hüten“, sagte ich schnell. „Damit Sie sich etwas erholen und ausruhen können, wenn das Baby da ist. Wir brauchen Federn für eine zusätzliche Matratze, wenn Sie vielleicht welche übrig haben, und ich weiß nicht, wie ich sonst dafür bezahlen sollte.“

„Es wird eine Weile dauern, bis wir wieder genug für eine Matratze haben“, sagte sie. „Wir kommen gut klar mit den Kindern. Sie könn sich schon selbst kümmern, meistens wenigstens. Jeder weiß, was er zu tun hat. Un se kümmern sich auch.“

„Das ist wirklich großartig, Mrs Hammond“, sagte ich ganz ernst.

„Viele Kinder kümmern sich nicht, es ist ihnen egal.“

„Meine schon. Und wenn nicht, setzt's was mit'm Gürtel. Aber Sie ham da auch 'n nettes kleines Mädchen.“

„Danke. Wie alt ist denn Ihre Rorey?"

„Die is sechs. Un se kann mir dann mit dem Baby helfen. Ich hoffe, 's wird wieder 'n Mädchen. Sieben Jungs hab ich ja schon. Für eine Frau reicht das."

Ich musste lächeln und zugeben, dass sie da wohl Recht hatte. Es fiel mir schwer mir vorzustellen, wie mein Leben wohl mit zehn statt mit zwei Kindern aussähe. *Wie viel Essen sie in diesem Haus brauchen müssen!*

„Aber Rorey ist noch klein", sagte ich. „Und Lizbeth hat doch bestimmt auch alle Hände voll zu tun. Gibt es nichts, wobei Sie noch ein wenig Hilfe gebrauchen könnten?"

„Ich hoff nur, dass Se uns die Beeren lassen. Emma hat uns immer alle Beeren gelassen, die wir wollten. Die Blaubeeren auch. Brombeeren un' im Herbst die Nüsse."

„Wir können sie sicher teilen."

„Gut, das zu hören. Se könn sich drauf verlassen, dass ich das nich vergess."

„Ich vergesse es auch nicht."

„George hat gesagt, dass Se uns bestimmt aus unser'm Haus jagen, sobald Emma tot is. Wir wollten eigentlich immer bezahlen, aber in den letzten Jahren sind die Ernten nie so gut gewesen, wiss'n Se?"

In ihren Augen war Angst zu erkennen und mir wurde klar, dass die Hammonds Emma sehr viel mehr schuldeten als nur die Kühe und die Nutzung des Feldes. Sie musste sie geduldig unterstützt haben, ihnen vielleicht auch alles immer wieder erlassen haben, und das jetzt schon jahrelang.

Was würden sie wohl tun, wenn Emma morgen sterben würde und eine Bank, ein Anwalt oder unbarmherzige Verwandte kommen und sich das Ganze einmal näher anschauen würden? Die Hammonds hatten also allen Grund, Angst zu haben.

„Wir sollten Freunde sein", sagte ich plötzlich.

„Wir zwei vielleicht, das kann schon sein", sagte Wilametta vorsichtig. „Aber ich weiß nich', was mit unsern Männern is'. Könnte sein, dass die da dickschädeliger sin."

„Sam ist eigentlich nett", erzählte ich ihr. „Er würde Ihnen niemals Schwierigkeiten machen."

Ihre Miene verfinsterte sich. „Aber Se brauch'n doch mehr

als nur Federn, oder? Sie sin da drüben nicht so gut ausgerüstet, oder? Was essen Se denn eigentlich so?"

„Wir kommen ganz gut zurecht. Und Sam arbeitet ziemlich schwer."

„Eins weiß ich. Auch wenn bei uns kein Geld im Haus is, George sorgt immer dafür, dass genug zum Sattwerden da is. Wir ham immer gutes Fleisch un Butter, das steht fest. Woll'n Se nich zum Essen bleiben?"

„Vielen Dank, aber ich muss zurück und für Sam und Emma kochen, bevor Sam wegmuss."

Sie setzte sich überrascht ein wenig auf. „Weg? Wohin geht er denn?"

„Er hilft Mr Post mit seinem Dach. Als Bezahlung für seine Hilfe beim Zaunbau bei uns."

Mehr sagte ich nicht darüber, dass Sam für die Posts arbeitete, denn ich hatte irgendwie Angst, das könnte zu noch mehr Verstimmungen führen. Es war schon etwas ungewöhnlich, dass Mr Post sich nicht einen anderen Mann aus dem Ort dafür ausgesucht hatte, den er besser kannte.

Wilametta sah aus, als wolle sie dazu noch etwas sagen, als wir es krachen hörten und dann einen Schrei und dann eine ganze Serie von Schreien. Ich sprang von meinem Stuhl auf, weil ich glaubte, Sarahs Stimme in dem ganzen Durcheinander erkannt zu haben.

„Grundgütiger Himmel!", kreischte Wilametta. „Lizbeth, lauf und guck nach, was passiert is!"

Ich starrte einen Augenblick lang die Frau an, während sie ein Stück Pappe zur Hand nahm, das neben dem Bett lag, und sich damit Luft zufächelte.

„Diese Kinder", murmelte sie. „Man weiß nie, was die als Nächstes anstellen."

Ich wartete nicht länger, nicht darauf, dass Wilametta den Kopf hob oder darauf, dass Lizbeth zurückkam und berichtete, was passiert war. Ich rannte ohne ein weiteres Wort aus dem Zimmer und fand meinen Weg nach draußen.

„Sarah!"

„Mama!", hörte ich als Antwort Sarah schreien.

Eine kleine Ziege mit fünf Zentimeter langen Hörnern kam um die Hausecke galoppiert und rannte mich fast um. Hinter der ersten kamen noch zwei Ziegen, ebenso schnell. Und dann noch eine sehr viel größere, gefolgt von Willy und einem kleineren Jungen, die ebenfalls beide laut schrien.

„So könnt ihr doch keine Ziegen fangen, ihr Dummköpfe!", schrie Lizbeth. „Haltet den Mund und lockt sie mit ein bisschen Körnerfutter!"

Ich hörte meine Sarah schreien und ging deshalb einfach weiter dem Geräusch nach. Ich fand sie schließlich auf dem Boden in einem Gewirr von Draht und Holz. Teile eines kaputten Zauns lagen auf beiden Seiten neben ihr und ich konnte sehen, was passiert war. Ein kleines Ding wie Sarah hatte es geschafft, den Zaun zum Einbrechen zu bringen.

„Ich wollte das nicht", schluchzte sie. „Er ist einfach kaputtgegangen."

Rorey blickte ängstlich zu mir auf. „Ich hoffe, Se sin nich böse", sagte sie. „Es war wirklich nich Sarahs Schuld. Se is nur über 'n Zaun geklettert. Wir machen das immer so. Vielleicht wissen wir nur einfach besser, wo das nich geht."

Ich nahm Sarah in die Arme. Sie war nicht weiter verletzt, hatte nur ein paar Schrammen an den Ellenbogen, einem Knie und am Kinn. Sie hatte mehr Angst als alles andere. Aber sie beruhigte sich schon wieder.

Nur Rorey war bei Sarah geblieben, die anderen Kinder jagten immer noch den Ziegen hinterher. „Papa repariert den Zaun wieder", versicherte Rorey. „Mach dir keine Sorgen. Er is auch bestimmt nich allzu sauer."

Ich schaute zu dem Mädchen auf und fragte mich, wie George Hammond wohl reagieren würde. *Wütend? Ich hoffe, das nicht. Eher sollte er zu Tode erschrocken sein darüber, dass sich ein Nachbarskind auf seinem Grund und Boden verletzt hat, weil er etwas nicht rechtzeitig repariert hat.*

„Mama, können wir jetzt nach Hause gehen?", fragte Sarah mich, während ich ihr mit meinem Schal das Kinn abwischte.

„Ja, das können wir", versprach ich, „aber erst müssen wir noch einmal ins Haus gehen und Mrs Hammond sagen, was passiert ist."

„Müssen wir das wirklich?", fragte sie und fing dabei fast wieder an zu weinen. „Ich wollte die Ziegen gar nicht freilassen."

„Das weiß ich doch. Und sie versteht das bestimmt auch." Ich half ihr auf und sie humpelte tapfer neben mir her, wobei sie sich aber mit beiden Händen an meinen Arm klammerte. „Ist alles in Ordnung mit dir, meine Süße?", fragte ich und sie tat mir wirklich Leid, obwohl sie sich wirklich wacker geschlagen hatte.

„Mein Bein tut weh."

„Soll ich dich ein bisschen tragen?"

Sie lächelte ein wenig und wischte sich mit dem Handrücken eine winzige Träne ab. „Das brauchst du nicht, Mama", sagte sie.

„Es war nicht deine Schuld."

Ich blieb stehen und schloss sie in beide Arme. Ich wusste, dass Sarah wirklich tapfer sein konnte, aber so zäh brauchte sie nun auch wieder nicht zu sein.

„Komm, mein Schatz", sagte ich. „Lass uns noch schnell auf Wiedersehen sagen zu Roreys Mama."

Rorey schlich hinter uns her, klebte mir fast an den Fersen. „Se sin aber stark, Mrs Wortham. Mama nimmt mich nie auf den Arm. Das kann se nich, weil ich zu groß bin. Se sin so stark. Könnten Se mich auch auf den Arm nehmen?"

„Ach meine Kleine, Mütter, die ein Baby erwarten, sollen auch nicht so große Mädchen tragen", erklärte ich ihr. „Ich glaube, dass deine Mutter mächtig stark ist, wenn sie kein Baby erwartet."

„Das weiß ich nich", antwortete die Kleine. „Sie hat nich mal Bertie auf'n Arm genommen, nich mal seit hundert Jahren, und der is noch viel kleiner als ich! Se nimmt mich nie auf'n Arm, ehrlich!"

Ich drehte mich um, schaute sie einen Augenblick an und fragte mich, ob es einen Grund gab für eine so heftige Übertreibung. Sicher hatte sie keine Vorstellung davon, wie lang hundert Jahre dauerten. Vielleicht hoffte sie einfach, dass ich sie auch irgendwann einmal tragen würde, einfach so zum Spaß.

Ich trat auf die breite Veranda und vermied dabei sorgfältig eine Stelle, an der ein halbes Brett weggebrochen war. Ohne noch einmal anzuklopfen, trat ich ein, denn Lizbeth war immer noch damit beschäftigt, die Ziegen wieder einzufangen, und ich wusste, dass Wilametta nicht aufstehen würde, um mich hereinzulassen. Ich trat ein und verlagerte Sarahs Gewicht von einem

Arm auf den anderen, um dann noch einmal in das Schlafzimmer zu gehen.

„Ach du lieber Himmel“, rief Wilametta aus und war sehr rot im Gesicht. „Is mit dem kleinen Engel auch alles in Ordnung? Was is passiert? Steh da nicht rum, Rorey. Hol Mrs Wortham ein nasses Tuch. Los, mach schon.“

Ich erzählte ihr, was passiert war und sagte, wir müssten jetzt nach Hause, auch wenn Sarah nicht stark verletzt war.

„Se hassen mich doch jetzt nich, oder?“, fragte sie. „Se wer'n doch nich bei Emma schlecht über uns reden?“

„Vielleicht wird sie fragen, was passiert ist“, antwortete ich ganz ruhig. „Aber ich werde ihr nichts sagen als die Wahrheit.“

„Oh“, sagte sie grimmig und schüttelte plötzlich den Kopf. „Das war einfach so 'ne Sache, wissen Se. Unsere Zäune sin eigentlich überall gut in Schuss. Die Jungs müssen da irgendwas losgemacht haben. Es is bestimmt besser, wenn Se ihr nix davon sagen. Finden Se nich auch? Se muss sich doch wegen solchen Kleinigkeiten jetz keine Sorgen machen. Finden Se nich auch, dass es wirklich nur 'ne Kleinigkeit is'?“

Ich wusste nicht, was ich dazu sagen sollte. Wenn die Hammonds sich solche Gedanken darüber machten, was Emma über sie denken könnte, warum waren sie dann nicht die ganze Zeit mit allem etwas sorgfältiger umgegangen? Glaubte Wilametta wirklich, dass ein kaputter Zaun Emma mehr ausmachen würde, als belogen zu werden und das Geld, das ihr zustand, nicht zu bekommen?

Plötzlich verzog sie ihr Gesicht und sah zur Decke. „Ach du meine Güte“, sagte sie. „Ach du meine Güte.“ Sie wurde ganz blass und wirkte für einen Augenblick richtig verängstigt.

Ich setzte Sarah auf dem alten Sessel ab und trat ein bisschen näher ans Bett heran, wobei mein Magen Purzelbäume schlug. „Was ist los?“

Rorey kam mit einem tropfnassen Lappen ins Zimmer und Wilametta sagte, sie solle hinausgehen und Lizbeth holen, egal, ob sie die Ziegen schon wieder eingefangen hatte oder nicht. Das Mädchen schob mir den nassen Lappen in die Hand und verschwand wieder. Wilametta beobachtete, wie ich Sarahs abgeschürftes Knie abtupfte, aber ich behielt sie im Auge.

„Ist alles in Ordnung?“, fragte ich. „Brauchen Sie Hilfe?“

„Die werd ich sicher über kurz oder lang brauchen. Ich kann jedenfalls sagen, dass es Sonntag für die Leute in der Kirche Neuigkeiten geben wird. Ich hoffe auf jeden Fall, dass es ’n Mädchen wird. Sie soll Grace heißen. Finden Sie nich auch, dass das ein schöner Name is’?“

„Ja, wunderschön. Aber kann ich etwas tun? Ist alles in Ordnung?“

„Ach, ich glaub’, es hat nur mal kräftig getreten, das is’ alles. Ich fühle mich so straff, dass ich das Gefühl hab, ich platze jeden Augenblick. Lizbeth soll mir ein Fußbad zurechtmachen und George vom Feld holen.“ Sie hatte einen merkwürdigen Blick, aber ich wusste nicht so genau, was es zu bedeuten hatte. Vielleicht Schmerzen, aber sie wollte es nicht zeigen.

„Möchten Sie, dass ich warte?“

„Oh nein. Bringen Se lieber die Kleine nach Haus. Mir geht es gut. Es tut mir nur Leid, so Leid, dass se sich wehgetan hat. Is’ denn alles in Ordnung mit dir, meine Süße?“

Sie sah Sarah an, aber ich konnte sehen, dass sie noch stärker schwitzte als zuvor.

„Es ist alles in Ordnung“, antwortete Sarah tapfer und griff nach meiner Hand.

„Mrs Hammond, vielleicht sollte ich doch lieber hier bleiben, bis Ihr Mann kommt.“

„Nee, nee, ich will Se nich aufhalten. Wir ham uns das schon alles genau zurechtgelegt. Er holt mir Mrs Mueller, wenn es so weit ist, aber das dauert noch, machen Se sich mal keine Sorgen.“

Ich war davon nicht so überzeugt. Irgendetwas an ihrer ganzen Haltung hatte sich verändert. „Mrs Hammond, ich könnte ...“

„Bedeutet viel“, sagte sie und schaute weg. „Bedeutet viel, dass Se gesagt ham, Se woll’n Freunde sein. Ich hoffe wirklich, dass es dabei bleibt. Hoffentlich is Emma nich wütend. Richten Se ihr doch aus, wir tun wirklich, was wir können.“

Ihr standen jetzt Tränen in den Augen. Diese Frau war mir wirklich ein Rätsel. Prahlerisch und polternd und dann wieder ernst und gefühlvoll. Natürlich konnte das auch an ihrem Zustand liegen.

„Mrs Hammond, Emma scheint froh zu sein, Sie hier zu haben ..."

„Woll'n Se mich nich Wilametta nennen? Ach du meine Güte, ich hab Se ja noch gar nich nach Ihrem Vornamen gefragt."

„Julia."

„Julia. Das is hübsch. Passt zu Ihnen. Tut mir so Leid wegen Ihrer Kleinen. Und nu geh'n Se mal und machen Ihrem Mann was zu essen." Sie holte tief Luft. „Sagen Se Emma, 's wär schön, se mal wieder hier zu haben. Und es is nich so, dass wir se hier nich haben woll'n. Ich rufe Mrs Mueller diesmal nur, weil wir Emma keine Umstände machen woll'n. Sie wissen ja selbst, dass es ihr nich so gut geht." Sie atmete heftig aus und verzog wieder das Gesicht.

„Schon beim letzten Mal hat es mir so Leid getan", fuhr sie fort und die Anstrengung war in ihrer Stimme zu erkennen. „Meine Jungs ham se geholt und se war wirklich 'n Gottesgeschenk für mich und meinen kleinen Berty, als er kam. Aber se war so krank, Julia. So krank, dass ich schon dachte, se würd sterben. Seitdem hab ich immer Angst, dass se stirbt. Und was hätten wir dann machen sollen? Sie verstehen das einfach nich. Und George ist keiner, der das sagen würde. Es gibt keinen, der das versteht, außer vielleicht Emma selbst! Wir ham nix außer ihr."

„Es nützt doch nichts, wenn Sie sich jetzt über diese Dinge Gedanken machen", sagte ich sanft. „Kann ich Ihnen irgendetwas holen?"

„Oh Lizbeth, wo bleibst du denn?"

Wie auf ein Stichwort kam Lizbeth ins Haus gerannt, ganz erhitzt und verschwitzt, und blieb völlig außer Atem in der Tür stehen. „Big Bill ist jetzt als Einziger noch nicht wieder eingefangen, Mama, und du weißt ja, wie störrisch er sein kann."

„Ach Kind, vergiss doch die Ziege. Hol mir etwas Salzwasser für meine wunden Füße, ja?"

„Mama?"

„Jetzt maul' nich!", befahl Wilametta. „Tu einfach, was ich dir sage."

Lizbeth ging aus dem Zimmer und sah jetzt ebenfalls zwei Nummern blasser aus.

„Also, Julia, es hat mich gefreut."

Ich hörte erneut das Geräusch der Haustür. Lizbeth war wieder hinausgegangen und ich hörte Stimmen, konnte aber nicht richtig verstehen, was dort gesprochen wurde.

„Soll ich noch irgendetwas für Sie tun?", fragte ich, traute mich aber doch nicht, sie zu fragen, ob die Wehen eingesetzt hatten.

„Nee, nee, sagen Se nur einfach einem von den Jungs, dass er Se mit dem Pferdewagen nach Hause bringen soll. Dann muss die Kleine nich so weit laufen."

„Wenn Sie etwas brauchen ..."

„Jetzt hör'n Se doch auf damit. Ich nehm mal an Se wissen, was wir Emma alles schulden! Ich möchte nich auch noch in Ihrer Schuld steh'n. Da käme ich ja nie wieder raus."

Ich nahm ihre plumpe Hand in meine und sie sah mich erstaunt an. „Da gibt es keine Schulden", sagte ich zu ihr. „Das hier ist einfach nachbarschaftliche, schwesterliche Hilfe. Wenn Sie etwas brauchen, dann lassen Sie es uns einfach wissen."

„Also gut", sagte sie schließlich, fast flüsternd. „Nett, dass Se das sagen. Ich werd jetzt vorm Essen noch 'n bisschen schlafen, wenn Se nix dagegen ham. Ich will einfach 'n bisschen meine Füße kühlen und mich ausruh'n."

Damit war alles gesagt. Wir waren entlassen und ich musste mich ganz einfach darauf verlassen, dass die Hammonds wussten, was sie taten. Ich trug Sarah nach draußen und sie klammerte sich an meinen Hals.

Einer der Jungen hatte schon die Pferde eingespannt und war auf dem Weg zur Straße. Wir riefen ihm aber nichts hinterher. Es war nicht so schlimm, zu Fuß zu gehen. Ungefähr die Hälfte des Weges trug ich Sarah und dann sagte sie auch schon, dass es jetzt besser sei, und sie lief den Rest der Strecke selbst. Sobald wir wieder an der Grenze unseres Hofes ankamen, rannte Sarah auf Sam zu, aber ich ging direkt ins Haus.

Emma saß wieder an ihrer Patchworkdecke, die sie auf dem Küchentisch ausgebreitet hatte. Es sah nicht so aus, als ob es daran noch viel zu arbeiten gab. Ich ging zu ihr hin, fast atemlos.

„Emma, ich glaube das Baby der Hammonds kommt. Wilametta wollte sich nichts anmerken lassen, aber es ist ihr anzusehen, wie unwohl sie sich fühlt."

Sie blickte auf und lächelte. „Ich wage zu behaupten, dass

wenn sie geschrien hat, Sie ganz sicher sein könnten. Niemand schreit wie Wilametta. Wenn Sie noch mit Ihnen geredet hat, dann dauert es wahrscheinlich noch ein paar Stunden. Werden Sie uns Bescheid geben und uns holen?"

„Das glaube ich nicht. Sie wollen Mrs Mueller holen, hat sie gesagt. Im Augenblick nimmt sie ein Fußbad und ruht sich aus."

„Ach du liebe Zeit."

„Was denn?"

„Das tut sie, Kindchen, wenn sie Schmerzen hat, dann macht sie das. Sie tun am besten, was Sie können, damit Samuel hier bleibt, nur für den Fall, dass sie uns holen werden. Es sei denn, Sie möchten, dass Sarah mitkommt."

„Nein, das möchte ich nicht."

„Ich muss ihr wohl diese Decke schenken, auch wenn sie viel zu groß ist", sagte sie. „Ich habe nichts anderes für ein Baby da. Ich weiß auch nicht, wo ich mit meinen Gedanken gewesen bin, dass ich daran nicht früher gedacht habe."

„Emma, ich weiß nicht, ob ihr das recht wäre. Es scheint ihr schon genug zuzusetzen, dass sie so viele Schulden bei Ihnen haben."

„Wenn ein Baby kommt, ist das etwas ganz anderes. Es wäre einfach nicht richtig, ihr nichts zu schenken. Was meinen Sie? Wir könnten auch ein Betttuch zerschneiden und ein paar Windeln nähen. Und es dauert doch keine halbe Stunde, ein paar hübsche Lätzchen zu machen. Es ist eine Schande, dass ich nicht daran gedacht habe, Puder für sie zu kaufen."

Ich stand einfach nur einen Augenblick lang schweigend da, während Emma dasaß und überlegte. Vielleicht war dieses Bedürfnis zu schenken bei ihr ja wirklich grenzenlos.

„Ich habe ein hübsches gelbes Handtuch", sagte sie. „Groß genug für mindestens zwei Lätzchen. Und gelb ist hübsch für Jungen wie für ein Mädchen. Was wünscht sie sich denn diesmal?"

„Ein Mädchen."

Emma griff nach ihren Stöcken und zog sich daran hoch. „Schade, dass ich keine Söckchen dahabe und nicht einmal Garn, um welche zu stricken."

Und in diesem Augenblick war mir einfach alles zu viel. Der Gedanke daran, dass Emma immer noch darauf brannte, sich ein

Geschenk für das Baby einfallen zu lassen, dass Lula Bell sich von ihrer schlechten Behandlung erholte und eine Reihe anderer Tiere nie bezahlt worden waren, aber Emma den Hammonds nichts nachtrug. Sie aßen ihr die Beerenernte weg, ließen ihren Pflug im Regen verrosten und bezahlten jahrelang nicht ihre Schulden bei Emma und trotzdem hatte sie im Augenblick nichts Eiligeres zu tun, als in ihrem Zimmer zu verschwinden, um dort nach einem gelben Handtuch zu suchen."

„Emma ..."

„Ich mach das schon."

Tränen stiegen in mir hoch. „Das weiß ich", schaffte ich gerade noch zu sagen. „Ich weiß nur nicht, wie das bei mir aussieht."

Sie hielt inne in dem, was sie tat, drehte sich um und sah mich an. „Juli Wortham", sagte sie ganz langsam, „was bedrückt Sie denn so?"

Die Worte sprudelten nur so aus mir heraus, ohne dass ich mir die Zeit nahm, erst zu überlegen. „Ich dachte, ich wäre gut! Wissen Sie, was ich meine, Emma? Ich habe es geschafft, so zu sein, wie ich glaubte für meine Kinder sein zu müssen, egal, wie schwer es werden würde, und ich habe es geschafft, meinem Mann zu vergeben, obwohl ich ihm lange die Schuld an allem gegeben habe. Ich dachte, ich wäre gut, auch dadurch, wie ich mit allen Hindernissen und Schwierigkeiten fertig geworden bin, ohne mich davon zu sehr niederdrücken zu lassen. Aber Sie Emma, Sie sind ein halber Engel oder mehr, so wie Sie schenken, als wäre das Ihr einziger Lebenszweck. Sie sind so gut zu uns, haben sogar versucht uns Ihre Farm zu schenken! Und was Sie alles für die Hammonds getan haben – oh, Emma, sie hat mir erzählt, dass sie Ihnen immer noch nicht das Land bezahlt haben ..."

„Das überrascht mich jetzt aber, dass sie das erwähnt hat."

„Ja, mich auch. Aber Sie machen einfach weiter, Emma. Sie scheinen nicht einmal zu merken, wie besonders Sie sind! Kennen Sie irgendjemanden, der George Hammond so lange das Feld bestellen und abernten lassen hätte für nichts?"

„Also, Juli ..."

„Nein, Emma. Sie hätten sie schon längst davonjagen können! Sie hätten mich auslachen können, als ich zu Ihnen gekommen bin und Ihnen erzählt habe, dass wir kein Geld haben. Sie hätten uns nicht zu erlauben brauchen, dass wir hier bleiben können, genauso wenig, wie Sie sich das alles jahrelang von den Hammonds hätten gefallen lassen müssen."

„Also, ich glaube, ich wollte Sie gar nicht bloßstellen, ebenso wenig, wie ich sie raussetzen wollte."

„Aber ich hätte es getan. Ich war schon ziemlich wütend auf George Hammond und jetzt bin ich hier auf Ihrem Besitz und bin nicht besser dran als die Hammonds! Ich habe gedacht, ich wäre gut und nicht so bitter und hasserfüllt, wie ich es in Wirklichkeit bin. Und neben Ihnen bin ich genau das. Verdrießlich, kalt und hartherzig ..."

„Sie sind mir aber nie verdrießlich vorgekommen."

„Emma, Sie wissen doch ganz genau, was ich damit meine! Sie wissen genau, was Sie für uns getan haben! Und Sam hat gesagt, dass Sie Barrett Post einmal einen Bullen geschenkt haben. Ich wette, Sie ..."

„Ach Julie, ich hatte ja auch jahrelang Zeit für all diese guten Taten."

„Aber normalerweise verwenden doch die Leute ihre Jahre nicht so. Emma, wissen Sie eigentlich gar nicht, dass Sie etwas ganz Besonderes sind? Wie können Sie nur immer so weitermachen?"

Einer ihrer Stöcke vibrierte ein bisschen. „Helfen Sie mir jetzt bitte in mein Zimmer. Es bringt nichts, nur zu reden. Wir haben zu tun. Ich möchte gern die Lätzchen zuschneiden, während Sie kochen."

„Oh Emma."

„Jetzt hören Sie schon auf und helfen Sie mir."

Wir breiteten den Inhalt ihres Korbes mit Stoffresten und Krimskrams auf ihrem Bett aus. Ich holte ihr das Handtuch und sie fand genau das, was sie brauchte, um es ein wenig zu verzieren. Die Lätzchen würden wunderschön werden und sie würden Wilametta bestimmt gefallen. Egal, ob sie einen Jungen oder ein Mädchen bekam.

„Wussten Sie eigentlich, Juli, dass Paulus auch als Zeltmacher gearbeitet hat, während er als Prediger unterwegs war?"

Ihre Worte kamen so plötzlich und unvermittelt, dass ich völlig überrascht war. „Hat er das? Sie meinen den Paulus aus der Bibel?"

„Ja, den. Er hat Zelte gemacht. Das steht in der Bibel. Hat weiter gearbeitet, damit die Leute ihn nicht versorgen mussten. Wissen Sie, was das für mich bedeutet?"

„Nein."

„Dass Leute arbeiten sollen. Sie wissen das. Sie geben Ihr Bestes, mehr können Sie nicht tun. Aber er hätte das noch nicht mal tun brauchen. Er hat den Leuten ein Dach über dem Kopf gemacht, ja, das hat er. Nicht für sich selbst. Er hat Dächer für andere Leute gemacht und gleichzeitig hat er gepredigt. Und ich glaube, dass er der größte Mann überhaupt war, außer dem Herrn selbst. Verstehen Sie, Juli?"

„Ich weiß nicht so recht."

„Er hat Dinge für andere Leute gemacht. Und genau das hat auch unser Herr getan. Das wissen Sie. Wir leben nicht, wozu wir bestimmt sind, wenn wir nur an uns selbst denken. Es spielt keine Rolle, was ich Ihnen gebe oder den Hammonds. Ich kann es selbst gar nicht nutzen und im Augenblick schon gar nicht." Sie legte das Band weg und seufzte. „Und wenn sie mir in all der Zeit jeden Cent bezahlt hätten, den sie mir geschuldet haben, dann würde es mir auch nicht besser gehen, Kindchen. Ich habe noch nie besonders viel gebraucht. Da kann ich doch ebenso gut anderen Leuten das überlassen, was ich übrig habe. Es ist doch ganz einfach zu erkennen, dass ich selbstsüchtig wäre, wenn ich das nicht so machen würde."

„Aber andere Leute sehen das nicht so, Emma."

„Meinen Sie denn, dass als der Junge mit dem Brot und den Fischen zu Jesus gekommen ist, er das alles hätte allein aufessen sollen?"

„Nein, natürlich nicht, das hätte er auch gar nicht fertig gebracht. Er hat fünftausend Menschen damit satt gemacht."

„Genau", sagte sie mit einem Lächeln. „Vielleicht sah es nicht danach aus, aber Gott hatte reichlich für alle. Es schadet mir also auch nicht, wenn ich teile."

Wir waren kaum mit dem Essen fertig, als Barrett und Louise Post kamen, um Samuel abzuholen. Vielleicht hatte Louise vorgehabt, zu Besuch zu bleiben, aber als Emma ihr erzählte, dass

Wilamettas Baby jederzeit kommen konnte, bot sie an, Sarah mit zu sich nach Hause zu nehmen, damit wir helfen konnten, wenn wir geholt würden.

„Du kennst mich ja, Emma“, sagte sie. „Ich bin keine besonders große Hilfe bei Geburten. Da hüte ich lieber die Kleine für Sie. Sollen wir Sie bei den Hammonds vorbeibringen, damit Sie Zeit sparen?“

„Sie hat gesagt, dass sie uns nicht braucht“, protestierte ich. „Sie holen Mrs Mueller.“

Louise schaute finster drein. „Dann wissen sie bestimmt nicht, dass Alberta bei ihrer Schwester unten in Marion ist. Sie kommt erst morgen zurück. Ich würde ja gerne selbst rübergehen, aber ich ende immer auf dem Fußboden. Sogar als meine eigenen Jungs geboren wurden, bin ich in Ohnmacht gefallen.“

„Dann ist es vielleicht besser, wenn Sie uns hinbringen“, sagte Emma mit Bestimmtheit.

„Die Hammonds werden wahrscheinlich überall nach Mrs Mueller suchen. Es ist wohl besser, wenn wir da sind, bevor es richtig losgeht.“

Ihre eigene Gesundheit schien Emma und auch Louise gar nicht in den Sinn zu kommen. Aber meine Hände zitterten schon, wenn ich nur daran dachte. Meine Erinnerungen an Geburten waren bruchstückhaft wie einzelne Splitter von Freude und Schmerzen. Ich konnte mir nicht vorstellen, bei der Geburt von Wilamettas Baby dabei zu sein.

„Machen Sie sich keine Sorgen“, versicherte mir Louise. „Emma ist die beste Hebamme, die es je gegeben hat. Sie sagt Ihnen dann schon, was Sie tun müssen.“

Hebamme. Kein Wunder, dass alle es für völlig normal hielten, Emma zu rufen. Irgendwie konnte ich mir gut vorstellen, wie sie Kind um Kind auf die Welt brachte. Wieso hatte uns bisher noch niemand erzählt, dass sie auch Hebamme war?

„Sie sehen blass aus, Julia“, sagte Emma mit einem Augenzwinkern.

„Ich fühle mich auch blass.“

„Sie tun, was getan werden muss, Schätzchen. Das ist die beste Berufung von Gott, die es je gab.“ Sie drückte aufmunternd meinen Arm. „Wir bekommen nichts, wenn wir nichts füreinander tun. So sollen die Leute miteinander umgehen.“

Emma musste schon allein der Gedanke an eine Geburt gefallen haben, denn sie glühte vor Erwartung und Vorfreude. „Legen Sie doch bitte meine Nähsachen in die Tasche, ja? Und ein paar Betttücher und Handtücher. Ach Juli, was für eine Zeit!“

Paulus, der Zeltmacher. Emma, die Hebamme. Sie hatten mir beide viel voraus und ich fühlte mich klein und bloß.

Samuel nahm die ganze Situation sehr viel gelassener auf als ich, zog Sarah auf seinen Schoß und erklärte ihr, dass sie mitdürfe, um mit Mr Posts Welpen zu spielen, damit ich bei der Geburt von Roreys kleiner Schwester oder ihres kleinen Bruders helfen konnte. Bevor wir auf den Wagen der Posts stiegen, gab er mir noch einen Kuss. Als ich Emmas Nähtasche abgestellt hatte, merkte ich, dass meine Hände immer noch zitterten. Wie würden die Hammonds wohl reagieren, wenn wir dort auftauchten? Sie hatten uns schließlich nicht gerufen. Wilametta hatte gewollt, dass ich ging und hätte das kaum deutlicher zum Ausdruck bringen können.

Aber Emma pfiff eine fröhliche kleine Melodie. Sie kannte ihre Rolle, kannte ihre Berufung und war ganz zuversichtlich, dass Wilametta Hammond sie empfangen würde, als wäre sie das Wasser, das ihren Durst löschen würde.

Sarah saß neben mir und lächelte. Ihre Beulen und Schrammen hatte sie längst vergessen. „Grüß Grace von mir, wenn du sie siehst, Mama“, sagte sie stolz. „Gib ihr ein Küsschen von mir und von Gott.“

28

Samuel

George war nicht zu Hause, als wir bei den Hammonds ankamen. Er war unterwegs, um nach den Muellers zu suchen, genau wie Emma vermutet hatte. Die arme Julia sah ziemlich besorgt aus, besonders als die älteste Hammond-Tochter aus dem Haus gerannt kam. Das völlig überfordert wirkende junge Mädchen war so froh, Emma zu sehen, dass es in Tränen ausbrach.

„Joey und Frank wollten Sie schon holen", sagte sie, „aber Papa ist mit dem Fuhrwerk unterwegs."

„Dann ist ihr also schon sehr unwohl?", fragte Emma sie.

„Ja, aber sie schreit noch nicht. Sie sagt, dass es sich diesmal anders anfühlt."

Julia war so blass, wie ich sie noch nie gesehen hatte. Ich drückte noch einmal ihre Hand und sie schnappte sich Emmas Sachen.

„Samuel, Sie müssen mich jetzt direkt zu Wilas Bett tragen", befahl Emma. „Lizbeth, du sorgst dafür, dass die Kleinen dir helfen, für genug sauberes Wasser zu sorgen, und dann halte sie so weit wie möglich vom Haus fern, damit sie nichts hören können."

„Ja, mach ich." Lizbeth wischte sich die Hände an ihrer schmuddeligen rosa Schürze ab und rannte los.

Ich hatte Emma schon öfter getragen, aber diesmal kam sie mir leicht wie ein Kind vor.

„So, und jetzt keine Panik. Wir schaffen das bestimmt."

Julia stieg nach mir von der Ladefläche des Lasters herunter. Sie sagte kein Wort, ermahnte nur Sarah kurz, sie solle sich ordentlich benehmen und wir würden sie bald wieder abholen.

Es war ein seltsames Gefühl, Julia bei Mrs Hammond zurückzulassen, die rot und krank aussah und Julia in der Küche wirken zu sehen, wie sie versuchte das Feuer im Herd in Gang zu bekommen. Emma sagte, wir anderen sollten jetzt lieber wieder fahren, was ich allerdings für vollkommen verrückt hielt. Kam eigentlich keiner von ihnen auf die Idee, einen Arzt zu holen? War es nicht besser, wenn Barrett und ich das übernahmen, statt zu ihm nach Hause zu fahren und das Dach zu flicken? Ich sprach diesen Gedanken sogar aus, aber Emma versicherte mir, dass Wilametta keinen Arzt in ihr Haus lassen würde.

Und außerdem hatte Barrett es offenbar jetzt ziemlich eilig, von dort wegzukommen. Er hupte sogar nach mir, aber ich wollte erst noch meine Frau umarmen und mich vergewissern, ob sie wirklich damit einverstanden war, wenn ich jetzt ging. Sie sagte, es sei schon recht, denn meistens kämen die Frauen gut mit den Hebammen zurecht und dass sicher alles in bester Ordnung wäre, sobald sie aufhören könne, so schrecklich zu zittern.

„Es tut mir Leid, dass ich uns in diese Lage gebracht habe", sagte sie.

„Wie kommst du denn darauf, dass du das warst?", fragte ich nach.

Sie sah aus, als würde sie jeden Augenblick anfangen zu weinen. „Das Ganze hier war doch meine Idee. Aber es gibt so viele Dinge, von denen ich gar nichts gewusst habe."

Ich hielt sie fest, bis Emma ihren Namen rief.

„Sie werden dir schon dankbar sein, wenn du tust, was du kannst", sagte ich.

„Bitte bete für uns", sagte sie noch und ging dann, um zu holen, was auch immer Emma brauchte. Ich ging zögernd wieder nach draußen zu dem wartenden Lastauto.

„Nun kommen Sie schon!", rief Barrett ungeduldig. „Es bringt Unglück, wenn Männer dabei in der Nähe sind!"

„Schließt das auch Ärzte ein?"

„Nein. Aber viele Frauen mögen dabei lieber nur Frauen um sich haben und ich kann das auch irgendwie verstehen. Nicht Louise? Willst du auch hier bleiben und mithelfen?"

„Da hat Barrett wirklich Recht, aber ich habe trotzdem nicht vor zu bleiben. Ich kriege sofort weiche Knie, wenn Blut und so was im Spiel ist."

Ich hörte ganz in der Nähe ein Kind schreien und das schlug mir richtig auf den Magen.

„Finden Sie nicht, dass es sinnvoll wäre, wenn wir alle hier bleiben würden?", fragte ich sie. „Wenigstens bis George wieder zurück ist? Das große Mädchen braucht womöglich Hilfe mit den anderen Kindern oder möchte vielleicht auch in der Nähe ihrer Mutter sein."

„Da haben Sie Recht", stimmte Barrett zu. „Louise, wenn du mit den Kleinen spazieren gehen würdest oder so was, dann hörst du ja vielleicht auch gar nicht das Schreien aus dem Haus. Es wäre bestimmt gut, wenn du das tun würdest. Die meisten Frauen hier aus der Gegend würden das jedenfalls machen, wenn sie gerade in der Nähe wären, so wie wir jetzt."

Louise schien nicht gerade begeistert von diesem Vorschlag. Ihr schien es schon zuwider, sich überhaupt auf dem Grund und Boden der Hammonds aufzuhalten, aber sie stimmte dennoch zu, wenn auch eher zögerlich, und Barrett lächelte. „Dann muss Sarah aber auch mit hier bleiben, denn sie kann ja nicht gut mit euch oben auf dem Dach sitzen."

„Wir müssen alle hier bleiben", sagte ich zu den Posts. „Für den Fall, dass etwas Unvorhergesehenes passiert und sie den Wagen brauchen, um mehr Hilfe zu holen. Es wäre nicht richtig, sie jetzt hier allein zu lassen, ohne George und das Fuhrwerk."

Barret sah mich grimmig an. „Aber das bringt Unglück. Ich geh nicht in das Haus da rein."

„Müssen Sie ja auch nicht. Wir können auch hier draußen bleiben und warten."

Barrett sagte nichts, als Sarah und Louise aus dem Wagen stiegen, um Lizbeth zu suchen.

„Ich sag Ihnen was", sagte er schließlich. „Ich kann ja verstehen, dass Sie so empfinden, wo Ihre Frau auch noch so neu ist in dieser Sache. Sie können hier bleiben und warten, wenn Sie wollen, aber ich fahre jetzt und schau mal, ob ich George finden kann, um ihm zu sagen, was hier los ist."

Ich hatte zwar gerade vermeiden wollen, dass er sich mit dem Wagen aus dem Staub machte, aber so war es besser als gar nichts.

„Danke", sagte ich. „Wenn Sie ihn nicht finden können, kommen Sie doch bitte wieder vorbei und sagen uns kurz Bescheid."

Er nickte, stieg in den Wagen und fuhr davon. Sarah kam zu

mir zurückgerannt. „Bitte“, jammerte sie. „Kann ich bei dir bleiben?“

Louise schaute einen Augenblick lang in unsere Richtung und ging dann zur Scheune, wo das Kindergeschrei am lautesten war. Schon kurz darauf kam Lizbeth von der Scheune her an uns vorbeigerannt, um wieder bei ihrer Mutter im Haus zu sein, und dann hörte ich vom Heuboden der Scheune plötzlich etwas, das wie Gesang klang. Ich konnte mir nur schwer vorstellen, dass Mrs Post dort oben zusammen mit den Hammond-Kindern sang, aber es machte mich froh.

In diesem Augenblick fiel mir Robert ein. Wie sollte er wissen, was passiert war, wenn wir bei seiner Rückkehr von der Schule nicht zu Hause waren? Vielleicht waren ja einige der Hammond-Kinder zusammen mit ihm in der Schule und vielleicht würden sie erst hier vorbeikommen. Weil ich das aber nicht so genau wusste, beschloss ich, ihm lieber entgegenzugehen, wenn es so weit war und wir immer noch hier waren. Und das würden wir wahrscheinlich sein, weil solche Dinge ja in der Regel dauern konnten.

„Lass uns für Mrs Hammond beten“, sagte ich zu Sarah und sie nahm meine Hand.

„Sie kriegt ein Baby, Papa. Es soll Grace heißen. Das hat sie selbst gesagt.“

„Ein schöner Name. Ein besserer würde mir auch nicht einfallen.“

Ich nahm meine Tochter und drückte sie an mich und wir beteten ein kurzes Gebet für die Mutter und ihr Baby und auch für Emma und Julia.

„Sie haben hier auch Ziegen, Papa. Ich hab den Ziegenzaun kaputtgemacht.“

Sie zeigte mir den kaputten Zaun. Es war kein Wunder, dass das Ding zusammengebrochen war. Eigentlich konnte man es gar nicht mehr als Zaun bezeichnen. Es war einfach ein Draht, der von ein, zwei Nägeln zusammengehalten wurde. Die Ziegen drängten sich jetzt in einem kleinen Pferch am anderen Ende und warteten darauf, dass jemand den Schaden beheben würde, damit sie wieder mehr Platz hatten. Ich fragte mich, was George wohl sagen würde, wenn er zurückkam und mich bei der Arbeit daran vorfinden würde. Ich konnte ja sagen, dass es meine Pflicht sei, den Zaun zu reparieren, weil meine Tochter den Schaden schließlich angerichtet hätte. Ich konnte jedenfalls nicht einfach tatenlos herumsitzen, das stand fest. Ich musste mich beschäftigen, sonst geriet ich zu sehr ins Grübeln.

29

Julia

Ich hatte noch nie eine Steißgeburt miterlebt und mir auch nie träumen lassen, dass das einmal der Fall sein würde. Aber wir waren noch nicht einmal eine Stunde lang da, als Emma sagte, das Baby würde nicht mit dem Kopf zuerst geboren werden. Was mir am meisten Angst machte, war der Umstand, dass Wilametta völlig schlaff und reglos auf dem Bett lag.

„Sam könnte den Arzt holen", flüsterte ich.

„Zehn Meilen ohne Pferd oder Auto?", entgegnete Emma. „Und außerdem ist sie schon zu weit. Das Baby wäre tot, bevor er auch nur halb hier wäre."

Lizbeth zitterte wie Espenlaub, das arme Mädchen. Ich hatte sie eigentlich hinausgeschickt, aber sie hatte uns angefleht, doch bitte bleiben zu dürfen. Sie hatte ihrer Mutter die Füße gekühlt und das Gesicht und jetzt drückte sie ihr die Hand und murmelte ein Gebet.

Ich hatte Wasser warm gemacht, um das Baby darin zu baden, wenn es da war, und damit auch Emma sich nach getaner Arbeit waschen konnte, aber irgendwann schüttete ich einen Teil davon einfach auf den Fußboden. Diese Wände und diese Fußböden, alles hätte einmal richtig abgeschrubbt werden müssen, aber das konnte ich jetzt nicht tun, so sehr ich mir auch wünschte, mich mit etwas ganz Profanem beschäftigen zu können.

Emma hatte gesagt, sie wolle, dass ich die ganze Zeit neben ihr blieb, damit ich jede ihrer Anweisungen mitbekam. Ich hörte zwar, was sie sagte und tat, was ich konnte, aber ich ging wie auf Watte und meine plumpen Hände machten wie automatisch die notwendigen Bewegungen. In meinem ganzen Leben hatte ich mich noch nie so unzulänglich gefühlt. Wilametta war bewusstlos, das Baby kam in Steißlage und ich war bei weitem nicht so stark, wie ich geglaubt hatte.

„Ich habe so was schon einmal gehabt", versicherte Emma uns. „Das ist ein bisschen knifflig, aber wir können uns ja darauf verlassen, dass der gute Herr alles in seiner Hand hat."

Das brachte mich zum Weinen und ich wusste nicht einmal warum. Ich stellte mir vor, wie Emma plötzlich umkippte, und was sollten wir dann tun? Gott stehe uns bei.

Ich reichte Lizbeth noch ein nasses Tuch, damit sie ihrer Mutter die Stirn kühlte und legte ein frisches Tuch ans Fußende des Bettes, um darauf das Baby in Empfang zu nehmen.

„Wenn George zurückkommt oder Mr Post, können wir sie dann nach dem Doktor schicken?", fragte ich Emma hoffnungsvoll.

„Das können Sie versuchen", antwortete sie. „Vielleicht könnte Barrett das übernehmen. George macht das nicht, auf gar keinen Fall. Er glaubt nicht daran."

Emma hockte auf der ausgelegenen Matratze und versuchte neben Wilamettas Knien das Gleichgewicht zu halten. In diesem Augenblick sah man ihr jedes einzelne ihrer vierundachtzig Lebensjahre an.

„Nun mal los, Wilametta. Drücken", sagte sie. Sie sah beunruhigt aus und ich schaute weg. Aber irgendwie wusste Emma anscheinend, dass Wilametta sie hörte.

„Kann nicht", murmelte Mrs Hammond und ich war schon mächtig froh darüber, überhaupt ihre Stimme zu hören.

„Du musst, Mädchen!", schalt Emma. „Du willst doch, dass die Kleine rauskommt und in deinem Arm liegt, oder?"

Wila antwortete nicht, sondern gab nur ein schreckliches Stöhnen von sich. Ich fragte mich, wieso sie mir nicht vorhin schon erzählt hatte, dass es Probleme gab. Vielleicht hatte sie es auch gar nicht richtig gewusst und wahrscheinlich hätte ich ja auch gar nichts machen können.

„So, Wila, jetzt drück noch mal schön fest."

Die arme Frau schrie plötzlich und Lizbeth biss die Zähne zusammen und fing lautlos an zu weinen. Sie drückte wieder die Hand ihrer Mutter und küsste ihr auf die Wange. Endlich drückte Wila, so wie Emma es ihr gesagt hatte, während ich betete. In der Küche pfiff der Wasserkessel, aber keiner von uns beachtete es auch nur im Geringsten.

„Hier kommen die Beine“, sagte Emma. „Juli, Schätzchen, kommen Sie doch mal hier hoch zu mir.“

Bei dieser Anordnung fingen meine Hände an zu zittern, aber mir blieb nichts übrig, als zu tun, was sie sagte. Ich rückte so nah wie möglich heran, während Wila wieder zu pressen begann.

„Halten Sie sich bereit“, sagte Emma zu mir. „Wenn das Köpfchen nicht kommt, dann müssen Sie von oben mit drücken.“

Ich wusste nicht, was sie damit meinte, und außerdem verstand ich nicht, wieso Emma gleichzeitig so müde und so stark wirken konnte.

Wila stieß einen Schrei aus, der mit Sicherheit bis zum Teich zu hören gewesen war. „Ich schaff das nich, Emma!“, kreischte sie. „Ich schaff das einfach nich!“

„Du hast aber keine Wahl mehr, Schätzchen! Ich schaue mal nach, was es ist. Es ist ein Mädchen. Jetzt gibt es kein Zurück mehr.“

„Grace“, flüsterte sie und versuchte, ihren Kopf zu heben. Schweißnasse Haarsträhnen klebten an ihren Wangen.

„Du darfst dich nicht bewegen!“, ermahnte Emma sie. „Noch nicht, Wila. Du wirst sie noch früh genug im Arm halten.“ Sie spannte noch einmal alles an, als Wila zurück in die Kissen fiel, schrie und dann wieder presste.

Ich konnte sehen, wie der größte Teil des Babys schon auf Emmas Arm lag und betete, dass es bald vorbei sein möge. Aber Wila presste immer noch und machte keine Fortschritte.

„Genau hier!“, befahl Emma mir. „Fühlen Sie das? Drücken Sie jetzt! Wir müssen ihr Köpfchen rausbekommen, damit sie atmen kann!“

Ich legte meine Hände genau dorthin, wo Emma gesagt hatte, und konnte einen kleinen harten Klumpen in Wilas Bauch fühlen. „So, jetzt aufpassen! Wenn Wila jetzt schön feste presst, dann drücken Sie auch von oben. Und jetzt!“

Sie griff mit ihrer freien Hand nach Graces Köpfchen und ich fühlte mich, als ob mein Magen sich seitwärts überschlagen würde. *Hast du das vorgehabt, Herr? Hast du gewusst, was ich mir mit meinem Wunsch hier zu bleiben eingebrockt habe?*

„Ich habe sie gleich. Kommen Sie, noch mal, na los, machen Sie schon!“ Emma hatte ein seltsames Leuchten in den Augen, eine Leidenschaft, die ich nicht ergründen konnte. Ich wäre am liebsten davongelaufen, einfach aus dem Zimmer gerannt, wenn jemand da gewesen wäre, der meinen Platz übernommen hätte. Aber Emma wollte hier sein, hier und nirgends sonst, und sie wäre auch geblieben, wenn zwei Wagenladungen voller Ärzte angekarrt worden wären. Sie wäre geblieben, einfach um Mrs Hammond die Hand zu halten. Und ich dachte, dass ich sie endlich verstand. Auch die Hammonds gehörten zu ihrer Familie.

„Wila, Schätzchen, ich glaube ich habe sie“, verkündete Emma.

„Ja, ich hab sie. Und jetzt drücken Sie! Los, pressen Sie noch mal feste.“

Wila hatte inzwischen kaum noch Kraft. Sie stöhnte und strengte sich an und fiel dann wieder in die Kissen zurück.

„Es ist alles gut“, lockte Lizbeth. „Wir sind fast fertig, Emma, nicht wahr, wir sind doch fast fertig, oder?“

„Fast. Aber jetzt werd mir bloß nicht wieder ohnmächtig, Wila. Jetzt nicht, hörst du? Du sollst pressen. Du kannst dieses Baby schneller haben als du Donaudampfschifffahrtskapitän sagen kannst. Also los jetzt.“

Ich schaute Emma an und sah, wie ihr der Schweiß von der alten runzeligen Nase tropfte. Sie sah besorgt aus, aber irgendwie auch wütend. Sie war auf jeden Fall fest entschlossen, das hier zu einem guten Ende zu bringen. Einen Augenblick lang glaubte ich, draußen eine Jungenstimme und dann Sams Stimme gehört zu haben, aber ich war mir nicht ganz sicher. Wila presste und ich drückte und plötzlich war der kleine harte Klumpen weg.

„Na, sieh mal einer an!“, rief Emma. „Oh, Preis dem Herrn! Ist das nicht das schönste kleine Baby, das ihr je gesehen habt?“

Wila stöhnte noch einmal laut auf und verlor dann wieder das Bewusstsein. Erst da bemerkte ich, dass Emma weinte. Ich griff nach einem Handtuch, um ihr Blut und Schweiß vom Gesicht zu wischen und dachte, dass sie wenigstens etwas sehen können sollte. Es war mehr als ein Wunder, dass sie, die nicht einmal mehr einen Faden einfädeln konnte, das hier geschafft hatte.

Aber sie nahm mir das Tuch aus der Hand und säuberte damit zunächst das Baby, wobei sie ihm gleichzeitig ins Gesicht pustete.

Die kleine Grace Hammond hatte bis jetzt weder einen Laut von sich gegeben noch sich bewegt. Emma wischte um ihren Mund und die Nase herum und gab ihr einen kleinen Klaps auf die Füße.

„Holen Sie mir bitte etwas Wasser“, wies sie mich an. „Nicht zu warm. Wir wollen sie wach und wütend machen.“

Ich holte die Schüssel und tauchte ein sauberes Tuch hinein. Emma wusch der winzigen Kleinen das Gesicht und den Hals und schließlich bewegte das Baby einen Arm und gab einen kleinen Laut von sich, der wie das Blöken eines Lämmchens klang. Emma nahm ein sauberes Handtuch und trocknete sie damit ab.

„Haben Sie die Schere ins Feuer gehalten?“

„Ja, alles bereit.“

„Holen Sie sie und schneiden Sie die Nabelschnur durch, Schätzchen, damit wir sie einwickeln und warm halten können.“

Ich hob die Schere, aber ich hatte Angst, den Schnitt zu tun. Was, wenn ich etwas falsch machte?

Emma band die Nabelschnur an zwei Stellen mit einem Zwirnsfaden ab, den sie in ihrem Nähkorb mitgebracht hatte, dann blickte sie zu mir auf und musste die Panik in meinem Blick bemerkt haben, denn sie nahm selbst die Schere und schnitt die Nabelschnur mit einem raschen Schnitt durch.

„Geben Sie mir die kleine Decke, die Lizbeth vorhin geholt hat.“

Ich gab ihr die hübsche Decke, in der wahrscheinlich schon Lizbeth selbst gelegen hatte, so alt sah sie aus. Aber immerhin war sie sauber. Mit Spitze eingefasst und gelben Bändern, gehörte sie zu den hübscheren Dingen, die ich im Haushalt der Hammonds bisher gesehen hatte. Emma wickelte das Baby darin ein und reichte es mir.

„Nehmen Sie sie, Juli“, sagte Emma. „Ich muss mich um Wilametta kümmern und dafür sorgen, dass die Blutung aufhört. Lizbeth, du musst sie richtig gut massieren, ja? Schau mal, ob du es schaffst, sie wieder zu Bewusstsein zu bringen.“

Ich fühlte mich so unglaublich tollpatschig und hilflos, wie ich dastand und nichts anderes zu tun hatte, als das Baby zu halten. Ich hatte Angst, dass Wila sterben könnte, Angst, dass Lizbeth schlappmachen und einen hysterischen Anfall bekommen könnte, Angst, dass Emma vor Erschöpfung umkippen könnte. Ich betete heftig und wünschte, ich hätte hinauslaufen und schreien können, die ganze Welt solle gefälligst mitbeten. Tränen liefen mir die Wangen herunter, bevor ich sie aufhalten konnte, und endlich fing die kleine Grace an zu schreien.

„Gott segne meine Mama", weinte Lizbeth, während sie sich an Wilamettas Hand klammerte.

„Sie atmet. Jetzt mach dir mal keine Sorgen mehr", sagte Emma zu ihr.

Wilametta stöhnte und öffnete die Augen ein wenig.

„Bringen Sie das Baby her", rief Emma und ich eilte zum Bett.

„Es ist ein Mädchen, mein Schatz", sagte Emma und ich sah, wie Wilametta lächelte.

„Meine Grace! Oh, ist sie hübsch, Mrs Wortham? Gott segne Sie. Ist sie hübsch?"

„Sehr hübsch, Mama."

Ich legte die kleine Grace zwischen Lizbeth und ihre Mutter. Wila schien gar nicht mehr die Kraft zu haben, sie selbst zu halten, aber Lizbeth legte sie ihrer Mutter an die Brust.

„Nach neun Kindern hättest du ja wirklich wissen müssen, dass es sich nicht so lange Zeit nimmt mit dem Kommen", schimpfte Emma. „Du hättest sofort George schicken müssen."

„Nein, nein", sagte Wila und sah ganz blass aus. „Sie ruhen sich jetzt aus, Emma. Lizbeth, sorge dafür, dass sie sich jetzt ausruht."

Aber davon wollte Emma nichts wissen. Sie ließ mich zwar anfangen, alles aufzuräumen und sauber zu machen, aber sie wollte es mich nicht allein machen lassen. Ich war überrascht über die Kraft und Ausdauer, die sie an den Tag gelegt hatte, wie sie die ganze Zeit neben Wila gehockt hatte und nicht bereit gewesen war, sich zwischendurch auszuruhen. Man lernt mehr über einen Menschen, wenn man Dinge mit ihm gemeinsam erlebt, und ich war der Meinung, dass ich Wilametta nach all dem jetzt ganz gut kennen gelernt hatte, obwohl wir uns erst vor wenigen Stunden zum ersten Mal begegnet waren.

George kam etwa eine halbe Stunde nach der Geburt herein und sagte gar nichts. Er drückte nur Wilas Hand, streichelte der kleinen Grace über die Wange und ging dann wieder hinaus. So hatte ich ihn noch nie gesehen. Er wirkte wie ein kleiner Junge, demütig vor etwas, das größer war als er selbst. Ich empfand es ebenso und ich nehme an, alle anderen auch.

30

Samuel

Ich wusste, dass das Kind jetzt da war. Jedenfalls hatte ich es gehört. Sarah hatte ich ein bisschen weiter fort vom Haus zur Scheune geschickt, um dort mit Mrs Post und den anderen Kindern zu singen. Ich war immer noch dabei, an dem kaputten Zaun herumzubasteln, als George zur Hintertür herauskam. Zunächst sah er mich gar nicht und wäre beinah an mir vorbeigelaufen. Als ich ihn aber fragte, wie es drinnen liefe, erschrak er sich richtig.

„Hoffe irgendwie, dass es nicht mehr als zehn werden", sagte er. „Wilametta sieht hundemüde aus, ich weiß gar nich, was wir machen soll'n."

Ich wusste nicht so recht, was ich darauf sagen sollte.

„Es is 'n Mädchen", sagte er. „Nehm an, das is nich mehr als recht." Er warf einen scharfen Blick auf den Zaun und dann auf seine Zange, die ich immer noch in der Hand hielt. „Was mach'n Se hier überhaupt?"

Er klang gar nicht verärgert, nur einfach überrascht, mich auf seinem Grundstück anzutreffen und dazu noch als jemanden, der mit den Händen etwas arbeitete.

„Ich ... äh ... wollte eigentlich helfen. Habe gehört, dass meine Sarah den Zaun kaputtgemacht hat."

„Ach, sie war das?"

„Ja, aber das war nicht absichtlich."

„Nehme an, das hätte ebenso gut der alte Billy sein können oder einer meiner kleinen wilden Indianer, die hier herumlaufen."

„Vielleicht."

„Ihre Frau is da drinnen", sagte er, als wäre ihm soeben erst eingefallen, wer ich war.

„Ich weiß."

„Es is 'n Mädchen."

„Ja, das haben Sie schon gesagt."

„Wilametta nennt sie Grace, aber ich hatte mir eigentlich schon überlegt, sie Emma zu nennen. Das wär doch angebracht, oder? Emma Grace. Wie hört sich das an?"

Ich musste lächeln, als ich diese Seite von George Hammond zu sehen bekam, die ich zuvor noch nicht erlebt hatte. „Das passt gut."

„Ich hätte nich gedacht, dass se kommt", sagte er ernst und ließ seinen Blick in die Ferne schweifen. „Weil se krank war und weil Se se vielleicht auch gegen mich eingenommen hätten."

„Das würde mir doch gar nichts bringen. Emma hat Sie alle gern."

„Ich denke, se hat wirklich jeden gern." Er war still und studierte den Horizont. „Sie wissen doch, dass Miss Hazel Se hier weg ham will, oder?"

„Ja, ich weiß."

„Was woll'n Se denn dagegen tun?"

Ich versuchte zu überlegen, was ich darauf antworten sollte, aber was ich dann sagte, war überhaupt nicht das, was ich eigentlich beabsichtigt hatte. „Ich bin dabei, Emma einen Rollstuhl zu bauen."

„Was?"

„Ich muss es schaffen", erklärte ich. „Was auch sonst alles passiert. Sie braucht einen und sie tut auch immer alles Mögliche für andere."

George streckte interessiert und gleichzeitig erstaunt den Kopf ein bisschen vor. „Wiss'n Se etwa, wie man so was macht?"

„Ich bin schon fast so weit. Ich brauche dazu noch ein paar Bolzen und zwei kleinere Räder, um den Stuhl hinten auszubalancieren. Ich habe mal ein Bild von so 'nem Ding gesehen, das ein Kollege für seine Enkelin gebaut hat, die Kinderlähmung gehabt hat."

„Also ..."

Er ließ dieses eine Wort lange in der Luft hängen. „Ich hab da ziemlich viel Metallzeugs in ein paar Eimern hinten in der Scheune", sagte er schließlich. „Ich weiß natürlich nich, welche Größen von Bolzen Se brauchen, aber Se könn sich da hol'n, was Se brauchen. Ich müsste mir die Räder aber erst mal genau ansehen. Wie groß müssten die denn sein?"

„Mindestens 20 Zentimeter, denke ich, aber dreißig oder sogar noch etwas größer wäre noch besser. Sie sollen mit unebenem Gelände fertig werden, dürfen aber nicht zu groß und schwer sein."

George blickte hinunter auf seine abgetragenen grauen Stiefel. „Wilametta und das Baby scheinen mir nich besonders kräftig zu sein, aber es wird schon werden. Hatte ich Ihnen schon gesagt, dass es bestimmt werden wird?"

„Ja, so hatte ich Sie verstanden."

„Brauchen Se Hilfe mit dem Stuhl?"

Sein Angebot kam völlig überraschend für mich. Das letzte Mal, als ich mit dem Mann gesprochen hatte, war er hart wie Granit gewesen. *Eine Geburt macht wie nichts anderes die Dinge weicher*, dachte ich. *Und wir beide, wir stecken gerade mitten in so etwas drin.*

„Könnte sein, dass ich Hilfe brauche", gab ich zu. „Beim Aufsetzen des Stuhls auf die Räder, damit sie sich noch drehen, aber so, dass Emma nicht herausfällt, wenn es über unebenes Gelände geht. Ich brauche ein Metallstück unter jeder Seite der Sitzfläche als Federung, verstehen Sie?"

„So was wie Wagenfedern könnte vielleicht geh'n."

„Ja, ungefähr so etwas in der Art."

„Wann mach'n Se das eigentlich alles?"

„Abends, damit sie nichts merkt."

„Und warum soll se das nich?"

„Wahrscheinlich, weil ich erst sicher sein will, dass ich es wirklich hinbekomme."

„Das krieg'n Se hin. Bei Gott, das schaff'n Se. Arbeiten Se heute auch wieder dran?"

„Ich weiß noch nicht."

„Ich bin nach Sonnenuntergang bei Ihnen. Das schaffen wir, Junge."

„Aber braucht Ihre Frau Sie denn heute Abend nicht?"

„Lizbeth kann sich viel besser um se kümmern als ich das kann. Außerdem bin ich ja auch nich weit weg. Wenn jemand mich hier braucht, kann einer von den Jungs kommen und mich hol'n."

Er nahm mir die Zange aus der Hand und zog einen Draht fest, der gar nicht locker war.

„Ich will Emma 'n paar Hühner geben für ihre Hilfe oder vielleicht auch noch 'ne Kuh, aber ich würd auch gern bei dieser Sache hier mitmachen, wenn Se mich lassen. Se hat in der ganzen Zeit viel, viel mehr für mich getan, als ich für se tun kann. Vielleicht hat se Ihn'n ja schon erzählt, dass ich auf gar nix mehr Anspruch hab. Ich bin mit meinen Zahlungen so weit im Rückstand, dass ich kein Bein mehr auf den Boden krieg. Nehm mal an, dass wir hochkantig rausfliegen, wenn Emma mal stirbt. Vielleicht sin Se das ja sogar, die uns auf die Straße setzen. Aber wie Se ja schon gesagt ham, Emma braucht so'n Stuhl. Das is nur recht und billig."

„Also gut, dann bringen Sie heute Abend die Eimer aus der Scheune und eine Lampe mit", sagte ich zu ihm. „Es ist einfacher, das zu finden, was wir brauchen, wenn wir alles beisammen haben."

Er lächelte und streckte mir seine Hand entgegen. „Ham Se schon mal geschlachtet?"

Ich schüttelte ihm die Hand. „Nein, noch nie."

„Vielleicht könn Se mir ja helfen, wenn 's kalt genug dafür is. Für eine Schweinehälfte. Was halt'n Se davon?"

„Ich habe noch nie mit Schweinen zu tun gehabt. Wahrscheinlich würden Sie mich auslachen."

„Ich hab das auch noch nie 'nem Stadtjungen beigebracht. Aber Sie lern das schon. Wer 'n Rollstuhl bauen kann, der kann bestimmt auch andere Sachen. Meinen Se nich?"

Ich hatte keine Zeit mehr, um darauf noch zu antworten. Lizbeth war an uns vorbeigerannt, um den anderen die Neuigkeit mitzuteilen, und jetzt kamen Georges Kinder und meine von der Scheune aufs Haus zu. Robert und Kirk waren in der Schule gewesen, als Mr Post bei Mrs Elvira vorbeigefahren war, um ihr zu berichten, dass das Baby kam. Sie hatte die beiden sofort nach Hause geschickt mit der Begründung, sie könnten ja unmöglich richtig aufpassen, wenn sie etwas ganz anderes im Kopf hätten.

Jetzt kam Kirk den anderen voran auf das Haus zu.

„Erst geht ihr an den Brunnen und wascht euch die Hände, bevor ihr einen Fuß ins Haus setzt“, sagte George zu ihnen. „Lizbeth, geh erst mal rein und sieh nach, ob deine Mutter auch bereit is, diese Horde zu empfangen.“

31

Julia

Schließlich brachte ich Emma doch dazu, sich in der Küche auf einen Stuhl zu setzen, wo ich für Wilametta etwas Nahrhaftes kochte, damit sie wieder zu Kräften kam. Sie und ihr Baby schliefen und es schien beiden gut zu gehen. Ich war so frei gewesen, auch ein bisschen Kaffee zu kochen und versuchte jetzt Emma dazu zu überreden, sich ein wenig zu stärken.

„Eins sage ich Ihnen, Juli: Ich hoffe, dass Sie nie wieder eine Steißgeburt erleben! Gott sei mir gnädig, ich hab schreckliche Angst gehabt.“

Ich zitterte ebenfalls noch immer, gab mir allerdings große Mühe, mir nichts anmerken zu lassen. „Dabei haben Sie gar nicht so ausgesehen, als hätten Sie Angst gehabt. Jedenfalls die meiste Zeit nicht. Sie sollten jetzt aber etwas essen. Hier ist ein Stück Brot ...“

„Ich krieg jetzt keinen Bissen runter. Gar nichts. Ich bin so froh, dass es vorbei ist.“ Sie ließ ihren Arm auf den Tisch fallen und seufzte. „Lizbeth wird es sich jetzt bestimmt dreimal überlegen, ob sie Kinder haben will. Nach dem Erlebnis heute will sie vielleicht nicht einmal mehr heiraten.“

Da konnte ich ihr nicht widersprechen. Ich hatte auch gedacht, dass für das Mädchen dies alles zu viel gewesen war, aber sie hatte ihrer Mutter nicht von der Seite weichen wollen, und die Mutter hatte sie ja auch nicht gehen lassen. Als ich noch einmal an alles zurückdachte, wurde mir wieder ganz flau und ich musste mich setzen.

„Haben Sie wirklich schon einmal eine Steißgeburt miterlebt, Emma?"

„Ja, das ist wirklich wahr. Das ist jetzt mindestens vierzehn Jahre her, aber damals habe ich sie verloren." Einen Augenblick lang schwieg sie. „Das einzige Mal, dass ich überhaupt eine Frau bei einer Geburt verloren habe, Juli. Das wollte ich Ihnen aber nicht sagen. Das wäre heute Ihr Ende gewesen, wenn Sie nur mit dem Schlimmsten gerechnet hätten."

„Wie vielen Babys haben Sie denn eigentlich schon auf die Welt geholfen? Waren es viele?"

„Ich schätze so an die fünfzig. Ich hab normalerweise alles aufgeschrieben, aber irgendwann habe ich nachts auf dem Heimweg das Buch im Regen verloren, als der Wagen umgestürzt ist. Das war das erste Mal, dass ich mein Bein verletzt habe. Als ich anfing, gab es noch gar keinen Arzt hier in der Gegend. Und auch heute noch rufen viele Leute bei einer Geburt lieber keinen Arzt. Aber dafür gibt es jetzt wenigstens Autos. Meistens können sie also einen Arzt erreichen, wenn es wirklich nötig ist."

„Meinen Sie, dass wir Wilametta zu einem schicken sollten? Sie ist so schwach."

„Ich habe nichts dagegen, aber das Schlimmste hat sie überstanden. Sie will bestimmt keinen Arzt und George wird sie auch nicht hinbringen wollen. So sind sie eben. Ich danke dem guten Herrn einfach, dass er die beiden durchgebracht hat und ihre letzte Erinnerung an mich keine schlechte ist, weil sie mit einem schlimmen Verlust verbunden ist."

„Oh, Emma." Es machte mir Angst, wenn sie so etwas sagte. Und sie sah so schrecklich müde aus. „Wollen Sie sich nicht lieber ein wenig hinlegen und ausruhen, ich schaffe das hier jetzt auch allein."

„Nicht hier. Wenn wir zu Hause sind vielleicht. Wir beide brauchen mehr Ruhe als wir hier bekommen können. Aber ich muss noch ein bisschen bleiben, bis Wila wieder wach ist und etwas gegessen hat. Sie haben Ihre Sache wirklich gut gemacht und können stolz auf sich sein."

Ich konnte draußen das Lärmen von Kindern hören. Auch

Emma hörte sie und schüttelte den Kopf, noch bevor ich etwas sagen konnte. „Sie können jetzt noch nicht hereinkommen", sagte sie. „Nur wenn sie einzeln auf Zehenspitzen eintreten und einen kurzen Blick auf das Baby werfen. Sie dürfen die beiden nicht wecken. Jedenfalls noch nicht. Das ist jetzt nicht der Zeitpunkt für Schabernack."

32

Samuel

Wir blieben noch bis nach Einbruch der Dunkelheit bei den Hammonds. Mrs Post half Lizbeth, uns etwas zum Abendessen zu machen, und als Emma sich noch einmal vergewissert hatte, dass Mrs Hammond wieder zu Kräften kam und das Baby saugen konnte, quetschten wir uns alle auf Georges Pferdefuhrwerk und sein ältester Sohn brachte uns nach Hause zurück.

Mrs Post war ein wenig verärgert darüber, dass ihr Mann nicht noch einmal zurückgekommen war, aber ich sagte ihr, dass er genauso verärgert über mich sein könne, weil ich ihm nicht beim Dachdecken geholfen hatte.

„Der kann von mir aus auf seinem Dach sitzen bleiben!", sagte sie patzig. „Wenn er mich irgendwo absetzt, soll er wenigstens so viel Anstand haben, mich auch wieder abzuholen."

Wir brachten zuerst sie nach Hause und Barretts Lastwagen stand auch auf dem Hof, aber er kam nicht heraus.

„Machen Sie sich bloß keine Gedanken wegen der Arbeit", sagte Mrs Post. „Er kommt morgen bei Ihnen vorbei, um Sie abzuholen, dafür werde ich schon sorgen. Es ist ja nicht Ihre Schuld, dass alles so gekommen ist. Sie haben genau das Richtige getan, als Sie mir geraten haben, dazubleiben. Ich sage es ja nicht gern, aber ich habe mit den Kindern richtig Spaß gehabt."

„Sie wäre bestimmt eine gute Sonntagsschullehrerin", sagte ich zu Julia, als wir bei den Posts wieder abfuhren, „natürlich vorausgesetzt, Emma kann sie irgendwann doch noch überzeugen, zur Kirche zu gehen."

Ein paar Stunden später war ich bereits in der Scheune beschäftigt, als George Hammond mit seiner Petroleumlampe und einem Eimer voller Schrauben, Nägeln und Bolzen hereinkam. Ich hatte so spät gar nicht mehr mit ihm gerechnet, denn eigentlich hätte er längst im Bett liegen und schlafen müssen, genau wie ich auch.

Er sah sich meine Baupläne im Licht der Lampe an und warf dann einen Blick auf den Stuhl, den ich schon gebaut hatte.

„Sieht ja ganz so aus, als könnte es funktionieren“, sagte er. „Se ham ja Halterungen für die Räder – wollt'n Se die heut noch montier'n?“

„Der Boden von dem alten Wagen hier ist mit einem zehn Zentimeter breiten Metallstreifen eingefasst“, sagte ich zu ihm. „Den wollte ich gerade abmachen. Wenn wir daraus zwei Stücke zuschneiden würden und sie zu einem Bogen biegen, würde ich den Stuhl gern darauf setzen, das Metall zu einem Bolzen von zweimal 4 biegen und die Räder vom Untergestell daran montieren. Dann könnten wir direkt unter dem Sitz noch einen Korb anbringen, in dem man eine Tasche oder sonst was transportieren kann.“

„Das ham Se aber schon alles ziemlich genau ausgetüftelt, was? Schon ganz genau überlegt, was? Was is mit den kleinen Rädern, die Se noch nich ham?“

„Die müssen so befestigt werden, dass sie hinten aus dem Rahmen hervorragen. Wie ich das genau machen soll, weiß ich erst, wenn ich weiß, welche Räder ich dazu nehmen kann.“

„Ham Se schon mal 'n Auto gebaut?“

Ich blickte überrascht auf, denn das klang fast so, als wäre da ein gewisses Maß an Hochachtung in seiner Stimme zu erkennen. „Nicht allein“, sagte ich. „Mein Cousin und ich haben mal eine ganz gute Karre aus Autowracks zusammengebastelt.“

„Also heißt das, Se könnt'n 'n Auto bau'n, wenn Se die Teile hätten?“

„Ja, das glaube ich schon.“

„Na dann scheint es ja beinah so, als hätt'n Se 'n Stadtjob kriegen können.“

„Ich hatte eine Zeit lang einen ganz guten. Aber es gibt zur Zeit eine Menge Typen wie mich. Ist leider nicht genug Arbeit für alle da."

„Ja, davon hab ich gehört. Zahlt sich jetzt doch aus, wenn man Vieh hat. Wie ich gesagt hab, nich? Da weiß man wenigstens, dass man was in 'n Bauch kriegt."

„Aber das geht ja auch nicht ohne Land."

„Und genau das macht mir ja so 'ne Angst."

Er sah mich an, unergründlich und ernst, sein Gesicht durch das Licht der Petroleumlampe in einem ständigen Wechsel von Licht und Schatten.

„Is ja nich so, dass ich Emma ihr Geld nicht geben will, versteh'n Se", sagte er. „Ich kann nur einfach besser was zu essen produzier'n als Bargeld ranschaffen. Dann tausch ich die Lebensmittel gegen all das Zeug, das ich selbst nicht hab und am Ende krieg ich nie Geld in de Finger. Ich hab nie genug übrig gehabt, um ihr was rüberzubringen. Sie hat gutes Land, das is nich das Problem, aber in den letzten Jahr'n hat das Wetter nich so richtig mitgespielt. Und außerdem kann ich das Land nich richtig bestellen, weil mir zwei Pferde fehl'n. Bird und Teddy sin zu alt. Die könn'n nich mehr den ganzen Tag arbeiten. Dadurch geht alles zu langsam. Ich würd Ihnen ja gern das Gnadenbrot geben, wenn ich was and'res hätt. Mir gefällt es auch nich, dass ich se immer noch scheuch'n muss."

Er seufzte mehrmals, während er mir von seinen Problemen berichtete. „Natürlich kann ich mit den Pferden auch nirgends mehr gegen irgendwas arbeiten und Kredit krieg ich auch keinen mehr. Willard hat 'n Traktor gehabt, 'n 1920er Fordson. Ich bin mir wie 'n König vorgekommen, weil's davon hier inner Gegend noch nich viele gab. Hat aber vor ungefähr zwei Jahr'n den Geist aufgegeben und seitdem geht's immer mehr bergab."

Diese Informationen genügten schon, um mich in Schwung zu bringen. „Ich sag Ihnen was. Ich kann Ihnen nicht dabei helfen, sich ein Pferd zu beschaffen, aber wenn ich mit dieser Sache hier fertig bin, dann werfe ich mal einen Blick auf Willards Traktor. Ich habe noch nie an einem herumgeschraubt, aber ich bezweifle, dass man so einen Traktormotor ganz und gar kaputtkriegen kann. Vielleicht bekomme ich ihn ja doch noch wieder hin."

„Na, dann könnten Se sich ja doch noch als ganz achtbarer Nachbar rausstellen."

Seinem Gesichtsausdruck nach meinte er das ernst und es gab darauf nichts weiter zu sagen als ein schlichtes Danke.

Wir arbeiteten ungefähr eine Stunde und bauten das Grundgerüst und die Halterung für die Räder. Ich zog den Rest der Metalleinfassung vom Wagenboden ab und mühte mich jetzt damit, mit einem Viererschlüssel und Willards altem Handbohrer Löcher hineinzustanzen.

„Wäre leichter, wenn man's heiß machen würd", bemerkte George. „Dann wär auch das Biegen nich so schwer."

„Das weiß ich, aber wir haben keine Schmiedeesse."

„Aber Frank Cafey hat eine. Morgen bring ich Se zu ihm hin."

Damit stand fest, dass sich unsere Wege jetzt trennten, damit wir beide noch etwas Schlaf bekamen. Ich lag aber noch lange wach und überlegte, was für ein Wunder geschehen war. Der Mann, den ich fast als Feind bezeichnet hätte, wurde zum Freund. Es war ganz einfach zu erkennen, dass George und ich uns einzeln ewig würden abmühen müssen, aber gemeinsam konnten wir es schaffen.

Am nächsten Morgen wollte Robert zum ersten Mal mit Emmas Fahrrad zur Schule fahren. Ich holte es für ihn heraus, sah mir ein bisschen sehnsüchtig die Räder an, kam aber dann zu dem Schluss, dass sie für meine Zwecke ohnehin viel zu groß waren. Das Fahrrad war zwar schon ziemlich alt, aber noch recht gut in Schuss. Es hatte einen Korb, in dem Robert seine Schulsachen transportieren konnte. Ich schickte ihn früh los, damit er noch bei den Hammonds vorbeischauen und George ausrichten konnte, dass ich vielleicht bis zum Abendessen bei den Posts sein würde.

Barrett kam schon, um mich abzuholen, bevor ich fertig gefrühstückt hatte. Er wollte so bald wie möglich mit mir auf dem Dach sein, damit wir schnell mit der Arbeit fertig waren. Ich war ihm etwas schuldig und deshalb ging ich wirklich gern mit, um ihm zu helfen, auch wenn ich in Gedanken eher bei Emmas

Stuhl war. Alles, was mir noch fehlte, waren ein Satz kleine Räder und noch ein paar Stunden Arbeit. Dann war das Ding fahrbereit und konnte benutzt werden.

Ich nagelte fast den ganzen Tag Schindeln fest, neue, die lang und schmal waren. Ich dachte, dass es Barrett ziemlich gut gehen musste, wenn er sich das leisten konnte. In Harrisburg kannte ich Leute, die die alten Schindeln wieder festgenagelt hatten oder die Löcher in ihren Dächern mit Blech flickten oder mit allem, was sie gerade finden konnten.

An diesem Tag redete Barrett bei der Arbeit nicht viel und Louise sagte, er sei sauer, weil sie am Abend zuvor mit ihm geschimpft hätte. Er sagte, sein Wagen sei nicht angesprungen, aber sie glaubte ihm nicht, besonders, weil er noch tadellos funktioniert hatte, als er morgens losgefahren war, um mich abzuholen. Als es dann aber abends Zeit war, mich wieder nach Hause zu bringen, gab der Laster erneut keinen Mucks von sich, und Barrett hupte und rief nach Louise, damit sie sich selbst überzeugen konnte, dass er die Wahrheit gesagt hatte.

Ich sah mir die Sache etwas genauer an und konnte den Wagen schließlich wieder in Gang bringen, während Barrett die ganze Zeit über das Modell zum Ankurbeln sprach, das er vor diesem Wagen gehabt hatte.

„Das hat mir viel besser gefallen“, sagte er. „Auch wenn man sich an kalten Wintermorgen nicht so gut auf ihn verlassen konnte.“

Wir wollten gerade fahren, als ich sah, dass George Hammonds Pferdegespann die Straße entlanggerumpelt kam.

„Ich glaube, da kommt mein Nachbar, der nimmt mich mit“, sagte ich zu Barrett. „Er will noch mit mir zu Frank Cafey fahren.“

„Dieser Frank ist doch wirklich ein sturer alter Kerl“, sagte Barrett. „Der verhungert bestimmt noch irgendwann. Für einen Schmied gibt es heutzutage einfach nicht mehr genug zu tun. Ich habe ihm gesagt, er soll sich eine andere Arbeit suchen, aber er will einfach nicht auf mich hören.“

Er sah zur Straße hinüber und beobachtete, wie George immer näher kam. „Also dieser Hammond, der kommt immer noch mit dem Pferdefuhrwerk! Ich weiß nicht, ob der schon jemals ein Auto gelenkt hat. Wissen Sie das? Die meisten Leute sind da anders als er. Er geht immer noch zu Frank und lässt da seine Pferde beschlagen, aber es gibt nicht mehr viele hier in der Gegend, die das auch noch so machen. Jeder, der es irgendwie einrichten konnte, hat sich in den Zwanzigern noch ein Auto besorgt. Und diejenigen, die keins mehr gekauft haben, hätten jetzt nur zu gern eins. Sie gehören auch dazu, oder? Sie sind fortschrittlich eingestellt, das merke ich Ihnen an."

Er verrückte seinen Hut ein bisschen, um die Augen besser vor der Sonne zu schützen.

„Auf Emmas Farm werden Sie über kurz oder lang bestimmt nicht mehr glücklich sein", erklärte er. „Sie hat da drüben in der Küche ja nicht mal fließendes Wasser! Sie werden über kurz oder lang wieder in die Stadt gehen und sich Arbeit suchen, wenn es wieder welche gibt. So kommen Sie mir jedenfalls vor. Sie brauchen gute Sachen."

Ich sah zu ihm hin und fragte mich, wie er wohl zu diesen Erkenntnissen gelangt war. Vielleicht mussten wir ja gar nicht wieder fort von hier, um die guten Sachen zu bekommen. Vielleicht würden wir eines Tages ein Auto bekommen, eine Pumpe an der Küchenspüle oder sogar fließendes Wasser im ganzen Haus. Und Julia würde auch glücklich sein, wenn wir das alles nie bekommen würden.

Während George in die Einfahrt zum Haus der Posts einbog, schüttelte Barrett nur den Kopf. „Was wollen Sie eigentlich bei Frank? Sie haben doch gar kein Pferd."

Ich wusste gar nicht so genau warum, aber ich wollte ihm noch nichts von Emmas Rollstuhl erzählen. Also sagte ich, ich müsse nur ein paar Metallteile biegen und beließ es dabei.

Im nächsten Augenblick grölte George auch schon meinen Namen und Barrett grölte sofort zurück. „Halt gefälligst den Mund, du alter Dummkopf! Wir wissen ja, dass du da bist!" Aber er beruhigte sich und wurde leiser, als George direkt vor uns anhielt, und fragte, wie es Wilametta und dem Baby gehe.

„Heute heulen beide. Jedes Mal, wenn ich ins Haus komme. Aber so is es bei Wila immer. Deshalb nehme ich mal an, es geht ihnen gut. Sie hockt richtig auf der Kleinen. Zählt die kleinen Finger und Zehen mindestens sechs, sieben Mal die Stunde."

„Und, ist denn alles dran?", fragte Barrett grinsend nach.

„Soweit ich das erkennen kann, ja. Ich komm aber nicht nah genug ran, denn wenn ich es versuche, fängt sie sofort an zu schrei'n."

„Was, Sie haben sie noch nicht mal auf dem Arm gehalten?"

„Na ja, also einmal. Aber ich warte jetzt lieber mal 'n Weilchen, bevor ich es wieder mache. Ich hab se lieber 'n bisschen stabiler, damit ich weiß, ich kann se auf den Knien hopsen lassen, ohne dass Wilametta mir die Hölle heiß macht." Er sah lächelnd zu mir herüber. „Meine Jungs haben Ihre Frau und Emma heute noch mal zu uns rübergeholt, damit sie nach meinen beiden sehen. Ich glaube, dass Emma das auch so wollte. Aber sie sieht nicht besonders gut aus, Nachbar."

„Zu viel Aufregung", erklärte Barrett. „Nächstes Mal könnt ihr Hammonds euer Baby selbst holen."

George schüttelte den Kopf. „Kein Wunder, dass du nur zwei hast, gemeiner alter Kerl." Er drängte mich, auf sein Gespann zu steigen. „Jetzt komm'n Se schon. Je schneller wir da sind, umso schneller sind wir auch wieder zu Hause."

„An dir und deinem alten Gespann ist aber auch wirklich gar nichts schnell", scherzte Barrett. „Da kann man ja seine Haare wachsen sehen, wenn man auf dich wartet." Er nahm seinen Hut ab und schlug ihn gegen den Oberschenkel, als wollte er den Staub herausklopfen. „Grüß deine Frau von mir mit den besten Wünschen", sagte er noch zu George und wandte sich dann wieder an mich. „Tun Sie, was Sie können, damit Emma sich ausruht, ja? Ich bin nicht scharf darauf, schlechte Nachrichten über sie zu hören."

Als ich auf das Fuhrwerk stieg, sah ich, dass George schon bei unserer Scheune gewesen war und die Metallstücke geholt hatte, die gebogen werden mussten. Er wartete aber, bis wir ein Stück auf der Straße zurückgelegt hatten, um mir zu sagen, dass ich mal einen Blick in die Holzkisten werfen solle, die er scheinbar immer auf dem Gespann dabeihatte. Er sah plötzlich so munter aus, dass ich ihn fragte, ob er vielleicht wieder einen Schweinekopf versteckt hätte.

„Nee, viel besser", antwortete er. „Seh'n Se mal rein."

Ich drehte mich um und tat, was er gesagt hatte. „Wir hatten einen Kinderwagen, als Lizbeth klein war", sagte er. „Die Jungs ham das Ding auseinander genommen. Rorey dachte, dass wir es jetz für Emma Grace benutzen sollten, aber das geht nich mehr. Der Korbaufsatz is völlig hin. Das is doch ungefähr was Se brauch'n, oder nich?"

Zwei 20-Zentimeter-Räder mit einer Achse. Ich hätte Lizbeth, Rorey und alle anderen küssen können. Das war genau das, was ich brauchte. Dank dem guten Herrn und George Hammond.

33

Julia

Ich war zum zweiten Mal froh, als ich von den Hammonds wieder nach Hause kam. Auch wenn es wunderbar war zu sehen, dass es Wila und dem Baby gut ging, machte ich mir Sorgen um Emma. Sie ließ sich nichts anmerken und wollte auf keinen Fall zugeben, dass es ihr nicht wohl war, aber sie ließ sich von George Hammond direkt ins Bett tragen, als wir zu Hause ankamen. Ich sah ihn noch in Richtung Scheune gehen, bevor er wieder fuhr, aber es interessierte mich kein bisschen, was er dort wollte. Ich war viel zu sehr mit der Frage beschäftigt, was ich tun konnte, damit es Emma besser ging.

Ich kochte ihr erst einmal Tee und brachte ihr die Büchse mit den Plätzchen, die ich ihr aus dem Laden hatte mitbringen müssen. Sie bedankte sich bei mir und fragte mich, ob ich ein Stück Papier hätte. Also schickte ich Sarah nach oben, um Papier aus meiner Tasche zu holen und zog mir dann einen Stuhl nah an ihr Bett heran.

„Ich muss meinen letzten Willen aufsetzen, Juli, Liebes", sagte sie mit leiser, ruhiger Stimme.

„Wie meinen Sie das, Emma?"

„Alles hat seine Zeit. Alles unter dem Himmel hat seine Zeit."

Sie schaute zur Decke und in meiner Brust wurde es plötzlich so kalt und eng, dass ich kaum atmen konnte.

„Emma ..."

„Geboren werden hat seine Zeit und Sterben hat seine Zeit. Pflanzen hat seine Zeit und Ausreißen..."

„Emma."

Ich musste sie aufhalten und ablenken von dieser Richtung, in die ihre Gedanken offenbar wanderten. Sie konnte doch nicht beschließen zu sterben. Es war noch *nicht* Zeit.

Sarah kam mit dem Papier und meinem Stift angerannt. Ich nahm ihr beides ab, aber sie stand einfach nur da, sah erst mich an und dann Emma und dann wieder mich, und ich wusste, dass ich sie wegschicken musste.

„Sarah, bitte geh ein bisschen nach draußen und spiel mit Robert."

Emma lächelte die Kleine an. „Steig doch mal auf den Heuboden hinauf und sieh nach, ob die kleinen Kätzchen noch da sind. Wenn sie noch da sind, dann such dir das niedlichste aus und nenn es Gracie. Würdest du das wohl für mich tun?"

„Ja, mach ich." Sarah ging hinaus und es gefiel ihr ganz offensichtlich sehr, einen so wichtigen Auftrag bekommen zu haben.

„Ich wollte schon immer ein Kätzchen so nennen", sagte Emma, „scheint ja gerade der richtige Zeitpunkt dafür zu sein. Dieses Hammond-Kindchen ist ein Wunder, wie es da so falsch herum rausgekommen ist. Das ist wirklich Gottes Gnade, dass alles so gut gegangen ist." Sie sah auf das Papier in meiner Hand und griff danach. „Ich muss selbst schreiben, aber ich möchte einen Zeugen, der bestätigt, dass ich das wirklich selbst verfasst habe. Es wird Albert sein, der kommt, um nach dem Rechten zu sehen. Er ist der Einzige, der überhaupt hin und wieder kommt."

„Emma", schlug ich vor „vielleicht ist es besser, wenn Sie erst ein Weilchen schlafen. Ich mache Abendessen und ..."

„Also Juli, ich muss das jetzt machen. Die vergangene Woche war für mich so wunderbar! Ich hätte nie zu hoffen gewagt, dass ich so etwas noch erleben würde! Aber ein Körper kann nun mal nicht ewig leben und ich möchte geregelt haben, was mit all dem passiert, was mir gehört, wenn ich nicht mehr bin. Albert wird mein Testament bestimmt respektieren, wenn er weiß, dass ich es wirklich persönlich verfasst habe."

„Er könnte doch jeden Tag hier sein", protestierte ich. „Miss Hazel hat es gesagt. Dann können Sie es ihm doch viel besser selbst sagen."

Sie sah mich lange an und ich betete, sie möge jetzt bitte nicht sagen, dass sie so lange nicht mehr leben werde. Schließlich lächelte sie. „Ich will Ihnen ja keine Angst machen, Kindchen, aber man kann nie wissen. Das ist alles. Ich hoffe wirklich, dass ich es ihm selbst in die Hand drücken kann. Es wird bestimmt schön, ihn wieder zu sehen. Und ich hab nicht vor, mich zu Grabe tragen zu lassen, bevor ich nicht die Gelegenheit gehabt habe, wenigstens noch einmal zu Willards Grab zu gehen."

„Ach Emma. Wenn ich das jetzt so höre, habe ich es gar nicht mehr so eilig, Sie dorthin zu bringen."

„Also es gibt ja auch wirklich anderes zu bedenken. Jetzt seien Sie mal nicht traurig! Wer soll Ihnen denn dann eigentlich helfen, hier alles winterfest zu machen? Ich werde Sie doch nicht unvorbereitet hier zurücklassen. Aber wir wissen es eben nicht im Voraus, Schätzchen. Ich möchte meinen letzten Willen aufsetzen, einfach nur für alle Fälle. Ich habe gestern meinem letzten Baby auf die Welt geholfen. So viel weiß ich auf jeden Fall." Sie nahm meine Hand und ich spürte, wie Tränen in mir aufstiegen.

„Sie sind hier eingepflanzt worden", sagte sie. „Und ich werde hier ausgerissen und an einem besseren Ort wieder eingepflanzt. Es war die Zeit, dass Emma Grace geboren wurde. Und demnächst ist es eben Zeit, dass ich sterbe. Daran ist nichts Trauriges. Es zahlt sich nur einfach aus, vorbereitet zu sein."

Ich gab ihr zögerlich das Blatt Papier und den Stift und ein Buch als Schreibunterlage. Weil sie schon ziemlich weitsichtig war, schrieb sie sehr langsam. Sie sagte mir nicht, was sie schrieb, aber bei manchen Wörtern fragte sie nach, wie sie buchstabiert würden.

Nach einer Weile hörte ich von der Straße her ein Motorengeräusch und dachte, das wäre Mr Post, der Sam wieder nach Hause brachte, als ich dann aber die Hupe in der Auffahrt hörte, rannte ich ans Fenster und mir war klar, dass sie es nicht waren.

Ich hatte schon viele solcher Autos gesehen. Es war ein Modell zum Ankurbeln und ohne Dach. Juanita Jones saß auf dem Beifahrersitz, das Haar mit einem karierten Schal bedeckt, und Pastor Jones stieg gerade auf der Fahrerseite aus. Er trug seinen Sonntagsanzug und als Kopfbedeckung eine Melone. Ich konnte mir nicht vorstellen, was die beiden zu uns führte, aber ich freute mich, sie zu sehen.

„Emma, der Pastor und seine Frau sind da."

Sie setzte sich im Bett auf und ihre Augen strahlten. „Oh, dann machen Sie doch bitte gleich Tee! Wie schön, dass sie gekommen sind. Zu schade, dass ich nicht auf sein kann!"

Der Pastor und Juanita erzählten, dass Elvira Post ihren Mann in die Stadt geschickt hätte, um Bescheid zu sagen, dass Mrs Hammonds Baby da sei. Ich fand das genau wie der Pastor sehr nett, besonders wenn man bedachte, dass die Posts nicht einmal in die Kirche gingen.

Ehepaar Jones war also zu den Hammonds gefahren, um Wilametta und das Baby zu besuchen, und waren angekommen, als wir gerade nach Hause aufgebrochen waren. Sie waren aber nicht lange dort geblieben, weil Mutter und Kind noch immer viel Ruhe brauchten.

„Ich bin ja so froh, dass wir Puder und Seife und auch ein paar Windeln mitgebracht haben", erzählte mir Juanita. „Mrs Hammond hat mir gesagt, dass sie fast nie irgendwelche Vorräte da hat."

Sie brachten einen großen Topf voller Knödel herein, von denen ich glaubte, sie müssten doch eigentlich für die Hammonds bestimmt sein, aber Juanita versicherte mir, dass auch die Hammonds einen Topf voll bekommen hätten. Schon am Sonntag hatte ich den Pastor und seine Frau gemocht, aber dass sie sich die Zeit nahmen, uns zu besuchen, verstärkte meine Sympathie für die beiden noch mehr. Pastor Jones setzte sich zu Emma und unterhielt sich mit ihr über die Geschichte unserer Gemeinde, und weil ich damit rechnete, dass Samuel jeden Augenblick nach Hause kommen würde, fragte ich Juanita, ob sie nicht zum Abendessen bleiben wollten und ich war wirklich froh darüber, dass wir etwas Anständiges in der Speisekammer hatten.

Der Besuch war wunderbar und Juanita half mir tatkräftig beim Essen machen und Tisch decken. Ich verstand nur nicht, wodurch Sam so lange aufgehalten wurde und überlegte, dass es nicht schlecht wäre, wenn es irgendwann auch auf dem Land Telefone geben würde.

Als Sam endlich kam, war er nicht allein, und statt Barrett Post war George Hammond bei ihm. Beide gingen sofort in die Scheune, obwohl sie gesehen haben mussten, dass ein Auto vor dem Haus stand, und sie kamen erst ins Haus, als ich Robert schickte, um sie zu holen.

Ich lud Mr Hammond ein, zum Essen zu bleiben, aber er kam nur kurz herein, um den Pastor zu begrüßen. Dann machte er sich auf den Heimweg. Ich bemerkte den Blick, den er Samuel zuwarf, bevor er ging, und fragte mich, was die beiden wohl im Schilde führten. Ich hatte keine Ahnung, wieso ausgerechnet diese beiden Männer gemeinsam etwas ausheckten, aber fest stand, dass genau das der Fall war.

Samuel unternahm nicht einmal den Versuch, etwas zu erklären, und wir hatten eine angenehme gemeinsame Mahlzeit mit den Jones'. Emma kam an den Tisch, um mit uns zu essen, legte sich danach aber sofort wieder hin. Ich erzählte dem Pastor, dass ich der Meinung sei, es ginge ihr schlechter, als sie sich anmerken ließe, also betete er für sie. Dann sagte er, dass sie jetzt gehen müssten, weil sie am nächsten Tag in *Mount Vernon* eine Verabredung mit einem anderen Pastor und dessen Familie hätten.

Ich hatte gedacht, dass Sam bei der Erwähnung dieser Stadt jetzt sicher an Dewey denken würde und dass sein Wunsch, ihn zu sehen, wieder neu belebt werden könnte, aber er sagte nichts, sondern nahm sich nur den letzten Knödel, schlang ihn schnell herunter und entschuldigte sich dann so höflich er konnte, er müsse wieder zurück in die Scheune.

Ich sagte dem Pastor und Juanita, dass Sam unbekannten Leuten gegenüber immer ein bisschen schüchtern sei, aber das störte sie nicht, sondern sie bewunderten ihn dafür, dass er sich so in seine neue Aufgabe hineinkniete. Natürlich sagte ich ihnen nicht, dass ich keine Ahnung hatte, was er da draußen eigentlich trieb.

Robert, Sarah und ich begleiteten unsere Gäste noch zu ihrem Auto und ich versprach, alles zu versuchen, dass wir Sonntag zur Kirche kommen könnten. Nachdem sie fort waren, schlich Robert in die Scheune und kam kurz darauf mit einem verschmitzten Lächeln wieder zurück. Dann ging er mit Sarah ins Haus, um ihr etwas vorzulesen. Ich schaute jetzt noch einmal nach Emma, aber sie schlief schon. Kurz danach brachte ich auch Robert und Sarah ins Bett.

„Papa wollte nicht, dass Sarah auch in die Scheune kommt", flüsterte Robert mir zu, als ich mich über ihn beugte, um ihn zuzudecken. „Er wollte nicht, dass sie ihm die Überraschung verdirbt." Er sah so begeistert aus, dass ich ihn einfach fragen musste, ob es etwas war, das ich wissen durfte.

„Ich verrat nichts", war alles, was ich aus ihm herausbekam.

Als ich sicher war, dass alle schliefen, ich die Küche in Ordnung gebracht hatte und Sam immer noch draußen war, ging ich hinaus, um nachzusehen, was er dort eigentlich machte.

Ich hörte ein Klopf-Klopf, als ich die Scheune mit einer Laterne in der Hand betrat. Dann hörte das Klopfen auf. Ich ging in den Raum an der Westseite, wo ich ein Lampenlicht unter der Tür hindurchleuchten sah.

„Sammy", rief ich, „was um Himmels willen machst du hier eigentlich die ganze Zeit?"

Sam antwortete mir nicht. Er öffnete nur die Tür und strahlte mich an, und dann sah ich es selbst: den ersten und einzigen Rollstuhl, den ich je gesehen hatte, und er sah groß und schön und einfach erstaunlich aus. Ich wusste, dass er ein geschickter Bastler war, aber ich konnte mir nicht vorstellen, wie er das hier hinbekommen hatte.

„George hat mir geholfen, den Stuhl auf dem Rahmen zu befestigen", sagte er sofort. „Jetzt muss ich nur noch die Hinterräder anbringen."

Ich war sprachlos und bestaunte dieses Wunderwerk, das da vor mir stand. Ich hatte angenommen, er baute eine Verandaschaukel oder hatte vielleicht mit der Scheune angefangen, aber da stand sie nun, die Überraschung, und war um Welten besser.

„Oh Sam, der sieht aber wirklich aus, als ob er schon fertig sei."

„Ich habe sie noch nicht richtig endgültig montiert", klärte er mich über die kleinen Räder auf. „Ich musste mir erst überlegen, wie ich sie an dem Rahmen befestige. Jetzt muss ich noch Bolzen in der richtigen Größe finden oder etwas anderes, das funktioniert. So wie es jetzt ist, fallen sie jedenfalls sofort wieder ab."

„Ich hatte ja keine Ahnung, was du hier machst. Unglaublich, dass du das in so kurzer Zeit hinbekommen hast!"

„Es hätte sehr viel länger gedauert, wenn George mir nicht geholfen hätte."

„Wie hast du das bloß geschafft?"

„Das habe ich nicht. Das war wohl eher Fügung."

„Was Emma wohl dazu sagen wird", platzte es aus mir heraus, in Gedanken schon ein ganzes Stück weiter. „Sie wird dich dafür lieben, Sam, mehr als sie es ohnehin schon tut, weil du dir mit allem so viel Mühe gibst und wirklich hart arbeitest."

Er lächelte. „Ich habe mir gedacht, dass ich sie morgen früh frage, ob sie jetzt bereit ist für einen Besuch bei Willards Grab. Dann zeige ich ihr den Stuhl. Damit kann ich sie nämlich dorthin bringen, sogar durch hohes Gras und so. Ich weiß, dass es geht. Sarah kann ihr helfen, ein paar Blumen zu pflücken. Das wird ihr bestimmt gefallen. Sie muss dorthin, Juli. Das ist etwas, das sie einfach tun muss."

Er hatte Recht und ich war begeistert von dem, was er geschafft hatte. Der Rollstuhl war wunderbar, einfach perfekt. Und ich war unglaublich stolz darauf, dass er ein so herzensguter Mann war. Aber all das, was Emma zuvor zu mir gesagt hatte, rumorte immer noch in meinen Gedanken und setzte sich dort fest. Ich konnte nichts daran ändern. Ich brach einfach in Tränen aus.

„Was ist denn los, Julia?"

„Es ist gut Sam. Der Stuhl ist wirklich gut." Mehr konnte ich nicht sagen. Ich brachte es einfach nicht fertig zu sagen, dass schon allein der Gedanke daran, dass Emma Willards Grab besuchte, mich in Angst und Schrecken versetzte. Ich wusste, dass das verrückt war. Sie hatte ja selbst gesagt, dass es noch mehr zu erledigen und zu Ende zu bringen gab als das. Natürlich musste sie dorthin. Und sie würde darüber bestimmt glücklich sein. Sie würde sich in dem Rollstuhl fahren lassen, lächelnd, mit einem Blumenstrauß in der Hand. Wahrscheinlich würde sie am Teich etwas weinen, und wenn sie zurückkam, erleichtert sein und sich viel besser fühlen.

Ich umarmte Sam ganz fest und sagte, wir sollten jetzt lieber ins Haus gehen und schlafen, weil es am nächsten Tag sehr viel zu tun gab. Aber er wollte noch nicht mit ins Haus kommen, sondern erst noch die Räder an dem Rollstuhl befestigen. Also blieb ich noch und redete mit ihm über Lula Bell und die Kirche und tausend andere Dinge, während wir uns durch einen Berg von Schrauben und Nägeln wühlten und versuchten, darin etwas zu finden, was wir zum Befestigen brauchen konnten.

Als wir endlich ins Haus zurückgingen, war ich sehr erschrocken, als wir Emma hellwach vorfanden. Sie saß bei Kerzenlicht aufrecht in ihrem Bett. Sam ging gleich nach oben, vielleicht aus Angst, er könnte sein Geheimnis verraten, wenn er auch nur einen kurzen Augenblick mit ihr redete. Aber ich musste noch kurz zu ihr hineinschauen.

„Ist alles in Ordnung mit Ihnen, Emma?"

„Aber sicher. Einem Baby auf die Welt zu helfen ist gut für die Seele, Kindchen. Ich habe mich nur noch einmal aufgesetzt, um darüber noch ein bisschen nachzudenken. Hatten Sie auch schon Gelegenheit dazu?"

„Ich weiß ehrlich gesagt nicht einmal so recht, ob ich das eigentlich will."

„Also jedenfalls ist das nichts, was man jeden Tag machen möchte, so viel steht fest."

Sie machte mir ein Zeichen, doch näher zu treten, und das tat ich auch, obwohl ich so müde war.

„Sie mögen wohl die Abendluft, was?", sagte sie. „Besonders Sam. Kommt er eigentlich nie vor Mitternacht herein?"

„Oh doch, manchmal schon."

Sie sah mich merkwürdig an. Natürlich musste sie wissen, dass er irgendetwas Besonderes im Schilde führte, wenn er die ganze Zeit dort draußen war, aber sie fragte nicht nach. „Das war wirklich schön, dass der Pastor zu uns rausgekommen ist", sagte sie wie beiläufig.

„Ja, das war es wirklich."

„Es wäre doch wunderbar, wenn unser Fräulein Gackel morgen auf noch einem Ei mehr sitzen würde, nicht wahr?"

„Ja. Ich glaube, das wird sie auch." Ich musste lächeln, weil sie dem Huhn einen Namen gegeben hatte. Dieses eine Huhn gab nämlich wirklich komische gackelnde Töne von sich und hörte sich ganz anders an als die anderen Hühner.

„Sie wissen, dass wir die Posts zum Essen einladen sollten, nicht wahr? Vielleicht sogar auch die Hammonds, aber, ach du liebe Güte, wie viel Essen wir für die ganze Horde brauchen würden!“

„Ja. Und irgendwie frage ich mich dabei, wie George und Wilametta das immer so schaffen.“

„Sie kommen ganz gut zurecht. George weiß es nicht besser, als die Dinge so zu machen, wie er sie eben immer macht. Willard hat gesagt, dass wir ihnen da auf der alten Farm eine Chance geben sollten, weil George dort auch aufgewachsen ist. Ich war mir damals aber gar nicht so sicher, ob George auch nur halb so viel Verstand hat wie Gott einer Gans gibt, wissen Sie? Ich wollte das Land damals eigentlich lieber an Arty Cumberland verkaufen und sehen, ob sie dort vielleicht Kohle finden würden.“

„Wirklich?“

„Ja, und heute schäme ich mich dafür, das zuzugeben, aber damals wollte ich wirklich reich werden, Kindchen. Dass Willard Land besaß, war sehr schön, aber ich hätte es noch sehr viel schöner gefunden, wenn wir uns jeden Abend hätten aufbretzeln und fünf Dollar oder noch mehr hätten ausgeben können, ganz einfach um Spaß zu haben. Natürlich haben wir das nie gemacht, weil dazu immer das Geld fehlte, aber ich war damals der Meinung, es würde mir gefallen.“

„Mein Vater hat auch so gedacht“, erzählte ich ihr mit einem Nicken. „Ich bin sogar ziemlich sicher, dass er es eine Zeit lang auch so gemacht hat. Meine Großmutter fand es total verrückt, dass er mir so teure Kleidung kaufte, obwohl ich doch schon etwas zum Anziehen hatte.“

Emma lachte und ihre Augen waren in den flackernden Schatten des Zimmers wie tiefe, unergründliche Brunnen.

„Oh, ich könnte wetten, dass er Sie immer fein herausgeputzt hat, wo Sie doch sein einziges Kind waren, oder?“

„Manchmal“, gab ich zu. „Aber mir gefielen die selbst geschneiderten Kleider von meiner Großmutter immer viel besser. Er dagegen hasste sie. Er sagte, ich sähe darin aus wie ein Balg, das er einmal in den Bergen gesehen hatte.“

„Aber Sie haben sich darin wohl gefühlt, nicht wahr?“

„Viel wohler als in den piekfeinen Sachen. Und es geht mir bis heute so.“

„So ist das mit allem im Leben. Je einfacher man lebt, desto wohler fühlt man sich. Es zahlt sich nicht aus, zu viel anzuhäufen, wissen Sie, denn dann fühlt man sich oft unbeweglich, eingeengt und bedrückt. Ich habe noch nie reiche Leute kennen gelernt, die sich so entspannen konnten, wie ich das kann. Ich bin aber auch noch nie einem glücklichen Menschen begegnet, der nicht mehr weggegeben hat, als er musste und der nicht auch hin und wieder zugelassen hat, sich ausnutzen zu lassen. Wenn man wirklich alles in Gottes Hände legt, fährt man am besten. Das habe ich vor langer Zeit gelernt."

„Ich kann mir gar nicht vorstellen, dass Sie mit diesem Gedanken jemals Probleme gehabt haben sollen, Emma."

„Ach, wir alle ändern uns ja. Manchmal muss man Dinge auch einfach lassen wie sie sind."

Einen Augenblick lang stand ich nur da und beobachtete, wie die Kerze in einem Luftzug flackerte, den ich gar nicht spürte. Das Mondlicht schien durchs Fenster auf den abgetretenen Webteppich am Fußende von Emmas Bett und ich dachte, wie Recht sie doch hatte. Ich konnte mir nicht vorstellen, dass sie in einem Haus mit kostbaren Teppichen und goldenen Kandelabern glücklicher sein würde. Aber es schien mir auch merkwürdig, dass sie gerade mit mir darüber reden wollte. Vielleicht hatte sie dafür ja ihre Gründe; vielleicht war etwas dabei, das ich unbedingt hören sollte.

„Emma, es macht mir wirklich nichts aus, wenn alles ganz einfach ist."

„Ach, das weiß ich doch, Kindchen. Sie mögen Bohneneintopf und einen guten alten Hahn genauso gern wie ich. Aber wenn Sie das nächste Mal die Hammonds sehen, werden Sie wieder an diese Kühe denken und an das Geld, von dem Sie glauben, dass die Hammonds es mir noch schulden. So gut kenne ich Sie jedenfalls schon. Aber ich möchte es auf sich beruhen lassen. Das ist es, was ich George Hammond vererben werde, Schätzchen. Alles, was er jetzt schon hat. Und ich habe vor, genau das auch Albert zu sagen, wenn er kommt."

„Aber die Leute werden sagen, dass er es nicht verdient hat, Emma. Er hätte doch wenigstens kommen und mit Ihnen darüber reden können. Er hätte einfach erklären können, wie seine Lage war."

„Er würde es zwar niemals zugeben, aber ich bin sicher, er schämt sich. Ihn kenne ich nämlich auch. Und ich möchte nicht, dass seine Kinder irgendwo anders aufwachsen. Sie gehören genau da hin, wo sie jetzt sind, egal, ob ihr Papa das verdient hat oder nicht."

Ich schüttelte den Kopf. „Ich bezweifle zwar, ob ich das jemals so sehen kann wie Sie, aber ich kann es akzeptieren. Und außerdem geht es mich ja auch gar nichts an."

„Genau. Und Albert geht es ebenso wenig etwas an. Vielleicht meint er ja, dass er hier alles Mögliche für mich regeln muss. Er ist ein guter Kerl und er würde seinen rechten Arm für mich hergeben, aber er muss gar nichts machen oder regeln."

„Was haben Sie ihm denn über die Hammonds gesagt, als er das letzte Mal da war?"

„Dass ihn das nichts angeht. Aber wenn er diesmal kommt, werde ich ihm reinen Wein einschenken müssen. Ich habe ihn nicht mehr gesehen, seit ich zu Rita gezogen bin. Damals habe ich ihm angeboten, hier draußen auf der Farm zu bleiben, aber das wollte er nicht. Er ist wohl eher ein Stadtmensch. Warum das so ist, weiß ich auch nicht."

„Manche Leute haben eben gern viel Trubel um sich."

„Mich würde der Gedanke verrückt machen, dass meine Nachbarn das Klappern mitbekommen, wenn mir ein Löffel runterfällt."

Ich lachte. „Na so schlimm ist es in der Stadt ja nun auch wieder nicht."

„Muss doch, sonst würde es Ihnen doch hier nicht so gut gefallen." Sie sah mich an und nickte ganz langsam. „Ihnen liegen Erde und Unkraut und Beerenbeete im Blut, Juli Wortham. Sie sind nicht für das Stadtleben geschaffen! So, und jetzt pusten Sie die Kerze aus und gehen Sie ins Bett. Der Morgen wartet nicht, bis wir ausgeschlafen haben."

Weil ich zu müde war, um ihr zu widersprechen, wartete ich noch bis sie sich wieder hingelegt und mit der hübschen alten Patchworkdecke zugedeckt hatte. Dann beugte ich mich vor und blies die Kerze aus. Es fiel immer noch genug Licht durchs Fenster herein, dass ich sehen konnte, wie sich der Rauch der Kerze zur Decke hinauf kräuselte.

„Gute Nacht, Emma."

„Gute Nacht. Können Sie eigentlich eine gute Milchsuppe kochen?“

Ich blieb in der Tür stehen. „Ich denke, ich kann es versuchen.“

„Also das möchte ich morgen essen, auch wenn wir keine Würstchen dazu haben. Ist noch etwas von dem gekochten Schweinefleisch da?“

„Ja, ich glaube ein wenig ist noch übrig geblieben.“

„Na, das tut es auch. Kochend heiß muss die Suppe auf etwas Zwieback gefüllt werden, das ist so gut wie nur was. Außer Erdbeeren natürlich. Die sind durch nichts zu übertreffen.“

Darauf noch etwas zu sagen war überflüssig. Ich ging noch in die Küche zu dem Eimer mit Trinkwasser, um etwas zu trinken, und war der Meinung, sie schon tief und langsam atmen zu hören, bevor ich noch einmal an ihrem Zimmer vorbeiging, um nach oben zu gehen. Todmüde tastete ich mich im Dunkeln zu unserem Sprungfedern-Bett und legte mich hin. Ich glaube, es dauerte keine zwei Minuten, bis ich eingeschlafen war.

Ich wurde am nächsten Morgen von Jack, dem alten Hahn, geweckt, bevor ich eigentlich bereit war aufzuwachen und einen neuen Tag zu beginnen. Als Erstes dachte ich an das winzige Baby unserer Nachbarn und die neun anderen Kinder dort in allen Größen, alle gleichermaßen schmutzig und alle hungrig. Aber George brachte immer etwas für sie auf den Tisch, das hatte Wilametta mir ja versichert. Und wahrscheinlich war es ohnehin besser, mich um meine eigenen Angelegenheiten zu kümmern.

Die Sonne kam gerade heraus. Ich musste Lula Bell melken und anfangen, für Emma die Milchsuppe zu kochen. Auch Sam stand auf und ging direkt zur Scheune hinüber, um noch einmal nach dem Rollstuhl zu sehen, bevor Emma munter wurde.

Robert wachte früh auf und war vor lauter Aufregung wegen der anstehenden Überraschung völlig zappelig und durcheinander. Aber Emma schlief an diesem Tag länger als sonst und er konnte seine Ungeduld kaum noch aushalten.

„Muss ich heute wirklich zur Schule, Mama?“, fragte er mit bettelndem Blick.

„Das finde ich schon, denn eigentlich gibt es keinen Grund, nicht zu gehen."

„Ich möchte so gern dabei sein, wenn Emma den Stuhl sieht! Wenn sie noch nicht auf ist, kann ich dann warten?"

„Ich denke, sie wird gleich aufstehen. Nimm bitte den Eimer, Robbie, und hole frisches Wasser am Brunnen."

Lula Bell gab sich zwar redliche Mühe, aber sie gab nicht genug Milch, dass beide Kinder ihr Frühstücksglas Milch bekommen konnten, wie ich es gerne sah, und dann immer noch genug für die Milchsuppe blieb. Damit es reichte, machte ich deshalb die Kondensmilch auf, die wir von Rita McPierys Gemeinde bekommen hatten.

Robert kam mit tropfendem Eimer zurück und stürzte sofort die Hälfte seiner Milchration hinunter. Schon kurz darauf war auch Sarah auf und fragte ebenfalls nach Milch, wie sie es jeden Morgen tat, seit wir die Kuh hatten. Ich fühlte mich reich, als ich daran dachte, was Sam für Emma getan hatte. Es war von mir so dumm gewesen, böse auf ihn zu sein. Wir waren wirklich beschenkt und reich. Und genau wie Robert, konnte ich es kaum erwarten, diesen Segen auch weiterzugeben.

Die Suppe stand bereit, als Emma aufstand, aber sie hatte keinen Hunger. Also ging sie gleich ins Wohnzimmer, um dort an dem großen Fenster in ihrer Bibel zu lesen. Robert rannte daraufhin sofort nach draußen, um Sam zu holen.

„Sie müssen mit dem Frühstück nicht auf mich warten", sagte Emma. „Es dauert ein Weilchen, bis ich Appetit bekomme. Fangen Sie ruhig schon an."

Genau in diesem Augenblick betrat Sam das Haus und strahlte übers ganze Gesicht. „Es ist ein wunderschöner Tag, Emma. Ich würde gern einen Spaziergang mit Ihnen machen."

Sie blickte sehr langsam auf, so als fragte sie sich, ob er den Verstand verloren hätte. „Ich denke, ich bleibe ganz einfach hier, wenn es Ihnen recht ist. Ich bin keine Blume, mit der man in der Gegend herumsausen kann."

Natürlich ließ Sam sich dadurch nicht im Geringsten beirren. „Ich habe gedacht, dass Sie vielleicht gern zum Grab Ihres Mannes gehen würden, weil Sie ja schon ziemlich lange nicht mehr dort gewesen sind."

Sie schaute von ihm zu mir und dann zu Robert und musste

denken, dass wir wirklich über recht seltsame Dinge begeistert waren. „Was um Himmels willen ist hier eigentlich los? Wieso sind denn alle so gespannt? Sie verbergen doch was vor mir, das ist es. So, und nun raus damit!“

Sarah schaute mich überrascht an, aber Robert sah zu seinem Vater hin. „Sag ihr noch nichts“, sagte er. „Du musst es ihr zeigen.“

„Wir haben etwas für Sie gemacht“, sagte Sam mit so ruhiger, leiser Stimme, dass sie von irgendwo aus weiter Ferne zu kommen schien. Bevor Emma noch etwas sagen konnte, legte er ihre Bibel weg, hob die zarte alte Dame von ihrem Sessel und trug sie zur Haustür.

„Der Wagen war nicht mehr zu reparieren“, verkündete sie in dem Versuch herauszufinden, was wir vorhatten. „Das hat Willard mir selbst gesagt. Man hätte zwei Räder und eine ganze Achse ersetzen müssen. Und das können Sie unmöglich geschafft haben.“

„Nein, das ist es nicht, da haben Sie Recht.“

Robert, Sarah und ich folgten Sam auf den Fersen, als er Emma zur Veranda trug. Und sie brauchten auch keinen Schritt mehr weiterzugehen, denn sie sah ihn bereits in dem Augenblick, als wir zur Tür hinaustraten. Sam hatte den Rollstuhl aus der Scheune geholt und auf den Plattenweg im Garten gestellt. Niemand sagte ein Wort.

Sarah rührte sich als Erste, indem sie von der Veranda sprang und zu dem Stuhl hinrannte. Bevor jemand sie aufhalten konnte, saß sie schon darin und lehnte sich genüsslich zurück.

„Der gefällt mir, Papa. Kann der richtig schnell fahren?“

„Der ist nicht für dich, mein kleiner Kürbis“ , sagte Sam. „Der ist für Emma.“

Er setzte Emma auf einer Stufe der Verandatreppe ab und ging, um den Stuhl näher heranzuschieben. Sarah stieg ab, um ihm beim Schieben zu helfen. Emma sagte gar nichts und mir fiel auch nichts ein. Emma sah mich einfach nur an und dann den Stuhl. Für einen Moment wusste ich nicht, ob sie glücklich war oder nicht, denn sie hatte einen Blick, als täte ihr etwas weh, und ich dachte, dass es vielleicht schwierig für sie war, an ihre Behinderung erinnert zu werden.

Aber als ich dann sah, wie sich ihre Augen mit Tränen füllten, legte ich meinen Arm um sie. Sam schob den Stuhl so weit vor, dass er direkt vor Emma stand und drehte ihn dann um, sodass sie auch die Hinterräder sehen konnte.

„Julia, Liebes“, sagte sie schließlich. „Haben Sie nicht diese Kekse gebacken? Ich nehme an, dass wir für einen Ausflug alle einen vollen Bauch brauchen.“

Jetzt liefen ihr Tränen die Wangen herunter, und Sam und ich wussten nicht so recht, wie wir darauf reagieren sollten.

Aber Robert ging zu Emma, nahm ganz zart ihre Hand und tätschelte sie mit der zärtlichsten Geste, die ich je von ihm erlebt hatte. „Gefällt er Ihnen, Emma? Wir haben Sie schrecklich gern und ich bin froh, dass Sie uns genauso gern mögen, als ob wir zur Familie gehören. Papa hat wirklich schwer an dem Rollstuhl gearbeitet. Ich wusste, dass er so was bauen kann, und er konnte es auch tatsächlich.“

Emma zog ihn so schnell an sich, dass Robert erst mitten in ihrer Umarmung erschrak.

„Das hat er wirklich“, sagte sie. „Und ihr seid noch viel besser als eine Familie.“

Als Emma Robert endlich losließ, blickte sie zu Samuel auf und mir kamen schon die Tränen, bevor auch nur einer von ihnen etwas gesagt hatte.

„Sie sehen sogar ein bisschen so aus wie Warren“, sagte sie langsam und ernst. „So ähnlich groß und dunkel wie er.“

„Ich hätte ihn gern kennen gelernt“, sagte Sam. „Ich habe gehört, dass er ein feiner Mann gewesen ist.“

Emma lächelte. „Das hier hätte ihm jedenfalls bestimmt gefallen. Das hätte auch von ihm kommen können. Er hat mal einen Hund in einem Handkarren herumgezogen, weil der sich ein Bein gebrochen hatte. Der verrückte Köter war hinter einem Auto hergelaufen. Ich wünschte, ich könnte Ihnen den Karren noch zeigen, aber der ist weg. Hab ihn dem Jungen von Philip Cameron geschenkt.“

Sam nickte. „Das klingt, als wäre er ein wundervoller Mensch gewesen.“

„Ja, das war er.“ Sie lachte ein bisschen und wischte sich dann mit dem Ärmel über die Augen. „Wissen Sie, er hat auch einmal drei Tage lang ein Huhn in seinem Zimmer gehabt, nachdem die Katze es erwischt hatte! Und dann hat er es sogar noch anständig beerdigt. So was haben Sie noch nie gesehen. Ich war ganz sicher, dass er eines Tages mal Prediger werden würde."

Sie schaute hinunter auf ihre Hände und dann auf Sarah und Robert. „Jetzt hört euch das an", sagte sie und wischte sich wieder die Tränen ab. „Das klingt ja wirklich nach einer alten Frau, die über die guten alten Zeiten schwatzt, nicht wahr? Und dabei haben wir den ganzen langen Tag erst noch vor uns. Robert, mein Junge, es würde mich nicht mehr überraschen, wenn du eines Tages Prediger würdest, als es mich überrascht, dass jeden Morgen die Sonne aufgeht! Du hast ein gutes Herz und das braucht man dazu. Wir gehen nachher zu Willard raus, aber du gehst jetzt erst mal zur Schule, denn du braucht eine gute Ausbildung."

„Ja, mach ich." Er sah mich ein wenig enttäuscht an, widersprach aber nicht.

„Und was ist mit mir?", fragte Sarah sofort. „Kann ich mitkommen, wenn ihr den Ausflug macht?"

„Also ich schlage vor, das zu entscheiden überlassen wir lieber deiner Mama."

Wir aßen alle unsere Milchsuppe, aber es war offensichtlich, dass Emma an diesem Morgen von meiner Milchsuppe nicht sonderlich begeistert war.

„Machen Sie sich deshalb keine Gedanken, Juli", sagte sie sanft. „Das meiste, was Sie bisher gekocht haben, war wirklich ganz ordentlich. Ich zeige Ihnen demnächst mal, wie man am besten Milchsuppe kocht."

Ich nahm ein Stückchen Schweinefleisch, legte es auf einen Zwieback und packte es Robert für die Schule ein. Er band das Päckchen selbst mit einem Stück Schnur zu.

„Was würdest du wohl sagen", fragte er mich, „wenn ich irgendwann mal ein Huhn mit ins Haus bringen würde, so wie Emmas Sohn?"

Emma sah aus, als wüsste sie nicht so genau, ob sie darüber lachen oder weinen sollte.

„Willard hat das auch mal gemacht, als wir noch Kinder waren!", sagte sie. „Er hatte sein Huhn direkt hier beim Herd.

Seine Mama hätte fast einen Anfall gekriegt! Aber er hat es für mich gemacht. Ich hatte mich nämlich schrecklich aufgeregt, weil es in ein frisch gegrabenes Loch gefallen war. Ich glaube, ich habe ihn schon damals geliebt, weil er es mit einem Stock und einer Schlinge für mich gerettet hat. Damals waren wir beide höchstens sieben Jahre alt."

„Ich glaube, er würde sich an so was bestimmt auch gern erinnern", sagte Robert zu ihr.

„Ja, das würde er wohl." Sie gab ihm einen Klaps auf den Arm und drückte ihn noch einmal an sich, bevor er sich auf den Schulweg machte.

Ich schickte Sarah nach draußen, um ein paar Blumen zu pflücken, und bevor sie zurück war, hatte Emma mich schon gebeten, Sarah doch mit zum Grab kommen zu lassen.

„Kommen Sie auch mit, Juli?", fragte sie mich dann und ich wusste nicht so recht, was ich darauf antworten sollte. Ich hatte sehr viel mehr mit Emma geredet als Sam, aber ich hatte den Eindruck, als wäre heute etwas ganz Besonderes zwischen den beiden. Vielleicht würde es ihnen gut tun, dieses Abenteuer nur in Begleitung eines fünfjährigen Blumenmädchens zu erleben.

Emma verstand das besser, als ich erwartet hatte. Sie bat mich, ihr den Hut und die Stöcke zu holen. Sie würde selbst zu dem Rollstuhl gehen, sagte sie und von da an dann Sam die Arbeit überlassen.

„Ich habe noch nie so ein Gerät gesehen. Aber wenn er so geschickt ist, so was zu bauen, dann werde ich wohl noch in der Lage sein, mich selbst hineinzusetzen."

Sie sah so wunderschön aus, wie sie in dem Stuhl saß, mit dem Strohhut auf dem Kopf und einem strahlenden Lächeln. Sie gab Sammy einen Kuss auf die Hand und sagte ihm dann, sie hätte noch nie gehört, dass jemand so etwas für einen anderen Menschen getan hätte.

Als der Untergrund weich wurde, war es schwer, den Stuhl zu schieben, das konnte ich gleich sehen, aber ich wusste, dass Sam nicht aufgeben würde. Sie gingen den kleinen Pfad zum Wäldchen hinauf, wo sie sich noch einmal umdrehten und mir zuwinkten.

Emma sah so glücklich aus, aber in mir machte sich schon wieder Sorge breit. Sie hatte mir gestern gesagt, dass sie bereit sei zu sterben, wenn sie noch einmal beim Grab gewesen sei. Und außerdem hatte sie bereits ihr Testament gemacht und mir gesagt, wo sie es aufbewahrte.

Nein, befahl ich mir selbst. *Es ist alles in Ordnung. Sie will erst noch Albert sehen.*

Ich wünschte mir, dass er sich mit seinem Besuch noch jahrelang Zeit lassen würde, und wenn es nach mir gegangen wäre, hätte er eigentlich überhaupt nicht zu kommen brauchen.

Ich sah, wie sie zwischen den Bäumen verschwanden, mit Sarah, die wie eine kleine Elfe um sie herumtanzte. Wie wohl sie auf Emmas Trauer reagieren würde, fragte ich mich, wenn sie am Grab ankamen? Vielleicht war ein solcher Anblick ja auch zu viel für ein fünfjähriges Kind. Vielleicht hätte ich doch lieber mitgehen oder Sarah einfach zu Hause behalten sollen. Aber Emma hatte alles einfach hingenommen, als ob es so nur recht und billig wäre.

Ich ging ins Haus, um die Küche aufzuräumen, und beschäftigte mich dann mit dem Erdbeerbeet, indem ich dort Unkraut zupfte und die reifen Früchte pflückte.

Ich war damit fast fertig, als ich in der Ferne ein Auto hörte. Bevor ich weiter darüber nachdenken konnte, flatterte plötzlich der alte Hahn quer über das Beet zur Scheune hinüber.

„Na, was ist denn in dich gefahren?“, rief ich. Ich stellte die Schüssel mit Erdbeeren am Brunnen ab, um nachzusehen, was los war. Am Hühnergehege konnte ich nichts sehen, auf jeden Fall nichts, was ein Grund gewesen wäre, dass er auf und davon war, denn all seine Damen waren da und auch sonst schien alles in Ordnung.

„Verrücktes Hühnertier“, rief ich laut. „Und gleich willst du dann bestimmt, dass ich dir wieder zurückhelfe.“

Jack gab nur ein Krähen von sich und ich stellte fest, dass das Motorengeräusch inzwischen viel näher gekommen war. Ich drehte mich genau in dem Augenblick um, als ein glänzendes Coupé auf der Höhe von Emmas Farmzufahrt angefahren kam, das jetzt auch darin einbog.

Eine Welle der Furcht überrollte mich. *Was, wenn es Albert ist? Was, wenn er wütend auf uns ist wegen Miss Hazels bitteren Worten? Was soll ich ihm bloß sagen?*

Ich vergaß den Hahn und die Erdbeeren völlig und beobachtete nur, wie das schwarze Auto langsam näher kam und dann unter dem Baum vor dem Haus parkte. Ein Mann saß darin. Alles, was ich sagen konnte, war, dass er eine Melone trug und mich anscheinend schon musterte, bevor er überhaupt ausgestiegen war.

Ich hätte mir selbst in den Allerwertesten treten können, dass ich nicht mit Sam und Emma zum Grab gegangen war. Sie waren in dem Wäldchen verschwunden und inzwischen bestimmt schon fast am Ziel angekommen. Ich wischte mir die Hände an der Schürze ab und fragte mich, ob meine Haare wohl ganz und gar durcheinander waren. Ich konnte jetzt nichts anderes mehr tun als zu beten, dass ich nichts Dummes sagte.

Endlich stieg der Mann aus seinem Auto aus, wobei er mich immer noch musterte. Wer auch immer er sein mochte, er war groß und eleganter gekleidet als die meisten Menschen aus der Gegend von *Dearing*. Zuerst zögerte er, dann schaute er sich um und kam schließlich rasch auf mich zu.

„Ich suche Emma Graham", rief er ziemlich unfreundlich.

„Sie wird gleich wieder da sein", antwortete ich und versuchte dabei möglichst freundlich zu klingen. „Kann ich Ihnen einen Tee anbieten, während Sie warten?"

Er sah über meinen Vorschlag verärgert aus. „Wo ist sie?"

„Beim Grab ihres Mannes. Sie ist schon eine Weile dort nicht mehr gewesen. Aber es dauert bestimmt nicht lange."

Er sah zum Haus hinüber und dann mit finsterer Miene wieder mich an. „Sie sind bestimmt Mrs Wortham, oder?"

Sein Tonfall war schneidend; es bestand kein Zweifel, dass er zornig war. Wer er auch immer sein mochte, er sah groß und finster und wütend genug aus, um gefährlich zu sein.

„Ja", antwortete ich und mir blieben die Worte beinah im Halse stecken.

„Dann ist das also Ihr Mann, der sie mit hier hinaus in die Wildnis verschleppt hat. Und das in ihrem Zustand."

Er war so barsch, dass meine Knie anfingen zu zittern. „Ja, aber ..."

„Wenn Sie ihr auch nur irgendwie schaden, dann ist der Sheriff so schnell hier draußen, dass Ihnen Hören und Sehen vergeht. Es wird Ihnen noch Leid tun, dass Sie jemals einen Fuß auf diese Farm gesetzt haben!"

34

Samuel

Emma saß lange da und schaute hinunter auf die Blumen, die wir zwischen all das Unkraut vor Willards Grab gelegt hatten.

Sarah blickte zu mir auf und wartete darauf, dass wir etwas sagten, aber sie wartete vergeblich.

Als sie schließlich bereit war, wieder zu gehen, beugte Emma sich noch einmal nach vorn hinunter, ordnete die Blumen und hob ein paar davon auf, um sie auf den Grabstein zu legen.

„Er war mir ein guter Mann“, sagte sie. „Hat sich nie so aufgeführt, wie viele andere es tun. Hat auch nie so viel getrunken, dass er nicht mit dem Prediger darüber hätte reden können.“

„Das ist wirklich ein Geschenk“, sagte ich zu ihr und dachte an meinen Vater, der oft so betrunken nach Hause gekommen war, dass er immer wieder hinfiel, bevor er endlich im Bett lag. Und nach ihm war dann mein Stiefvater gekommen, der auch nicht viel besser gewesen war. Immer standen die Schnapsflaschen in einer Reihe auf der Schlafzimmerkommode und ich hatte es gehasst, hatte als Kind schon gewusst, dass das so nicht richtig war.

„Ich weiß, dass Sie nicht Warren sind, Samuel“, sagte Emma mit leiser Stimme. „Ich möchte nicht, dass jemand glaubt, ich wäre nicht mehr richtig bei Verstand, aber der Herr hat Sie mir geschickt, verstehen Sie? Ich möchte, dass Sie für mich so etwas sind wie mein Sohn, verstehen Sie?“

Ich nickte nur und dachte, dass dies jetzt sicher nicht der Zeitpunkt war, um darüber zu streiten, wer ich für sie sein oder wie sie mich nennen sollte. Ich konnte ihr helfen, wo es nur ging und dabei auch noch glücklich sein. Und wahrscheinlich hatte sie ja sogar Recht damit, dass der Herr uns geschickt hatte – auf jeden Fall hatte er uns nicht an einen anderen Ort geführt.

„Wir sollten jetzt lieber zurückgehen“, sagte sie. „Ich werde mächtig müde. Das mit dem Stuhl hier, das haben Sie richtig fein gemacht, aber der Untergrund ist ja doch ziemlich holprig.“

„Das tut mir Leid, Emma.“ Ich wünschte, dass ich dagegen etwas hätte tun können, aber das war natürlich nicht möglich. Es war sehr viel anstrengender den Stuhl zu schieben, als ich gedacht hatte, besonders wenn es auf Gras und Steinen bergauf ging. Aber sie hielt durch und beklagte sich kein einziges Mal.

„Ich danke Ihnen sehr", sagte sie und ihre Stimme war jetzt noch leiser. „Ich habe mir wirklich sehr gewünscht, noch einmal hierher zu kommen."

„Ja, das habe ich mir gedacht."

Wir gingen weiter über Furchen und kleine Wasserrinnsale, die ich gar nicht bemerkt hatte, als ich nur mit Juli und den Kindern zum ersten Mal hier gewesen war. Wir mussten alle paar Sekunden anhalten, um die Räder wieder frei zu bekommen.

„In der Stadt ist es bestimmt einfacher", sagte sie. „Das ist sicher herrlich, wenn alle mich in dem Ding hier anstarren. Meinen Sie, Sie könnten mich darin auch die Kirchentreppe hochbekommen?"

„Ich werde Sie lieber wieder hochtragen wie beim letzten Mal, und dann können wir den Stuhl ja anschließend hineinholen, wenn Sie es möchten."

„Wir müssen ihn wenigstens ein Mal hineinbringen", sagte sie entschlossen. „Damit alle sehen können, was Sie für mich gemacht haben. Danach ist es eigentlich egal. In der Kirche brauche ich ja die Räder nicht unbedingt."

Auf dem Heimweg blieb Sarah immer wieder stehen, um Wildblumen zu pflücken. Aber es war nicht schwer für sie, mit uns Schritt zu halten, denn wir kamen ja nur sehr langsam voran. Sie blieb immer ein paar Schritte zurück und kam dann mit noch ein paar Blüten mehr wieder angerannt, die sie behutsam auf Emmas Schoß ablegte.

Jedes Mal, wenn Sarah wieder eine Hand voll Blumen brachte, bedankte Emma sich und sammelte sie auf einem kleinen Haufen in der Schürze, die sie anhatte. Es dauerte gar nicht lange und sie sang einen Choral, an dessen Titel ich mich nicht erinnern konnte. All die Unebenheiten, über die wir mit dem Rollstuhl holperten, machten das Singen zu einer echten Herausforderung, und mehrmals hielt Emma abrupt im Singen inne, während wir eine besonders holprige Stelle passierten.

Aber sie fing immer wieder an und sie sang den Choral immer wieder, bis wir zu Hause angelangt waren.

Als wir schließlich wieder ebeneres Terrain erreicht hatten, dort wo auch der Zaun um unser Grundstück anfing, war ich völlig verschwitzt. Unser kleiner Ausflug war anstrengender gewesen, als so manche schwere Arbeit, die ich getan hatte, aber ich blieb keinen Augenblick lang stehen. Und wenn sie noch einmal zum Grab gewollt hätte, hätte ich auf dem Absatz umgedreht und hätte sie noch einmal hingeschoben.

35

Julia

Schließlich stellte er sich als Albert Graham vor und teilte mir mit, er sei absolut erbost darüber, uns hier vorzufinden. Ich hoffte inständig, dass Sam und Emma möglichst bald zurückkommen würden, aber gleichzeitig war ich auch froh, dass sie nicht da waren. Mr Graham hörte mir gar nicht zu. Er sagte, ich könne so viele Ausreden vorbringen wie ich wolle oder auch versuchen, alles schönzufärben. Worte würden absolut nichts ändern.

„Betrug bleibt Betrug“, schnauzte er mich an. „Sie sind hier und bedienen sich an allem, was ihr gehört, während sie dahinsiecht.“ Er schaute zum Wäldchen hinüber, so als dächte er daran, ihnen entgegenzurennen.

Keine schlechte Idee, dachte ich. „Wie lange ist es her, seit Sie am Grab Ihres Onkels waren? Kennen Sie den Weg dorthin?“

„Natürlich kenne ich den Weg!“, schnauzte er wieder und bewegte sich mit energischen Schritten von mir weg. Aber in der Stille, die dann folgte, konnte ich sie plötzlich hören. Und ich wusste, dass auch er sie gehört hatte. Er blieb wie angewurzelt stehen und dann dauerte es keine halbe Minute mehr, bis wir sie kommen sahen, Emma singend im Rollstuhl, dahinter Sam, der sie mit aller Kraft schob, und Sarah um die beiden herumhüpfend, mit Blumen in der Hand.

Ich stand einfach nur da und wusste, welche Wirkung dieses Bild auf Albert Graham haben musste. Seltsam, dass die drei uns nicht im Mindesten zu beachten schienen.

Schließlich war es Sarah, die uns zuerst erblickte. Dann hörte der Gesang auf und der Rollstuhl blieb stehen. Für den Bruchteil einer Sekunde war nichts zu hören, außer dem Rascheln des Windes in den Bäumen und dem Gesang einer Lerche am anderen Ende des Feldes.

Emma war es dann, die auf ihre einzigartige Weise das Schweigen brach, indem sie aufgeregt ausrief: „Albert Tucker Graham! Oh, gelobt sei der Herr! Na, wenn das keine schöne Überraschung ist, dich hier zu sehen! Komm her, mein Junge!"

Einen Moment lang stand er einfach da und schien überrascht, dass Emmas Stimme Freude und ein Willkommen ausdrückte; vielleicht hatte er erwartet, dass wir sie gegen ihn einnehmen würden. Dann ging er zu ihr hin, behielt aber die ganze Zeit auch Sarah im Blick, während sie an ihm vorbei auf mich zurannte. Samuel stand immer noch da, die Hände an den alten Hammergriffen, die er hinten an der Stuhllehne zum Schieben angebracht hatte. Ich nahm Sarah in die Arme und trat näher heran, nicht so sicher, was ich zu erwarten hatte.

„Albert, ich möchte dir Samuel und Julia Wortham vorstellen", sagte Emma, aber Albert reagierte darauf gar nicht, sondern beugte sich vor, um seine Tante zu umarmen. Danach richtete er sich wieder auf und sah einfach nur Sam an.

„Woher haben Sie den Stuhl?"

Sam trat einen Schritt zur Seite, wie um Albert Platz zu machen. „Er ist für sie gebaut worden."

Ich sah Sam an und schüttelte den Kopf. *Warum sagt er nicht einfach, dass er ihn selbst gebaut hat? Das konnte jetzt wichtig sein.*

Albert trat hinter den Stuhl und sah ihn sich etwas genauer an.

„Geht es dir gut, Tante Emma?"

„Bestens. Ich war gerade bei Willard. Ich kann gar nicht glauben, dass das jetzt schon so lange her ist. Ach Albert, du solltest auch hingehen. Er hat dich immer so gern gehabt."

„An dem Ding ist ja nicht mal etwas, das dich sichert, damit du nicht herausfällst."

Emma drehte sich jetzt ein ganz klein wenig ungehalten zu ihm um. „Also, ich möchte auch wirklich nicht an einem Stuhl festgeschnallt sein! Dafür ist doch diese Armlehne da, dass ich mich daran festhalten kann. Ich bin nicht senil, Albert! Nicht mehr als beim letzten Mal, als du hier warst."

„Da habe ich aber was anderes gehört."

„Man darf eben nicht alles glauben, was so erzählt wird. Das solltest du doch inzwischen wirklich selbst wissen."

Albert sah jeden von uns kurz an und wandte dann seine Aufmerksamkeit wieder seiner Tante zu. „Na, dann halte dich mal fest, Tantchen. Ich schiebe dich nämlich jetzt zum Haus."

Nur mit Mühe schaffte er es, den Stuhl durch das hohe Gras zur Haustür zu schieben. Der Weg über den ganzen Hof war offensichtlich sehr mühsam und man sah ihm die Anstrengung beim Schieben an, aber er lehnte es strikt ab, sich von Samuel helfen zu lassen.

„Das muss ja ein jämmerlicher Ausflug gewesen sein mit diesem Ding durch den Wald, Tante Emma."

„Ach, die paar Hubbel sind doch nicht der Rede wert, um hinzukommen, wo man hin will", entgegnete Emma. „Ich habe gehört, dass es in den Bergen Leute gibt, die über hundert Meilen zu Fuß über Geröll und Steine gehen, nur um eine Predigt zu hören. Im Vergleich dazu ist das hier doch gar nichts."

„Ich habe so meine Zweifel, ob all diese Geschichten wirklich wahr sind."

„Na ja, du bist noch nie da gewesen und kannst es auch nicht wissen."

Zum ersten Mal war auf Alberts Gesicht die Andeutung eines Lächelns zu erkennen. „Immerhin geht es dir anscheinend noch gut genug, um zu streiten."

Als er Emma endlich bis zur Veranda geschoben hatte, hielt er für einen Augenblick an, um noch einmal einen Blick auf den Stuhl zu werfen und wandte sich dann an Sam. „Den haben Sie selbst gebaut, nicht wahr? Die Räder stammen nämlich vom Wagen meines Großvaters. Da ist immer noch das G zu sehen, mit dem er alles markiert hat."

Samuel sagte nichts, und das war auch nicht weiter verwunderlich, denn es war nur schwer zu erkennen, ob Albert das, was Sam gebaut hatte, würdigte oder ob er eher Sam dafür kritisieren wollte, dass er einfach die Wagenräder verbaut hatte.

„Ich bin gekommen, um mit dir zu reden, Tante Emma", sagte Albert. „Und damit meine ich mit dir unter vier Augen. Ich bringe dich ins Haus und möchte, dass du allen anderen sagst, sie sollen draußen bleiben."

„Das ist aber noch lange kein Grund, zu meinen Freunden unhöflich zu sein", schalt Emma ihn. „Ich nehme nämlich an, sie haben dich gehört. Komm her, Sarah, mein Schatz." Sie streckte meiner Tochter die Hand hin und ich ließ Sarah los, damit sie zu Emma gehen und deren Hand halten konnte.

„Ich habe sie noch gar nicht richtig vorgestellt", sagte Emma zu ihrem Neffen. „Das hier ist Sarah Jean. Das süßeste kleine Wesen, das je hier draußen herumgelaufen ist. Wirklich schade, dass keiner von den Grahams Töchter in die Welt gesetzt hat."

Dann deutete sie mit einer Geste zu mir hin. „Und das ist Julia. Ich habe gesehen, dass du sie als Erste kennen gelernt hast. Ich hoffe, du warst nicht so schrecklich grob zu ihr. Und dann gibt es noch einen Jungen namens Robert, der allerdings gerade in der Schule ist. Und das da ist Samuel. Er hat wirklich den Rollstuhl gebaut und mich heute Morgen damit überrascht. Hätte wissen müssen, dass er deshalb abends immer so lange aufgeblieben ist."

„Na, eine besondere Schönheit ist das Gerät ja nun auch wieder nicht."

„Aber er hat es hinbekommen", widersprach sie. „Überleg doch mal, wie ich sonst hätte dort hinkommen sollen! Du hast ja damals Lowell Jacobys Pferdekarren ausgeliehen und mir dabei fast den Hals gebrochen. Dann ist das hier allemal besser."

„Kann ich dich jetzt ins Haus bringen?"

„Ja, das kannst du. Möchtest du, dass Juli uns Tee macht?"

Albert schüttelte den Kopf. „Ich möchte nur eins: über alles mit dir reden. Ich habe ein paar üble Sachen gehört, die geklärt werden müssen."

„Also, dabei will ich wirklich gerne behilflich sein. Dann trinken wir den Tee eben hinterher."

Albert hob sie mühelos aus dem Rollstuhl, aber dabei fiel ihre Schürze auseinander, und die Blumen, die sie darin aufbewahrt hatte, fielen auf den Sitz des Rollstuhls und die Verandatreppe. Albert blieb stehen und starrte einen Moment lang verblüfft auf das Bild, das sich ihm bot.

„Is nicht schlimm“, sagte die kleine Sarah beschwichtigend. „Ich sammle sie wieder ein für dich. Emma und ich, wir mögen nämlich Blumen.“

„Das sehe ich.“ Er sah noch einmal auf das bunte Durcheinander und das strahlende Lächeln des kleinen Mädchens. Dann schaute er wieder in Richtung des Hauses.

„Entschuldigt uns bitte ein Weilchen“, sagte Emma. „Es dauert bestimmt nicht lange.“

Sie gingen ins Haus und Albert schloss die Tür hinter sich.

„Will der jetzt auch hier wohnen?“, fragte Sarah uns.

„Ich glaube, er hat ein Haus in Chicago“, erklärte ich ihr.

„Vielleicht gehen wir ja dann alle da hin.“

„Nein, mein Schatz.“

Sarah fing an, die Blumen aufzusammeln und auf der obersten Stufe daraus ein Häufchen zu bauen, ich saß daneben und schaute hinüber zu Alberts schönem Auto.

„Emma ist jetzt unsere Familie, Mama“, erklärte Sarah mit ernster Miene. „Und er ist auch Emmas Familie. Heißt das nicht, dass er dann auch hier bleibt?“

36

Emma

Albert setzte mich so vorsichtig auf meinem Schaukelstuhl ab, als ob ich eine Puppe wäre. Bevor ich etwas sagen konnte, hatte er sich einen Küchenstuhl herangezogen und saß mit ernster Miene vor mir.

„Tante Emma, warum möchtest du mit diesen Leuten zusammen hier draußen leben?“

Ich musste darüber lächeln, wie besorgt er um mich war und dass er mich wie ein kleines Kind behandelte. Was diese Hazel ihm wohl alles erzählt hatte?

„Die Wahrheit ist, dass ich hier draußen sein möchte, egal, ob sie hier sind oder nicht", sagte ich zu ihm. „Aber bevor sie da waren, ging das eben nicht."

„Aber warum sind sie eigentlich hier?"

„Weil ich ihnen gesagt habe, dass sie bleiben sollen. Sie haben kein Zuhause mehr, Albert. Sie haben so gut wie gar nichts."

„Aber dafür bist doch du nicht verantwortlich. Du kennst sie doch kaum."

„Inzwischen kenne ich sie sogar schon ganz gut. Und es sind die anständigsten Leute, die man sich nur vorstellen kann. Einfach Menschen, die man gern um sich hat. Du solltest mal ein bisschen mit Samuel zusammen sein. Du würdest ihn bestimmt mögen."

„Aber er lebt auf deine Kosten, Emma! Und er tut keinen Handschlag, um selbst für seine Familie zu sorgen."

„Unsinn! Du solltest mal sehen, wie schwer er hier arbeitet! Er sitzt nicht nur herum, das steht mal fest! Du hast nicht das Recht, so zu reden, wenn du keine Ahnung hast, wie es hier ist."

„Hat er denn überhaupt versucht, Arbeit zu finden?"

„Er hat einen Job bei Mr Post, Teilzeit. Macht ihm viel aus, dass er nichts Besseres gefunden hat. Aber das ist wirklich nicht seine Schuld."

Aber Albert war davon nicht überzeugt. „Ich kenne viele Leute, die arbeitslos sind. Das entschuldigt doch nicht, dass er sich etwas nimmt, was dir gehört."

Ich lehnte mich in meinem Stuhl zurück. Albert und ich waren oft unterschiedlicher Meinung, aber am Ende einigten wir uns dann meistens doch wieder.

„Albert Graham, was glaubst du eigentlich? Dass er mich dazu überredet hat, ihm die Farm zu überlassen?"

„Und – hat er das?"

Ich schaukelte ein bisschen in meinem Stuhl und lachte nur. „Ich habe versucht, ihm alles zu überschreiben, aber er hat mich nicht gelassen. Das ist doch wirklich was, oder? Du kommst daher und beschuldigst ihn, dass er mich bestehlen will, und er will noch nicht einmal ein Geschenk von mir annehmen! Da hast du wohl die Flöhe husten gehört, mein Lieber!"

Er schüttelte den Kopf. „Aber Miss Hazel hat mir doch erzählt ..."

„Siehst du, genau das ist dein Problem. Genau das. Du kennst sie doch, sie würde ihre eigene Großmutter verkaufen, um jemandem eins auszuwischen. Sie mag niemanden. Und sie weiß nichts."

„Aber ihr liegt etwas an dir, Tante Emma, und sie macht sich große Sorgen um dich", bemühte sich Albert zu versichern. „Ich weiß, sie ist manchmal gemein, aber sie macht sich eben einfach Sorgen. Sie sagt, dass die Worthams dich nur an der Nase herumführen, damit du ihnen die Farm überschreibst."

Darüber hätte ich fast schon wieder gelacht. „Na aber dann schneiden sie sich ja schön ins eigene Fleisch, wenn sie das Land ablehnen, das ich ihnen als Geschenk anbiete! Und sie hätten mir auch nicht helfen müssen. Hätten mich doch bei Rita lassen können. Ich habe ihnen nämlich gesagt, dass sie auch dann bleiben könnten."

Er war still. Brauchte eine Weile, um das zu verdauen.

„Du hast also wirklich versucht, ihnen die Farm zu überschreiben?"

„Jawoll, das hab ich."

„Wieso?"

„Weil sie sie zu schätzen wissen. Sie sind gute Leute. Und sie brauchen die Farm und das Land. Aber Samuel fand das nicht richtig."

Albert verschränkte die Arme über der Brust. „Wieso nicht?"

„Ich nehme mal an, weil er der Meinung ist, dass er sie nicht verdient hat und dass es Verwandte von mir geben könnte, die vielleicht daran interessiert wären, so wie du zum Beispiel."

Ich glaube, dass er damit nicht gerechnet hatte. Er und ich hatten schon zuvor über diese Farm geredet, aber da hatte Samuel noch keine Rolle gespielt. Es dauerte eine ganze Weile, bis er wieder sprach. Und dann griff er nach meiner Hand.

„Tante Emma, ich weiß, dass du die Farm und das Land hier liebst, aber du kennst diese Leute noch nicht sehr lange. Ich könnte verstehen, wenn du ihnen das alles hier verpachten würdest. Aber würde es dir bei Rita in der Stadt nicht viel besser gehen?"

„Doch, da war es wirklich schön", gab ich zu. „Aber es ist etwas anderes, als wirklich zu Hause zu sein."

„Dann möchtest du also auch nicht mit nach Chicago kommen?"

„Wozu denn das?", fragte ich ihn und war jetzt wirklich etwas verwirrt.

„Um bei mir und Stella zu leben, natürlich. Wir haben Platz genug."

Darüber musste ich jetzt aber lächeln. Albert war schon immer ein guter Junge gewesen. „Das ist wirklich lieb von dir", sagte ich. „Aber das wäre auch nicht wie zu Hause. Und ich hatte gehört, dass du kommen würdest, um *sie* fortzujagen und nicht mich."

Er holte tief Luft und griff nach meiner Hand. „Meine Hauptsorge gilt dir, Tante Emma. Irgendwann wird die Farm doch sowieso verkauft werden müssen ..."

„Ich verkaufe sie nicht, sondern ich werde sie jemandem vererben."

„Auch gut. Aber bis dahin musst du doch auch sehen, dass du selbst zurechtkommst."

Ich nehme an, ich war verärgert darüber, dass er mir nicht glaubte und mir nicht zutraute, dass ich wusste, was ich tat. „Ich bin genau da, wo ich sein möchte, Albert. Und diese Leute sind so gut zu mir, als wären sie meine eigene Familie. Das wirst auch du merken, wenn du ihnen eine Chance gibst. Der gute Herr hat gewusst, was ich brauche, und hat sie hergeschickt. Davon bin ich fest überzeugt. Und ich möchte auch hier auf dieser Farm sterben, so wie Willard. Ich möchte nirgendwo anders sein und das ist jetzt eben möglich, weil die Worthams hier sind. Es gefällt ihnen überhaupt nicht, darüber zu reden, aber wir müssen uns den Tatsachen stellen, Albert. Bist du dazu bereit?"

Er war nicht gerade glücklich darüber, das war ihm deutlich anzumerken. Ich machte ihm Sorgen. Aber er nickte. „Ich nehme an, dass ich dazu bereit bin, wenn es das ist, was du brauchst."

Das war es. Ich musste es jemandem sagen und Samuel war dafür ganz sicher nicht die richtige Person. „Ich sage es dir ganz klar, Albert. Dies wird der letzte Sommer sein, den ich erlebe. Das weiß ich tief in mir drin, verstehst du? Das hier ist meine letzte Chance, hier draußen zu sein, und genau das und nichts anderes möchte ich. Ich werde die Farm über kurz oder lang jemandem hinterlassen. Möchtest du dieser Jemand sein?"

Er schaute bedrückt drein und drückte mir beide Hände. „Wenn es das ist, was *du* willst."

„Würdest du hierher ziehen, wenn es so wäre? Würdest du dich hier um die Farm kümmern?"

„Ich würde kommen und nach dem Rechten sehen." Er seufzte. „Aber ich würde die Farm verkaufen müssen, Tante Emma. Ich kann nicht hier unten leben, denn alles, was mein Leben ausmacht, ist da oben im Norden. Ich hoffe, dass du das verstehst. Ich wünschte, ich könnte dir etwas anderes sagen, aber es ist nun einmal die Wahrheit."

„Das weiß ich doch. So bist du schon immer gewesen. Aber ich würde dir die Farm trotzdem hinterlassen, wenn du mir sagen würdest, dass es richtig ist. Du bist mein nächster Angehöriger."

Er hatte einen schmerzvollen Gesichtsausdruck. „Das kann ich nicht für dich entscheiden."

„Also gut, wenn nicht dir, dann hinterlasse ich alles Sam Wortham. So denke ich darüber, aber ich möchte nicht, dass du deshalb böse auf mich bist."

„Ich verstehe es einfach nicht. Ich weiß nicht, wieso du die Worthams um dich haben willst."

„Das habe ich dir doch schon erklärt. Sie sind gute Menschen. Und es war die einzige Möglichkeit, wieder nach Hause zu kommen. Ich bin wirklich glücklich, so wie es ist. Ich bin wirklich dankbar dafür."

„Das verstehe ich."

„Ich möchte nicht, dass sie weggeschickt werden. Und du würdest das doch auch nicht versuchen, nicht wahr, Albert?"

Eine Weile sagte er nichts. „Weißt du auch ganz genau, was du tust, Tante Emma?"

„Ich erlebe gerade eine ganz wundervolle Zeit! Es ist so schön, wieder all das Leben und die Geschäftigkeit hier um mich zu haben. Du solltest eine Weile bleiben, Albert, und selbst sehen, was ich damit meine."

Er sah zu Boden. „Und was ist mit den Hammonds? Hast du immer noch vor, dem alten Dummkopf dein Land zu überlassen?"

„Wie er sich in dieser Sache verhalten hat, war sicher nicht richtig, und das habe ich ihm auch zu verstehen gegeben. Aber so schlimm ist er gar nicht! Und er muss das Land einfach bekommen. Willard hätte vor all den Jahren nicht so hart zu Georges Vater sein dürfen. Er hätte ihn niemals zwingen dürfen, ihm das Land zu überschreiben. Und das auch noch, als der arme Mann mit kaputtem Rücken nur noch im Bett liegen konnte! Willard hätte ihm ruhig noch ein bisschen Zeit geben und warten können, dass er wieder zu Kräften gekommen und die Dinge in Ordnung gebracht hätte. Vielleicht hätte er dann auch seine Schulden bei uns bezahlen können."

„Soviel ich gehört habe, war schon Georges Vater nie besonders gut darin, irgendwas zu bezahlen, genau wie jetzt sein Sohn."

„Ich sage dir, Albert, die Grahams sind nie besonders barmherzig oder großzügig gewesen. Dein Großvater ist auch an diese Farm nicht unbedingt auf die nette Weise gekommen. Er hat sie für fast nichts von Leuten gekauft, die so sehr in Trauer waren, dass sie gar nicht gemerkt haben, wie sie übervorteilt wurden. Und so kann ich einfach nicht sein!"

„Das bist du auch nicht und warst es noch nie."

„Oh doch, das war ich. Willard und ich waren selbstsüchtig wie nur was, als wir noch jung waren, aber im Laufe der Zeit lernt man Gott sei Dank eben doch noch das eine oder andere dazu. Ich bin so froh, dass Willard dann doch noch beschlossen hat, George eine Chance zu geben. George ist als Kind schon mal von seinem Zuhause vertrieben worden und ich werde auf gar keinen Fall diejenige sein, die ihm das noch einmal antut!"

Albert seufzte. „Also überlässt du ihm die Farm einfach so, ohne Gegenleistung, Tante Emma? Aus lauter Barmherzigkeit? Du gibst sie einfach zurück, obwohl weder er noch sein Vater jemals ihre Schulden beglichen haben? Das ist doch nicht unsere Schuld. Es gibt nichts, wofür du dich schämen müsstest! Du musst das nicht tun. Und du musst dein Zuhause auch nicht Fremden überlassen."

„Nein, das muss ich nicht. Aber ich *möchte* es. Und du hast das Recht, es anzufechten, Albert. Sag es mir einfach jetzt. Ich gebe dir nun die Gelegenheit dazu."

Er stand von seinem Stuhl auf und ging zum Fenster hinüber. Er drehte sich um und sah mich an, dann wandte er sich wieder dem Fenster zu. Es dauerte sehr lange, bis er etwas sagte. Und als er endlich sprach, geschah das sehr langsam.

„Tante Emma, du kennst mich. Du weißt, dass es mir gut geht und ich genug habe. Ich könnte jetzt sagen, dass es meinem Großvater und meinem Onkel Willard gehört hat und dass ich ein Recht habe, sie zu beerben. Aber dann würdest du mich bis ins Grab für das habgierigste Ungeheuer halten, das dir jemals untergekommen ist."

„Also wirklich, Albert ..."

„Lass mich bitte ausreden! Bei dir hat sich nichts verändert. Ich sehe, dass du nicht betrogen werden wirst, es sei denn du willst es! Und als Miss Hazel mich angerufen hat, hätte ich wissen müssen, dass das nur wieder du mit deinem ganz eigenen Kopf bist. Ich sollte wahrscheinlich in der Lage sein, dich wieder zur Vernunft zu bringen, aber die Wahrheit ist, dass du dich niemals ändern wirst. Es steckt einfach in dir, so etwas wie eine Heilige zu sein! Vielleicht stimmt es ja wirklich, dass wir gesegnet werden, wenn wir unser letztes Hemd hergeben. Vielleicht hast du ja wirklich Recht. Ich weiß es nicht. Aber ich kann hier nicht mit dir streiten. Es ist dein Land."

„Sie brauchen es wirklich, Albert. Die Hammonds und die Worthams. Sie haben nichts."

„Glaubst du denn, dass sie irgendwie mehr daraus machen werden? Wirklich? Würde sich dadurch bei ihnen etwas ändern? Oder würden sie in ein paar Jahren oder Monaten sowieso wieder ohne etwas dastehen?"

„Sie hätten wenigstens eine Chance. Die möchte ich ihnen gerne geben, wenn du nichts dagegen hast."

Darauf sagte er nichts mehr.

„Sie sind gut zu mir, Albert."

„Vielleicht, Emma. Ich bin ja bereit, die Sache mit deinen Augen zu sehen. Aber wenn ich je etwas anderes erfahre, dann nagele ich sie irgendwo an die Wand."

„Sei jetzt nicht wütend auf sie. Es hat mich niemand darum gebeten, das hier zu tun."

„Emma, es schadet nicht, hin und wieder auch mal an sich selbst zu denken."

„Das kann ich ganz sicher. Ich weiß, wie das ist, Albert, und ich habe mich dabei nicht glücklich gefühlt. Aber es war Lizbeth, die mich verändert hat. In ihrem ersten Winter war sie sehr krank und ich bin hingegangen und habe mich darum gekümmert, dass sie durchkommt. Seitdem sehe ich ihre Familie mit ganz anderen Augen."

„Ich hoffe jedenfalls, dass sie dir dafür dankbar sind."

„All diese Babys sind auch meine Kinder."

„So gesehen sind das noch viele mehr in dieser Gegend, einschließlich meiner Person."

„Und ich würde auch für dich alles tun, wenn es nötig wäre. Aber das ist es nicht, Albert. Du brauchst nichts. Aber sie brauchen es. Wir sollen uns um sie kümmern. Das ist Gottes Auftrag an uns."

„Dir kann man sowieso nichts ausreden."

Ich war mir nicht sicher, ob er auf mich böse war oder nicht. „Der Herr liebt dich, Albert. Ich hoffe, du kannst ein Weilchen bleiben."

„Nein, das geht nicht. Jedenfalls nicht länger." Er sah schweigend aus dem Fenster, irgendwie mit hängenden Schultern.

„Du solltest noch mal zu Willard gehen, solange du hier bist."

Er drehte sich um und sah mich an. „Was meinst du wohl, würde er zu all dem hier sagen?"

„Ich tue nicht so, als ob ich es wüsste. Aber meistens war er ein guter Mann, besonders als er schon älter war. Und wenn er nicht gut war, hat es ihm meistens später Leid getan. Du wirst mich irgendwann besser verstehen, Albert, wenn es so weit ist. In dir steckt dieselbe Art, gut zu sein."

37

Samuel

Emma und Albert waren eine ganze Weile allein im Haus. Ich ging Holz hacken, während Juli und Sarah Unkraut jäteten.

Es fiel mir schwer, an etwas anderes zu denken als an diesen Neffen, der direkt aus Chicago gekommen war, um seiner Tante zu helfen. Ob sie ihn brauchte oder nicht, er war jedenfalls der

Meinung, dass es so war, und ihm lag wohl wirklich etwas an ihr, sonst wäre er ja nicht gekommen. Er war derjenige, der hier Rechte hatte. Einschließlich dem Recht, über Emma Entscheidungen zu treffen, wenn es darauf ankam. Wenn es hart auf hart kam, dann war letztlich ich derjenige, der hier nichts zu suchen hatte.

Emma würde ihre Meinung sagen, das wusste ich. Und er würde wahrscheinlich zuhören. Vielleicht würde er ihr sogar ihren Willen lassen, aber das hieß noch lange nicht, dass ihm das auch gefallen musste.

Ich spaltete ein Stück Holz mit aller Kraft, die ich noch in meinen müden Armen hatte, und versuchte mich an Albert Grahams Stelle zu versetzen. Wie würde ich mich fühlen, wenn ich gerufen würde, um mich um eine Verwandte zu kümmern, die allein nicht mehr richtig zurechtkam?

Das war eine schwierige Frage und ich musste an meine Mutter denken. Was, wenn sie es wäre, wenn sie krank wäre und jemanden bei sich bräuchte. Ich würde gehen. Ich würde gehen müssen. Aber im Augenblick wusste sie noch nicht einmal, wo ich war, es sei denn, Dewey hatte es ihr erzählt. Ich konnte mir nicht vorstellen, dass sie mich so empfangen würde, wie Emma Albert empfangen hatte.

Aber ich wusste, dass ich ihr schreiben musste. Ich musste den Verwandten im Osten mitteilen, wie es uns ging und wie sie uns erreichen konnten. Schließlich waren sie Verwandtschaft. Ich konnte Albert Graham für sein Gespür für Familienbande nur bewundern.

Als Albert schließlich aus dem Haus trat, bat er als Erstes Juli darum, Emma Tee zu machen. Dann ging er zum Wäldchen, ohne auch nur ein Wort mit jemandem von uns zu reden.

Er war mindestens drei Stunden lang fort, länger als wir dort gewesen waren, und das ohne den schwer manövrierbaren Rollstuhl. Juli hatte einen Imbiss zum Mittag gemacht und wir aßen. Für Albert stellte Julia etwas davon warm, als er zum Essen noch immer nicht zurück war. Schließlich kam er dann doch. Sein Jackett hatte er ausgezogen, die Hemdsärmel hochgekrempelt und seine schönen Schuhe waren völlig verdreckt. Er setzte sich wieder zu Emma, aß seinen Imbiss und fand mich dann auf dem Hof beim Holzhacken.

„Tante Emma hat sich entschieden“, sagte er kopfschüttelnd. „Sie möchte ganz hier draußen bleiben, kilometerweit von einem Arzt entfernt.“

„Das macht mir auch Sorgen“, gab ich zu. „Aber sie scheint dadurch nicht weiter beunruhigt.“

„Sie ist bereit zu sterben und das sagt sie auch ganz offen. Vielleicht könnte ich das auch, wenn ich 84 wäre, aber ich wollte, dass sich jemand um sie kümmert, den sie kennt. Ich mag Rita McPiery. Sie würde alles für einen tun, wirklich alles.“

Ich wusste nicht, weshalb er mit mir redete. Ich konnte nicht einmal sagen, wie er die ganze Sache beurteilte oder weshalb er überhaupt hier herausgekommen war. „Das glaube ich Ihnen gern“, war alles, was ich sagen konnte.

Rita McPiery war eine anständige Frau, daran bestand kein Zweifel, und Emma war bei ihr in den allerbesten Händen gewesen.

„Sie will auch nicht zu uns nach Chicago ziehen“, sagte er. „Zu weit weg. Sie ist hier so verwurzelt wie ein alter Baum. Ich nehme an, es wäre so, als würde man sie abhacken, wenn man verlangen würde, dass sie woanders leben soll.“

Er nahm mir die Axt aus der Hand und versetzte dem am nächsten liegenden Holzblock einen gemeinen Hieb. Ich trat ein paar Schritte zurück.

„Ich nehme an, Sie wissen, was sie von Ihnen hält“, sagte er. „Ich nehme an, Sie wissen, dass sie Ihnen die gesamte Farm vererben will. Ihnen und George Hammond, diesem dummen Schnorrer.“

„Ich habe ihr gesagt, dass ich das nicht will.“

„Das hat sie mir auch erzählt. Aber Sie sind immer noch hier.“

Ich seufzte. „Die Wahrheit ist, dass ich nicht weiß, wo ich sonst hingehen sollte. Wir haben das hier nicht geplant. Und wenn wir jetzt weiterziehen würden, weiß ich nicht, was aus ihr werden sollte.“

Albert ließ den Kopf der Axt zu Boden sinken und lehnte sich auf den Stiel. „Sie will nicht, dass Sie weggehen. Sie möchte, dass

Sie sich hier um alles kümmern, bis sie da drüben auf dem Hügel neben Willard liegt."

Sein Blick schweifte hoch in die Wolken. „Ich mag gar nicht daran denken. Wenn es möglich wäre, dann würde ich, glaube ich, am liebsten alles lassen wie es immer war. Mit Tante Emma, die hier wohnt, und dass ich immer herkommen kann, wenn ich möchte. Ich möchte nicht, dass sie nicht mehr da ist, verstehen Sie? Ich weiß, ich komme nicht gerade oft hier runter, aber sie wird mir fehlen. Das Ganze hier wird mir fehlen."

Dazu blieb mir nichts zu sagen und ich fragte mich, wieso er wohl redete, als ob sie schon morgen nicht mehr da sein würde.

„Sie hat mir klipp und klar gesagt, dass Sie die Farm bekommen sollen", sagte er. „Sie hat alles aufgeschrieben und möchte, dass *ich* dafür sorge, dass es ein unanfechtbares Testament wird."

Er schien über diese Tatsache beinahe resigniert. Aber mir war gar nicht wohl dabei. „Bitte glauben Sie mir, ich will das gar nicht", sagte ich zu ihm. „Ich will nichts haben, was eigentlich Ihnen zusteht."

Er schüttelte den Kopf und sah mir direkt in die Augen. „Das entscheiden aber nicht Sie. Es gehört alles ihr. Und was Tante Emma wem vererben will, das entscheidet ganz allein sie. Niemand hat das Recht, ihr da hereinzureden oder zu widersprechen. Nicht einmal ich."

„Tut mir Leid", sagte ich zu ihm. „Ich habe wirklich nicht versucht sie zu beeinflussen."

„Also aufdringlich und beharrlich sind Sie nicht, so viel steht fest, denn die Farm könnte Ihnen ja schon längst gehören. Finden Sie, dass meine Tante eine Närrin ist, weil sie so denkt?"

„Nein. Ich glaube sie ist einfach froh, wieder zu Hause zu sein. Aber ich würde von Ihnen gerne hören, was ich tun soll. Es ist nicht meine Absicht, für Spannungen zwischen Ihnen beiden zu sorgen."

Er warf einen Blick hinüber zum Haus. „Ich nehme an, das haben Sie auch nicht. Wissen Sie, sie hat mich gefragt, ob ich die Farm haben will. Aber ich habe mein eigenes Leben. Ich könnte zur Zeit gar nicht hierher ziehen, selbst wenn die Farm mir gehören würde. Ich müsste sie verkaufen, das habe ich ihr auch so gesagt. Und wenn sie das nicht will, dann muss sie eben tun, was immer sie für richtig hält."

Als ich das alles hörte, musste ich schlucken. „Ich bin mir gar nicht so sicher, ob ich das will. Ich weiß gar nicht, ob ich die Arbeit hier schaffe."

„Ich nehme an, das werden Sie wohl herausfinden müssen", sagte er. „Ich hätte es eigentlich besser wissen müssen, als ich von Miss Hazel hörte, dass Tante Emma geistig stark abgebaut hat und nicht mehr weiß, was sie tut. Sie ist geistig reger als ich."

Da konnte ich ihm nur beipflichten. „Ich verdanke ihr viel. Und ich nehme an, das wird auch immer so bleiben."

Albert Graham nickte. „Wenigstens haben Sie so viel Anstand, dankbar zu sein. Das war für mich die angenehmste Überraschung. Man hat mir nämlich erzählt, Sie wären eiskalt und berechnend. Ich habe sogar das Gewehr meines Vaters mitgebracht für den Fall, dass ich Sie verjagen müsste."

Am Ende übernachtete Albert sogar bei uns und blieb bis zum späten Samstag. Wir gingen zu Barrett Post, um uns die Färse anzusehen, die er uns versprochen hatte, und Albert und Barrett lachten und machten Witze, als würden sie sich schon seit Jahren kennen, was ja wahrscheinlich auch der Fall war.

Emma wollte, dass Albert noch blieb und am Sonntag mit uns in die Kirche ging, aber er musste zurück. Also machte Juli sich ans Werk und backte ihm eine Dose Plätzchen für die Rückfahrt. Er versprach, Robert eine Angel zu schicken, die er zu Hause hatte, aber nicht brauchte, weil er nie Zeit hatte. Wir waren alle erleichtert darüber, dass wir so freundschaftlich auseinander gehen konnten.

Am nächsten Morgen schien Robert irgendwie verändert. Er war schon vor Sonnenaufgang aufgestanden und hatte sich aus dem Haus geschlichen. Ich fand ihn auf dem Heuboden bei den Kätzchen, das Buch mit den biblischen Geschichten aus der Bibliothek auf dem Schoß. Er las laut daraus vor. An diesem Tag ging er in der Sonntagsschule nach vorn, obwohl außer ihm niemand ging und ein paar andere Jungen sich über ihn lustig machten, genau wie er es befürchtet hatte. Er erzählte mir später alles und sagte, er hätte noch nie etwas so gern getan.

Und auch bei mir hatte sich etwas verändert. Ich stellte nämlich fest, dass ich glücklich war, obwohl ich immer noch nicht wusste, was ich mit der Scheune machen und wie ich mit all den anderen Herausforderungen fertig werden sollte. Vielleicht lag es daran, dass meine Frau und meine Kinder auch glücklich waren. Vielleicht aber auch daran, dass ich feststellte, ich gehörte auch ein bisschen hierher, genau wie sie.

Niemand sagte uns irgendwelche Gemeinheiten ins Gesicht, als wir an diesem Sonntag zur Kirche kamen, und niemand sagte Emma die Meinung, um sie wieder zur Vernunft zu bringen. Nicht einmal Miss Hazel, die uns nur einen schnippischen Blick zuwarf und dann ihre Aufmerksamkeit Selma Turreys skandalöser Tochter zuwandte, die am Abend zuvor in Unterhosen erwischt worden war.

Am nächsten Abend setzte ich mich hin und schrieb meiner Mutter einen Brief. Das war einfach richtig. Und es kam nicht einmal darauf an, dass sie mir auch zurückschrieb, sondern ich musste ihr einfach sagen, dass ich sie liebte. Ich musste ihr mitteilen, dass Gott weiter vorausblicken kann als wir alle, dass er auch hoffnungslos scheinende Situationen verändern und lösen kann, wenn wir ihn nur lassen. Und wir werden hier bleiben, bis er etwas anderes mit uns vorhat. Das ist das Leben. Wundersamer als ich es mir je vorgestellt hätte. Und nicht annähernd in meiner eigenen Hand.

38

Julia

Die Henne Gackel bebrütete inzwischen schon vier Eier und George Hammond kam zu uns herüber und brachte zwei Hühner als Bezahlung für Emmas Hilfe bei der Geburt des Babys. Ich konnte schon fast spüren, wie sie im Winter als Braten schmecken würden. Er sagte, er habe daran gedacht, uns eine

Kuh zu bringen, sei aber nicht sicher, ob wir schon so weit wären, zumal wir ja auch von den Posts schon eine bekommen hätten.

Sam bekam bei Barrett Post in der nächsten Zeit nicht so viel Arbeit, wie er es sich gewünscht hätte, und ich wusste, es machte ihm viel aus, kein Bargeld zu haben. Aber er schaffte es, Willards Traktor für George wieder in Gang zu bringen, im Tausch gegen die Zusage eines guten Teiles der Ernte für Emma. Und ich betete, dass Mr Hammond es auch halten möge. Wenigstens schickte er ein gutes Stück gepökeltes Schweinefleisch und eine Stiege Würstchen, einfach weil sie Emma so gut schmeckten.

Ich stellte fest, dass ich sehr viel sang, Erdbeeren pflückte und schon viel bessere Milchsuppe kochen konnte. Der Mais und der Salat steckten ihre kleinen grünen Keimlinge aus dem Boden, aber die Tage vergingen ohne Wolken am Himmel, und ich fing an um Regen zu beten.

Es war schwer, auf die Blaubeeren, die Hickorynüsse und all die anderen guten Sachen zu warten, die, jedes zu seiner Zeit, reif sein würden. Ich sammelte auch weiterhin Kräuter, kochte sogar ein paar davon ein und hoffte einfach, dass noch viel anderes dazukommen möge, damit wir genügend Wintervorräte hatten. Der Gedanke, was wir bis dahin noch alles brauchten, machte mir ein bisschen Angst. Mäntel und alles Mögliche. Herr, erbarme dich.

Emma schenkte ihre Patchworkdecke den Hammonds und fing an, aus allen möglichen Stoffresten, die vorhanden waren, ein Kleid für Sarah zu nähen.

„Ich habe mir mal einen Mantel aus lauter Resten genäht", sagte sie. „Die Farben darin haben mir wirklich gefallen."

Es schien ein bisschen seltsam, an Mäntel zu denken, wo der Sommer gerade erst begonnen hatte, aber es war auch vernünftig. So, wie es eben sein soll.

Obwohl es bis zum Winter noch so viel zu tun gab, nahmen wir uns trotzdem die Zeit, Emmas kostbare Veilchen an einen ganz bestimmten Platz neben dem Schuppen zu pflanzen und eine Staude schwarzäugiger Susannen in den Garten.

Sarah gab unserem Welpen den Namen Whiskers, nachdem wir ihn bei den Posts abgeholt hatten. Er hielt uns fast die halbe erste Nacht, die er bei uns war, wach, aber gab schließlich doch

Ruhe, nachdem er sich direkt vor der Hintertür zusammengerollt hatte. Jetzt muss ich ganz vorsichtig sein, wenn ich nach draußen gehe, damit ich nicht mit dem kleinen springenden Bündel zusammenstoße. Er zerbeißt Stöcke und bellt alles Getier an, das sich anbellen lässt, und jetzt wo er da ist, scheinen wir auf der Farm komplett zu sein.

Wenn Großmutter Pearl sich hier umschauen würde, würde sie sagen: „Julia, du hast dir ein richtiges Zuhause geschaffen. Mach dir keine Gedanken über das, was du nicht hast. Gib einfach dein Bestes und was dann noch fehlt, darum kümmert sich Gott."